큰 새는 바람을 거슬러 난다

큰 새는
바람을 거슬러
난다

김민환 소설

문예
중앙

"순리를 위한 일이라면 역풍을 뚫고 날아가는 분"

봉강리 들머리 둔덕에 늘어선 팽나무 숲이 손님들을 맞았다. 득량만을 내려다보면서 일림산으로 오르는 양지바른 산자락에 영성 정씨 종택 거북정이 자리 잡고 있었다. 몽양 여운형을 공부하는 모임이라면 꼭 찾아 봐야 하는 곳이라면서 2007년 7월 하순 조선대 사학과 이종범 교수가 '역사기행'을 안내했다. 거북정은 몽양의 정치노선이 겪었던 풍상을 그대로 드러내고 있었다. 금방 주저앉을 것만 같은 고택의 모습은 처연했다.

임진 7년 전쟁 동안 이순신 장군과 함께 나라를 구한 반곡 정경달 선생의 13대손 봉강 선생은 일제강점기에 항일에 음양으로 나섰듯이 해방 뒤에는 바른 나라를 세우기 위해 온 정성을 바쳤다. 해방이 되자 노비문서를 불태우고 식솔에 비례해서 농토를 나눠주었고 그곳에 사는 것이 불편하면 땅을 팔아 다른 곳으로 이사하도록 도와주기도 했다. 분열이 아니라 통합과 화해를 추구했던 몽양 여운형의 노선을 중앙에서뿐 아니라 풀뿌리 보성에서 자리 잡도록 재산과 사람을 다 바쳤다. 건국준비위원회, 좌우합작, 조선인민당, 근로인민당에 앞장섰다. 지주가 왜 좌익에 가담하느냐고 비난을 들었지만 "나 같은 사람이 좌우를 아우르는 일을 하지 않으면 누가 하겠느냐"고 되묻곤 했다. 몽양이 암살당하고 이어서 백범 김구가 세상을 떠난 뒤 동족상잔 전쟁까지 일어나 나라와 민족이 갈라지자 죽음의 행군이나 다름없는 세월을 살아야 했다.

저자 김민환 교수의 이 소설을 읽으면서 문득 박경리 선생의 『토지』를 떠올렸다. 『토지』가 하동 평사리를 중심으로 동학농민전쟁부터 일제시기 민중의 해방 꿈을 그렸다면 『큰 새는 바람을 거슬러 난다』는 보성 회천면 봉강리를 중심으로 분단시대 민중의 통일을 향한 불굴의 꿈을 그렸다. 그 꿈은 현재 진행형이다. 봉강과 거북정 사람들이 그 꿈을 함께 꾸는 모습은 장엄하다.

세우지 못해 땅에 묻혀 있던 '우국지사' 봉강의 추모비를 1995년 그가 세상을 떠난 지 26년 만에 보성의 우익 인사들이 세웠다. 봉강을 사찰하던 전직 형사가 앞장섰다. 제막식장에서 누군가 "봉강은 인품이야 훌륭하지만, 시대를 거스른 분 아니여?"라고 말하자 전직 형사가 말했다. "천만에, 순진하디 순진하게, 그야말로 순리대로 사신 분이여. 큰 새는 바람을 거슬러 난다고 하잖든가? 이 어른은 순리를 위한 일이라면 역풍도 뚫고 날아가는, 그런 분이셨어."

이부영 (자유언론실천재단 이사장, 전 몽양 여운형선생기념사업회 회장)

봉강 정해룡 일가의 삶을 통해
현대사를 성공적으로 조감한 소설

김민환의 장편소설 『큰 새는 바람을 거슬러 난다』에서 한 역사적 인간을 만난다. 우리는 그 한 인간을 통해 그가 거느린 백여 명의 가속들과 그를 중심으로 그물망처럼 연결된 보성 일대의 유지들과 군민들이 해방정국과 더불어 20세기 후반을 살아간 궤적을 여실히 접할 수 있다. 그것은 가족사적 소설 형태로 전개되는 지난 시대의 이야기이지만 현재 우리의 삶과 직결된 문제이기도 하다. 주인공 봉강 정해룡은 한반도의 분단과 대립이 극단으로 치달린 시대에 자신의 정치적 영달을 꾀하지 않고 통일국가를 지향하는 제3의 길을 택했으나 이로 인해 견디기 힘든 고난과 시련을 겪고 마침내는 좌절하고 만다. 그의 비극은 그만의 것이 아니다. 현재 우리가 겪고 있는 모든 비극의 원천이 거기서 유래했기 때문이다.

봉강이 정치적으로 좌절한 이후 인의 도덕의 정치는 사라지고 파당과 대결의 정치가 자리 잡게 되었다. 한반도 남단에 살았던 봉강 정해룡 일가의 부침을 통해 한반도 전체의 비극적 상황을 성공적으로 조감해 볼 수 있도록 표현했다는 것이 이 소설의 뛰어난 장점이다. 이 장편이 숙성되는 과정을 지켜본 필자는 여기에 쏟은 저자의 애정 어린 인간 탐구에 경의를 표한다. 그는 중립적이며 객관적 서술로 시대를 바라보면서 그 시대를 살았던 다양한 군소 인물들의 인생 역정 하나하나에 역동적 생명력을 부여했다. 아마도 인간에 대한 작가의 연민과 공감이 깊이 배어 있기 때문에 가능했을 것이다. 그가 봉강의 정치적 신념에 전적으로 동조했던 것은 아닌 것 같다. 그러나 그의 소설을 읽어나가다 보면 어느새 주인공의 인간적 기품과 매력에 빠져들지 않을 수 없다.

큰 새는 역풍을 두려워하지 않는다. 봉강은 일림산 줄기 아래에서 태어나 실패를 두려워하지 않고 위민보국의 길에 헌신하며 득량만 바다에 출렁거리는 윤슬처럼 장강대하의 길을 갔다. 봉강이 임종하기 직전 학을 타고 날아가는 꿈에서 깨어 먹을 갈아 중국 대시인 최호의 시 「황학루」를 쓰며 자신의 죽음을 예감하는 것은 결코 우연이 아니다. 봉강의 추모비가 세 번 만에 면민들의 자발적인 협력으로 세워진 것처럼 우리가 그를 우국지사라고 명명할 수 있다면 아직 한국인에게 진정한 애국의 길이 남아 있을 것이라 믿는다. 이 작품을 통해 장편작가로 당당한 입지를 확보한 김민환 작가에게 우정 어린 축하의 말을 전해드린다.

최동호 (시인, 고려대 명예교수, 대한민국예술원 회원)

작가의 말

고등학교 1학년 여름방학 때였다. 친구가 주소록을 들고 원등마을로 나를 찾아왔다. 대뜸 족보를 보자고 했다. 그가 택호로만 알고 있던 그의 5대 조모 '원등 할머니'가 우리 집안에서 출가한 사실을 확인했다. 나는 그를 통해 그의 집안 이야기를 수도 없이 들었다. 화려하고도 기구했다. 그의 가족사 한 토막을 소설로 낸다.

다양성이 넘치는 사회가 좋은 사회다. 거기서 다양한 의견이 샘솟는다. 서로 다른 의견은 구르고 부딪치며 어울려 조화로운 공론으로 거듭나야 한다. 그런 과정을 거쳐 좋은 사회는 더 좋은 사회로 나아간다.

해방 공간은 우리 역사에서 바로 그 실험실이었다. 다양한 의견은 좌우와 중간으로 정리되었다. 세 갈래로 나뉜 정치세력이 숙의와 협상을 통해 통일된 민족국가를 이루는 일이 시대적 과제였다. 그러나 그 작업은 끝내 실패로 돌아갔다. 미국과 소련이 한반도를 남북으로 분단한 외적 요인이 결정적이었지만, 내부적으로도 내홍이 그치지 않았다.

대통합에 실패한 결과는 분단과 동족상잔으로 이어졌다. 독재와 반독재 투쟁이 뒤를 이었다. 자기들과 다르면, 좌는 반동으로 몰았고 우는 빨갱이로 몰았다. 중간파는 설 자리를 잃었다. 그런 일련의 과정에서 친구 집안은 그야말로 풍비박산이 났다. 한 지역을 대표하는 지주 집안이 왜 그토록 모진 시련을 겪어야 했을까?

친구의 사촌 동생이자 소설 주인공의 아들인 정길상 님의 도움이 없었다면 이 소설은 햇빛을 보기 어려웠을 것이다. 그는 기억을 모으고, 사람들을 만나 듣고, 자료를 찾아 집안의 내력을 정리해주었다. 집안에 대한 그의 자부심과 효심에 고개를 숙인다.

이전의 두 소설을 쓰는 과정에서도 그랬지만, 이번에도 대학 동기인 최동호 선생께서 든든한 길잡이가 되어주셨다. 고려대 국문학과 명예교수이자 예술원 회원인 최 선생께서 짚고 다듬으며 물길을 잡아준 덕분에 수졸을 덜 수 있었다. 소설에 나오는 몇 편의 한시를 우리말로 옮기는 과정에서 성균관대 송재소 명예교수께서 도움을 주셨다. 민주화운동에 헌신하시고, 국회에 들어가 3선 의원을 지내셨으며, 줄곧 몽양 여운형 선생 현충사업을 이끌어오신 백봉신사상 수상자 이부영 선생께서는 졸고를 읽으시고 과분하게도 추천사를 써주셨다. 최동호 교수께서도 추천사를 쓰셨다.

중앙일보에스의 이상언 대표께서는 졸고를 기꺼이 받아주셨다. 교정과 디자인, 인쇄에 이르기까지 많은 분이 노고를 무릅쓰셨다. 졸고를 꼼꼼히 읽고 살펴준 옛 제자 주연자 KBS PD의 정성도 곡진했다. 모든 분께 마음 깊이 감사드린다.

2021년 3월 16일 보길도에서

金珉煥

차 례

난
장

* 불
* 기반
* 굿판

불

지수는 팽나무 밑에 둔 평상에서 낮잠을 자다 일어났다. 그늘에 누워 있었지만 모시적삼에 땀이 배어 있었다. 해가 중천에 있는 것으로 보아 점심때가 지난 것 같지는 않았다. 하늘에 구름 한 점 없고, 바람 한 가닥 불지 않았다. 매미도 불볕더위가 지겨운지 마냥 울어댔다.

지수는 절룩거리며 골목으로 나갔다. 사람들은 그가 소아마비에 걸려 다리를 저는 것으로 알지만, 그는 그 병을 앓은 적이 없었다. 그는 짝다리였다. 왼쪽 다리가 오른쪽 다리에 비해 조금 짧았다.

지수는 고개를 들어 눈앞에 펼쳐진 기와집을 바라보았다. 대문과 행랑채, 중문, 사랑채와 안채, 곳간과 사당 등이 서로 등이나 꼬리를 물어 한 무리를 이루고 있었다. 영성 정씨 사평공파 종손인 봉강鳳岡 정해룡丁海龍의 집이었다.

정해룡은 계축생으로 서른세 살에 지나지 않지만 사람들은 그를 이름 대신에 봉강이라는 아호로 불렀다. 마을 이름이 봉강리였다. 젊은 사람이 마을 이름을 호로 쓰는데도 못마땅해 하는 이가 없었다. 마을이 영성 정씨 집성촌이고 봉강이 종손이어서도 그렇겠지만, 그의 인품이 두터워 아무도 그를 함부로 대하지 않았다.

봉강의 집을 사람들은 거북정이라고 불렀다. 거북정은 일림산의 정맥이 몇 갈래로 흩어져 흘러내리다 다시 모인 지점에 들어서 있었다. 옛적에 도선 국사가 그 터를 일러, 신령스러운 거북이가 바다로 내려가는, 영구하해靈龜下海의 길지라고 했다는 소문이 세세로 이어졌다.

거북정 들어가는 골목 초입에 정려각旌閭閣이 서 있어 마을의 기품을 은근히 과시했다. 젊은 남편이 병사하자 대밭 팽나무에 목을 매 스스로 목숨을 끊은 봉강의 증조모 광주 이씨의 정절을 기리는 기념물로, 호남 유림의 상신을 받아 관찰사가 지은 것이었다. 정려각이 선 뒤로 후손들은 광주 이씨를 정려 할머니라고 불렀다.

거북정 담장 너머 왼편으로는 정씨 노속奴屬이 사는 초가들이 있고, 오른편 담장 너머로는 영성 정씨 문중 사람의 집들이 들어서 있었다. 지수가 사는 초가는 정씨 일가들 집의 끄트머리에 붙어 있었다.

지수가 거북정의 대문과 중문을 거쳐 사랑채로 들어서자 봉강이 그를 반겼다.

"식구, 어서 오소. 자네가 와야 내가 밥을 얻어먹네."

지수는 사랑으로 들어가 앉았다. 윗목의 벽을 쳐다보았다. 봉강의 할아버지와 아버지의 초상화가 나란히 걸려 있었다. 부자의 초상화를 지수 부자가 그렸지만 순서는 엇갈렸다. 아버지인 동애東涯 정각수丁珏壽를 두고 아들 종익鍾益이 먼저 세상을 뜨는 바람에 지수 아버지가 종익의 초상화를 그렸지만, 동애의 초상화는 지수 아버지가 저세상으로 간 뒤라서 지수가 그렸다.

"어제 오후에 손님이 오셨는디 그분도 두 분 초상화를 보더니, 선친 초상화도 잘 그렸지만 선조부 초상화는 보기 드문 명화라고 하시대."

"민망합니다. 아버지를 욕되게 한 것도 같고요."

"뭔 소린가? 아들이 아버지보다 낫다는 말을 듣고 싫어할 아버지는 없네."

지수가 그린 초상화를 보고 나서, 동애 어른은 그림 값에 더해 초가 한 채를 지수에게 넘겨주었다. 마름이 살던 집이라며, 다른 이에게 팔아넘기지는 말라고 했다. 그건 와서 살라는 말이었다. 살던 동네에서 서자로 설움을 느끼던 터라, 그는 미련 없이 고향

16

을 떠나 봉강리로 옮겨왔다.

사랑방의 안채 쪽으로 난 곁방의 바깥에서 인기척이 났다. 지수가 일어서서 곁방으로 건너가 문을 열었다. 부엌 일꾼이 상을 들고 서 있었다. 지수는 상을 받아 봉강 앞에 놓았다. 밥 두 그릇, 국을 대신한 미역냉채 두 그릇에, 가지무침 물김치 갓김치를 담은 보시기 셋이 나란히 놓여 있었다. 천석꾼 부잣집 종손의 밥상이지만 소박했다.

지수가 사는 집을 거북정 식구들은 바깥집이라고 했다. 지수는 그 집에 따로 살지만 끼니때면 거북정으로 가서 봉강과 겸상을 해 밥을 먹었다. 봉강이 혼자 밥 먹기를 싫어해 자꾸 지수를 부르니까, 봉강의 어머니 윤씨가 아예 끼니마다 둘이서 밥을 먹게 했다. 그러다 보니 지수가 와야 안에서 밥상을 가져오고, 그래서 아까 봉강이 '자네가 와야 내가 밥을 얻어먹네' 하고 우스갯말을 한 것이었다.

지수는 봉강의 고조할머니인 원등 할머니의 친정 서출이지만, 봉강은 지수를 차별하지 않았다. 밥을 늘 함께 먹는다고 해서 봉강은 지수를 식구食口라고 부르곤 했다. 밤이면 영성 정씨 일가인 정갑섭이 와서 봉강과 한 방에서 잤다. 항렬이 봉강의 증조부뻘이고 나이도 아홉 살이 위였는데, 한학에 밝아 봉강의 말동무 겸 잠동무가 되었다. 봉강은 갑섭을 깍듯이 존대했지만 장

난기를 부릴 때면 침구枕舊라고 불렀다. 오래된 잠동무란 뜻으로 봉강이 만든 말이지만 모르는 사람들은 '친구'로 잘못 듣고 고개를 갸웃거리기도 했다.

안마당에는 차일을 쳐놓았는데 노속이나 일꾼은 거기서 어울려 밥을 먹었다. 한때 그 집에서 끼니마다 밥을 먹는 사람이 일백 명가량이 된다고 해서 사람들은 그 집을 백구가百口家라고도 했다. 그러나 일제강점기 말에 이르러서는 밥을 먹는 사람 수가 많이 줄었다. 가세와 관계가 있었다. 무상 교육기관으로 동네 앞에 양정원養正院을 세워 어린 학생들도 가르치고 성인 야학도 시킨다든가, 읍에 있는 인쇄소를 인수한다든가, 인촌 김성수의 청을 받아들여 서울에 있는 보성전문학교를 지원한다든가, 또는 인근에 회천서국민학교를 지을 때 땅과 건립기금을 낸다든가 하여, 일제 말에는 삼천 석 지주가 천 석 지주로 내려앉았다. 사람들은 봉강이 겉으로 교육기관을 돕는다거나 신사업에 착수한다며 전답을 팔지만, 실제로는 더 큰돈을 상해 임시정부에 보냈다고들 수군거렸다. 이래저래 땅이 줄자 머슴이나 일꾼이 줄고, 함께 밥을 먹는 식구도 준 것이다.

봉강의 동생 해진海珍이 보이지 않았다.

"작은성은 어디 갔는가요?"

지수는 봉강 정해룡을 '봉강 성님', 그의 동생 해진을 '작은성'

이라고 불렀다.

"율포에 갔네, 친구들을 만나는 모양이네."

해진은 봉강보다 두 살이 적은 1915년생으로 지수보다는 네 살이 위였다. 해진은 광주고등보통학교(광주서중 전신)를 마치고 경성제대 철학과를 졸업한 뒤, 동경제대 대학원에 유학 갔다가 2년 만에 귀국했는데, 인근에서는 천재로 소문이 자자했다.

밥상을 막 물렸는데 해진이 숨을 헐떡이며 사랑채로 들어섰다.

"형님, 해방이 됐대요."

"아니, 뭣이라고?"

"어제 일본이 무조건 항복을 해서 우리가 해방이 됐다고요."

율포의 면사무소 마당에 입대할 장정들이 모여 있는데, 면 직원이 일본의 패전으로 입대 조치가 취소되었다고 발표하더라는 것이다. 봉강이 큰소리로 사람을 불렀다.

"누구 없는가? 밖에 누구 없는가?"

대를 이어 그 집에서 종살이를 해온 수노首奴 일철과 충노忠奴 망철이 달려왔다. 일철은 일 잘하는 마당쇠라고 해서 이름이 일쇠였는데 거북정 각수 어른이 한 일一 자, 쇠 철鐵 자의 일철로 바꾸고, 망철은 보름날 낳은 사내아이여서 보름쇠였는데 보름 망朢, 쇠 철鐵의 망철로 호적에 올렸다. 봉강이 두 노복에게 일렀다.

"우리나라가 해방이 되었네. 사람들을 불러 모으소."

거북정의 행랑채 마당에 사람들이 모여들었다. 해진은 청년들을 이끌어 대밭으로 갔다. 대를 쪄서 마당으로 끌어와 깃대를 만들었다. 여자들은 안에서 내놓은 광목천을 가위로 자르고, 여남은 청년이 지수의 지시를 받아가며 천에 태극기를 그렸다. 마을 사람들이 동각洞閣 창고에서 꽹과리와 징, 북 등을 꺼내와 마당을 돌며 풍물을 울렸다.

준비가 끝나자 풍물패가 대문을 나섰다. 태극기를 매단 깃대를 흔들며 사람들이 뒤따랐다. 태극기가 달리지 않은 죽창을 든 사람도 많았다. 몇 사람은 연신 덩실덩실 춤을 추었다. 가끔씩 상쇠가 꽹과리를 멈추고 '대한독립 만세'를 선창하면, 온 사람이 목이 터져라 따라 불렀다. 풍물패가 백교리에 이르자 그 마을 청년 선일호가 새납을 들고 와 풍물패에 끼었다. 선일호는 봉강이 세운 양정원의 일 회 졸업생이었다. 그의 새납 소리가 풍악의 격을 한껏 올려놓았다.

마을 사람들은 율포로 향했다. 거기에 면사무소와 경찰 주재소가 있었다. 주재소 앞에 이르자 일본인 소장이 행렬 선두에 선 청년의 가슴에 권총을 들이댔다. 조선인 순사 한 사람도 장총을 가로로 들고 시위대를 막았다. 해진이 앞으로 나가 소장을 노려보며 유창한 일본말로 소리쳤다.

"총을 내려놓으시오. 만약 당신들이 총질을 하면 이곳에 사는

20

당신들 가족까지도 우리가 가만두지 않을 것이오.”

소장이 주춤거렸다.

“총을 거두라고 하잖소? 당신들이 총을 거두면, 당신들은 일본 군국주의의 하수인에 불과하기 때문에 해치지 않을 것이오.”

소장이 권총을 든 손을 슬그머니 내렸다. 사람들이 일제히 와, 하고 소리쳤다. 서슬 시퍼렇던 소장이 맨손인 해진 앞에서 맥없이 굴복하는 것을 보며, 사람들은 일제가 망하고 나라가 해방되었다는 걸 실감했다.

사람들이 뒷산으로 몰려갔다. 거기에 신사가 있었다. 사람들은 신사에 불을 질렀다. 누군가가 나서더니 일제에 빌붙어 양곡을 빼앗아가던 놈을 죽여야 한다고 소리쳤다. 사람들은 공출을 담당한 관리의 집으로 몰려갔다. 이미 모든 식구가 자취를 감추어 집은 텅 비어 있었다. 누군가 그 집에 불을 지르려 하자 봉강의 육촌 형인 정해두가 뜯어말렸다. 해두가 광주농업학교에 다닐 때 광주학생운동을 주도해 옥살이를 하고 나온 사실을 두루 아는 터라 해두 말을 거스르지 않았다.

봉강은 사람들이 신사에 불을 지른 것을 보고 나서 보성읍으로 갔다. 유지들이 읍에 있는 순천여관에 모인다는 전갈을 받은 터였다. 보성의 내로라하는 유지들이 여관의 큰방에 앉아 있었다. 앞으로 당면할 문제를 풀어갈 방안을 논의하는 자리였다. 무엇보다 치안을 확보하는 것이 급선무라는 데 의견을 모으고, 이튿날 다시 모이기로 했다.

여관을 나오려는데 송정松亭 박태규朴泰奎가 봉강을 불러 세웠다. 모임을 소집한 이가 그였다.

"봉강이 읍으로 와서 치안 일을 맡을 수 없겠는가?"

"송정 어르신, 죄송합니다만 회천을 떠나기는 어렵겠습니다. 노모도 계시고요."

"날마다 회천에서 읍까지 30리를 걸어서 댕길 수도 없을 것이고, 잉?"

"그렇습니다. 젊은 사람이 맡아야 한다면, 안병석 군이 잘할 것입니다."

"성정이 격하다고 꺼리는 이들이 있어."

안병석은 광주고보 재학 시절에 학생운동을 하다 퇴학을 당한 혈기 넘치는 청년이었다.

해질 녘에 봉강이 거북정으로 돌아오자 종철과 종희가 찾아왔다. 봉강의 할아버지인 동애 정각수가 상처를 하자 새장가를 들어 종철과 종희 두 형제를 두었는데, 형제는 봉강의 삼촌 숙부지만 나이는 종철이 열두 살, 종희가 스무 살 아래였다. 종철은 농고를 나와 일자리를 찾고 있었고, 종희는 국민학교를 마치고 광주서중에 들어갔으나 어머니가 병환 중이라 휴학한 상태였다.

종철과 종희가 차례로 말했다.

"사람들이 서당리 오 부자 집에 불을 질러부렀다듬마요."

"서당리 말고도, 군농 화죽 객산 사람들까지 몰려가 난리를 쳤답디다."

오 부자는 친일 지주로 악평이 나 있었다. 봉강이 물었다.

"사람이 다치지는 않았답니요?"

"식구들이 다 집을 비워 사람은 일 없는 갑디다."

봉강이 종철에게 당부했다.

"아재가 우리 면 청년들을 많이 알지요, 잉? 과한 행동은 삼가라고 잘 이르시요."

그날 저녁에 해진이 사랑으로 왔다.

"오늘 밤도 형님하고 함께 자야겠습니다."

"새방에서 쫓겨났구나."

해진이 결혼하자 거북정 안채 서쪽에 서재와 방 한 칸, 간이 주방을 갖춘 세 칸짜리 기와집을 지었는데 사람들은 그 집을 새방이라고 불렀다. 해진이 동경에서 돌아온 뒤로 내외가 다시 새방을 썼다. 새방의 안주인인 전예준은 평북 강계의 대지주 딸로, 서울로 유학해 이화여전 가정과를 다니다가 정해진을 만나 연애 끝에 결혼한 신여성이었다. 해진을 따라 동경에 가기 전에 한 때 양정원에서 학생들을 가르쳤는데, 실력도 실력이려니와 성격이 밝고 사교적이어서 밤이면 학생들뿐만 아니라 마을 부녀자들까지 새방으로 모여들었다. 이날은 해진 내외가 곧 서울로 올라갈 것이라는 소문이 돌아, 동네 아낙들이 떼거리로 몰려온 것이었다.

"이제 제수씨도 전라도 사람이 다 되었듬마."

"예. 함머니, 하네, 엄니, 아부지, 아짐, 아재…. 모든 호칭을 사투리로 완벽하게 구사해요."

"신여성이 배웠다고 젠 척 않고 시골 사람들하고 허물없이 어울리니…. 동생이 결혼은 참 잘했어."

형제는 유쾌하게 웃었다.

봉강 형제가 막 잠자리에 들었는데 국민학교 교사 한 사람이 사랑채로 왔다. 군인 40여 명이 트럭 두 대에 나누어 타고 율포에 왔는데, 새벽에 봉강리를 습격할 것이라는 소문이 돈다고 했다.

해진은 기민했다. 마을 사람들을 깨워 노약자나 여자, 어린이는 모두 일림산 기슭에 있는 제각으로 피신시키고, 장정 40~50명을 이끌고 산성터로 올라갔다. 봉강과 해두도 해진의 뒤를 따르고, 지수도 다리를 절룩거리며 산으로 올라갔다. 몇 사람은 죽창을 들고 있었다. 사람들은 해진의 지시에 따라 큰 돌을 모았다. 군인들이 올라오면 돌을 굴리고 던질 작정이었다.

이튿날 이른 아침에 트럭 두 대가 마을로 올라왔다. 군인들 움직임은 보이지 않는데, 나이가 많아 마을에 남아 있던 노인이 혼자서 산 어귀로 와서 손을 흔들었다. 청년 하나가 산을 내려가 노인을 만났다. 산성터로 돌아온 청년이 봉강에게 알렸다.

"보성경찰서 고등계 형사주임이라는 왜놈이 마을 대표와 협상을 하자고 한답디다."

봉강은 청년을 다시 내려보내 경찰이 무장을 해제한 상태라면 경찰 대표와 협상할 용의가 있다고 답했다. 형사주임도 그렇게 하겠다고 청년을 통해 약속했다.

아침나절 11시쯤이었다. 봉강과 해두, 해진은 아저씨뻘인 종관을 비롯해 힘깨나 쓰는 마을 청년 다섯을 뒤따르게 하고 마을 앞 삼거리로 갔다. 형사주임과 순사 다섯이 그들을 기다리고 있었다. 아무도 총기를 지니지 않은 상태였다. 형사주임의 태도가 고압적이었다.

"조선이 해방되었다고는 하나, 조선반도 남반부는 앞으로도 당분간 우리 경찰이 치안을 맡을 것이오. 당신들이 신사를 불태웠는데, 당신들은 마땅히 처벌을 받아야 하오."

해진이 치받았다.

"허튼소리 마시오. 36년간의 식민 통치에서 해방되었는데 인민들이 일본 군국주의의 상징인 신사를 불태운 것은 당연한 일이오. 돌아가서 이 땅을 떠날 준비나 하시오."

그 형사주임은 해진과 악연이 있었다. 1944년 9월에 경성제대 시절의 절친 김석형이 왜경에 체포되었을 때, 해진은 공범으로 몰려 함북 고원경찰서에 압송된 적이 있었다. 해진은 1945년 4월에 기소유예로 풀려났지만 고문 후유증이 만만치 않아 보성으로 내려왔는데, 그를 보성경찰서로 불러 사건에 대해 꼬치꼬치 캐묻고 겁을 준 이가 그 형사주임이었다. 형사주임은 말투를 고쳤다.

"알았소. 앞으로 치안을 방해하지 않으면 우리도 이번 일을 덮어두겠소."

형사주임이 봉강에게 시선을 옮겼다.

"부탁할 일이 있소."

"뭣이오? 말해보시오."

"경찰은 물론이고 인근에 주둔하고 있는 군인들도 곧 내지로 돌아갈 텐데, 우리들 신변을 위협하지 말아주시오."

"그건 걱정 마시오. 내지로 가든 외지로 가든, 당신들이 여길 떠난다면 우리는 당신들을 한 사람도 해치지 않을 것이오."

트럭 두 대는 곧 물러갔고 마을 사람들도 산을 내려왔다.

17일에 보성읍에서 유지들이 다시 모이기로 했지만, 봉강은 일림산으로 피하느라 가지 못했다. 저녁 무렵에 학산 윤승원이 거북정으로 왔다. 학산은 봉강보다 열세 살이 위였다. 공립사범학교 강습과를 나온 이였는데 심지가 곧고 굳었다. 봉강은 소학교 교사인 그를 1940년 초에 양정원 교장으로 초빙해 교육을 전담하도록 했다. 그러나 1945년 4월에 당국이 양정원의 인가를 취소하자 학산은 봉강이 사주로 있는 보성인쇄주식회사로 자리를 옮겼다. 봉강과 마주 앉은 학산이 유지 모임의 결정을 전했다.

"서울의 움직임에 발맞추어 보성군에서도 건국준비위원회(건준)를 구성하기로 했소. 보성 건준의 임원진을 뽑았는디 짜임새가 기가 막히요. 좌우로나 지역으로나 잘 안배해서 그야말로 환상적이라고 할 수 있소."

유지들은 송정 박태규와 최창순을 보성 건준의 위원장과 부위원장으로 추대했다고 했다. 박태규는 일제 때 항일사건을 주도한 거부 박남현의 아들로 나이가 예순한 살이고, 최창순은 부위원장이지만 박태규보다 두 살이 위였다. 보성 건준은 산하에 문화부 섭외부 치안부를 두고 문화부장에 안태시, 섭외부장에 박정현, 치안부장에 안병석을 임명했다. 그 밖에 황보익 박용주 임종엽 김용준 정해룡 강항균 등을 비롯한 14인을 위원으로 선임했다. 보성 사람이라면 누가 봐도 고개를 끄덕일 만한 인선이었다.

"이 쟁쟁한 진용에 소인도 위원회의 말석을 차지하게 되었소."

"말석이라니요? 앞으로 학산께서 나침판 역할을 하셔야 합니다."

위원 이상의 간부는 40, 50대지만, 봉강은 서른세 살, 안병석은 스물아홉 살이었다. 서울에서 15일 여운형이 안재홍 등과 함께 조선건국준비위원회를 발족했는데, 이 사실이 알려지자 지방에서도 자연발생적으로 건준 창설에 나섰고, 보성에서도 독자적으로 건준을 발족한 것이다. 바로 그날 고흥에서도 건준이 결성되어 서민호徐珉濠가 위원장을 맡았다.

보성 건준을 주도한 박태규와 최창순은 일제강점기에 보성에서 일어난 대표적 항일운동인 보성향교 제주사건祭酒事件의 주역이었다. 1921년이었다. 추석을 앞두고 향교에서 문묘제례에 쓸 제주를 빚어 창고에 두었는데, 그 술독에 군청 재무주임 사와다澤田一中가 주세령 위반 딱지를 붙인 것이 사건의 발단이었다. 보성 유림의 총수인 양정陽亭 박남현朴南鉉은 노발대발하여 사와다를 향교로 불렀다. 사와다가 들어서자 유림 청년들이 다짜고짜 그를 붙잡아 새끼줄로 묶고, 볏짚으로 만든 유지뱅이를 머리에 씌워 장작더미 위에 올려놓았다. 대청에 양반다리를 하고 앉아 박남현이 호통쳤다.

"네 이놈, 문묘 제주에 딱지를 붙이다니 말이 되느냐? 무도한 네놈을 오늘 정오에 화형에 처할 것이니라."

유림 청년이 장작더미에 석유를 끼얹었다. 소문을 듣고 놀란 일본인 경찰서장과 사법주임, 군수 조석구가 함께 달려와 향교 뜰에 나란히 무릎을 꿇었다. 경찰서장이 서툰 한국말로 간청했다.

"재무주이무가 고지식해서 그런 짓을 저지른 것이무니다. 욘서해주시기 바라무니다."

유림들은 회의를 다시 열어 사와다를 풀어주었다. 그렇다고 경찰이 가만있을 리 없었다. 이튿날 장흥 화순 고흥의 경찰까지 동원해 향교에 들이닥쳐 박남현 등 유림들을 잡아갔다.

그러자 서울에 가 있던 박남현의 아들 박태규가 보성으로 내려왔다. 그는 최창순과 함께 보성 유림들을 향교 앞에 집결시켜 전국 유림 궐기대회를 촉구하는 집회를 열었다. 박태규와 최창순은 이 사건이 나기 전에 결성된 보성청년회의 회장과 총무를 맡고 있었다. 유림이 3·1운동에 소극적이었으나, 이 사건을 계기로 전국적으로 들고일어날 소지가 다분했다. 파장을 두려워한 당국은 관계자를 모두 기소유예 처분하고, 주세령을 고쳐 향교 제주는 단속 대상에서 뺐다. 사건이 마무리되자, 전국의 유림은 보성 유림이 총독부를 꺾었다고들 했다.

박태규와 봉강의 집안은 세교世交가 두터웠다. 박태규의 부친인 양정 박남현과 봉강의 조부인 동애 정각수는 절친이었는데, 생년월일이 같아 보성에서 '쌍둥이 아닌 쌍둥이'로 널리 알려졌다. 미력면의 만석꾼 지주인 박남현과 회령면의 삼천 석 지주인 정각수가 해마다 노비들을 시켜 중간 지점인 봇재에서 생일 선물을 교환하는 일은 보성 사람들 사이에서 늘 화제가 되었다. 박남현의 아들 박태규와 정각수의 손자 정해룡은 보성 노동면의 박창주와 함께 자금을 모아 독립운동가인 문창범을 통해 상해 임시정부에 전달하기도 하였다.

학산이 유지회의의 결정을 설명한 뒤에 힘주어 말했다.

"딴 데는 몰라도 보성에서만큼은 나라 세우는 일이 순조롭게 풀려나갈 것 같소."

기반

봉강이 세 찻잔에 차를 따랐다.

"녹차는 누가 뭐래도 일림산 뒷산에서 딴 우리 차가 제일이여."

해두가 해진을 보며 말을 이었다.

"추석을 쇠고 올라가지 않고서⋯."

"친구들도 만나야겠고⋯."

"그래? 앞으로 뭔 일을 할랑가?"

"친구들과 상의해야겠지만, 인천에 가서 전에 만났던 노동자들을 다시 만날까 해요."

"노동자들?"

"동경대 대학원을 그만두고 돌아와 인천에서 노동자들을 만나다가 엉뚱한 일로 유치장에 갇혔는데⋯, 이제 해방이 되었으니까 그 사람들과 함께 나라 세우는 일에 나서야겠지요."

"계속해서 노동운동을 할 텐가?"

"앞으로는 노동자가 역사의 주체가 돼야 해요."

"나는 생각이 다르네. 인구의 8할이 농민이고, 토지문제도 있고…. 노동문제보다는 농민문제가 더 화급하고 중요하지 않겠는가?"

"형님이 그런 생각을 하시는 건 충분히 이해합니다. 농업학교를 나오셨고, 또 항일운동을 하다 옥고까지 치르셨으니까요. 그러나 농민이란…."

봉강이 잘랐다.

"또랑을 막고 물을 품어 고기를 잡을라면 어떻게 해야겠어? 누구는 흙으로 둑을 맹글어서 또랑물을 막고, 누구는 또랑 개를 치고, 또 누구는 물을 품어야제, 잉? 노동운동도 하고 농민운동도 하고 또 문화예술운동도 하되, 여러 운동이 모두 하나로 뭉쳐야 써. 뒷일을 그렇게 정해놓고 제가끔 지 일을 해야겠제."

봉강다운 말이었다. 해두와 해진이 마주 보고 웃었다. 해진이 말머리를 돌렸다.

"형님. 우리 집 노비들은 어떻게 하실 건가요?"

봉강이 잔을 들어 다시 차를 마신 뒤에 대답했다.

"노비제는 한말에 이미 없어졌고, 나갈 사람은 나가라고 했는디 남아 있는 노비가 많은 것도 알 것이고…. 이제 해방이 되었은께 다 내보내야겠제."

그때까지 거북정에 남아 있는 노속은 열일곱 가족이었다. 그들 외에 새경을 주는 상머슴 둘과 꼴을 베는 담사리 소년이 하나 있었다. 머슴이나 담사리야 매년 새경을 매기니까 문제될 게 없었다.

"노비들을 빈손으로 내보낼 수는 없지 않겠어요?"

"그렇고말고…. 논마지기씩 떼어줘야겠제."

해두가 끼어들었다.

"똑같이 줄 수는 없을 테고, 몇 대에 걸쳐 노비로 있었는지, 식구가 몇이나 되는지 등을 따져 차등을 둬야 할 것 아닌가?"

"구체적인 것은 종호 아재한테 일임할랍니다."

종호는 봉강의 당숙으로 나이가 봉강보다 다섯 살이 위였다. 오래전에 동애 할아버지가 농사며 집안 살림살이를 모두 종호에게 맡겼는데, 봉강도 할아버지의 뜻을 이었다. 종호는 충직한 데다 사려가 깊어 뒷말이 난 적이 한 번도 없었다. 해두가 물었다.

"어야, 동생. 땅은 어떻게 하실 텐가?"

"경자유전耕者有田이라는 말도 있듯이, 농사짓는 사람이 땅을 가져야 한다는 데에 이론이 없어요. 이제 해방이 되었은께 나라에서 법을 만들어야겠지요. 나는 소작인들한테 말할 것이어요. 땅을 살 사람은 사그라, 싸게 넘겨주겠다, 돈이 없으면 외상으로라도 사그라, 수년에 걸쳐 나눠 내면 된다…. 그리고, 올해에는 소작료를 3할로 내릴 작정이어요."

해두가 고개를 끄덕였다.

"동생은 참말로 어지셔."

노비와 땅은 봉강을 포함한 모든 양반지주의 핵심적인 계급 기반이었다. 그것이 통째로 흔들리는데도 봉강은 남의 일처럼 덤덤했다. 해두와 해진이 남은 차를 다 마셨다. 봉강이 웃으며 차담을 마무리했다.

"고문은 이 정도로 끝내시지요."

세 형제가 함께 웃었다. 해두가 일어서자 봉강과 해진도 일어섰다. 해두가 봉강과 해진의 손을 꼭 쥐고 말했다.

"요 며칠은 평생 잊을 수 없을 것 같네. 감격적이었어."

며칠 지나서였다. 보성경찰서에 근무하는 윤재석 순사가 거북정으로 왔다. 봉강의 어머니 윤씨와는 같은 해남 윤씨로 항렬이 손자뻘이었다. 그는 광주농업학교를 다니다 중퇴해 해두의 후배이기도 했다. 윤 순사는 전에도 가끔 거북정에 들러 안팎으로 인사를 차렸다. 사랑으로 들어와 자리에 앉자 봉강이 물었다. 윤재석은 봉강보다 여섯 살 연하였다.

"자네가 바쁠 것인디 웬일인가?"

해방이 되자 그가 종적을 감춘 사실을 알면서도 짐짓 모른 체하고 건넨 말이었다.

"바빴지라우. 내빼댕기니라고."

윤 순사가 멋쩍게 웃었다. 전에 해두 형한테 들은 말이 생각났다. 말머리를 돌리는 것이 윤 순사한테 부담이 적을 터였다.

"자네가 학교를 댕기다가 마적이 될라고 만주로 갔담스로?"

윤 순사가 얼굴을 활짝 폈다.

"소설을 읽었는디 마적이 참 멋져보이드랑께요. 나쁜 놈한테 돈을 뺏어서 가난한 사람들한테 나눠주기도 하고…. 아버지가 소를 판 돈을 장롱에 감춰 두셨는디, 그 돈을 훔쳐 만주 봉천으로 갔지라우. 장 구석에 서 있으면 마적 떼가 나타날 것이고, 그럼 얼렁 붙으면 일이 다 끝난다고 생각했어라우. 며칠 서 있어도 마적은 그림자도 안 보이고, 사람들한테 물었더니 놀려대기만 하고…. 에또, 그래서 그냥 내려와부렀지라우."

"언제 적 일인가?"

"재작년 여름입니다."

"그래? 나는 작년에 만주에 다녀왔네."

"그러셨어요? 뭣 할라고 가셨어요? 마적이 될라고 가신 것은 아닐 테고…."

"김일성 장군을 만날까 했네."

윤 순사 표정이 싹 굳어졌다.

"해진의 친구 하나가 만주에서 기자 생활을 한다고 해서, 그 사람을 통해 백방으로 김일성 장군을 만날 수 없을까 알아봤네. 결국 뜻을 이루지 못하고 돌아오고 말았네."

사실이었다. 봉강은 무장투쟁이 활발하다는 중국 동북 지방으로 가서 김일성을 만나고 싶었다. 아우 해진에게 그 말을 하자 해진이 소개장을 한 장 써주었다. 광주고보 동기동창으로 전문학교를 졸업한 뒤에, 신경에서 발간되는 만선일보滿鮮日報의 기자가 된 친구에게 쓴 것이었다. 친일 신문의 기자가 김일성의 행방을 알 턱이 없었다. 봉강은 한때 김일성의 활동무대였다는 연길로 갔으나 거기서도 선을 댈 수 없어 보성으로 돌아오고 말았다. 윤 순사가 봉강에게 물었다.

"아니, 김일성을 만나서 뭣 할라고요?"

"독립이라는 큰일을 할라면 여러 분야에서 가지가지 일을 하는 사람이 필요하지 않겠는가? 그래서 나는 사설 학교인 양정원을 세우기도 했고, 인촌 선생한테 보성전문학교 지원금도 보냈고, 임정 사람들을 나름대로 돕기도 했네. 김일성 장군한테도 줄이 닿기만 하면 조금치라도 자금을 보낼 생각이었네."

윤 순사가 고개를 끄덕였다.

"말씀 들으니까 이해는 됩니다만은⋯."

머뭇거리다가 말을 이었다.

"그런디, 나라가 앞으로 좌익 우익으로 대쪽같이 갈라질 것 같은디요."

"패야 갈리겠지만…, 타협을 해가면서 한 덩어리가 되어야겠제."

윤 순사는 고개를 갸웃거렸다.

"지주와 소작인이 땅 때문에 피투성이가 되어 싸울 테고…, 에 또, 좌익 우익도 서로 권력을 잡을라고 사생결단하고 싸우지 않겠습니까?"

"중요한 것은 패가 있고 없고의 문제가 아니네. 서로 싸우느냐 마느냐도 문제가 아니여. 다른 패끼리 타협을 할 줄 아느냐 모르느냐, 그것이 관건이네. 끝까지 쌈질만 하면 양쪽이 다 죽네."

봉강이 화제를 바꾸었다.

"그런디, 마적이 되었단 사람이 으쩨서 순사가 되어부렀는가?"

"봉천에서 돌아와 부모님 권에 못 이겨 장가도 들었고…. 에 또, 저는 학교 댕길 때, 공부보다는 유도에 재미를 붙였구만이라우. 일본인 선생이 유도를 가르쳤는디, 그분이 저더러 순사 시험을 보라고 권하듭마요."

"그랬구만. 유도를 하고 경찰이 된 사람이 많제?"

"솔찬히 많지라우."

봉강은 이제 윤 순사의 마음의 문이 열렸다고 생각하고 물었다.

"자네는 앞으로 어떻게 할 작정인가?"

"그래서 고견을 들을까 하고 찾아왔습니다요. 일 년 남짓이나마 왜놈 밑에서 순사를 한 죄가 있은께, 에또, 깨끗이 사직하고 농사나 지을 것인지, 아니면…."

봉강이 고개를 저었다.

"자네 사람됨이나 세평을 내가 알고 있네. 자네야 못된 짓 하지 않고 성실하게 민생 돌보는 일에 매달려오지 않았는가? 자네같이 착한 사람은 앞으로도 그 일을 해야 쓸 것이네. 누가 설혹 욕을 하더라도 대들지 말고, 묵묵히 할 일을 하소."

윤 순사 얼굴이 밝아졌다. 봉강이 덧붙였다.

"그런디, 자네가 반드시 고쳐야 할 것이 하나 있네. 내가 지적하면 바로잡겠는가?"

윤 순사 표정이 굳어졌다.

"아, 예. 물론입니다. 잘못이 있다면 고쳐야겠지요."

"이제 광복이 되었은께 앞으로 '에또' 소리는 빼고 말하소."

둘은 마주 보고 크게 웃었다.

굿판

더위도 한풀 꺾이고 아침저녁으로 시원한 바람이 불었다. 들에 벼가 익어갔다. 회천면 유지들이 면사무소에 모여 의견을 조율해온 일도 결실을 맺었다. 회천면 건준 부위원장으로 내정된 안주찬이 8월 말에 거북정으로 왔다. 안주찬은 봉강보다 여덟 살이 위였다. 진원 박씨 광주 이씨와 함께 보성의 세 향반으로 꼽히는 죽산 안씨의 중심인물이었다. 안주찬은 으레 '어야, 동생' 하고 불러놓고 말을 이었는데 이번에는 그 말을 뺐다.

"위원장과 부위원장은 이미 결정이 됐었네만은 다른 임원을 정하느라 시간이 좀 걸렸네."

"형님이 어려운 일 하셨구만이요."

"봉강이 위원장을 맡아줘야 쓰겠네. 나도 위원장 욕심이 있었는디, 봉강을 만장일치로 추대하는 바람에 나는 속내 한 가닥조차 내비치지 못했네."

안주찬이 껄껄 웃었다. 봉강은 안주찬이 처음부터 '위원장은 봉강'으로 못을 박아두었다는 걸 알고 있었다.

"나라 세우자는 일인디, 저도 힘닿는 데까지 맞들어야겠지라우."

"고맙네. 내가 부위원장을 맡아 열심히 보필함세."

"저야 형님 무동이 참 편하다는 것을 일곱 살 때 이미 경험했지라우."

둘은 마주 보고 활짝 웃었다. 일림산에 놀러온 안주찬을 따라나섰다가 산을 내려올 때 잠시 안주찬 어깨에 올라앉았던 추억이 새로웠다.

"집행부에 학산 윤승원과 정종철을 넣었네. 두 사람이 핵심이네."

두 사람을 고집한 것도 안주찬이었다. 양정원 교장을 지낸 윤승원에게 문화부장을, 봉강의 나이 어린 삼촌 종철에게 청년치안대장을 맡기기로 한 것이다. 안주찬은 그 밖의 임원에 대해 설명한 뒤 덧붙였다.

"이런 일에 사사로움이 끼어서는 안 되는디, 내가 딱 한 사람은 내 아들 청탁을 받고 넣었네. 눈 감아 주소."

"그러셨어요? 누군디요?"

"바로 정종철이네. 아들놈이 그러대. 종철이가 힘도 씨고 목소리도 크지만 마음이 아주 따순 놈이라고. 그래서 내가 고집을 좀 부렸네."

봉강은 파안대소했다. 봉강의 삼촌인 종철은 나이가 스물한 살에 지나지 않지만 회천면 청년들을 틀어쥐고 있었다. 안주찬이 말머리를 돌렸다.

"면 직원이나 지서 순사들이 모두 숨어부렀는디 으찌께 해야 쓸까?"

"다들 나와서 일하라고 해야겄지 않었어요?"

"못된 짓거리 한 놈은 그만두게 해야 쓸 것인디…."

"나오라고 해도 죄가 큰 놈은 지 발로 걸어나오지 못하겄지요."

"하기야 그러겄제, 잉."

부위원장이 돌아간 뒤에 봉강이 종철을 사랑채로 불렀다.

"아재, 경景 자 달達 자 할아버지의 검명劍銘이 뭣인지 아시요? 대지이위복帶之以爲服 동필행덕動必行德. 그 아홉 글자를 칼에 새겨두셨어요. 칼을 몸에 차되 움직일 때는 반드시 덕을 행하라. 그 할아버지의 검명을 늘 유념하시요, 잉."

'경景 자 달達 자 할아버지'란 임진왜란 때 선산부사를 지내고, 충무공 이순신 장군의 종사관을 맡기도 한 반곡盤谷 정경달丁景達을 말했다. 반곡은 봉강에게는 13대, 종철에게는 12대 할아버지였다. 봉강은 친일파 청산, 소작료 인하, 악덕지주 응징, 적산의 몰수와 불하 같은 큰 문제는 나라에서 법을 만들어 처리할 것이니, 면 단위에서는 굳이 서두를 필요가 없다는 말을 덧붙였다.

회천 건준은 면사무소를 접수해 집무를 시작했다. 부위원장이 깐깐하고 빈틈이 없어 봉강은 한 주일에 한두 번만 사무실에 나갔다. 부위원장 안주찬은 보수적이지만 자기주장을 펴기 전에 상대방의 의견부터 듣는 사람이었다. 안 부위원장이 학산 윤승원의 조언을 들어가며 매사를 원만하게 처리해 나갔다.

며칠 뒤에 종철이 거북정에 들렀다. 종철은 열두 살 위인 조카에게 위원장 호칭을 붙였다.

"위원장님. 청년치안대가 중심이 되어갖고 이번 추석에 율포에서 닷새 동안 난장을 트기로 했구만이라우."

"참 잘하셨네요. 해방이 되었은께 축제를 한판 벌이는 것이 좋겠네요."

난장을 운영하는 데 경비가 꽤 들 것이었다. 종철은 포장을 쳐 가게를 열 개쯤 만들어 입찰에 부치면 경비를 충당할 수 있을 것이라고 했다. 국민학교 아동을 대상으로 노래자랑과 씨름대회를 하고, 그다음에 이틀에 걸쳐 마을 대항으로 줄다리기 시합을 해서 열기를 올려놓은 뒤에, 남은 이틀 동안 노래자랑과 씨름대회를 열어 노래자랑 우승자한테는 금반지나 은비녀를, 씨름대회 우승자에게는 황소를 주겠다고 세부계획까지 설명했다.

"부위원장을 비롯해서 간부들이 여러 사람 의견도 듣고 해서 진행하면 별 문제가 없을 것 같구만이요."

종철이 머뭇거리다가 이었다.

"혹시 경비가 부족할지 모르겄는디…."

"율포 양조장에서 막걸리는 원 없이 공짜로 갖다 쓰시요. 그래도 경비가 달리면 내가 호주머니를 털 텡께 걱정 마시요."

양력으로 9월 20일이 음력으로 추석이었다. 봉강의 집 거북정 마당에 사람들이 북적거렸다. 노속들과 머슴 둘, 꼴머슴 하나만 해도 예순 명에 가까운데, 영성 정씨 일가들이나 타성바지 마을 사람까지 모여들어 마당이 좁을 지경이었다. 노속들은 음식을 나르는 등 시중을 들면서도 얼굴에 웃음이 넘쳤다. 이른 아침에 봉강이 그들 앞에서 노비문서를 불태우는가 하면, 마을을 떠날 이에게는 살고 있는 집을 제 값을 쳐서 사들이겠다고 하고, 가족마다 서 마지기에서 다섯 마지기에 이르기까지 논을 나눠줄 것이라고 했기 때문에, 노속들은 몸과 마음이 하늘에 둥둥 떠 있는 기분이었다. 가을걷이가 끝나면 새경에다 덤을 넉넉히 얹을 것이라고 해두어 머슴들도 다르지 않았다. 음식이 푸짐했다. 사람들은 홍어에 묵은 김치와 돼지고기를 포개어 실컷 포식했다.

그날 저녁에 봉강은 면 유지들을 사랑으로 초대해 특별한 대접을 베풀었다. 도강마을에 사는 명창 정응민鄭應珉을 불러 판소리를 들은 것이다. 정응민은 장흥군 장동에서 자랐으나 같은 군 회령으로 이사했다. 봉강의 13대 할아버지 정경달丁景達의 본향도 장흥 장동이었다. 봉강의 6대조 윤필이 회령으로 옮겼는데, 1914년에 일제가 장흥군에서 회령면 천포면 웅치면을 떼어 보성군에 붙이는 바람에 봉강 일문이나 소리꾼 정응민이 하루아침에 장흥 사람에서 보성 사람으로 바뀌었다. 그때 회령면과 천포면을 합쳐 면 이름도 회천면이 되었다. 동애 할아버지는 잔치가 있을 때마다 정응민을 불러 판소리를 부르게 하고 넉넉히 행하行下를 베풀었다. 동애 할아버지가 돌아가신 뒤에는 봉강이 그 인연을 이었다.

정응민은 판소리가 비속한 데로 흘러가는 것을 꺼렸다. 그만의 바디와 더늠을 넣은 정응민제를 일구어 판소리를 기품 있는 보성소리로 끌어올린 이가 바로 정응민이었다.

"지가 '흥보가'는 자주 부르지 않습니다만은, 추석이자 엊그제 해방을 맞이헌 감격도 있고 허니, '흥보가' 중에서 질 즐거운 대목 한 토막을 불러보겠습니다요."

전북에서 오래 지내며 판소리를 해온 터라 그는 '하니'라고 하지 않고 '허니'라고 했다.

정응민이 부채를 탁 펼쳐들었다. 모두 숨을 죽였다. 옆 사람침 삼키는 소리까지 들릴 것 같았다. 툇마루와 토방에도 마을 사람들이 많았다. 흥보가 박 타는 대목을 시작했다.

"흥보 들어서며, 여보 마누라. 운다고 옷이 나오요, 밥이 나오요? 우리는 저기 저 박이나 한 통 따다가 박 속은 끓여묵고, 바가지는 부잣집에 팔았다가, 죽게 된 자식을 구원헙시다. 흥보가 박을 한 통 따다놓고 타는디…."

아니리를 마친 정웅민의 소리가 진양조로 이어졌다. 막 쉰 살이 된 정웅민의 농숙한 노래가 거북정을 휘감았다.

추석 다음 날부터 율포해수욕장에서 난장이 열렸다. 국민학교 학생들의 노래자랑이나 씨름도 그런대로 인기를 끌었지만, 이튿날 마을 대항 줄다리기 시합이 시작되자 난장에 열기가 후끈 달아올랐다. 이틀에 걸쳐 회천면 관내 열두 개 마을이 줄다리기 시합을 벌이는 동안 굵은 줄이 두 번이나 끊어졌다. 벌써 여러 군데서 윷판이 벌어져, 이곳저곳에서 와, 와 하는 함성이 터졌다. 봉강이 한쪽 구석에 우두커니 서 있는 지수에게 다가갔다.

"나하고 같이 난장을 둘러보세."

둘은 술을 파는 주막촌으로 갔다. 천막을 쳐서 만든 주막과 주막 사이에 사람들이 빙 둘러 서 있고, 그 가운데서 종철이 두 장정을 꾸짖고 있었다. 봉강이 종철에게 물었다.

"아재, 왜 그러시요?"

"이 좋은 날, 이 두 사람이 술에 취해 틀어잡고 싸우드랑께요."

"아따, 굿판이 벌어졌는디 싸우는 사람이 없다면 싱겁지라우. 코피 날 때까지는 내부러뒀다가 한쪽이 코피 터져불면 그때 뜯어말리시요."

사람들이 와, 웃었다. 싸운 이들에게 봉강이 말했다.

"내가 싸움굿 본 지가 참 오래되었소. 둘이 쌈 한번 제대로 붙어보시요. 공짜로 쌈굿 한번 봅시다."

사람들이 다시 웃었다. 싸운 당사자 한 사람이 악수를 청하자 다른 사람이 손을 맞잡았다. 사람들이 박수를 쳤다.

봉강뿐만이 아니라 다른 건준 간부들도 난장을 둘러보고 있었다. 하나같이 얼굴이 발그레했다. 가는 데마다 사람들이 간부들을 붙들고 술을 권했기 때문이었다. 사람들은 입을 모았다.

"해방이 된께 참말로 좋구마."

"태어나서 마음 탁 놓고 즐겨보기는 처음이시."

나흘째가 되는 날 오후에 난장 모래판에서 씨름대회 예선전을 벌여 네 명의 장사를 뽑았다. 한 사람은 회천면 장사지만 다른 한 사람은 보성 벌교 장사고, 남은 두 사람 중 한 사람은 고흥 장사, 다른 한 사람은 장흥 장사였다. 회천 사람들은 내놓고 회천 장사가 황소를 타야 한다고 했다. 세 사람이 큰소리로 떠들었다.

"장흥 놈들 앉은 자리에는 삼 년 동안 풀이 안 나고, 보성 놈들은 고칫가리 서 말을 묵고 물속으로 삼십 리를 뀌고, 벌교 놈들은 앓는 놈 콧구녁에서 짠지쪽도 빼낸다는디, 이번 씨름은 으디 놈이 이길랑가?"

"장흥 놈은 독하긴 해도 힘은 그저 그럴 것이고, 벌교 놈은 돈벌이는 잘할지 몰라도 씨름은 별것 아닐 것이여. 보성 사람이 화끈하고 끈질긴께, 회천 장사가 이겨불지 않겠어?"

"주먹질하고 힘쓰는 것이야 고흥것들이 잘한디?"

이날 씨름판 옆 공터에 가설무대가 섰다. 초저녁부터 거기서 노래자랑이 열렸다. 예선에 서른다섯 명이나 출전했기 때문에 그날 밤에 여덟을 가려 다음 날 결선을 치르기로 했다. 그날 반주는 아코디언 하나로 했지만, 이튿날에는 기타를 치는 악사도 온다고 했다.

외지에서 온 재담꾼이 예선을 진행했다. 노래를 부르다 박자가 틀리거나 음정이 맞지 않으면 재담꾼이 땡, 놋그릇을 쳐 탈락시켰다. 밤이 이슥해서야 준준결선에 오를 여덟 사람이 결정되었다.

최종일 오후가 되자 난장에 긴장감이 감돌았다. 해거름부터 씨름과 노래자랑 준결승을 벌였다. 씨름대회는 종철이 진행했다. 대회 규정은 보성 출신 장사에게 유리하게 만들었다. 삼판

양승제의 승자 진출전으로 하되, 보성 출신이 한 사람은 결승에 가야 한다는 유지들의 뜻을 받아들여, 종철은 먼저 회천 장사와 벌교 장사가 붙게 하고, 그다음에 장흥 장사와 고흥 장사가 겨루게 했다. 회천 장사와 벌교 장사의 씨름은 회천 장사가 힘과 기술에서 한 수 위여서 십여 분 만에 싱겁게 두 판을 내리 이겼다. 고흥 장사와 장흥 장사의 씨름은 팽팽했다. 씨름에 시간제한을 두지 않았는데, 고흥 장사가 세 판 가운데 두 판을 힘겹게 이겨 기진맥진한 상태로 결승에 올랐다.

같은 시간에 가설무대에서 노래자랑을 진행했다. 포장 안에 빙 둘러 세워둔 열 개가 넘는 횃불이 어둠을 사르고 있었다. 준결선에 오른 넷 중에는 남자가 둘, 여자가 둘이었지만, 율포 아낙과 도강 처자가 이겨 여자끼리 결승에서 붙게 되었다. 결선은 지정곡과 자유곡으로 두 번 겨뤄야 했다. 지정곡은 이난영의 '목포의 눈물'이었다.

봉강은 지수와 함께 먼저 씨름판으로 갔다. 같은 마을에 사는 영성 정씨 일가 정종관이 봉강을 반겼다. 종관은 광주에서 유도 선수로 이름을 날린 장사였다. 종관이 항렬로는 봉강의 아저씨 뻘이지만 나이는 일곱 살이 적었다.

"아재는 떨어져부렀소?"

"출전을 안 했는디요."

"으째서요? 아, 새신랑이라 허리 다칠까 겁이 납디요?"

종관은 그해 봄에 결혼해 신혼 중이었다. 종관이 고개를 흔들고는 소리를 낮추었다.

"아따, 순 민촌것들 판인디, 내가 그런 놈들하고 맞잡고 붙어서 으찌께 씨름을 하겠습니까요?"

봉강은 주위를 둘러보았다. 다행히도 종관의 주변에 영성 정씨 일가들만 모여 있었다.

"아재가 잘못 생각했소. 세상이 바뀌었어요. 반촌 민촌이 으디 있다요?"

곧 씨름 결승이 열렸다. 봉강은 씨름 구경을 하고 싶었지만 지수 표정은 그게 아니었다.

"어이, 식구. 우리 노래자랑 보러 가세."

지수가 반색을 했다. 포장 안으로 들어서는 봉강을 보더니 재담꾼이 봉강더러 무대로 올라오라고 했다. 봉강이 손을 내저었지만 성화였다. 봉강은 무대로 올라갔다. 재담꾼이 회천면 건준위원장 봉강을 소개하자 사람들이 요란하게 박수를 쳤다. 재담꾼이 봉강더러 축사를 하라고 했다. 봉강이 큰소리로 물었다.

"면민 여러분, 해방이 된께 참말로 좋지요, 잉?"

"예."

화답하는 소리가 매우 컸다. 봉강이 다시 물었다.

"내가 잔소리 늘어놓지 않고 얼렁 내려가야 좋겠지라우, 잉?"

사람들이 더 크게 예, 하고 외쳤다.

"다들 많이 즐기시요, 잉!"

봉강은 무대에서 내려왔다. 사람들이 박장대소를 했다.

그때 가설무대 바깥에서 와, 하는 함성이 울렸다. 씨름판에서 터져 나온 함성이었다. 조금 전에는 에이, 하는 소리가 났었다. 틀림없이 첫째 판에서 고흥 장사가 이겼지만 둘째 판에서 회천 장사가 이겼을 것이었다. 마지막 한 판으로 우승을 가릴 것이고, 그때 함성이 크면 회천 장사가 우승한 것으로 알면 될 것이었다.

무대에서는 재담꾼이 결승에 오른 두 여자의 긴장을 만담으로 풀어놓고 지정곡 노래자랑을 진행했다. 지정곡 순서는 율포 아낙이 먼저고 도강 처자가 다음이었다. 아코디언 악사와 기타 악사가 함께 반주를 시작했다. 율포 아낙이 제법 자신에 차서 노래를 마치고 무대를 내려가자 박수가 쏟아졌다. 다음은 도강 처자 순서였다. 줄곧 판소리만 불러 결승까지 오른 처자가 연신 고개를 갸웃거렸다. 아, 유행가는 자신이 없는 모양이구나, 다들 그렇게 생각했다. 그러나 노래가 끝나자 박수소리가 요란했다.

"이난영이보다 낫네."

"판소리도 잘 하듬마는 유행가는 더 잘 불러불구마."

재담꾼이 이제 자유곡을 부를 차례입니다, 하고 말하는데 밖에서 와, 하는 함성이 터졌다. 조금 뒤에 씨름판 구경꾼들이 포장 안으로 꾸역꾸역 밀려들어왔다. 씨름 결승에서 회천 장사가 고흥 장사를 넘어뜨렸다고 했다. 자유곡 순서는 도강 처자가 먼저고 율포 아낙이 다음이어서 도강 처자가 무대에 올랐다. 아코디언 악사와 기타 악사가 무대에서 내려가고, 북장단 치는 고수가 올라왔다. 도강 처자가 장단에 맞추어 자유곡을 부르기 시작했다. 판소리 '심청가' 가운데 심청이 뱃사람들을 따라나서는 대목이었다. 먼저 아니리로 사설을 풀었다.

"심청이 일어서며 물때가 늦어가니 어서 건너가겄네다, 하직하고 집으로 돌아오니, 선인들은 재촉하고 부친은 뛰고 우니, 심청이 하릴없이 동네 어른들께 부친을 의탁허고 길을 떠나는디."

중머리로 들어갔다.

"따라간다. 따라간다. 선인들을 따라간다. 끌리는 치마 자락을 거듬거듬 걷어안고 피같이 흐르는 눈물 옷깃에 모두 사무친다. 엎어지며 넘어지며 천방지축 따라갈 제, 건너 마을 바라보며 이 진사댁 작은아가, 작년 오월 단오야에 앵도 따고 노던 일을 니가 행여 잊었느냐. 금년 칠월 칠석야에 함께 허쟀더니 이제는 하릴없구나. 너희는 부모 다 계시니 모시고 잘 살그라. 나는 오늘 우리 부친 슬하를 떠나 죽으러 가는 길이로다."

중머리가 아직 멀었는데 여자 몇이 훌쩍거리기 시작했다. 손등으로 눈물을 훔치는 남정네도 있었다. 처자가 노래를 이었다.

"동네 남녀노소 없이 눈이 붓게 모두 울고, 하느님이 아옵신지 햇님은 어디 가고 검은 구름 자욱허니, 청산도 찡그린 듯 초목도 눈물짓듯, 휘늘어져 곱던 꽃이 시들어 빛을 잃고, 새들은 다정허여 재잘재잘 허는 중에, 묻노라 저 꾀꼬리 뉘를 이별허였건디 환우성 지여 울고, 뜻밖의 두견새는 귀촉도 귀촉도 돌아갈 수 없어, 돌아갈 수 없어. 가지 위에 앉어 울건만은, 값을 받고 팔린 몸이 내가 어이 돌아오리. 죽으러 가는 몸이 언제 다시 돌아오리. 죽고 싶어 죽으랴만은 누구를 원망하고 누구를 꾸짖으랴…."

소리를 끝내자 박수와 함성이 터졌다. 율포 아낙이 자유곡으로 유행가 '황성의 적'을 불렀지만, 사람들은 긴장이 풀린 듯 두런거리기도 하고 이리저리 옮겨 다니기도 했다. 노래자랑 결승은 도강 처자의 우승으로 끝이 났다.

씨름대회와 노래자랑 시상식은 가설무대에서 재담꾼이 맡아 진행했다. 노래자랑과 씨름대회 준우승자에게 상을 준 뒤에 우승자 시상식을 진행했다. 재담꾼이 먼저 노래자랑 우승자를 무대로 불러올렸다. 얼굴을 보려고 사람들이 무대 가까이로 몰렸다.

"오메, 축하하요. 정말 노래 잘 불렀어요. 노래 듣고 오줌 찔끔 찔끔 싼 사람 여그 아조 많소. 나는 솔찬히 많이 싸부렀구마."

재담꾼이 두 손으로 아랫도리를 감싸 안자 사람들이 와, 웃었다. 하기야 관중은 재담꾼이 입만 열면 웃을 준비가 되어 있었다.

"여그서 쭈욱 노래자랑을 들은 사람들은 알겄제만은 씨름 구경하고 온 사람도 많은께 내가 묻겄는디, 어느 마을 누구라고 했지라우?"

"예. 도강마을 진 달래인디요."

"성이 진씨고, 이름이 달래다, 그 말이요?"

"예. 그런디요."

"이름이 겁나게 좋소, 잉? 진달래라. 누가 진짜 달래요?"

사람들이 다시 와, 하고 웃었다. 구경꾼 두 사람이 나란히 서서 말했다.

"도강이라? 거그는 남평 문씨 집성촌이고 타성바지가 많지 않은디?"

"저 처자, 소리꾼 정응민 제자라는디, 부엌일을 해줌시로 소리를 배운답디다."

재담꾼은 다시 씨름대회 우승자를 무대로 오르게 했다. 옥양목 적삼을 입은 건장한 청년이 무대 위로 훌쩍 뛰어올랐다.

"이름이 최석철인디…. 혹시 돌 석石 자 쇠 철鐵 자, 석철이요?"

장사가 마지못해 딱 한 마디로 대답했다.

"예."

"그럼 원래 이름이 돌쇠구마."

사람들이 와, 웃었다. 장사가 허리를 곧추세우고 쏘아붙였다.

"그래서 으쨌다는 거요? 별 좆같은 소리를 다 하네."

재담꾼은 당황하면서 분위기를 수습하려 했지만 장사가 퉁명스럽게 내뱉었다.

"아, 씻나락 까는 소리 작작 하고, 얼렁 상이나 주시요."

재담꾼은 집행위원장인 정종철을 무대에 오르게 했다. 종철이 먼저 노래 우승자 진달래에게 금반지와 은비녀를 주었다. 노래자랑에서 남자가 우승하면 금반지를, 여자가 우승하면 은비녀를 상품으로 줄 예정이었는데 처자가 우승하자 회천면 건준 위원장 봉강이 금반지와 은비녀 둘 다 처자에게 주라고 했다는 설명을 덧붙였다. 다음으로 씨름 우승자 최석철에게는 황소 고삐를 주었다. 황소를 무대 위로 끌고 올 수 없어 고삐를 준다고 했다. 최석철이 상을 탈 때 사람들 틈에서 두 사내가 쑥덕였다.

"아따, 귀신같이 알아맞혀부네, 잉. 저놈 원래 이름이 돌쇠 맞어. 지 애비가 우리 동네에서 머슴살이를 했제."

"저놈이 거문도하고 율포를 왔다 갔다 함시로 장사를 해서 돈 푼깨나 모았다듬마."

그날 난장은 거기서 끝난 것이 아니었다. 행사가 끝난 뒤였다. 봉강리 사람들이 마을로 돌아가느라 백교 삼거리를 도는데, 앞에 가던 사람들이 걸음을 멈추고 웅성거렸다. 씨름 우승자가 노래자랑에서 우승한 처자를 수수밭으로 데려갔다는 것이었다.

몇 사람이 수수밭으로 가더니 석철이를 끌고 나왔다. 석철이가 따라오지 않으려 하자 종관이가 보기 좋게 업어치기로 넘겼다고 했다. 종관이가 씨름판에 뛰어들지는 않았지만 씨름대회 우승자를 업어쳐 원풀이를 한 셈이었다.

이튿날 묘한 소문이 돌았다. 정응민의 제자로 노래자랑에서 우승한 진달래가 어디론가 사라졌고, 석철이도 꼴을 볼 수가 없다는 것이었다. 사람들은 둘이 눈이 맞아 함께 도망쳤을 것이라고들 했다.

쉰내

어머니

9월 들어 건준 지도부는 건준을 해체하고, 조선인민공화국을 수립했다. 인민공화국은 의결기관으로 인민위원회를 두었다. 여운형이 밝힌 바 있지만, 건준도 인민공화국도 정부 조직은 아니었다. 치안을 확보하기 위해 국가기구 형식을 빌린 것이었다. 전국 각지에서 지방 건준을 해체하고 인민위원회를 결성했다.

보성에서도 9월 말에 보성북국민학교에서 인민대회를 열어 보성군 인민위원회를 발족했다. 보성 건준의 위원장과 부위원장이던 박태규와 최창순이 보성 인민위원회의 위원장과 부위원장으로 추대되었다. 이번에도 봉강은 군 인민위원회 위원의 자리를 지켰다.

보성 인민위원회는 건준 때와는 달리 박태규보다는 최창순이 주도했다. 미력면에 사는 대지주 박태규가 날마다 10리 길을 걸어 보성읍까지 오갈 수가 없어 최창순이 앞에 나서게 된 것이다.

최창순은 일제강점기에 사회주의 서클을 만들어 청년 학생을 지도한 이력이 있었다. 자연스레 우익 성향이 짙은 박정현과 안태시가 뒤로 밀리고, 치안 책임을 맡아온 안병석의 발언권이 강화되었다.

안병석은 치안대를 이끌고 보성경찰서를 접수한 다음, 부서 이름을 보안서로 바꾸었다. 보안서는 학도대와 청년동맹을 앞세워 친일 행위자 검거에 나서겠다고 밝혔다. 겁을 주어 자숙하게 하자는 것이 안병석의 속내였지만, 뒤가 켕기는 일부 유지들은 아연 긴장했다.

며칠 뒤에 보안서장 안병석이 거북정에 들렀다. 여러 면을 순회하는 중이라고 했다.

"봉강 형이 맡을 일을 내가 떠맡고 있어요."

"아니네. 보성 천지에 질펀하게 깔린 이들이 자네 사돈들 아닌가? 그분들 도움을 끌어 모아 덕을 펴시게."

보성에서 광주 이씨 진원 박씨 죽산 안씨의 세 성바지는 수도 많은 데다 혼맥으로 서로 얽혀 있어 세 성을 가진 사람은 알고 보면 다 사돈이라고들 했다. 봉강이 덧붙였다.

"중용에, 성색聲色으로 화민化民하는 것은 말야末也라 했네. 소리 지르고 낯빛 붉혀 백성 다스리는 것은 가장 나쁜 방법이라는 것이네."

"지당하지만, 참 어려운 말씀을 하시네요. 소리 낮추고 얼굴 온화하게 하라고 애는 쓰겠구만이요."

봉강은 회천면 인민위원회의 위원장으로 추대되었다. 그는 회천면 건준 임원을 모두 인민위원회 임원으로 눌러 앉혔다. 그가 간여하지 않아도 면 인민위원회는 치안을 확보하고 민생을 돌보는 일에 빈틈을 보이지 않았다.

점심상을 물리고 나서 봉강이 지수에게 물었다.

"그래, 송정 어른은 뵈었는가?"

"예. 어제 미력면에 가서 어르신 뵙고 조금 전에 돌아왔구만이요."

"그럼 값은 많이 주신다고 하든가?"

"그림 값 이야기는… 아무 말씀 없으시든디요."

"내가 쌀 열 가마는 쓰시라고 해뒀네."

지수는 보성군 인민위원장인 송정 박태규의 초상화를 그릴 예정이었다. 봉강이 주선한 것이었다. 쌀 열 가마라면 상머슴 일 년 새경을 웃도는 값이었다.

밖에서 헛기침 소리가 났다. 지수가 일어서서 문을 열었다. 소리꾼 정웅민이 토방에 서 있었다. 봉강보다 열일곱 살이 위인데도 그는 늘 봉강 앞에서 허리를 굽혔다.

"평안허셨습니까?"

"예. 방으로 들어오시씨요."

영성 정씨 중에 나이가 든 이들은 봉강이 정응민을 깍듯이 존대하는 것을 떨떠름하게 여겼다. 명문가 종손이 하찮은 소리꾼을 지나치게 공대한다는 것이었다. 그러나 봉강은 개의치 않고 늘 예를 갖추었다.

정응민은 조심스레 방으로 들어섰다. 자리에 앉고 나서 정응민이 슬쩍 지수에게 시선을 주었다. 지수는 자리에서 일어섰다.

"두 분께서 말씀 나누시씨요."

등 뒤에서 봉강이 말했다.

"어야 식구, 밖에서 기다리소. 자네한테 부탁할 일이 있네."

"예. 바깥에 있겠습니다."

지수는 정원을 둘러보았다. 계곡에서 내려온 물이 연못으로 흘러들고, 그 주변에 들어선 소나무 매화나무 금목서 모과나무 동백나무 배롱나무 등이 멋을 겨루고 있었다. 정원수 가운데서 지수가 가장 애착을 느끼는 나무가 배롱나무였다. 사람들은 그 나무를 간지박나무라고 했다. 고향의 동각洞閣 마당에도 한 그루가 서 있었다. 나무 옆구리를 간지럽히면 바람이 불지 않아도 나뭇가지가 흔들렸다. 아버지의 정실인 큰어머니는 소실인 지수 어머니를 틈만 나면 구박해, 어머니는 늘 방에 들어와 훌쩍였다. 그럴 때면 지수는 으레 동각으로 가서 간지박나무를 간지럼 태우며 속으로 말했다. 엄니, 나를 봐서라도 참으시오, 잉. 언젠가는 꼭 내가 엄니도 웃음시로 살게 해드릴 텡께요.

지수는 연못을 돌아 배롱나무 밑으로 갔다. 나무 큰 줄기 옆구리를 간지럽혔다. 미동도 하지 않았다. 지수는 고개를 끄덕였다. 하기야, 우리 엄니가 저세상으로 간 지도 여러 해가 지났은께….

사랑 안에서 봉강이 너털웃음을 터트렸다. 문이 열리더니 정응민이 조심스레 걸어 나왔다. 봉강이 말했다.

"서두르셔야겠습니다."

"예. 곧 데리고 오겠습니다요."

방에서 나온 봉강은 툇마루에 걸터앉아 지수더러 가까이 오라고 손짓했다.

"내가 자네한테 부탁이 있네."

"무슨…."

"그림 값은 내가 치를 텡께, 정응민 선생 초상화를 그리게."

"두 분이 그 이야기를 하신 겁니까?"

"아니네. 내가 오래전부터 생각해온 일이네."

"송정 어르신 초상화를 마치는 대로 그분을 그리겠습니다."

봉강은 어머니를 뵙기 위해 안마당으로 들어섰다가 걸음을 멈추었다. 아내 진원 박씨가 안채 동쪽 끝의 작은방 앞마당에 나와 우두커니 서서 두 팔을 축 늘어뜨리고 먼 하늘을 바라보고 있었다. 봉강의 시선이 박씨의 배를 향했다. 아직 임신한 티가 두드러지지는 않았다.

아내를 돌보는 유모가 작은방에서 나오더니 쪼르르 마당으로 내려와 끌다시피 하여 박씨를 방 안으로 데려갔다. 둘째아들 건상을 다 기른 뒤로 유모가 젖먹이기를 마치자, 봉강의 어머니 윤씨는 유모에게 며느리 박씨를 돌보는 일을 맡겼다. 박씨의 조현병 증세가 내버려두기 어려운 상태로 접어들고 있었다.

봉강은 읍에서 제일 큰 길의원의 길양수 원장을 집으로 데려와 아내 박씨를 살피게 한 적이 있었다. 원장은 박씨의 증세가 분열증이라고 했다. 입원 치료를 받을 수 없느냐고 물었지만 고개를 저었다. 입원시켜 봐야 침대에 묶어놓고 신경안정제나 수면제를 먹이는 것 말고는 뾰쪽한 방법이 없다는 것이었다. 원장은 간병인을 붙여 돌보게 하되, 신경안정제를 먹이고, 가끔 밖에 데리고 나가 산책도 시키라고 권했다. 길 원장 말을 듣고 봉강은 아내 손을 붙들고 일림산 산길을 걷곤 했지만 오래지 않아 그만두어야 했다. 어머니 윤씨가 썩 내켜 하지 않아서였다. 윤씨는 며느리 산책시키는 일을 유모에게 맡겼다.

봉강은 큰방 앞에 서서 헛기침을 했다.

"어머니, 저 왔습니다."

윤씨가 방문을 열었다.

"들어오소."

윤씨는 방 안에서는 말을 놓지만, 밖이거나 문이 열려 있는 상태에서는 아들한테 반높임말을 썼다. 봉강은 안으로 들어가 어머니 윤씨 앞에 무릎을 꿇고 앉았다.

"편좌便坐허그라."

편히 앉으라는 말씀이었다. 봉강은 고쳐 앉았다. 어머니는 '하라'고 하지 않고 꼭 '허라'고 했다. 전북 고창 출신인 외할머니가 그랬다.

"그동안 일이 많았습니다. 바깥일도 그렇고 집안일도 그렇고…. 그런디 우선 정웅민 선생이 부탁한 일부터 말씀드리겠습니다."

"그 사람을 존대하는 심사는 알겠다만은 선생은 무슨 선생이냐? 내가 전에도 말했다만은, 그냥 정 가인歌人이라고 해라."

"아, 예."

"그자가 무슨 부탁을 했길래 그러느냐?"

"정 가인이 저더러 처자 하나를 맡아달라고 해서 그러마고 했습니다. 어머니께서 곁에 두시든가, 아니면 유모가 집사람 돌보기 힘들다고 투정을 한다는디 유모하고 함께 집사람 방에 두시든가…."

찬찬히 봉강의 얼굴을 살피고는 윤씨가 매듭지었다.

"부탁을 들어주겠다고 했다면 그렇게 해야겠제. 지금 그 처자가 집에 와있냐?"

"아닙니다. 정 가인이 곧 데려오겠다고 했습니다."

"오는 대로 안으로 보내그라."

봉강은 이제 결코 쉽지 않은 주제의 이야기를 꺼내야 했다.

"해방이 되어서…, 아무래도 노비들을 풀어줘야 할 것 같습니다."

윤씨 대답은 뜻밖에도 간명했다.

"종호 서방님헌테 대충 들었다. 시류를 따라야제 으짜겠냐?"

"이해해 주셔서 고맙습니다."

"서방님이 그러는디, 수노인 일쇠 가족은 떠나지 않겠다고 떼를 쓰는 모양이드라. 으찌께 할 생각이냐?"

"저도 들었습니다. 그것 참…."

"간다는 사람 붙들 수도 없지만, 안 간다는 사람 야박허게 해서도 안 된다."

"명심하겠습니다. 그러고…, 땅은 아무래도 많이 풀 수밖에 없을 것 같습니다. 정부 들어스면 법도 바뀔 것이고요."

"그 일도 종호 서방님한테 들었다만은…, 신체발부身體髮膚는 수지부모受之父母라, 불감훼손不敢毀損이요 효지시야孝之始也라 했는디, 부모한테 물려받아서 감히 훼손해서는 안 될 것이 신체

발부뿐이겠냐? 땅이야말로 선대의 혼이 백힌 것이어서, 그것을 지키는 것이 바로 효도의 근본인 것이니라."

지주집 안어른의 본디가 드러나고 있었다. 봉강은 허리를 곧 추세웠다. 그러나 어머니는 그 문제에 대해서도 이미 마음을 열어놓고 있었다.

"종손으로서 나름으로 생각이 있을 것이다. 다만 신중히 처리해야 쓸 것이다. 그 말을 나는 허고 싶다."

"예. 명심하겠습니다."

윤씨가 말머리를 돌렸다.

"내가 걱정허는 것은 노비도 아니고 땅도 아니다."

"그럼?"

"내 시부이신 니 조부께서 너헌테 당부헌 것이 뭣이드냐?"

봉강은 자세를 고쳤다.

"삼의三宜입니다. 도회종적韜晦蹤跡 전소선영展掃先塋 교회자질敎誨子姪, 그 세 가지입니다."

삼의의 첫째인 도회종적의 도회란 도광양회韜光養晦의 준말이었다. 칼빛이 밖으로 새나가지 않도록 칼을 칼집에 집어넣고 어둠 속에서 실력을 기른다는 뜻으로, 유비가 조조의 식객 노릇을 할 때 일부러 몸을 낮추고 어리석은 척해 경계심을 풀도록 한 것이 바로 도광양회의 계책이었다.

"글자가 어렵다만은, 세상 어지러울 때는 나를 외려 감추고, 선영을 잘 다듬고, 아들과 조카 두루 잘 가르쳐라, 그것이 아니드냐?"

"그렇습니다."

"그 가르침을 느그들이 마음속에 잘 담고 있는지…, 나는 그것이 궁금허다. 선영 다듬고 자질 가르치는 일이야 대수겠냐만은, 도회종적에 있어서는 내가 너희들헌테 믿음을 갖지 못허고 있다. 나헌테 그것보다 더 큰 걱정이 뭣이 있었냐?"

어머니가 이었다.

"작은아들 해진이는 이미 고삐 풀린 망아지가 되어서 어디로 뛰어가는지 모르겠고…, 너에 대해서도 내가 믿음이 굳지가 않어."

어머니 윤씨가 얼굴을 찌푸렸다.

"가슴이 답답허다. 문을 열그라."

봉강은 방문을 열었다. 윤씨는 열린 문 너머로 한참을 먼 하늘을 바라보았다.

"우리 거북정 아녀자 가슴속에는 원등 할머니가 들어앉아 계시다. 너도 잘 알 것이다만은, 그 당신의 큰아드님 혁赫 자 할아버지께서 젊은 나이에 돌아가시자, 당신의 자부이신 광주 이씨 정려 할머니께서 스물여섯의 나이에 스스로 교사絞死허시었다.

가문이 풍전등화에 처했을 적에 원등 할머니께서 아주 돌올허신 위품으로, 집안의 기강을 바로 세우고 가세를 오히려 키우셨다. 다 내가 보지 못헌 일이지만 이 집에 들어와서 귀가 닳도록 들은 말이다.”

“…”

“나도 니 아버지가 돌아가셨을 때, 정려 할머니 뜻을 받들어 자진自盡허고자 허였으나, 어르신들이 말리시고 또 너희들이 밟혀서 뜻을 접었니라. 그렇다고 내가 살아서 기강을 세운 것도 아니고, 가세는 기울어가고…. 나는 원등 할머니의 반에 반도 따를 수 없으니….”

봉강의 눈이 어머니의 왼손 무명지에 꽂혔다. 손가락에는 아직도 흉터가 뚜렷했다. 아버지가 숨을 거두려 하자 어머니가 면도로 무명지를 크게 갈라 피를 입에 넣어드렸으나 아버지는 운명하고 말았다고 했다. 윤씨가 말을 이었다.

“더구나 우리 집 종부, 착허디착허든…, 금쪽같은 내 며느리, 니 처는 지금 배가 부풀기 시작허는디도 조금씩 조금씩 정신줄을 놓고 있다.”

어머니는 말을 잇지 못하고 한동안 입을 꾹 다물고 있다가 얼굴을 고쳐 말을 맺었다.

“내가 아들 앞에서 자중허지 못했구나. 사랑으로 내려가그라.”

어머니 눈에 눈물이 그렁그렁했다. 봉강은 다시 무릎을 꿇었다. 아무 말도 나오지 않았다. 봉강은 조용히 일어서서 방을 나왔다.

봉강은 사랑채로 가지 않고 개울 건너에 있는 삼의당으로 갔다. 동애 할아버지가 지은 집이었다. 삼의당 기둥에 한자로, 도회종적 전소선영 교회자질이라고 쓴 현판이 걸려 있었다.

봉강은 어머니 마음속으로 들어갔다. 시아버지인 동애 할아버지는 아들을 먼저 저세상으로 보내고 나서 삼의당을 짓고, 보성에서 제일간다는 독선생獨先生을 모셔와 두 손자를 가르치게 했다. 독선생은 구학은 물론 신학에도 밝아 한문뿐만 아니라 산수와 세계지리 등도 가르쳤다. 독선생은 뒤에는 봉강으로 하여금 와세다대학에서 주관하는 3년간의 통신강의 과정도 거치게 했다.

일찍이 개화한 집안에서 자란 어머니 윤씨는 그런 교육에 만족할 수 없었다. 어머니는 큰아들 해룡은 그대로 두더라도 작은아들 해진은 신식 교육을 시켜야 한다고 믿고, 해진을 빼돌려 장흥소학교에 보냈다. 머리가 출중한 해진은 월반을 해서 과정을 마친 뒤 광주고등보통학교에 들어갔다. 해진은 거기서도 겨룰 상대가 없을 정도로 성적이 두드러졌다. 광주에서는 드물게 경성제대 철학과에 입학했고, 예과를 거쳐 본과를 마치고, 마침내는 동경제대 대학원에 들어갔다. 어머니 윤씨는 아들이 경성제대를 나오면, 더구나 동경제대 대학원까지 나오면, 출세도 보통 출세가 아니라 엄청난 출세가 보장되는 줄 알았다. 동경에 간 해진이 국제공산당 활동을 한다는 말을 듣고는, 해진이 국제적인 인물이 될 것이라고 믿었다.

그러나 경성제대 예과 시절까지만 하더라도 우등생들과 어울리던 해진은 본과에 들어간 뒤에 표변해 학교 수업을 제쳐두고 뜻이 맞는 친구들과 독서활동에 몰입했다. 해진은 출세해서 행세하는 삶이 아니라 숨어 지내는 삶을 택한 것이다. 해방이 되면 그런 삶을 마칠 줄 알았는데, 서울로 올라가더니 종무소식이었다. 그렇게 하여 어머니 윤씨는 작은아들을 놓쳤는데, 이제 큰아들도 안심할 수 없다고 느끼는 것이었다. 봉강은 어머니 윤씨가 안쓰러웠다.

그날 해질 녘에 정응민이 처자 하나를 데리고 거북정으로 왔다. 지수는 먼발치에서 봤지만 왠지 처자 얼굴이 눈에 설지 않았다. 봉강은 처자를 안채로 데려갔다. 혼자서 거북정을 나오는 정응민에게 지수가 물었다.

"누군가요?"

"알 것 없네."

순간 지수의 머리를 스치는 것이 있었다. 아, 맞다. 노래자랑에서 일등 한 그 처자다. 그런데 그 처자는 돌쇠라는 놈과 함께 달아났다고 하지 않았는가? 스승인 정응민이 되찾아온 것인가? 정응민은 처자를 왜 거북정으로 데려왔을까?

"혹시, 봉강께서 소실을 구하신 것이요?"

"알 것 없당께는…."

처인處仁

봉강은 어느 날은 사랑방에서 두문불출하고, 어느 날은 일림산을 오르고, 또 어느 날은 율포 바닷가를 거닐었다. 봉강은 고민에 빠져 있었다. 해방이 되었으니까 이제부터가 중요했다. 도랑물을 막던 사람, 도랑의 개를 치던 사람, 물을 품던 사람이 힘을 합해 고기를 주워 담아야 했다. 그러나 그게 간단치가 않을 것 같았다. 그럼 나도 옷을 걷어붙이고 도랑으로 들어가야 하는가? 아니면 도회종적의 유지를 받들어 숨어 지내야 하는가? 나라가 새로운 출발을 앞둔 시점인데, 나 몰라라 하는 것은 아무래도 군자의 도리가 아니었다.

어떻게 할 것인가? 할아버지가 말씀하신 삼의三宜를 존중해 과도한 개입은 되도록 삼가자. 땅은 머슴 하나가 감당할 만큼만 소유하자. 이인里仁에 힘써 보성이 화합하는 고장이 되게 하는 데는 온 힘을 쏟자. 봉강은 그렇게 정리했다.

봉강은 바로 그 세 번째 일이 중요하다고 느꼈다. 논어에 이르기를 '이인里仁이 위미爲美하니 택불처인擇不處仁이면 언득지焉得지智리오'라고 했다. 맞는 말이었다. 마을 인심이 인후한 것이 아름다우니, 어질게 처신하지 않는다면 어찌 지혜롭다 하겠는가? 보성이 인후한 고장이 되도록 나도 힘을 보태자. 봉강은 그렇게 다짐했다. 봉강은 수신 제가 치국 평천하라고 하지만, 제가와 치국 사이에 마을을 인후하게 하는 일이 들어가야 한다고 느껴온 터였다. 그 일이야말로 향촌의 군자가 마땅히 해야 할 일이었다.

봉강은 10월 초에 읍에 있는 보성인쇄로 갔다. 사주로서 가끔 인쇄소에 들르는 것이 인쇄소에 매달려 있는 사람들에 대한 예의라고 여겼다. 읍에 간 김에 세상 돌아가는 일도 좀 알아볼 생각이었다. 사장인 박용주가 그를 반겼다.

"그렇잖아도 기별을 보내 오시라고 할 참이었는디…. 어서 오소."

박용주는 봉강의 사촌 처남으로 봉강보다 열네 살이 위였다.

보성인쇄주식회사는 보성에서 결코 그 존재 가치를 과소평가할 수 없는 법인이었다. 일제강점기인 1934년 12월에 이몽재 최형호 박용주 조규봉 등이 보성의 얼을 이어가기 위해 문화사업을 진흥해야 한다는 데 공감하고 공동출자해 세운 회사였다. 모두가 보성을 대표할 만한 유지이자 자산가들이었다. 이몽재가 사장, 최형호가 대표이사를 맡았다. 그러나 그때까지만 하더라도 보성은 읍도 아닌 면 소재지에 지나지 않았다. 인쇄사업이 잘될 리가 없었다. 보성인쇄는 출자금이 바닥이 나자 새로운 출자자를 찾아 나섰고, 결국 봉강이 기존의 출자금에 맞먹는 거액을 투자해 사장을 맡았다.

보성인쇄는 보성 선비들의 문집을 단행본으로 발간하는 사업을 폈다. 박찬영이 모은 『양동유고陽洞遺稿』 5권 2책을 비롯해, 박용주가 편찬한 『진원박씨세고珍原朴氏世稿』, 정시림이 정리한 『월파집月波集』 3권 3책을 차례로 발행했다. 명문세족의 문집이 나오자 보성인쇄는 보성 유지나 지식인의 사랑방이 되었다.

1940년에 부령 221호로 보성이 읍으로 승격한 이후에 보성인쇄에서는 명함인쇄 사업을 시작했다. 이름과 아호, 주소를 넣은 명함을 주고받으면서 유지들 사이에 호를 부르는 것이 유행했다. 5일장이 서는 날이면 유지들로 인쇄소가 북적거렸다.

인쇄소 경영이 호전되자, 회천면에 사는 봉강은 읍에 상주할 수 없어 발기인의 한 사람인 박용주에게 사장 자리를 넘겼다. 박용주는 보성에서 벌어진 만세운동에 적극 가담했다가 왜경에 찍혀 핍박을 받자, 1925년에 북간도로 피신해 한때 인쇄업체에 근무하다가, 노모가 위독하다는 소식을 듣고 돌아온 이였다. 봉강은 박용주의 인쇄직 경력을 높이 사서 그에게 사장을 맡긴 것이었다. 해방 이후 박용주는 보성 건준에 이어 보성 인민위원회의 위원을 맡아, 봉강과는 공적으로도 자리를 함께하곤 했다.

봉강은 박용주와 함께 순천여관으로 갔다. 그 여관 음식이 보성읍에서는 손에 꼽혔다.

"요즘 처남께서 세상일에 관심을 많이 두고 계시다고 들었습니다."

넌지시 운을 떼자 박용주가 너스레를 떨었다.

"내가 사업보다는 정치에 더 소양이 있는 것 같아. 재미도 있고 말이여."

그는 9월에 창당한 한민당의 보성군당을 맡을 것이라고 했다. 봉강은 그가 세상 돌아가는 것에 대해 분석적으로 이야기할 줄 알았다. 그러나 그는 이미 시국을 객관적으로 볼 수 있는 위치에서 벗어나 있었다.

"어야, 자네도 나랑 같이 한민당韓民黨 하세."

"글쎄옳습니다. 생각지 못한 말씀이라 직답하기가 어렵습니다."

"무슨 말씀이신가? 봉강은 일찍이 보성전문학교에 희사도 하셨고, 또 인촌 김성수 선생과도 돈후한 사이가 아니신가?"

"그렇긴 합니다만…."

봉강은 말을 잇지 않았다. 봉강이 전답을 팔아 동애 할아버지 이름으로 보성전문학교에 지원금을 보낸 것은 신문에도 났다.

그 뒤로 인촌이 봉강의 거북정을 몇 차례 방문하기도 했고, 봉강도 서울에 가면 으레 인촌의 사랑방에 들르곤 했다. 봉강은 인촌과 혼맥으로 이어지기도 했다. 봉강의 고모가 장흥의 지주 고영완(2대 국회의원)의 숙모였으며, 고영완의 여동생이 출가해 인촌의 며느리가 되었다. 박용주가 봉강을 밀어붙였다.

"나하고 같이 한민당을 하세. 자네가 앞장을 선다면 내가 발 벗고 도와드림세. 이대로 있다가는 우리 같은 사람은 재산 다 뺏기겠어. 공산당 놈들이 뭐라고 떠들어대는 줄 알아? 땅을 다 무상몰수 무상분배하겠다는 거여. 아니, 우리가 뭔 죄를 졌어? 웬 몰수여?"

봉강은 잠자코 듣기만 했다. 그러나 박용주가 가만두지 않았다.

"자네 생각은 어떠신가? 자네 고견 좀 듣세."

그때 밥상이 들어왔다. 다행이었다.

"금강산도 식후경이라는디 진지부터 드시지요."

"그러세. 먹고 나서 이야기하세."

봉강이 박용주의 잔에 술을 따랐다. 박용주도 봉강에게 술을 따랐다. 몇 번 권커니 잣거니 하며 잔을 비우고는 수저를 들었다.

"자네가 우리 췌객贅客이 아니신가?"

"그렇지요."

"그것을 떠나서도 세교世交가 오래고 두터운데 우리 손잡고 한길을 가세."

봉강은 딴전을 폈다.

"이 집 음식이 보성음식으로 내놓을 만하지요, 잉?"

식사가 끝나자 박용주가 말머리를 돌렸다.

"그렇잖아도 묻고 싶었네. 자네는 이 시국에 대해서 으찌께 생각하는가? 기탄없이 말해보소."

순서가 바뀐 질문이었다. 물으려면 시국관을 먼저 묻고 한민당에 대한 태도를 뒤에 물어야 했다. 봉강은 할 말은 하기로 생각을 바꾸었다.

"그럼…. 제가 좀 길게 말씀을 드려도 되겠습니까?"

"하먼. 다 들음세."

봉강은 그동안 생각해온 바를 말했다. 역사는 원시 봉건제, 고대 노예제, 중세 봉건제, 근대 자본주의, 현대 사회주의 순으로 발전한다. 이런 큰 흐름을 거슬러서는 안 된다. 우리 사회는 봉건제를 넘어 근대 자본주의, 나아가 현대 사회주의로 가야 한다. 근대와 현대를 아울러 추구해야 하는 어려운 과제에 당면해 있다. 사회체제의 진화를 위해서 토지는 해체해 경자유전의 원칙에 따라 농민에게 돌려줘야 한다. 그렇다고 땅을 지주한테서 무상몰수하는 것은 온당치 않다. 국가가 장기채권을 발행해 유상으로 지주의 농지를 사들여 농민에게 배분하고, 농민은 장기분

납 방식으로 땅값을 갚아나가게 해야 한다. 지주는 땅값으로 받은 장기채권으로 새 산업을 일으켜야 한다. 개화기나 일제강점기에 선각자들은 지주들에게 땅을 청산해서 학교를 세우고, 병원을 세우고, 장사나 무역을 하고, 또는 새 산업을 육성해야 한다고 하지 않았느냐, 이런 것이 요지였다. 어느새 박용주의 얼굴은 굳어질 대로 굳어져 있었다. 박용주가 목소리를 가다듬었다.

"여보게. 왜 지주가 무조건 땅을 내놔야 한당가? 자네같이 내놓고 싶은 사람이나 내놓으면 되제, 다짜고짜로 다 땅을 내놔라? 여러 대에 걸쳐서 일군 땅인디, 나라가 당대에 그 땅을 다 뺏어불어야 한다? 그것이 말이나 되는 소린가?"

봉강이 한 말과는 거리가 있었다. 그러나 말을 하다 스스로 화를 돋운 박용주가 목소리를 높였다.

"특히 자네 집 재산의 바탕은 임진왜란 일등공신인 반곡 정경달 어른께서 나라를 지킨 공을 치하해 임금님이 하사하신 것이 아닌가? 그런디, 자네가 무슨 염치로 땅을 찢어서 노비들한테 나눠줘뿔고, 소작인들한테 헐값으로 넘게뿔고 그러겄다는 것인가? 죽어서 조상들을 으찌께 뵙겄다고 그런 일을 저지른 것인가?"

박용주 목소리가 커서 밖에서도 들렸는지 누군가가 방문을 확 열었다. 박용주를 보자 반색을 했다.

"아따. 맞어. 용주 동생 목소리드랑께."

그가 방으로 쑥 들어서더니 박용주 손을 덥석 잡았다. 박용주
가 그에게 봉강을 소개했다.

"앉으시요. 봉강이 왔소. 수인사나 하시요."

그가 앉으며 반절을 했다. 봉강도 윗몸을 일으켜 반절로 답했다.

"소인은 득량면 사는 이공재라고 하요. 동애 정각수 어른한테
는 인사를 올린 적이 있고, 봉강 함자도 알고는 있소."

이공재가 호주머니에서 명함을 꺼내 봉강에게 주었다. 보성
인쇄에서 찍은 것이었다. 호가 청구青丘였다. 봉강도 명함을 건
넸다. 이공재는 원래 땅이 많았는데 간척도 하고 건어물 장사도
해서 재산을 많이 불린 자산가였다. 박용주보다 두어 살은 위인
듯했다.

"청구 선생의 존함은 익히 들었습니다만 인사를 올리지 못했
습니다. 정해룡입니다."

다시 술을 몇 잔 주고받으며 박용주가 봉강과 나누는 대화를
듣고 있다가, 이공재가 참지 못하고 끼어들었다.

"봉강의 조부 되시는 동애 어른도 지주들하고 한마디 상의 없
이 여러 차례 구휼미를 풀어부렀소. 흉년에는 아예 소작료를 안
받기도 하셨소. 그 순간에 보성 지주들은 다 인색한 악덕지주가
되고만 것이요. 으찌께 생각하시요?"

"……"

"요새는 동애 어른의 손자인 봉강이 노비들한테 땅을 나눠주고, 소작인들한테도 똥값으로 땅을 넘기고 있다고 들었소. 보리나면 받기로 하고 오뉴월에 외상으로 참외 주대끼, 땅을 소작인들한테 막 외상으로 준다고 합디다. 그렇게 해부러갖고 봉강이 우리 지주를 다 똥만도 못한 것들로 만들어분 것이요. 내 말이 틀렸소? 추수가 코앞에 다가왔는디, 곧 소작쟁의가 씨게 불붙을 판이요. 봉강이 소작 놈들 가슴에다 기름을 찌클어분 것이요."

인신공격에 가까웠다. 그나마 박용주가 말려 더 이상의 낭패는 면할 수 있었다. 박용주는 당에 할 일이 있다며 일어서서 이 공재 팔을 끌고 여관을 나갔다.

봉강이 보성인쇄로 돌아가자 학산 윤승원이 그를 반겼다. 그는 회천면 건준 초기에는 주로 율포에서 지냈지만, 건준이 안주찬 위주로 자리를 잡은 뒤로는 율포보다는 보성에 머무는 날이 많았다. 학산은 봉강에게 보성인쇄 주주들이 양분될 것이라고 했다. 지주들이 땅에 연연하는 패와, 땅의 굴레에서 벗어난 패로 갈려 싸움을 벌일 조짐이 짙다는 것이었다. 학산은 봉강더러 땅에 연연하는 자들과는 인연을 끊어야 한다고 했다. 봉강은 고개를 저었다. 그는 서로 의견이 다르더라도 보듬어 함께 가야 한다고 믿었다. 그것이 이인里仁의 길이었다. 봉강의 생각으로는, 한민당은 태생적인 한계 때문에 통합의 주체가 될 수는 없겠지만,

그래도 배제해서는 안 될 통합의 대상이었다.

　이튿날 오후에 봉강의 재산관리인인 당숙 종호가 거북정 사랑으로 왔다.

　"노비문서를 태워불고, 논을 몇 마지기씩 나눠준 데 대해서는 노속들이 모두 감지덕지하고 있네. 그런디, 전부 멀리 떠나라고 했드니 다들 눈물을 찔찔 짜고 야단법석이네."

　"그래요? 그럼 일철이하고 망철이를 저한테 좀 보내주시씨요. 제가 말을 해보겠습니다."

　종호가 나가고 나서 조금 지나 일철과 망철이 사랑으로 왔다. 마당에 나란히 서서 헛기침을 하고는 일철이 말했다.

　"서방님, 일쇠하고 보름쇠가 왔습니다요."

　둘은 다른 이가 일쇠나 보름쇠라고 부르면 버럭 역정을 내곤 했는데, 봉강 앞에 와서는 스스로 옛 이름을 댔다. 근본을 잊지 않고 있다는 마음을 드러낸 것이었다. 봉강은 문을 열었다.

　"둘이 다 이리 들어오소."

　일철과 망철은 서로 마주 보며 눈을 껌벅거렸다. 그도 그럴 것이 이전에는 봉강과 한방에 앉아본 적이 없었다.

　"들어오랑께."

　일철이 마당에서 토방으로 올라섰다. 망철도 따랐다.

"거긴 토방이지 방이 아니지 않는가?"

일철이 머뭇거리다가 신발을 벗고 툇마루에 올라와 무릎을 꿇었다. 또 망철이 따랐다.

"여기서 서방님 말씀을 들겠습니다요."

"거긴 툇마루여. 방으로 들어오소."

일철이 침을 꿀컥 삼키더니 방으로 들어섰다. 다시 망철이 따랐다. 방에 들어와 둘은 다시 무릎을 꿇었다.

"편히들 앉소."

일철이 눈을 크게 뜨고 고개를 내저었다.

"서방님, 그건 절대로 안 됩니다요."

망철이 맞장구를 쳤다.

"그러고말고요."

봉강이 말없이 몸을 일으키더니 무릎을 꿇었다. 일철과 망철이 벌떡 일어섰다.

"서방님, 이 무슨…."

"보기 민망하면 다 같이 편히 앉아 이야기하세."

봉강이 고쳐 앉았다. 일철과 망철이 마주 보고 어쩔 줄 몰라 하더니 자리에 편히 앉았다.

"그래, 되었네. 이제 내 말을 잘 들어보소."

봉강은 말을 이었다.

"세상이 달라졌네. 이제 자네들 모두 아주 멀리 떠나소. 보이지 않는 데로 가서 꼿꼿하게 독립해서 살소. 내가 자네들 꼴이 보기 싫어서 떠나라고 하는 것이 아니네. 노비 신분을 벗어났다고 하더라도, 자네들이 이 근방에 맴돌면 다른 사람들이 자네들을 이전과 다르게 대하겠는가? 종호 아재한테 당부했네. 자네들한테 문전옥답 좋은 논을 나눠주라고 말이네. 논을 파는 대로 멀리 가서 모두들 당당하게 허리 세우고 살소. 자네들이 살고 있는 집은 다 내 선대 어르신들께서 지어준 것이네만은 각자 다른 이에게 팔아도 되네. 쉬 팔리지 않으면 우선 내가 값을 치름세."

일철이 감격해 눈물을 흘렸다. 마음을 가다듬고 그가 대답했다.

"종호 서방님도 같은 말씀을 하셨지라우. 그 말씀을 들은 뒤에 우리끼리 이야기 많이 했습니다요. 여그 보름쇠 동생은 처가가 있는 강진으로 가기로 했담마요. 그런디 저는 갈 곳이 없단 말씀입니다. 웃대 살던 터전이 섬인디 식구 전부가 거그는 죽어도 안 가겠단 것이어요."

봉강은 고개를 끄덕이고는 망철을 바라보았다. 망철이 고개를 떨어트렸다.

"저도 서방님 곁에서, 또 일쇠 성님이랑 한꾼에 살고 싶은디, 처가 쪽에서 하도 그쪽으로 오라고 성화고, 안엣년도 그쪽으로 돌아서부러갖고…. 죄송합니다요."

"죄송하다니, 천만의 말씀이네. 내가 바라는 바가 그것이네."

일철은 떠나지 않겠다는 노속이 반쯤 된다고 했다. 봉강이 말했다.

"나는 머슴 한둘이 농사지을 수 있을 만큼만 땅을 남기고 다 처분할 생각이네. 앞으로 법이 만들어지면 다른 지주들도 그렇게 해야 할 것이네. 그럼 여기 남는 사람들한테는 마땅한 일거리가 없을 것이네. 자네들이 그걸 알아야 하네."

"그 정도는 저도 알고 있습니다요. 논을 나눠주시겠다고 하셨는디 그것으로 충분하고, 그 논농사 지음시로 여기서 서방님 농사도 거들게 해주시면 은혜 잊지 않겠습니다요."

"알았네. 자네들 뜻은 알았은께, 내가 생각을 정리할 시간을 좀 주소."

봉강이 처자를 안방에 들여놓고 갔지만 봉강의 어머니 윤씨는 이틀이 지나도 처자에게 말을 건네지 않았다. 처자는 끼니때면 부엌일을 돕고, 가끔 변소에 다녀와서는 곧 방으로 들어가 가만히 앉아 있었다. 사흘째 밤이 되어서야 처자를 앞에 두고 윤씨가 물었다.

"성명이 뭐냐?"

"성은 진, 이름은 달래구만이요."

"진 달래. 진달래라."

"호적에는 진견화로 올랐어라우."

"두견새 견鵑 자 꽃 화花 자, 진견화陳鵑花로구나. 진달래를 한 자로는 견화라고 허느니라."

"…"

"달래라는 이름은 더는 못 쓴다. 너는 성은 진이요 이름은 견화니라."

"예. 알겄구만이라우."

윤씨가 고쳐 앉으며 말했다.

"여기에 오게 된 연유를 말허그라. 털끝만치라도 거짓말을 해서는 안 될 것이니라."

견화는 침을 꼴깍 삼켰다.

"저는 도강마을 정응민 선생님 문하생이구만이라우. 지난 추석절에 난장을 텄을 때 지가 노래자랑 일등을 했지라우."

"그랬구나."

"상품으로 금반지와 은비녀를 주길래 선생님한테 보여드렸어라우. 뭔 노래를 불렀냐고 물으시대요. 결승에서 '심청가' 한 대목을 부르고 '목포의 눈물'도 불렀다고 했지라우. 칭찬하실 줄 알었는디 유행가를 불렀다고 버럭 화를 내시드만이요. 하기사, 저도 유행가는 내키지가 않았는디, 지정곡이라서 안 부를 수가 없었어라우."

"…."

"유행가를 부르다니 누구 망신을 시킨 것이냐고, 당장 나가라고…. 그래도 안 나가고 있은께, 바깥에 가서 회초리를 맹글어 오니라, 그러시드만이요. 회초리 맹글라고 밖으로 나왔는디, 뜬금없이 노래자랑 재담꾼이 한 말이 생각나드랑께요."

"그자가 뭐라고 허드냐?"

"이녁이 유행가를 제대로 배우면 가수가 되겠다고…. 자기가 책임지고 가수로 맹글어줄 텡께 언제라도 읍에 있는 순천여관으로 오라고…."

"그래서?"

"회초리를 맹글다가 집을 나와부렀지라우. 나오긴 했는디 한밤중이라 아무 데도 갈 수 없고…, 도강마을 어느 집에 몰래 들어가서 헛간에 숨어 있다가 먼동이 틀 때 길을 나서갖고, 봇재를 넘어서 보성으로 갔구만이라우."

이른 아침에 여관으로 들어가서 물었더니, 재담꾼과 아코디언 악사가 한방에서 자고 있다고 했다. 아침에 재담꾼은 웅치면으로 가서 콩쿠르대회를 진행한다며 견화더러 함께 가자고 했다. 초청가수로 대접하고 돈도 주겠다는 것이었다. 초청가수라는 말에 견화는 우쭐해졌다. 견화는 그들을 따라나섰다. 콩쿠르대회가 시작되기 전에 '목포의 눈물'도 부르고, '심청가' 한 대목도 부르고, 또 '황성의 적'도 불렀다. 박수가 꽤나 터져나왔다.

견화는 그날 밤늦게 다시 순천여관으로 돌아왔다. 재담꾼이 따로 방을 쓰게 해주었다. 견화는 곧 잠들었다. 다음 날은 미력면으로 갔다. 회갑잔치에 가서 놀아주는 것이 일이었다. 그날 여관에 돌아왔을 때 견화는 피로에 지쳐 파김치가 되어 있었다. 견화는 방에 들어가자마자 곯아떨어졌다. 문고리를 잠그는 것을 잊은 것이 화근이었다. 자다가 같은 이불 안에 누군가가 들어오는 걸 느끼고 소스라치게 놀랐다.

"아니, 누구요?"

"쉿, 조용히 해."

재담꾼이었다. 그가 견화의 적삼 안으로 손을 밀어넣으려 했다.

"오메, 이것이 뭔 일이다요?"

견화가 힘껏 손을 밀쳐냈다. 재담꾼이 견화 위에 올라 적삼을 벗기려 했다. 견화는 재담꾼의 손을 낚아채 힘껏 깨물었다. 재담꾼이 견화의 뺨을 후려쳤다. 견화가 소리쳤다.

"사람 살리시요. 사람 살리시요."

재담꾼이 멈칫했다. 위기를 넘겨야 했다. 다시 외쳤다.

"진달래 죽겄소. 사람 살리시요. 사람 잔 살려주시요."

휘모리장단을 부를 때보다 더 빠르고 높은 음이 거침없이 터져나왔다. 재담꾼이 후다닥 일어서더니 방을 뛰쳐나갔다. 곧 여관 주인이 왔다.

"아니. 뭔 일이여?"

"일행 중에 재담꾼 놈이 나를 덮칠라고 하드랑께요."

다시 여관 안주인이 왔다. 안주인이 바깥주인에게 말했다.

"나는 이 방에 있을랑께, 당신이 그놈 방에 가보시요."

견화는 안주인을 끌어안고 흐느꼈다. 안주인이 등을 토닥이며 안심하라고 했다. 안주인이 나가자 견화는 문고리를 잠갔다. 그래도 무서워 견화는 덜덜 떨었다. 늦새벽에야 잠이 들었는데 눈을 떴을 때는 해가 중천에 떠오른 뒤였다.

그다음이 문제였다. 재담꾼과 아코디언 악사가 이른 아침에 여관을 몰래 빠져나간 것이었다. 사흘치는 숙박비를 내지 않았다며, 주인이 견화더러 돈을 내라고 했다. 견화한테는 돈 한 푼이 없었다. 바깥주인이 견화에게 어느 동네에 사는지를 물었다. 정응민 소리꾼의 제자라고 대답해놓고 견화는 제 간이 떨어지는 줄 알았다. 몰래 스승 집에서 도망쳐 나왔는데 스승 이름을 대고 만 것이다. 뱉어낸 말을 주워 담을 수는 없었다. 견화는 부엌일을 도우며 여관에서 하루를 더 지냈다. 기별을 보냈는지 스승 정응민이 돈을 가지고 여관으로 왔다. 뒤에 알았지만 봉강이 준 돈이었다.

정응민은 견화를 거북정에 데려다 놓고 돌아섰다. 스승이 전에 하던 말이 생각났다. 이제 소리로 먹고사는 시대는 끝난 것 같다. 소리 시대가 끝나고 유행가 시대가 오고 있으나, 유행가래 야 다 왜놈 노래고, 그것이 밥 먹여줄 것 같지도 않다. 이제 너도 평범한 데서 살길을 찾아야 할 것이다. 그런 말을 한두 번 들은 것이 아니었다. 견화의 이야기를 다 듣고 나서 윤씨가 물었다.

"몇 살이냐?"

"스무 살인디요."

"혼기가 지났구나. 돌아갈 집은 있느냐?"

"장흥 유치에 엄니가 있기는 하지라우. 점을 치고 사는디, 지가 열다섯 살일 때 계부가 새로 들어오듬마요. 집안에 기둥이 되어주면 힘이 되겠다 싶었는디, 그 계부가 주정꾼으로 맨날 엄니를 패고, 거그다가 이듬해에 저를 겁탈할라고 하드랑께요. 그래서 말없이 집을 나와부렀다가, 노래 잘 가르친다는 선생님이 계시다고 해서 여그 도강까지 왔지라우."

"…."

"부엌띠기 함서 노래도 배우고 그랬는디, 선생님이 소리 시대가 끝났다고 한께 막막하고…."

"…."

"사실은 점치는 엄니도 친엄니는 아니어라우."

"친어미가 아니라고?"

"예. 친엄니가 뜬금없이 돌아가셔분께 어느 날 아부지가 새엄니를 데려왔는디, 근디 아부지가 또 금세 돌아가셔부러서…."

견화가 고개를 떨구었다. 눈에서 굵은 눈물방울이 뚝뚝 방바닥으로 떨어졌다.

"니 처지가 딱허구나. 그러나 착허게 살면 지 복은 지가 다 찾아먹는 법이다. 그동안 너를 찬찬히 봤다만은…, 이제 내가 너를 거천허마. 내 방에서 나허고 같이 지내자."

견화는 귀를 의심했다. 두 눈을 동그랗게 뜨고 윤씨를 쳐다보았다.

"이 방에서라우?"

"오냐. 누가 물으면 고향은 장흥이라고만 허고…, 부모 이야그는 아무헌테도 단 한 마디도 허지 말그라."

"아, 예."

"그러고…, 나를 함머니라고 부르그라."

오라버니

"달미야, 뒷밭에 가서 무시 몇 개 뽑아 오니라."

일철의 처 점순이 거북정 안채에 들른 딸 달미에게 한 말이었다. 견화의 귀가 쫑긋 섰다. 윤씨에게 물었다.

"함머니, 달미가 무시 뽑으러 가는디, 따라가면 안 될까요?"

"니가 심심헌 모양이로구나. 그렇게 허그라."

견화는 벌떡 일어섰다. 윤씨가 나무랐다.

"조신허지 못허다. 일어나고 앉는 것은 조용히 천천히 해야 허니라."

견화는 살며시 앉았다가 조심스레 일어섰다.

"오냐, 늘 그렇게 해야 헌다."

"명심하겠구만이요."

달미가 견화 호미까지 챙겨 앞장섰다. 둘은 대문을 나가 뒷산 쪽으로 갔다. 언덕에 꽤 너른 밭이 펼쳐져 있고, 한편에 무가 심어져 있었다.

"나, 견화야. 고향 사람들은 달래라고 불렀어. 나는 달래, 너는 달미. 이름도 비슷한께 나를 언니라고 불러."

"좋아. 달래 언니."

달미는 높임말을 쓰지 않았으나 견화는 그게 정겨워 좋았다.

"함머니가 달래 이름을 쓰지 말라고 하셨어. 그냥 언니라고 해."

"응, 언니."

견화는 천연덕스럽게도 윤씨를 함머니라고 불렀다. 그 호칭 하나로 견화는 거북정에서 다른 이들과 자신을 확연하게 차별 지었다. 이전의 노속들은 예외 없이 윤씨를 큰마님, 봉강의 부인 박씨를 작은마님이라고 불렀다. 달미가 말을 이었다.

"전에 언니가 난장에서 노래 부르는 거 들었어. 으찌께 그렇게 노래를 잘해?"

"오메. 그랬구나. 나는 소리꾼이 될라고 정응민 선생한테 소리를 배웠어."

"왜 소리꾼으로 살지 않고 이 집으로 들어왔어?"

"선생님이 그러시는디, 이제 소리해서 먹고사는 시대가 끝났담시로 부잣집에 들어가서 배나 곯지 말라고 하셨어."

달미가 광주리를 들고 일어섰다. 견화가 무 한 개를 뽑았는데, 달미 광주리에는 이미 다섯 개가 들어 있었다.

밭둑으로 나온 견화는 눈을 크게 떴다. 한 청년이 절룩거리며 산길을 내려오고 있었다. 눈치를 채고 달미가 말했다.

"바깥집에 사는 화공이여. 옛날에 거북정에 원등 할머니라는, 호랑이 할머니가 계셨다는디, 저 화공이 그 할머니 친정 후손이라듬마."

"그래? 그런디, 바깥집이라니?"

"응, 저 화공이 사는 집을 거북정에서는 바깥집이라고 해."

내 오라버니도 다리를 절었어. 견화는 그 말을 하려다 말고 입을 꾹 다물었다. 누가 물으면 고향은 장흥이라고만 허고, 부모 이야그는 아무헌테도 단 한 마디도 허지 말그라. 함머니의 말이 귀에 선했다. 그 말은 이전의 가족관계는 잊고 살라는 말이었다.

견화가 열다섯 살일 때 집으로 새로 계부가 들어왔다. 혼자가 아니었다. 견화보다 다섯 살이 위인 아들과 함께였다. 견화는 그를 오라버니라고 불렀다. 오빠라고 부를 뻔했지만 왠지 거리가 느껴져서 오라버니라고 불렀는데 그게 굳어졌다. 오라버니는 정상이 아니었다. 다리를 저는 데다 지능이 매우 낮았다. 어려서 소아마비를 앓고 나서, 다시 뇌염에 걸려 죽을 뻔했다는 것이었다. 계부는 오라버니한테 오래도록 신으라고 문수가 큰 대짜 고무신을 사주었는데, 오라버니는 불평 한마디 없이 신발을 헐떡거리며 절룩절룩 여기저기 쏘다녔다. 계부는 오라버니가 말썽을 피우면 지난 이야기를 하곤 했다. 저 새끼가 뇌염을 앓다가 숨을 안 쉬길래 뒈진 줄 알았어. 시체를 거적때기에 말아 지게에 지고 뒷산으로 가는디 갑자기 소나기가 쏟아지듬마. 비를 쫄딱 맞고 뒷산에 가서 지게를 내려놓고 본께, 저 새끼 발가락이 꼼지락거리는 거여. 그때 눈 딱 감고 파묻어부렀어야 하는디 차마 그럴 수가 없드라고.

오라버니는 견화한테 별나다 싶을 정도로 잘해주었다. 옆집에서 앵두를 몰래 따오는가 하면, 뒷산에서 참꽃을 따다주기도 하고, 뽕나무에서 오디를 따 손에 쥐여 주기도 했다. 이웃집 할머니의 멀쩡한 신발을 엿장수한테 넘기고 엿을 사와 견화한테 내민 적도 있었다.

그 오라버니는 결정적인 순간에 견화를 위기에서 구했다. 계부가 만취해 집에 들어와 견화를 덮치려 하자 방으로 뛰어든 것이 바로 그 오라버니였다. 오라버니가 방에 있던 놋쇠요강을 계부한테 던졌고, 계부는 요강에 가득 찬 오줌을 뒤집어쓰고 나서 견화 저고리 벗기기를 그만두었다. 물론 견화도 오줌벼락을 맞았다. 화가 난 계부는 오라버니를 사정없이 팼고, 견화는 그날로 집을 나왔다.

그 오라버니 이름이 지석이었다. 피 한 방울 섞이지 않은 사이지만, 친오라버니처럼 느껴지고 때로는 보고 싶기도 했다. 견화는 다리를 저는 사람만 보면 지석 오라버니를 떠올렸다. 일림산 자락에서 내려오는 지수를 보며 눈을 크게 뜬 것은 그 때문이었다. 지수가 가까이 오자 달미가 반겼다.

"지수 아재. 산에 갔다 오시요?"

견화 눈이 똥그래졌다. 지석 오라버니와 이름이 비슷해서였다. 지수가 달미에게 활짝 웃어 보인 뒤에 견화에게 눈길을 주었다.

"견화 씨지요?"

"예."

"나는 김지수요. 그림 그려서 먹고살아요."

"나는 노래 불러서 먹고살고 싶었는디…."

"난장에서 노래 부르는 거 들었어요. 잘 부르시대요."

달미가 까르르 웃었다.

"언니랑 아재랑 둘 다 얼굴이 뻘개져부렀어."

달미는 무 광주리를 들고 종종걸음으로 앞서 나갔다. 견화도 빨리 걷고 싶었지만, 다리를 저는 지수를 두고 그럴 수는 없었다.

"우리 오라버니도 다리를 절었어요."

지수는 대꾸하지 않았다. 그 오라버니는 친오라버니가 아니었어요. 좀 모자랐어요. 그렇지만 저한테는 참 좋은 오라버니였어요. 그러나 견화는 입을 열지 않았다. 지수가 걸음을 멈추었다.

"견화 씨가 달미하고 한꾼에 집에 들어가야 할 것인디…. 나는 천천히 갈 텡께 얼렁 싸게 가시요."

　견화가 꾸벅 머리를 조아리고는 잰걸음으로 앞서갔다. 길게
땋은 견화의 댕기머리가 지수를 보며 출렁거렸다.

안마당

봉강의 동생 해진은 아내와 함께 두 아들을 데리고 서울행 기차에 올랐다. 차창 밖으로 그의 지난날이 스쳐갔다. 1942년 9월에 동경제대 대학원을 그만두고 보성으로 돌아온 해진은 43년 초에 서울로 올라가, 대학 시절에 독서 토론활동을 함께한 친구들인 김석형 김수경 신구현 이종원 등을 만났다. 그들은 교직생활을 하면서 몰래 우리말과 우리 역사를 연구하고, 수시로 능곡에 있는 이종원의 한양목장에 모여 토론을 하고 있었다. 해진은 한양목장 모임에 몇 번 갔지만, 그런 인텔리 운동이 성에 차지 않았다.

그는 43년 여름에 부평으로 갔다. 거기엔 일본의 군수공장인 조병창과 굴지의 대기업인 미쓰비시제련소, 부평베아링 등이 자리 잡고 있었다. 아침저녁이면 수많은 노동자가 떼지어 들어가고 나왔다. 해진은 가슴이 뛰었다. 해진은 노동자들 속으로 파고

들어가기로 결심했다.

그는 우선 고향 후배인 김선우를 끌어들였다. 연희전문을 중퇴한 김선우는 해진보다 세 살 아래지만 어렸을 때부터 방학을 맞으면 삼의당에서 함께 공부하며 형제처럼 가까이 지낸 사이였다. 김선우는 중졸 학력으로 조병창에 취업했다. 김선우는 키가 작아 땅딸보 소리를 듣지만, 폭이 넓고 속이 깊은 큰사람이었다. 김선우는 매사에 진지하고 성실한 데다 정이 깊어 한 번 알게 된 사람과는 막역한 관계를 맺는 특별한 능력이 있었다. 해진은 김선우 주변의 노동자들을 대상으로 조심스레 사회의식을 불어넣었다.

그러나 해진의 부평 생활은 44년 9월에 끝났다. 그 무렵에 함경도 출신인 절친 김석형이 경찰의 정보망에 걸려들었다. 경찰은 김석형의 뒤를 캐다가 그가 능곡의 한양목장에서 학습 모임을 주도해온 사실을 알게 되었다. 경찰은 학습 참가자들을 파악해 지명수배했고, 그 바람에 해진까지 붙잡혀 함북 고원경찰서에 압송되었다. 경찰은 해진에게도 몽둥이질을 하다가 뒤에는 물고문도 했다. 다른 친구들은 실형을 살았지만 해진은 모임에 몇 번 참여하다가 그만둔 사실이 밝혀져 45년 4월에 기소유예로 풀려났다. 해진은 고문 후유증을 치유하기 위해 고향 보성에서 지내다가 해방을 맞은 것이었다.

이른 아침에 서울역에 내린 해진은 가족들과 함께 가까운 식당에서 아침을 사먹은 뒤, 아내 전예준더러 두 아들을 데리고 명륜동에 있는 영성 정씨 일가 정귀섭 대부의 집에 가 있게 했다. 정귀섭은 오래전에 상경해 큰 상회商會를 일군 이로, 행랑채를 비워두고 고향 사람들이 오면 머물게 했다.

해진은 남대문에서 을지로선 전차를 탔다. '박헌영 선생 빨리 나오시오'라는 벽보가 여러 건물 벽에 붙어 있었다. 해진은 세종로에서 동대문으로 가는 본선으로 갈아타기 위해 을지로 입구에서 전차를 내려 화신백화점 쪽으로 걸었다. 한 건물 벽에 조선공산당 간판이 붙어 있는 것이 눈에 띄었다. 해진은 간판이 붙은 장안빌딩의 3층으로 올라갔다. 사무실에 사람들이 북적거렸다. 마르크스 머리를 한, 장발의 노신사가 안쪽에 앉아 있었다. 누굴까? 만나볼까 하다가 해진은 발길을 돌렸다.

본선 전차로 갈아탄 해진은 동대문역에서 내려 김수경의 하숙집으로 갔다. 신구현 박시형 등도 와 있었다. 전에 한양목장에서 모이던 그룹이었다. 함경도에서 옥살이를 하던 김석형도 옥문이 열려 곧 서울로 올 것이라고 했다. 그들은 본격적으로 국어나 국사 연구에 매달리는 쪽으로 기울어 있었다. 해진은 그런 인텔리 운동에 일생을 걸고 싶지는 않았다.

해진은 다음 날 가족과 함께 인천 부평으로 갔다. 공업단지인 부평에서 노동운동을 하기로 작정했다. 해진은 아내 전예준과 함께 공단 골목에 방 두 칸짜리 셋방을 얻었다. 해진은 곧 김선우의 하숙집으로 갔다. 김선우는 여전히 조병창에 근무하고 있었다.

해진에게 광복 이전의 부평 생활이 일종의 탐색기였다면, 이제는 본격적으로 노동운동에 뛰어들 시기였다. 부평은 공장 노동자가 전에는 15만 명이 넘었으나, 광복 이후에는 큰 공장들이 문을 닫아 절반가량으로 줄어든 상태였다. 전에 관리자였거나 연고가 있는 사람이 일본인이 두고 간 공장을 불하받기 위해 혈안이 되어 있었다. 가장 시급하고도 중요한 일은 이들 공장에 노동자 자주관리체제를 확립하는 것이었다. 관리자나 연고권자가 공장을 불하받는 것을 막고, 노동자들이 공장을 직접 운영하도록 하는 것이 해진의 당면과제였다. 물론 혼자서 할 수 있는 일이 아니었다.

해진은 9월 들어 김선우 주변의 노동자를 중심으로 부평노동자위원회를 꾸렸다. 10월 10일에는 조선공산당에 입당하고, 곧 비밀리에 공산당 인천시당 부평구역당 결성에 착수했다. 해진은 구역당 조직부장을 맡아 김선우를 조직부원으로 앉혔다. 정해진과 김선우 팀은 공장 노동자 가운데 믿을 만한 이들을 당원으로 포섭했다.

경찰이 해진을 주시하기 시작했다. 해진은 집에 들어가지 않는 날이 많았다. 해진은 자신이 무슨 일을 하는지 가족에게 밝히지 않았다. 처 전예준은 그런 일에 익숙했다. 어쩌다 해진은 조직원을 통해 밤에 아내 전예준을 이름 모를 골목의 골방 같은 데로 오게 했다. 전예준은 해진을 놀려댔다.

"당신도 밤손님, 나도 밤손님."

전예준은 그런 은밀한 만남을 은근히 기다렸다. 하룻밤을 같이 지내면 묵은 마음고생이 한꺼번에 풀렸다. 전예준은 낮이면 서울로 가 친구를 만나곤 했다. 때로는 형사가 따라붙기도 했지만 아랑곳하지 않았다. 전예준은 줄곧 시시껄렁한 이야기만 내쏟았다. 어쩌다 친구들이 남편에 대해 물으면 남편이 머리 좋은 천재라는 자랑만 늘어놓았다. 일부러 그러는 것이 아니었다. 전예준은 남편이 하는 일에 대해 아는 바도 없었고 알려고 하지도 않아 달리 할 말도 없었다.

10월 14일은 음력으로 9월 9로 중양절이었다. 삼짇날인 음력 3월 3일에 왔던 제비가 9월 9일에 강남으로 돌아간다고 했다. 중양절은 비명횡사한 조상의 혼령을 달래는 날이기도 했다. 노란 국화 꽃잎으로 빚은 떡을 먹으면 제 명에 죽지 못한 조상이 한을 풀고 편히 누울 뿐만 아니라, 후손도 억울한 죽음을 당하지 않는다는 것이었다.

이날은 거북정 안어른 윤씨도 마당의 차일 아래서 노속들과 함께 아침을 먹었다. 윤씨가 마당에서 음식을 먹은 것은 전에 없던 일이었다. 식사가 끝나자 달미가 떡을 내왔다. 윤씨가 말했다.

"오늘 새벽에 빚은 황국 꽃잎떡이네. 해방이 되었은께 태평성대를 누릴 일만 남았네만은, 이 떡을 먹으면 횡액을 면헌다고들 허네. 다들 맛있게 먹소."

떡 한 조각을 먹고 나서 윤씨가 일철의 처 점순에게 물었다.

"자네 친정 마을 이름이 뭣인가?"

"소안도 진동이구만이요."

"진동이라, 참 좋네. 오늘부터 자네를 진동댁이라고 부름세."

택호는 반촌 사람들이나 쓰는 것이었다. 그런데 윤씨가 노속이던 일철의 처에게 택호를 지어준 것이다.

"쓰고 싶은 사람은 택호를 쓰소. 친정 마을 이름으로 짓는 것이 무난헐 것이네."

아낙네들이 수군거렸다. 누군가가 옆사람에게 물었다. 우리도 그럼 양반이 되는 것이여? 이전까지 그들의 호칭은 아이 이름에 '네'를 붙이는 것이었다. 그러니까 '달미네'가 그날로 '진동댁'이 된 것이다. 윤씨가 자리에서 일어섰다.

"떠날 이나 남을 이나 모두 건강허게 잘들 살아야 허네."

일철이 일어서서 윤씨를 향해 허리도 굽히고 고개도 숙였다. 모두 부랴부랴 따라 했다. 윤씨가 안방으로 들어간 것을 보고 나서 일철이 아내를 가리켰다.

"어이, 진동댁."

사람들이 와 웃었다.

"안식구들이랑 한꾼에 얼렁 그릇들 다 안으로 들여가."

남자들에게 지시했다.

"바깥식구들도 일어나. 차일 걷어내고 무쇠솥도 뜯어내."

이날이 안마당에 설치한 차일과 솥을 치우는 날이었다. 노속 열일곱 가족 가운데 열한 가족은 봉강이 준 논과 집을 파는 대로 마을을 떠나고 여섯 가족은 마을에 남아서 각자 자기 농사를 지으면서 거북정 농사일도 거들기로 결론이 났다. 물론 남는 사람들은 앞으로 자기들 집에서 자기 식구끼리 밥을 먹을 것이고, 거북정 일을 도우면 그때그때 품삯을 받을 것이었다.

안채 일에도 변화가 따랐다. 그동안 일철의 처 점순이 여노女奴들을 이끌어 부엌일을 해왔는데, 모두 내보내고 일철의 딸 달미가 도맡기로 했다. 달미는 어머니 점순이 쓰던 거북정 안채 부엌방을 혼자 쓰게 된 것을 기뻐했다. 일철에게는 딸만 셋이었는데 첫딸 해미는 낳은 지 두 달이 채 되지 않아 숨졌다. 해미 달미 별미라는 세 딸 이름을 봉강의 동생 해진이 지었는데, 일철 내외는 그 사실을 자랑스러워했다.

달미는 나이가 열다섯에 지나지 않지만 야무지고 음식 솜씨가 제 어미 못지않았다. 견화가 부엌에 들어가 일을 도왔지만 불을 때거나 설거지를 할 뿐이지 음식 만드는 일은 달미가 도맡았다. 봉강의 처 박씨를 돌보는 유모는 같은 일을 계속했다. 이제 달미와 유모의 신분은 노비가 아니었다. 그들에게도 일 년에 쌀 서너 가마씩 새경을 주기로 한 것이다.

땅 문제도 순조롭게 마무리되었다. 농지는 기존의 소작인들에게 싼값으로 넘겼다. 당장 살 능력이 없는 소작인들에게는 장기적으로 나누어 값을 치르게 했다. 남은 농토는 봉강리와 전일리에 있는 30여 두락뿐이었다. 그 정도 농사라면 머슴과 담사리만으로도 감당할 수 있었다.

봉강은 며칠 동안 잠을 설쳤다. 집안일은 정리가 되었지만 나랏일은 그렇지 않았다. 사람들은 미국에서 이승만 박사가 귀국하고, 중국에서 김구 선생이 돌아오면, 국내의 여운형 선생과 힘을 합쳐 금방 통일된 독립국가를 건설하겠거니 생각했다. 그러나 미·소 양국군이 38선을 그어 한반도를 남북으로 쪼개 점령한 상황에서, 칼자루를 쥔 것은 이승만이나 김구나 여운형이 아니라, 미국과 소련이었다. 두 나라는 같은 전승국이라지만 이념은 극단적으로 달랐다. 남북이 이질적이고도 적대적인 체제로 분단될 우려가 컸다.

미군은 10월에 군정청을 설치하고 아놀드 장군이 군정장관에 취임해 38선 이남의 남한 지역을 대상으로 군정통치에 들어갔다. 10월 10일에 아놀드는 남한에서 미군정만이 유일한 합법 정부라는 성명을 냈다. 김구가 이끄는 임시정부나 여운형이 주도하는 조선인민공화국을 공식적으로 부정한 것이다.

시골 보성에서도 미군정 지배를 눈으로 확인할 수 있는 조치가 뒤따랐다. 나주 장흥 화순 보성 고흥 지역을 관할하는 미군 61중대가 10월 말께부터 장흥에 주둔했다. 미군이 보성에 모습을 나타낸 것은 11월 초였다. 십여 명의 미군이 보성읍 신흥동의 한 여관에 짐을 풀었다.

윗물이 맑아야 아랫물이 맑은 법이었다. 서울 일, 국가적인 일이 제대로 풀려야 지방 일도 올바로 풀려갈 것이었다. 봉강은 서울 동향이 궁금했다. 봉강은 집을 나섰다. 보성에서 기차를 타고 광주로, 광주에서 또 서울로 가며 생각을 다시 정리했다. 해방이 되어 이승만과 김구가 돌아왔지만 봉강은 그들에 대해서는 날이 갈수록 기대가 줄었다. 두 사람이 모두 공산주의와는 담을 쌓은 것 같아서였다. 그는 지주나 자본가에 대해 노골적으로 적의를 드러내는 공산당도 마땅치 않지만, 공산당을 아예 인정하지 않으려는 이승만 김구 세력에 대해서도 기대가 많이 가셨다.

이승만이나 김구가, 계급 독재에 집착하는 공산주의자들과 의회를 통한 평등 실현에 기운 사회주의자들을 구별하지 않고 한통속으로 여기는 것도 봉강으로서는 납득할 수 없었다. 봉강은 미군과 소련군이 남과 북을 나누어 점령하고 있는 상황에서 통일된 민족국가를 세우기 위해서는, 좌우를 아우를 수 있는 세력이 정국을 주도해야 한다고 생각했다. 봉강의 그런 전제에 가장 가까운 것이 몽양 여운형이었다.

보성 건준이나 회천 건준의 경험은 봉강으로 하여금 자연스레 몽양 노선에 호감을 갖게 했다. 몽양이 건준과 인민위원회를 이끄는 동안에, 중앙의 건준이나 인민위원회와는 별다른 교감 없이 보성에서도 회천에서도 좌우를 한데 아우른 건준과 인민위원회를 만들었고, 그것들이 주축을 이루어 해방정국을 풀어갔다. 이미 실험을 거친 그 길을 버리고 다른 길을 낸다는 것은 나라가 지방사회를 쪼개놓는 일에 다름 아니었다.

봉강이 중요하게 여기는 것은 통합 능력이었다. 남북을 아우르고 남반부 내부의 좌우도 함께 보듬을 수 있는 지도자라야 파열 없이 통일된 독립국가를 건설할 수 있을 것이었다. 봉강은 여운형이 조선인민당을 만든다는 소식을 듣고, 대회장에 직접 참석해 여운형의 통합 의지를 눈으로 확인하기로 했다. 바로 그런 이유로 서울행 기차표를 산 것이었다.

서울에 도착한 봉강은 우선 명륜동의 정귀섭 대부 집으로 갔
다. 대부가 그를 반겼다.

"봉강, 어서 오시게. 자네 제수도 오늘이나 내일 이리 오기로
했네."

대부의 부인도 봉강에게 매우 살가웠다. 그러나 그날 제수 전
예준은 명륜동에 오지 않았다. 누군가 대문을 두드릴 때마다 대
부 내외가 안방 문을 열고 내다보았지만 제수가 아니었다.

조선인민당(인민당) 창당대회는 이튿날인 11월 12일 경운동
의 천도교 강당에서 열렸다. 창당대회는 마치 몽양이나 당의 기
본입장을 설명하는 강연회 같은 분위기였다. 우레와 같은 박수
를 받으며 몽양이 단에 올랐다.

"해방된 오늘, 지주와 자본가만으로 나라를 세워야 한다고 생
각하는 사람이 있다면 어디 손을 들어 보시오. 지식인 사무원 소
시민만으로 나라를 세우자고 하는 사람이 있다면 역시 손을 들
어 보시오. 농민 노동자만으로 나라를 세우자고 하는 사람이 있
다면 손을 들어 보시오. 손을 드는 사람이 한 사람도 없군요. 그
렇습니다. 일제 통치 기간에 우리 민족에게 씻을 수 없는 반역적
죄악을 저지른 극소수 반동만을 제외하고, 우리는 모두가 다 같

이 손을 잡고 뭉쳐서 건국사업에 매진해야 합니다."

이날 창당대회에서 채택한 선언문에서 인민당은 '기본이념을 등한시하고 현실적인 요청에만 얽매여 있는 것이 역사의 진전을 지연시키는 행위라면, 기본이념에만 급급하여 그 현실적 과제를 무시하는 것도 역사의 발전을 지연시키는 동일한 결과를 가져오는 것'이라고 지적했다. 우파와 좌파, 더 좁게는 한민당과 조선공산당의 문제점을 아울러 지적한 것이다. 봉강은 전적으로 공감했다.

인민당 창당대회가 끝난 뒤에 봉강은 명륜동 정귀섭 대부의 집으로 돌아갔다. 제수 전예준이 빈집을 지키고 있었다.

"대부님 내외분은 나가셨어요."

봉강이 행랑채 거실에 앉아 있는데, 전예준이 커피를 타왔다. 서울의 부잣집에서 귀한 손님에게나 내오는 것이 커피였다.

"이 집엔 녹차가 없어요. 커피를 드세요."

제수가 맞은편 의자에 앉으며 물었다.

"시아주버님은 비둘기파시죠?"

뜬금없는 질문이었다. 제수가 생긋 웃고 나서 보탰다.

"형제가 많이 다른 것 같아요. 시아주버님은 비둘기파시고, 동생은 매파고…."

듣고 보니 그런 것도 같았다. 제수가 생글거리며 물었다.

"저는 무슨 파인지 아세요?"

제수 전예준이야말로 생김새도 성품도 비둘기 같은 여자였다.

"제수씨는 비둘기파시겠지요."

제수는 고개를 저었다.

"아녜요. 저도 매파인데 동생하고는 종류가 다른 매파예요. 동생은 싸움꾼 매파고, 저는 중매쟁이 매파媒婆예요."

제수는 귀섭 대부의 딸에게 신랑감을 소개하기로 했다고 말했다.

"어제 아침에 대부 내외분께서 나를 환대하시고 또 제수씨를 유난히 기다린 이유를 이제 알겠네요."

커피를 다 마시기 전에 누군가가 대문을 두드렸다. 대부 내외가 돌아온 것으로 안 봉강은 대문으로 갔다. 문을 열자 얼굴이 맑은 귀골의 신여성이 생긋 웃었다. 제수 전예준의 일 년 후배라고 했다. 제수는 둘을 방에 앉혀두고, 커피를 끓여오겠다며 부엌으로 갔다.

"규수께서도 이화여전을 나오셨소?"

"예."

"뭘 전공하셨소?"

"음악을 공부했어요."

봉강의 시선을 느껴서인지 규수 얼굴이 금방 발갛게 달아올랐다.

"현대음악을 공부하셨겠지요?"

"예."

"저는 우리 판소리는 쪼깐 압니다만, 현대음악은 문외한이요."

제수가 커피 한 잔을 가져왔다. 규수가 커피를 마시고 일어섰다. 둘은 약속이 있다며 함께 집을 나갔다.

봉강이 잠깐이나마 후배와 대면하게 된 것은 제수 전예준의 작전이었다. 전예준은 나이 서른셋의 수려하고도 건장한 청년 봉강이 조현병을 앓는 시골 여자와 살고 있다는 사실이 안타까웠다. 봉강과 잘 어울릴 법한 처자가 있었다. 전예준과 같은 평안도 출신으로, 이화여전 일 년 후배인 최승주였다. 전문학교에 다니는 여성은 공부하느라 혼기를 놓치기도 하고, 신여성을 며느리로 받아들이기를 꺼리는 경향도 있어, 본의 아니게 독신인 경우가 많았다. 최승주도 그런 경우였다. 제수 전예준은 시아주버니와 후배를 잠깐이나마 마주치게 해 양쪽 반응을 살피고 싶었다.

그날 저녁에 명륜동 대부의 집으로 돌아온 전예준이 대뜸 봉강에게 말했다.

"제 후배가 시아주버님 같은 미남을 본 적이 없대요."

봉강은 인물이 빼어났다. 그를 아는 사람들은 영화배우 중에도 용모가 그만한 이가 없다고 했다. 눈이 크고 깊었다. 콧날은 우뚝하고 입술은 윤곽이 뚜렷했다. 입가에는 늘 웃음이 어려 있었다.

"제 후배, 어때요? 후배지만 제 형님으로 모시고 싶어요."

거침이 없었다. 전예준다운 태도였다. 봉강은 당혹스러웠다. 그의 처 박씨는 출산을 넉 달 남짓 남겨두고 있었다. 봉강은 말머리를 돌렸다.

"동생을 봐야겠소. 내일이라도 동생 만나러 인천으로 갔으면 하오."

제수 전예준이 고개를 저었다.

"요즘 집에 들어오지도 않아요. 얼굴 본 지가 여러 날 됐어요."

"동생하고 의논할 일이 있소."

"이 댁에서 며칠 기다리세요. 제가 기별을 넣을게요."

"남의 집에서 오래 기다릴 수는 없고…, 내일이면 좋고, 늦어도 모레는 만나야겠소."

봉강은 동생 해진을 기다리는 동안 자유신문이나 중앙신문, 조선인민보 등 보성에서는 볼 수 없는 신문을 구해서 읽고, 공산당과 조선인민당의 노선 차이를 확인했다. 공산당이 프롤레타리아 독재에 집착하는 것과는 달리, 인민당은 의회를 통해 제반 문제를 해소하고자 한다는 것이 그가 파악한 핵심적인 차이였다. 봉강은 인민당의 노선이 현실적이라고 느꼈다.

이틀 뒤에 제수 전예준 혼자서 명륜동으로 왔다.

"동생은 바쁜가 봐요. 저 혼자 왔어요."

바빠서 올 수 없다는 것일까, 아니면 아예 동생한테 기별이 닿지 않은 걸까? 그러나 봉강은 캐묻지 않았다.

"시아주버님, 동생 대신에 제 후배나 만나고 내려가세요."

봉강은 고개를 저었다.

동생 해진을 만나면 정국 전반에 대해 의논할 생각이었지만, 동생이 오지 않자 봉강은 혼자서 결단을 내렸다. 몽양 여운형을 돕기로 마음을 정한 것이다. 봉강은 해방 직전에 무장투쟁을 하는 김일성 장군을 만나기 위해 만주까지 간 적도 있었다. 해방이 되었는데 시국관이 상통하는 정당이나 지도자를 지원하는 일이야말로 머뭇거릴 일이 아니었다. 봉강은 이튿날 인민당 사무국장 이임수李林洙를 만나 그런 뜻을 밝혔다. 마침 몽양이 당사에 나와 있었다. 이임수는 봉강을 몽양에게 데려갔다.

"봉강, 우리는 지금 공산주의니 사회주의니 민족주의니, 이런 주의를 고집할 때가 아니외다. 모두가 일단 자기의 주의를 접고, 통일된 독립국가를 건설하기 위해 대동단결할 때가 아니겠소이까?"

몽양은 젊은 봉강의 손을 부여잡고 힘주어 말했다.

"나는 서울에서 지방으로 내려갈 터이니, 봉강은 지방에서 서울로 올라오시오. 함께 손잡고 통일된 민족국가 건설에 힘을 모읍시다."

봉강은 거북정으로 내려갔다. 그 무렵에 보성에서는 판 자체가 뒤틀리고 있었다. 보성 건준의 섭외부장을 맡았던 박정현이 우익 결집을 주도했다. 박정현은 보성 명문인 진원 박씨가 아니라 밀양 박씨였다. 일제 치하에서 산감山監을 지낸 이였다. 그가 이승만이 이끈다는 대한독립촉성국민회(독촉)의 보성지부를 결성하기 시작했다. 박정현 등은 인민위원회 보안서장이던 안병석의 눈을 피해 11월 24일 임원진을 선출하고, 다음 날 결성식을 치렀다. 황보익이 위원장을, 김성복 정금채 박용주 세 사람이 부위원장을 맡았다. 그들 가운데 황보익과 박용주는 보성 건준과 인민위원회의 핵심이기도 했다.

보성 독촉은 매우 공격적이었다. 그들에겐 인민위원회 보안서장인 안병석이 눈엣가시였다. 독촉은 미군정 당국자들에게 안병석을 체포하라고 압박했다. 미군은 29일 광주의 특수경찰대 소속 경찰관 20여 명을 앞세워 보안서를 급습해 서장 안병석과 서원 여럿을 체포하고, 인민위원회와 보안서를 해체했다. 그 뒤로 기대한 것과는 거리가 먼 일이 이어졌다. 미군정은 일제하에서 군수를 지낸 이를 새 군수에, 순사부장을 했던 이를 경찰서장에 임명했다. 물론 총독부 행정기구에 참여한 자 가운데서도 뚜렷한 친일 전력이 있는 자가 아니라면 되도록 감싸 안아야겠지만, 그들에게 지역에서 전권을 휘두를 칼을 쥐여 준 것은 기대를 벗어난 일이었다. 보성읍내의 식당이나 여관은 다시 일제강점기에 행세하던 사람들로 북적거렸다. 어느 날 거북정에 들른 학산 윤승원이 말했다.

"새 술은 새 포대에 담아야 한다는디…, 쉰내가 폴폴 나요."

미군정에 대한 기대가 점차 불신으로 바뀌어가는데, 어느 날 지프차 한 대가 봉강리로 왔다. 미군 소위가 밖으로 나오고, 뒤따라 미군 병사와 미군 복장의 한국 사람 하나가 더 나왔다. 한국 사람은 통역병인 듯했다. 마을 사람이 통역병에게 물었다.

"양코들이 여글 왜 왔다요?"

시골 사람들은 '양키'라는 말과 '양코'라는 말을 같은 말로 썼다. 키가 큰 서양인을 양키, 코가 큰 서양인을 양코라고 한다고 우기는 이도 있었다. 통역병은 마을 사람을 째려보고는 퉁명스레 대꾸했다.

"민정시찰 중이오."

미군 장교가 손가락으로 거북정을 가리키자 통역병이 뭐라곤가 설명했다. 미군 둘과 통역병은 거북정 쪽으로 걸었다. 열린 대문과 중문을 거쳐 거침없이 안마당으로 들어서서 신기한 듯 두리번거렸다. 그들이 들어선 안마당은 금남의 구역이었다. 안방에 있던 안어른 윤씨가 기척을 느끼고 문을 열었다. 처음 보는 하얀 인종 둘이 눈에 들어왔다. 윤씨가 야단을 쳤다.

"남녀가 유별헌 법인디, 어찌 남정네들이 안마당에 들어온 것이요? 상스럽소. 썩 나가시요."

거북정 안마당에 미군만 들어선 것이 아니었다. 보성 우익이 청년단을 결성해 세를 규합한다는 소문이 돌았다. 때를 탄 것인가? 난장 씨름대회에서 우승한 뒤 자취를 감추었던 최석철이 회천에 모습을 드러냈다. 빈손으로 돌아온 것이 아니었다. 민족청년단 회천면 부단장이라는 완장을 차고 나타났다. 단장은 공석이라고 했다.

어느 날 그가 봉강리로 와서 정종관의 집으로 쑥 들어갔다. 마침 종관은 소막을 손보고 있었다. 석철은 마당을 가로질러 들어가 툇마루에 걸터앉았다. 종관이 시선을 주자 석철이 물었다.

"내가 누군지 알아보겠소?"

난장이 끝난 날 수수밭에서 업어치기로 메친 돌쇠를 모를 리가 없었다. 일손을 멈추고 종관이 대답했다.

"씨름대회에서 황소를 탄 돌쇠 아닌가?"

석철이 얼굴을 찡그렸다.

"돌쇠가 아니고 석철이요, 최석철."

석철은 종관보다 두 살이 아래였다.

"으쨌든 웬일인가? 자네가 우리 집에도 들어오고…."

"골목을 가다가 여그가 정종관 집이라고 해서 들러봤소."

"자네가 돌아왔다는 소문은 들었네. 돈도 좀 벌었다고 하듬마."

"율포에서 삼도가 아니라, 여수에서 삼도로 장사판을 쪼깐 키
웠지라우. 돈은 돈이고…. 나도 인자 여그서 힘 좀 써야 쓰겄소.
내가 회천면 민족청년단 부단장이요."

삼도란 거문도를 말했다.

"그래? 그런디, 힘은 쓸 데다 써야겄제."

석철이 툇마루에서 일어섰다.

"알어봤드니 형씨가 정치판에는 안 끼는 모양이든디, 그것은
잘한 짓거리요. 불순분자들하고 어울리지 말고 조심하고 사시요."

"자네나 조심하소. 어설프게 힘자랑 말고."

종관은 돌아서려는 석철을 불러 세웠다.

"자네가 돌쇠라는 이름을 싫어하대끼, 거문도 사람들도 삼도
라는 이름을 안 좋아한담서? 자네도 앞으로 거문도를 삼도라고

116

하지 말고 거문도라고 하소."

석철은 대꾸하지 않았다. 사립을 나서며 석철이 칵 침을 뱉었다. 종관도 석철이 들을 수 있도록 큰소리로 침을 내뱉었다.

석철은 마을 아래로 가는 것이 아니라 위로 갔다. 석철이 간 곳은 거북정이었다. 대문을 지나고 중문도 지나더니 안마당으로 들어섰다. 달미가 눈살을 찌푸렸다.

"뭔 남자가 안마당으로 쑥 들어온다요?"

석철은 아랑곳하지 않고 뚜벅뚜벅 걸어가더니 안채 툇마루에 턱 걸터앉았다. 봉강의 어머니 윤씨가 기척을 느끼고 문을 열었다가 흠칫 놀랐다.

"아니, 뉘시요?"

윤씨와 함께 방에 있던 견화가 얼른 몸을 숨겼다. 그걸 석철이 놓칠 리 없었다.

"나 말이요? 난장 씨름대회에서 황소를 탄 최석철이라고 하는구만이요. 안에 있는 진달래가 그날 노래자랑에서 일등을 했지라우."

윤씨가 나무라려는데 달미가 소리쳤다.

"얼렁 나가시요. 안채는 남자가 들어오는 데가 아니요."

반응이 없자 더 크게 외쳤다.

"나가랑께요. 나가."

거북정의 수노이던 일철의 딸답게 당찼다. 행랑채 쪽에서 안마당으로 사람들이 올라왔다. 머슴과 담사리에다, 이전의 노비 장정이 둘이었다. 석철이 안마당으로 들어가는 것을 보고 모여든 것이었다. 한 장정은 죽창까지 들고 있었다. 석철이 바지 엉덩이를 툭툭 털며 일어섰다.

"달래가 보고잪어서 왔는디…, 나가라면 나가야겄제."

봉강은 어느 날 민망한 꼴을 보고 말았다. 처 박씨가 이른 아침에 속곳만 입고 배를 내밀고 안마당에 나와 두 팔을 축 늘어뜨리고 우두커니 서 있었다. 속곳 차림으로 밖에 나온 것은 처음이었다.

처의 조현병이 심해가는 것도 서글픈 일이지만, 서른셋의 나이에 밤마다 증조부뻘인 잠동무 정갑섭의 코 고는 소리를 들으며 잠을 청하는 자신의 처지도 신산하게 느껴졌다. 그 역시 깊은 밤에 정원에 나가 빈 하늘을 바라볼 때가 잦았다.

마음이 산란하기는 어머니 윤씨도 마찬가지였다. 어느 날 이불 속에서 뒤척이다가 견화를 흔들었다.

"아가, 미안허다. 그런디, 너는 시집갈 생각은 안 허냐?"

"아따, 자고 있는디…."

"그래서 미안허다고 했지 않냐?"

"이 나이에 왜 그 생각을 않겠어요? 처지가 안 된께…."

윤씨가 뜸을 들였다가 물었다.

"양반댁에 소실로 들어갈 생각은 없냐?"

견화는 벌떡 윗몸을 일으켰다.

"아무리 없이 살아도 첩은 안 할랑마요. 차라리 혼자 살지."

윤씨가 얼른 말을 바꾸었다.

"왜 혼자 산단 말이냐? 나허고 같이 살아야제."

견화가 윤씨 품으로 파고들었다. 윤씨가 견화를 밀치며 물었다.

"니가 노래대회에서 일등을 했다고 했지야?"

"예."

"그때 뭔 노래를 불렀드냐?"

"맨 나중에는 자유곡으로 '심청가' 한 대목을 불렀지라우."

"그래? 한번 불러보그라."

"이 밤에요?"

"내가 잠이 안 와서 그런다."

"소리가 바깥으로 퍼질 것인디…."

"내가 이불을 둘러쓰마."

윤씨가 이불자락을 올려 머리를 덮었다. 이불 속에서 견화는 심청이 뱃사람을 따라가는 대목을 나직하게 부르기 시작했다. 중모리로 들어가 '나는 오늘 우리 부친 슬하를 떠나 죽으러 가는 길이로다' 하고 사설을 푸는데, 윤씨가 말렸다.

"아가, 그만해라. 눈물이 날락헌다."

이튿날이었다. 지수가 평상에 앉아 있는데 견화가 마당으로 들어섰다. 유자차 단지를 들고 있었다. 거북정에서 추석에 쓰고 남은 유자로 담근 차라고 했다.

"함머니가 갖다드리랍디다."

견화는 지수에게 양해도 구하지 않고 안방 문과 고방 문, 작은 방 문을 차례로 열었다. 작은 방과 고방에 송정 박태규의 초상화를 그려주고 받은 쌀 열두 가마가 쌓여 있었다. 원래는 열 가마를 주겠다고 했으나, 송정은 초상화가 마음에 들었는지 덤으로 두 가마를 얹었다. 지수는 쌀금이 좋을 초여름에 내다 팔 요량이었다. 견화는 부엌까지 구경을 하고 나서 평상 앞으로 왔다.

"아따. 집도 아담하고 좋은디, 두 방에 쌀가마가 가득 차 있는 것을 본께 참말로 오지요."

지수는 그냥 웃기만 했다.

"함머니가 그러십디다. 화사님 그림에는 혼이 녹아 있다고…."

화사畵師? 전에 윤씨는 화공이라고 불렀는데, 화공에서 화사로 높인 데다, 그림에 혼이 녹아 있다고 하다니 더 이상 바랄 수 없는 찬사였다. 그러나 다른 사람이 아닌 견화가 '화사님'이라고 부르는 것은 그리 달갑지 않았다. 거리감이 있어서였다. 견화가 생긋 웃으며 말했다.

"틈나면 내 초상화도 한 장 그려주시오."

"이녁이 원한다면야 내일이라도 그려드리제라우."

'견화 씨'라고 하는 것보다야 '이녁'이라고 하는 것이 훨씬 가깝게 느껴질 터였다. 견화가 활짝 웃었다.

"내일은 아니고…, 지금은 집도 절도 없어서 걸어둘 데도 없은 께요."

견화가 덧붙였다.

"나도 앞으로는 화사님을 이녁이라고 부를라요."

견화의 콧방울이 발롱거렸다. 견화는 입을 삐죽 내밀고는 돌아섰다. 그날 밤에 지수는 꿈속에서 견화를 안았다. 견화는 쌀가마가 오지다고 했지만, 지수에게는 꿈에 본 견화의 나신이 오졌다. 봉강 얼굴이 떠올랐다. 견화가 결국은 봉강의 소실이 될지 모른다는 생각에 이르자, 지수는 절레절레 고개를 흔들었다.

빼기와 보태기

코끼리

1945년 연말에 시국은 뿌리째 흔들렸다. 신탁통치설 때문이었다. 미국과 영국, 소련의 외무장관이 12월 15일부터 모스크바에서 회의를 열어 한국문제를 협의했는데, 동아일보는 외신을 받아, 이 회의에서 미국이 한국을 즉각 독립시키자고 주장한 데 반해, 소련은 38선 이북만이라도 점령할 목적으로 신탁통치를 제안했다고 보도했다. 신탁통치를 추진한 것은 미국이었는데 소련이 주도한 것으로 바꿔치기한 셈이다.

즉시적이고 완전한 독립을 원한 국민들은 신탁통치설에 깜짝 놀랐다. 김구를 비롯한 임시정부 계열은 곧바로 신탁통치 반대를 선언하고 임시정부가 과도정부 역할을 맡겠다고 나섰다. 이승만과 한민당 세력은 대중집회를 열어 소련을 규탄했다.

초기에 신탁통치에 대해 좌우파가 한결같이 반대했으나 정파에 따라 태도가 달라졌다. 박헌영이 이끄는 조선공산당은 세 나

라 외상의 결정을 절대 지지한다는 입장을 밝히고, 하루빨리 미·
소 공동위원회를 열어 통일된 임시정부를 만들 것을 촉구했다.
여운형과 안재홍 등 중도파는 미·소의 분할 점령이 남북 분단으
로 이어지지 않도록 남과 북을 아우르는 임시정부를 서둘러 세
운 뒤에, 단결된 한국인의 힘으로 신탁통치 실시 여부를 놓고
미·소와 협상해야 한다고 주장했다. 우파는 신탁통치를 찬성하
는 좌파나 협상론을 펴는 중도파를 싸잡아 반족분자라고 몰아
쳤다. 친일문제로 각을 세우고 있던 이승만과 한민당이 신탁통
치 문제로 함께 손잡고, 반대파를 반민족분자라고 역공하는 기
막힌 반전이 이루어진 것이다.

신탁통치 문제는 보성 시골에도 충격을 주었다. 회천에서는
찬탁이냐 반탁이냐의 논란을 넘어 군정통치 자체를 부정하는
운동이 벌어졌다. 그 운동을 이끈 이가 광주학생운동으로 옥고
를 치른 정해두였다. 봉강의 육촌 형인 해두는 어느 당에도 들어
가지 않은 무당파였다.

12월 말이었다. 지수와 봉강이 아침상을 물리고 차를 마시는
데 해두가 사랑으로 들어왔다. 지수가 일어서서 찬장에서 찻잔
하나를 꺼내와 해두 앞에 놓고 차를 따랐다. 차는 거들떠보지도
않고 해두가 목소리를 높였다.

"양놈들이 보성에 들어온 뒤로 판이 뒤집히고 있네. 독촉이라

는 것이 생기드니, 인민위원회를 해산해부렀네. 자네가 더 잘 알 것이네만은, 인민위원회는 보성 유지들을 망라한 조직이었네. 좌우를 가리지 않았어. 왜정 때의 행적이 석연치 않은 이들도 끼어 있었지만, 다들 박태규 최창순 두 선생이 잘 이끌 것이라고 믿었네. 치안을 맡은 안병석이가 친일파를 청산한다고 했지만 소리만 요란했지 한 일이 없었어. 그런디, 독촉이라는 것이 그 인민위원회를 없애고 안병석이를 잡아가부렀네."

"…."

"지금 보성에서 독촉 주도하는 놈들 정체가 뭣인가? 앞장선 자가 왜정 치하에서 산감하던 놈이 아닌가? 사람들이 산에 가서 땔감 좀 해온다고 잡아들이고 벌금 물리고…. 그 물짜디물짠 왜 벼슬하던 놈이 앞장서서 인민위원 가운데서도 친일했거나 부화 뇌동한 놈들 위주로 진용을 짜더니, 며칠 전에는 그야말로 청산해부러야 할 놈들을 군수나 경찰서장에 앉혀부렀네."

"군수나 서장이야 군정청에서 임명한 것이지…."

"어야, 동생. 시방 뭔 소린가? 다 짜고 하는 짓거리제."

화가 치민 해두가 주먹손으로 가슴을 치며 목소리를 높였다.

"그런디, 거그서 그치는 것이 아니여. 뭐? 신탁통치를 하겠다? 신탁이라는 말은 내가 자유의사로 맡긴다는 뜻이여. 그런디 나는 맡길 생각이 없는디도, 지들이 지 멋대로 내 나라를 맡겼다는

126

것이 아니여? 그건 신탁이 아니라 강도여, 강도. 이런 환장할 일이 또 어디 있는가? 이참에 군정 자체를 걷어차부러야겠네. 미군정이고 소련군정이고 간에 이 땅에서 다 나가라, 그것이여.”

해두는 면 인민들이 율포에 모이기로 했다며 벌떡 자리에서 일어섰다.

“나는 율포로 갈 참이네. 가만있을 수가 없네.”

“과격해지지 않게…, 형님이 젊은이들을 다독거려야 합니다.”

해두가 쏘아붙였다.

“어야, 동생. 이 일이 다독거릴 일인가?”

그날 면민 수백 명이 율포로 몰려가 '미군정 물러가라'는 구호를 외쳤다. 시위대가 지서 앞에 이르자 순사 하나가 시위대를 막았다. 일제 때 순사를 하던 이여서 낯이 익었다.

“저 새끼, 전에 왜놈한테 붙어서 순사하던 놈이잖아?”

“왜놈한테 붙었다가 양놈한테 붙었다가…, 똥갈보 같은 새끼.”

시위대 맨 앞에 선 청년이 순사에게 소리쳤다.

“당신, 비켜.”

순사가 당돌했다. 청년의 멱살을 틀어쥐었다. 봉강리 정해종이 뛰쳐나가 순사를 확 밀치자 순사가 넘어졌다. 사람들이 소리쳤다.

“밟아부러. 밟아부러.”

몇 사람이 순사를 밟았다. 해종이 사람들을 뜯어말리고 순사를 일으켰다. 그사이에 시위대가 보성경찰서 회천지서로 뛰어들어 집기를 때려 부쉈다.

공권력이 공격받은 것을 군정당국이 좌시할 리 없었다. 새해 1월 4일에 경찰과 무장군인 십여 명이 봉강리에 들이닥쳤다. 백인 병사 하나가 동네 어귀에서 공포를 쏘았다. 일본 경찰도 마을에 들어와 총을 쏜 적이 없는데, 해방군이라는 미군이 총질을 한 것이다. 정해두는 이미 일림산으로 올라간 뒤였다. 경찰은 산에 들어가지 않고 집에 있던 정해종을 잡아갔다.

마을 사람들은 해종이 넘어진 순사를 일으켜 세웠기 때문에 곧 훈방될 것이라고 했다. 그러나 해종은 그날 밤에 풀려나지 않았다. 해종의 노모는 날마다 지서 앞을 서성거렸다. 소용없는 일이었다. 해종은 회천에서 보성으로 넘어갔다가, 검찰청 장흥지청으로 이송되었다. 포고령 위반 혐의로 재판을 받을 것이라고 했다.

해종의 노모가 아들을 면회하고 온 날이었다. 갈 때는 운 좋게 트럭을 얻어 타고 장흥까지 갔지만, 올 때는 40리가 넘는 길을 걸어야 했다. 노모가 지쳐 툇마루에 걸터앉아 있는데, 최석철이 해종의 집으로 들어섰다.

"아들이 잡혀갔지라우?"

"예. 그런디, 누구시요?"

"나, 청년단 부단장이요."

노모는 청년단이 뭔지 모르지만 잡혀간 아들 이야기를 들었기에 청년에게서 눈을 떼지 못했다.

"이 동네에 정해룡이도 있고 정해두도 있는디, 죄 없는 이 집 아들 하나 빼내지 못한답디요?"

노모 마음을 후벼파놓고 말을 이었다.

"알고 본께 해종 씨는 착한 사람이드구만이라우. 그날도 경찰을 일으켜 세웠다고 하고…."

노모 얼굴이 밝아졌다.

"착하고말고요. 해종이 맹키로 착한 놈이 으디 있다요?"

"청년단 부단장인 내가 신경을 쓰고 있은께 큰 걱정은 마시요."

석철이 돌아섰다. 노모는 뭔가 주고 싶은데 석철은 뒤도 돌아보지 않고 집을 나갔다. 그 뒤로도 석철은 해종의 집에 종종 들렀다. 노모는 기다렸다가 계란 한 꾸러미를 주기도 하고, 참깨 한 되를 주기도 하고, 돼지새끼 판 돈을 주기도 했다. 해종은 석 달 뒤에 풀려났다. 재판이 끝나 나온 것이지만, 노모는 석철이 힘을 써준 덕이라고 믿었다.

봉강의 나이 어린 삼촌 종철은 해두가 이끄는 율포 집회에 가지 않았다. 건준과 인민위원회의 위원장이던 봉강이나 부위원장이던 안주찬 등이 움직이지 않아 치안대장이던 종철은 자중해야 했다. 종철을 집에 묶어둔 사람은 또 있었다. 바로 그의 어머니였다. 아버지 동애 정각수는 숨지기 한 해 전에 재취 부인인 종철의 어머니를 따로냈다. 거북정 담장 너머 오른편에 네 칸짜리 초가를 짓고 논 열댓 마지기를 떼어주어 나가 살게 한 것이다. 종철의 어머니가 원하던 바였다. 종부인 며느리 윤씨보다 오히려 네 살이 아래인 그로서는 그게 편했다.

어머니는 머슴을 두고도 수시로 일꾼을 사야 했다. 새경 주랴 품삯 주랴, 나가는 게 만만치 않았다. 그런데다 종철이 중학교를 거쳐 광주에서 농고를 다니는 통에 논을 네 마지기나 팔았다. 어머니는 늑막염에 걸려 고생하다 낫기는 하였으나 바깥일은 물론 부엌일조차 힘들어 했다. 어머니는 종철 종희 두 아들이 농사에 전념하기를 바랐다. 어머니는 입버릇처럼 종철을 타박했다.

"니가 치안대장이라고야? 그 일이 너 밥을 먹여주드냐, 옷을 입혀주드냐?"

해가 바뀌자 종철은 종희를 광주서중에 복학시켜야 한다고 했다. 어머니 반응은 차가웠다.

"너 고등학교 보내는 데 논이 몇 마지기가 없어진지 아냐? 학교 나온다고 본전 뽑는 것도 아니고…. 동생을 광주로 학교 보내고 싶으면 니가 벌어서 보내그라. 나는 더 이상 논을 못 팔겄다."

종희도 어머니를 보챘지만 소용없는 일이었다. 아들 학비를 큰댁에 기댈 수도 있겠지만, 어머니는 큰댁에 신세지는 것을 한사코 싫어했다.

3월 31일에 봉강의 처 박씨가 아이를 낳았다. 난산이었다. 큰아들과 딸, 작은아들을 쉽게 낳은 산모가 이번에는 양수가 터졌는데도 배에 힘을 주지 않았다. 일철의 처 진동댁이 땀을 뻘뻘 흘리며 힘을 주라고 소리쳐도 들은 척도 하지 않았다. 진이 빠진 진동댁이 울음을 터트릴 때에야, 박씨는 몸을 몇 번 뒤틀더니 내뱉듯이 아이를 낳았다.

병을 앓는 아내한테서 얻은 자식이라 걱정이 되었는지, 봉강은 항렬자인 서로 상相 앞에 길할 길吉 자를 얹어 길상이라고 이름 지었다. 전에도 박씨는 젖이 적어 유모를 두어야 했는데, 이번에는 젖을 물리는 것 자체를 마다했다. 유모는 이미 젖이 말라 유모 구실을 할 수 없었다. 젖을 빌려야 하는데 그 문제는 쉽게 풀렸다. 노속이던 성복의 아내가 갓난애 젖을 뗄 참인데도 젖이 줄지 않아 애를 먹고 있었다. 성복의 처는 틈만 나면 거북정에 와서 길상을 안았고, 길상은 새 유모의 수박만큼 큰 젖을 두 손으로 만지작거리며 열심히 젖을 빨았다.

아기는 튼실하게 자랐지만 산모는 그렇지 않았다. 난산 끝에 아기를 낳고도 산모는 미역국마저 입에 대지 않았다. 유모는 어찌할 바를 모르고 허둥댔다. 결국 일철의 처 진동댁이 박씨 뒤에 바싹 붙어 앉아 안다시피 하여 미역국도 먹이고 미음도 먹였다. 산모는 점차 건강을 회복하는 것 같았다. 박씨 돌보는 일은 다시 유모 차지가 되었다. 그러나 두어 달이 더 지나 박씨는 한밤에 아무도 모르게 조용히 숨을 거두었다. 양력으로 6월 5일이었다.

이틀 전인 3일, 이승만 박사가 정읍에서 남한 단정론單政論을 꺼낸 터여서 문상 온 사람들 사이에서도 그 문제에 대해 갑론을 박이 벌어졌다. 그 백미는 발인이 있기 전날인 8일 오후의 논란이었다. 한민당 군당위원장이자 숨진 박씨의 사촌 오빠인 박용주가 노장층 문상객이 둘러앉은 거북정 사랑방에서 이승만 박사 발언의 진의에 대해 나름대로 설명했다.

"이승만 박사가 정읍에서 하신 말씀의 진의를 잘 이해해야 한당께요. 지금은 미·소 공동위원회가 다시 열릴 기색이 보이지 않고 통일정부를 기대하기도 어려운 상황이 아니요? 이런 때에 남한만이라도 임시정부나 위원회 같은 것을 조직해서 38선 이북에 있는 소련을 몰아내야 쓰겄다, 그렇게 말씀하신 것이요. 요지는 소련을 몰아내자, 그것이요. 본지는 그것인디, 사람들은 소련 몰아내자는 말은 쏙 빼놓고 남한만이라도 단독정부를 구성하자

고 한 것으로 몰아붙이고 있소. 이 시점에서는 신탁통치를 밀어

붙일라고 하는 소련을 몰아내는 일이 당면과제가 아니요? 그것

을 위해 남한만이라도 단독정부를 조직해야겠다는 말이 뭣이

문제란 말이요?"

박용주는 신탁통치를 추진하는 소련을 몰아낸 다음에 남한

주도로 남북 통일문제를 적극 추진해야 한다고 역설했다.

박용주가 아직 말을 마치지 않았는데, 사람들이 문밖을 보고

는 벌떡 일어서는가 하면, 몇 사람은 툇마루로 나갔다. 송정 박

태규가 상청에서 문상을 마치고 사랑채로 들어오고 있었다. 보

성 사람들은 하나같이 송정 박태규를 큰어른으로 대했다. 노속

이던 일철이 송정을 사랑방으로 안내했다. 거기에 있던 몇 사람

은 건넌방이나 마루방으로 옮겨갔다.

자리가 정돈되자, 박용주에게 이승만의 정읍 발언에 대해 물

었던 조성면의 이성재가 이번에는 송정 박태규에게 질문을 던

졌다. 박태규와 박용주는 같은 진원 박씨로 박태규가 박용주보

다 열네 살이 위였고, 항렬로는 박태규가 아저씨뻘이었다.

"지난 3일날 이승만 박사가 정읍에서 남한만이라도 단독정부

를 조직해야 한다고 주장하셨다고 들었습니다. 그 문제에 대해

송정 어르신께서는 으찌게 생각하십니까?"

박용주가 마땅찮은 표정으로 이성재를 노려봤지만, 이성재는

천진스럽게 웃기만 했다.

"나는 이제 나이도 있고 해서 뒷전으로 물러난 것을 자네도 잘 알 것이네만은, 그 문제라면 국민의 한 사람으로서 입을 다물고 있을 수가 없네. 이승만 박사는 소련을 몰아내기 위해서는 남한만이라도 단정을 결성하자는 것이네. 이 박사가 그렇게 나오면 북한 김일성은 무슨 생각을 하겠는가? 이 땅에서 미국을 몰아내기 위해서는 북한에서만이라도 단독정부를 만들겠다고 할 것 아닌가? 남북에서 자기들 뜻대로 단독정부를 조직했다고 치세. 그다음 수순은 뭣이었는가? 이승만 박사는, 소련을 몰아내고 그 앞잡이 김일성을 처단하기 위해서 북진통일을 하자고 할 것 아닌가? 이승만 군대 하나만 가지고는 힘에 벅찰 것이어서 미군 지원을 받을라고 할 것이네. 자, 이승만 군대가 북진하면 김일성 군대가 '어르신, 내가 잘못했소' 하고 항복하겠는가? 천만의 말씀이네. 아마 김일성이 북에서 단독정부를 조직하고 나면 선수를 쳐서 남진통일에 나설 것이네. 혼자서는 힘에 부칠 것인께 소련군 지원을 받아 밀고 내려오지 않겠는가? 그럼 한반도에서 뭔 일이 나겠어? 전쟁이 터지지 않겠어? 그 싸움판은 김일성과 이승만의 싸움이 아니라, 소련과 미국의 싸움이 되기 마련이네. 소련과 미국이라는 두 강대국이 이 좁은 땅에서 맞부딪치면 이 땅이 뭣이 되겠는가? 초토화라는 말이 그럴 때 쓰라고 있는 말이

네. 델 초焦에 흙 토土, 온 땅이 대포와 폭탄에 맞아 꺼멓게 덴 땅
이 될 것이다, 그 말이네."

송정이 이었다. 백범 김구에 기울어 있던 그답게 남북협상론
의 당위성을 역설했다.

"자네도 알 것이네만은 공산당이나 소련을 제일 싫어하는 분
이 백범 김구 선생이시네. 그런 백범이 으째서 북한과 협상을 하
자고 하시겠는가? 우리나라가 동족상잔으로 초토화하는 것만은
막아야 하기 때문에 그러시는 것이네. 지금 남북이 협상해서 통
일정부를 구성하지 않으면, 남한은 미국의 식민지가 되고 북한
은 소련의 식민지가 되어서 한반도에서 전쟁이 터질 것 같은께
그 참화는 막아야 쓰겄다, 그것이네."

바로 그때 상청에 있던 봉강 정해룡이 송정 박태규 어른이 있
는 사랑방으로 왔다. 봉강이 자리에 앉아 송정에게 반절을 하며
문상을 와주셔서 고맙다는 말을 마치기 바쁘게 이성재가 다시
나섰다.

"이승만 박사의 정읍 발언에 대해 박용주 선생은 으찌께 생각
하시고, 또 송정 선생은 으찌께 생각하시는지 차례로 말씀을 청
해 들었는디, 봉강 선생 고견을 들으면 우리가 그 문제에 대해
생각을 잘 정리할 수가 있겠구만이라우."

봉강은 분위기를 알아차렸다. 정국은 하나의 커다란 코끼리

였다. 어디서 보느냐에 따라 코끼리는 기둥이 되기도 하고, 키가 되기도 하고, 또는 벽이 되기도 했다. 박용주와 박태규가 그린 코끼리도 서로 달랐을 것이었다. 봉강은 단정론이나 남북협상론에 관한 한 박태규와 뜻이 맞았다. 그렇다고 한편만을 두둔할 수는 없었다. 봉강이 박태규와 박용주를 번갈아 바라보며 말했다.

"이 자리에서 제가 정치문제를 논하는 것은 적절하지 않은 것 같으요. 그러나 한마디만 한다면, 참말로 가슴 아픈 일이 있소. 저는 좌우가 합작하기를 바랐는디, 좌우의 골은 깊어질 대로 깊어지고, 거기다 우는 우대로 좌는 좌대로 자꾸 갈라지고…. 위에서 그러니까 그 폐해가 고스란히 지방으로 내려오니 참 안타까울 뿐이요."

물론 이승만의 단정론은 사랑방 토론에 그치지 않았다. 좌파는 김구를 추종하는 우파와 합세해, 남한에서 단독정부를 구성하는 방안에 반대하는 단정 반대시위를 벌였다. 보성에서도 곳곳에서 단정 반대시위가 열렸다. 회천에서는 반탁시위를 주도했다가 일림산으로 피한 정해두가 산에서 내려와 다시 시위를 이끌었다.

경찰은 시위대 해산에 그치지 않았다. 어느 날 경찰이 봉강리로 들이닥쳤다. 마을 사람들은 허겁지겁 일림산으로 피했다. 경찰이 해두의 집에 불을 질렀다. 그뿐만이 아니었다. 미처 피하지 못한 배경칠을 붙잡아 골목에서 몽둥이로 쳐죽였다. 그는 시위에 적극적으로 가담한 자가 아니었다. 경찰이 집으로 들어오니까 얼결에 내빼다가 경찰에 붙들려 몰매를 맞은 것이었다.

봉강의 처 박씨의 장례가 끝나자 박씨를 돌봐온 유모가 거북정을 떠났다. 유모는 박복한 처자였다. 나이 열아홉일 때, 딸만 셋을 둔 어부와 눈이 맞았다. 어부는 뜰망배를 가지고 있는 알부자였다. 어부는 아들을 낳지 못하는 본처를 내치겠다며 처자를 범했다. 그러나 거의 비슷한 시기에 본처가 아들을 낳고 처자가 딸을 낳자, 어부는 아들을 낳은 본처 대신에 딸을 낳은 처자를 버렸다. 처자는 어부의 집에 들어가지 못했으려니와 핏덩이 어린 딸마저 빼앗겼다. 죽고 말겠다는 그를 다독여 봉강의 둘째아들 건상의 유모로 데려온 것이 일철의 처 진동댁이었다. 거북정 윤씨는 유모가 젖이 많은 데다 과묵한 점을 높이 사 미더워했다. 그래서 윤씨는 건상이 젖을 떼자 유모에게 며느리 박씨를 돌보는 일을 맡긴 것이었다.

유모는 자기 고모 집에 식모로 들어간다는 소문이 돌았다. 윤씨는 굳이 붙들지 않고 그동안의 새경에다 쌀 네 가마를 얹어 그를 보냈다. 수년간 조현병 환자를 돌보느라 힘들었을 것이었다.

유모가 거북정을 떠난 며칠 뒤부터 지수는 날마다 도강마을을 오갔다. 정응민이 사양했지만 지수는 고집을 꺾지 않았다. 정응민도 마침내는 매무새를 고쳐 지수 앞에 바로 앉았다. 열흘 동안 이 말 저 말 건네며 정응민의 얼굴을 살피고, 열흘 동안 정응민의 초상화 밑그림을 그린 뒤에 하나를 골라 다시 보름 남짓 붓질을 했다. 초상화를 받아들고 정응민이 입을 다물지 않았다.

"어야, 내 외모를 그리지 않고 내 성깔을 그려줘서 고맙네."

"그림을 제대로 읽어주셔서 제가 고맙구만이라우."

정응민이 정색을 했다.

"세상이 바뀌었는데도 사람들은 여전히 반상이나 적서를 따지네. 내 스스로 그런 시선을 뛰어넘을 때, 비로소 내 예술에 기품이 배어드는 법이네. 우리는 족보가 아니라 예술로 말허면 되네."

지수는 고개를 숙였다. 정응민이 물었다.

"누구헌테 그림을 배웠는가?"

"정식으로 그림을 배워보지는 못했구만이라우. 선친이 그림 그리는 걸 어깨너머로 봄시로 흉내를 내봤지라우."

"아버지 것을 물려받았구마."

정응민이 다시 물었다.

"거북정 사랑에 걸린 각수 어른 초상화는 몇 살 때 그렸는가?"

"열여덟 살 때요. 봄에 그렸고, 여름에 제가 봉강리로 이사 왔고, 가을에 그 어른이 돌아가셨지라우."

138

"열여덟 살에 그렸다니, 자넨 타고난 천재로구만."

정응민이 덧붙였다.

"예술은 삼대 이상이 가야 익은 것이 나오네. 자네는 앞으로 안사람을 고를 때 예술가 자질이 있는가를 꼭 보소, 잉?"

하나와 둘

봉강의 당숙인 종호는 박씨가 숨진 이튿날 아침 일찍 우체국으로 가서 부평에 있는 조카 해진에게 전보를 쳤다. 오일장을 치르기 때문에 전보만 확인하면 장례에 올 수 있을 것이었다. 해진의 처 전예준은 발인하기 전날 거북정에 도착했지만, 해진은 오지 않았다. 끝내 연락이 닿지 않았던 것이다.

그 무렵에 해진은 새로운 삶에 몰입했다. 부평에서 시작한 노동자 자주관리운동은 영등포를 비롯한 인접 지역으로 번져갔다. 전국적으로 퍼져가는 것은 시간문제였다. 그 운동을 통해 정치투쟁의 물적 기반도 구축할 수 있을 것이었다.

해진은 곧 다음 단계 작업에 들어갔다. 해진은 두더지처럼 몸을 숨기고 노동자들을 대상으로 사상교육을 시켰다. 어렵고 복잡한 사회주의 이론을 대학 강의를 하듯이 해서는 안 되었다. 눈에 보이는 사례를 들어, 손에 쥐여 주듯이 쉽게 풀어가야 했다.

유물론만 하더라도, 월급이 올라가면 생각이 달라진다는 말로 이론의 기초를 깔아두고 차츰 다음 단계로 논의 수준을 높여 갔다. 해진은 사상무장이 어느 정도 이루어진 노동자로 하여금 두 명 세 명으로 가지치기를 해나가게 했다. 분신처럼 김선우가 해진을 도왔다.

그런 그의 열성과 실적을 바탕으로 해진은 1945년 12월에 조선공산당 부평구역당 위원장이 되고, 이듬해인 1946년 6월에는 인천시당 서기국원으로 발탁되었다. 국원이라고 하지만 인천시당의 사무를 사실상 총괄하는 자리였다. 경성제대와 동경제대 대학원 출신치고는 하찮을지 모르지만, 신분을 속이고 밑바닥을 기어서 그 자리를 꿰찬 것은 가벼이 볼 일이 아니었다.

그는 인텔리 말이 아니라 순전한 노동자 말만 썼지만, 논리와 언변이 뛰어나 곧 시당의 문교부장까지 겸했다. 그는 당비만이 아니라 자신의 호주머니를 털어가며 삐라나 팸플릿을 만들어 뿌렸다. 그는 피부에 와 닿는 예를 들어가며 쉬운 말로 유인물을 채웠다. 이 집 저 집을 떠돌며 열흘이 넘게 집에 들어가지 못하는 경우가 많았다. 그러다 형수인 박씨가 세상을 뜬 것도 알지 못한 것이다.

1946년 8월에 박헌영이 이끄는 조선공산당(조공)과 여운형의 조선인민당(인민당), 백남운의 남조선신민당(신민당)을 통합하는 문제가 불거졌다. 3당 통합은 인민당의 여운형이 제안하고, 조공이 중앙위원회 토의를 거쳐 총비서 박헌영의 이름으로 받아들이는 형식을 취했다. 이런 방식은 조공이 사전에 내락한 것이어서 다툴 문제가 아니었으나, 중앙위원회 결의만으로 다른 당의 제안을 받아들인 것에 대해서는 조공 내부에서 논란이 일었다. 인천시당에서 해진은 3당 합당이 필요한지, 합당을 한다면 어떤 절차를 거쳐야 하는지를 대회를 열어 토론한 뒤에 추진하는 것이 옳다는 주장을 폈다. 그때까지만 하더라도 해진은 3당 합당 자체가 소련 스탈린의 직접 지시에 따른 것이라는 사실은 알지 못했다.

조공 내에서 갑작스러운 3당 통합에 반대하며 당대회 개최를 주장하는 부류가 세를 모으기 시작했다. 박헌영의 독단적인 당운영에 거부감을 느끼던 세력이 그 흐름을 이끌었다. 해진은 어느 한쪽을 택해야 했다. 그러나 돌발변수가 생겼다. 가래침에 피가 섞여 나와 병원에 갔더니 폐결핵으로 요양 가료가 필요하다는 진단이 나왔다. 집에 들어가지 못하고 이 집 저 집으로 떠돌거나 공장 2층 다락에 기거하며 굶기를 밥 먹듯이 한 결과가 결핵으로 나타난 것이었다.

3당 합당 문제는 봉강에게도 중요한 문제였다. 인민당 대표인 여운형은 3당 합당에는 동의하면서도 조건을 따져가며 진행해야 한다는 신중론을 견지했다. 8월 16일에 열린 당 중앙확대회의에서 이 문제를 표결에 부쳤는데, 무조건 합당을 지지하는 표가 47표, 조건부 합당을 주장하는 표가 31표였다. 인민당에 들어와 있던 박헌영 지지자들이 본색을 드러내 찬표를 던진 결과였다. 합당 대상인 신민당에서도 비슷한 일이 벌어졌다.

봉강은 자신이 처음으로 몸담은 정당이 해산의 위기에 처했다는 사실을 알고 놀랐다. 결코 모른 척하고 넘어갈 일이 아니었다. 마침 한 마을에 사는 배경칠이 무참하게 죽은 것을 보고 시국 전반에 대해 위기의식을 느끼던 차였다. 그가 늘 말했듯이, 윗물이 맑아야 아랫물이 맑은 법이었다. 아무리 아래에서 평화롭고 인후한 마을을 만들고자 해도 위에서 갈라지고 싸우면 전국이 이전투구의 싸움터가 될 수밖에 없었다. 봉강은 율포의 양조장으로 가서, 있는 돈을 몽땅 털어 가방에 넣고 서울로 갔다.

봉강은 명륜동의 정귀섭 대부 집에 들렀다가 뜻밖에도 제수 전예준을 만났다. 이화여전 친구의 남동생인 중학교 영어교사를 대부의 딸에게 소개했는데 양가에서 마음에 들어 해 일이 잘 될 것 같다고 했다.

제수 전예준은 봉강더러 최승주를 만나보라고 다시 권했다. 성복 아내의 젖을 빨고 있을 막내아들 길상의 얼굴이 떠올랐다.

"아이가 좀 더 자란 뒤에나 생각해봅시다."

제수는 고개를 끄덕이고 나서 뜻밖의 말을 했다. 동생 해진이 결핵에 걸려, 보성으로 내려가야 한다는 것이었다. 경찰의 시선을 피해 제수가 두 아들 국상과 훈상을 데리고 먼저 보성으로 가고, 해진은 며칠 뒤에 합류한다고 했다. 제수는 보성으로 내려가는 것을 반기는 눈치였다. 남편 해진과 일림산 산길이나 율포 해수욕장을 손잡고 산책할 처지는 물론 아니었다. 보성에서도 해진은 숨어 지내야겠지만, 그래도 가족이 함께 지내며 보양을 제대로 할 수 있을 것이었다.

이튿날 봉강은 인민당 당사로 갔다. 몽양 여운형이 그를 반겼다.

"봉강, 우리는 지금 매우 중요한 판단을 내려야 할 처지에 있소이다. 좌우 대통합을 위해서는 먼저 이념적으로 상통하는 정당끼리 소통합을 해야 하지 않겠소이까? 그래서 인민당과 조공, 신민당 3개 정당을 통합하기로 했소이다. 이 소통합은 어디까지나 대통합을 위한 전 단계일 때 의미가 있는 것이외다. 그런데 박헌영 측은 대통합이 아니라 반도 남반부에서 미군정과 투쟁할 단일대오를 구축하는 데에 의미를 두고 있는 것 같소이다. 봉강은 이 문제에 대해 어떻게 생각하시오?"

"저는 아직은 좌우 대통합을 포기할 단계가 아니라고 생각합니다. 미군정이나 우파와 투쟁하기 위해 단일대오를 갖추는 문제는 최후의 방책이 되어야 하지 않겠습니까?"

몽양은 봉강의 손을 덥석 쥐어 잡았다.

인민당 온건파들은 다른 당의 온건파를 결집해 좌우 대통합을 추진할 신당을 결성하자는 쪽으로 의견을 모았다. 결국 3당 합당 문제는 박헌영의 조공이 인민당과 신민당의 무조건 합당파를 흡수해 남조선노동당(남로당)을 결성하고, 여운형을 지지하는 인민당 조건부 합당파가 조공의 대회파, 신민당의 신중파와 함께 모여 신당을 결성하는 방향으로 결말이 났다. 처음에는 무조건 합당인가 신중론인가를 따지는 일이었지만, 결과적으로는 박헌영을 중심으로 좌파가 단일대오를 갖추는 좌파 노선과, 여운형 백남운을 중심으로 여전히 좌우 합작을 추진하는 중도 노선으로 헤쳐모인 셈이었다.

여운형을 따르는 좌우 통합론자들은 신당 추진을 위해 중앙준비위원회(중준위)를 구성했다. 봉강은 38인의 중준위 위원에 뽑혔다. 중준위는 위원장 1인, 비서처 1인, 총무부 3인, 감사부 5인, 조직부 19인, 선전부 5인, 재정부 5인으로 상임위원회를 구성했다. 봉강은 재정부에 들어갔다. 대외적으로 발표한 재정부 상임위원 명단에 그의 이름이 맨 위에 올랐다. 봉강은 가져간 돈을 모두 창당 작업에 부었다.

좌우 통합파는 일부가 사회노동당을 결성했다가 해체하고, 강순姜舜의 근로대중당과 김성숙金星淑의 조선민족해방동맹을 받아들여, 1947년 5월 24일에 근로인민당(근민당)을 창당했다. 여운형이 위원장, 백남운과 장건상이 부위원장을 맡았고, 봉강은 중앙위원 겸 재정부장에 선임되었다.

봉강은 창당과정에서 평생의 선배이자 동지인 운암雲巖 김성숙金星淑을 만났다. 봉강은 운암이 의열단을 만들고, 상해 임시정부에서 중요한 역할을 맡았다는 걸 이미 알고 있었고, 운암도 봉강이 전에 임정에 지원금을 보낸 사실을 이임수를 통해 들어 알고 있었다. 더구나 둘은 마치 미리 입을 맞춘 것처럼 여러 문제에 대한 견해가 늘 일치했다. 운암이 봉강보다 열다섯 살이 위였지만 둘은 오랜 지기처럼 친해졌다. 대회가 끝난 뒤 평북 철산출신인 운암이 봉강의 소매를 붙들었다.

"봉강은 서울에 오시면 어디서 유하시우?"

"명륜동에 대부 되시는 분이 계신디, 방이 여유가 있어서 늘 그분 댁에서 신세를 지지라우."

"앞으로는 누추하지만 우리 집으로 오시라요."

거북정으로 내려간 봉강은 먼저 어머니 윤씨를 뵙기 위해 안방으로 갔다. 어머니가 목소리를 낮추었다.

"삼의당에 해진이가 와 있다."

"내려온다는 말은 서울에서 제수한테 들었구만이요."

"해진이가 비밀에 부치라고 해서 아무헌테도 알리지 않았다."

"제수는?"

"두 아들허고 새방에 있다. 마을 사람들헌테는 니 제수가 아파서 왔다고 허고, 아낙네들헌테 우리 집 출입을 삼가라고 해두었다."

사랑으로 가자 기다렸다는 듯이 봉강의 당숙인 종호가 찾아왔다.

"노속 몇 사람을 시켜서 마을 입구에 보초를 세웠네. 낯선 사람이 오면 알리라고 해뒀네."

"아까 집으로 오는디 논둑에 이전의 노속 두엇이 앉아 있기에 농사일 이야기를 하는가 보다 했어라우. 바로 그 사람들이었구만이요?"

"맞네. 그리고…, 전에 가끔 거북정에 들른 윤 순사가 여그 지서 차석으로 와서 조금은 안심이 되네."

봉강은 해질 녘에 삼의당으로 갔다. 해진의 상태가 심한 것은 아니어서 섭식을 잘하면 금방 회복할 수 있을 것 같았다.

해진이 3당 합당에 대해 궁금해했다. 봉강은 남로당과 근민당으로 갈리게 된 일련의 과정을 설명했다. 합당 이전에 대회 개최를 주장했던 해진은 사안의 본질이 절차상의 문제가 아니라 전략적인 문제임을 이미 간파하고 있었다.

"남북 분단은 이제 불가피한 현실이에요. 이러한 때 남반부에서 미군정에 대항하기 위해서는 좌익 단일대오를 갖춰야 해요."

봉강은 고개를 저었다.

"분단을 막아야지 분단을 맞이할 수는 없제. 아직은 좌우 대통합의 꿈을 버릴 계제가 아니여."

남북이 통일정부를 구성해야 하며, 그러기 위해서는 남한 내부에서 좌우 합작이 필요하다는 봉강의 신념은 굳었다. 동생 해진은 반론을 펴려 했지만 봉강이 고개를 저었다.

"어야, 동생. 몸이 다 낫기 전에는 아무 생각 말고 푹 쉬어."

봉강은 삼의당을 나왔다. 개울을 건너다가 봉강은 징검다리 위에서 걸음을 멈추었다. 어렸을 적 생각이 났다. 봉강이 여덟 살일 때였다. 형제는 개울에서 가재를 잡다가 물에 젖은 적삼과 바지를 벗어놓고 알몸으로 널찍한 징검다리 바위 하나씩을 차지하고 누워 낮잠을 잤다. 먼저 잠에서 깬 해진이 잠자리를 잡아 그 꼬리를 긴 실에 묶고는 실의 다른 끝을 형의 꼬추에 매어놓았다. 잠자리가 날아가려다 내려앉아 형의 꼬추를 깨물었다. 형은 두어 번 손을 저어 잠자리를 날렸지만 잠자리는 다시 내려앉아 꼬추를 깨물었다. 형 해룡이 잠을 깨자 동생은 키득거리며 내

뺐다. 형은 잠자리를 꼬추에 매단 채 동생을 쫓아갔지만 곧 멈춰섰다. 동생을 잡은들 때릴 것도 아니었다.

동생 해진은 가끔 형에게 눈싸움을 하자며 형을 매섭게 쩨려보곤 했다. 봉강은 언제나 먼저 시선을 거두었다. 형이니까 동생한테 져줘야 한다고 생각했다. 그렇게 하여 형제는 둘이 아니라하나가 되었다. 봉강은 3당 합당에 대해 의견이 갈리자, 비로소자신과 동생 해진이 하나가 아니라 둘임을 깨달았다.

무너진 하늘

청명이 며칠 남지 않은 날이었다. 봉강은 아침문안을 드리기
위해 안채로 갔다. 발소리를 듣고 윤씨가 문을 열었다.

"어머니, 진지 잘 드셨어요?"

"어서 방으로 들어오소."

큰아들이 방 안에 들어가 앉자 말을 낮추었다.

"내가 너헌테 물을 일이 있다."

"예. 말씀하시씨요."

"올해부터 올벼 농사를 짓지 않기로 했다는디 사실이냐?"

"종호 아재가 그러시듬마요. 직접 짓는 논농사가 적은께 소출
이 많은 벼를 심어야 한담시로…."

"그래서 그러라고 했다는 말이냐?"

"예."

"우리 집에서는 대대로 올벼를 심어, 처서가 지나기 전에 올벼

쌀을 대소가는 물론이고 노속들헌테까지 몇 되씩은 꼭 보내왔
다. 그 쌀로 모두들 멧밥을 짓는 것을 너도 알지야?"

봉강은 얼굴이 달아올랐다.

"알겠습니다. 종전대로 하겠구만이요."

어머니 윤씨는 뒷골 논 가운데 계곡과 가까워 물 대기가 좋은
논 한 배미에는 해마다 올벼를 심으라고 했다. 올벼 농사는 거북
정 식구들을 먹이는 농사가 아니라 거북정과 바깥 사람들을 묶
는 농사였다. 올벼는 산 사람만이 아니라 죽은 사람의 넋까지 하
나로 묶는 실한 동아줄이었다. 윤씨가 덧붙였다.

"곳간에서 인심이 난다고들 허드라만은, 인심은 마음에서 우
러나는 것이 아니겠냐?"

쌀금이 좋았다. 창고에 있는 쌀을 팔아 큰돈을 쥔 봉강은 일부
를 제수에게 주어 인천에 집을 사게 하고 서울로 갔다. 1947년
6월 말이었다. 동생 가족과 함께 기차를 타고 상경할 수 있다면
더 없이 좋으련만 그럴 처지가 아니었다. 해진은 여전히 숨어 지
내야 했다. 근민당 사무국에서 봉강을 눈이 빠지게 기다리고 있
었다. 당 사무국은 봉강의 지원에 많이 기대고 있었다.

봉강은 서울에 머무는 동안 명륜동 정귀섭 대부의 집으로 가
지 않고 우이동에 있는 운암 김성숙의 집에서 운암과 숙식을 함

께 했다. 방이 두 칸뿐이어서 운암과 한방을 썼다. 폐를 끼치는 일이었지만 봉강은 무릅썼다. 잠자리에서도 둘은 늘 나라 걱정을 했다.

"분단된 상황에서 무엇보다 중요한 것이 좌우 합작이우. 합작에 실패하면 남과 북이 영구히 쪼개지고 말지 않았어요?"

"국토가 분단되면 조선반도에서 결국은 전쟁이 터지겠지요. 분단을 막는 일은 동족상잔의 전쟁을 막는 일이지라우."

나란히 누운 채로 운암이 손을 뻗쳐 봉강의 손을 꼭 쥐었다.

"분단을 막고 좌우 합작을 이루는 대업을 주도할 지도자는 몽양뿐이 아니갔어요? 미국도 그리 알고 몽양을 도우려는 것 같수다."

"미국이 몽양을 택할 것이라는 설이 당에서 많이 돌든디, 사실이어요?"

"그런 정황이 한두 가지가 아니야요. 곧 미국이 몽양하고 협상을 벌일 모양이야요."

"미국이 잘 판단하고 있구만이요. 어쨌든 우리 근민당이 몽양을 받들어서 기어코 통일 대업을 이루어야겠습니다. 선생님께서 열심히 거드십시요. 시골에 머물고 있지만 늘 선생님 곁에 제가 있다고 생각하시면 되겠습니다."

운암이 다시 봉강의 손을 쥐었다. 잠시 침묵을 지키고 있다가 운암이 말했다.

"지금 힘들지만 그래도 광복이 되었으니 얼마나 다행입네까?"

운암은 의열단 활동을 하던 일, 상해 임정에서 있었던 일 등을 이야기했다. 다음 날도 그다음 날도 둘은 당사에 갔다가 돌아와서는 나란히 누워 담소를 이었다. 운암과 봉강은 듣는 사람이 먼저 잠이 들면 조용히 이야기를 멈추었다.

섭생을 잘한 덕인가, 아니면 마음이 편안해서인가? 해진은 몸이 거뜬해졌다. 해진은 봉강이 서울로 간 뒤, 며칠을 기다렸다가 아내 전예준과 두 아들을 먼저 인천으로 보내고, 며칠이 더 지나 새벽에 혼자서 거북정을 나섰다. 조선정판사 위조지폐 사건으로 1946년 5월 이후 공산당 활동이 불법화한 상황이라서 해진으로서는 검속을 피하기 위해 조심할 수밖에 없었다. 해진은 우선 광주로 가서 제중병원에서 종합검진을 받았다. 결핵은 다 나았고, 다른 탈도 없다고 했다.

해진은 비선을 통해 고종 육촌 매형인 윤가현을 만났다. 박헌영이 광주에 숨어 지낼 때, 가장 가까이서 박헌영을 도운 이가 윤가현이었다. 강진의 대지주 아들로, 모든 유산을 당에 헌납한 그는 이제 지하에 숨어 남로당 전남도당을 이끌고 있었다.

"자네가 아프다는 소식은 들었네. 몸은 다 나았는가?"

"예. 다시 인천으로 돌아갑니다."

"자네가 그동안 밑바닥에서 고생이 많았네. 자네 같은 인텔리 엘리트가 그 길을 택하다니 참말로 장한 일이네."

윤가현이 물었다.

"3당 합당을 추진하다가 결국은 2당 체제로 개편된 것을 자네도 알고 있제?"

"압니다."

"자네는 어느 당으로 갈랑가?"

"물론 남로당이죠."

윤가현이 씨익 웃었다.

"결과적으로는 자네 신병이 자넬 살렸네."

"무슨 말씀입니까?"

"통합 논쟁이 붙었을 때, 자넨 대회를 주장한 것으로 들었네. 그 뒤에 일부가 따로 모여 대회파를 만들더니 결국 뛰쳐나가고 말았어. 자네도 신병이 아니었으면 그쪽으로 휩쓸렸을 것이 아닌가?"

해진은 손을 저었다.

"그건 아닙니다. 절차를 따지는 데는 대회파와 의견이 통했지만, 좌파 단일전선을 구축하는 일이라면 저는 대회파의 분열 노선에 동조하지 않았을 겁니다."

그러나 해진은 할 말은 해야 했다.

"남로당에 입당은 하겠지만…, 당에 문제가 많습니다."

해진의 눈에 비친 박헌영의 서울 지휘부는 소부르주아 인텔리들이 득실거리는 모험주의의 소굴이었다. 윤가현은 웃기만 할 뿐 대꾸하지 않았다.

해진은 윤가현과 헤어져 기차를 타고 서울을 거쳐 인천 부평으로 갔다. 가장 먼저 할 일은 형인 봉강이 준 돈으로 집을 사는 일이었다. 해진은 그 일을 아내 전예준에게 맡겼다. 전예준은 혼자서 이 집 저 집을 구경한 뒤에 율목동에 집을 샀다.

아내 전예준이 집을 보러 다니는 동안, 해진은 고향 후배인 김선우를 만났다. 그는 이제 남로당 인천시당의 충실하고 유능한 중견 비밀당원이었다. 전에 조공 부평구역당에서 일한 당원들은 거의가 3당 합당을 통해 새로 태어난 남로당을 택했다고 했다.

해진은 남로당 인천시당에 복귀했다. 당은 해진에게 선전부장을 맡겼다. 몰래 선전물을 만들어 산하 조직에 내려보내고, 일부를 대중에게 뿌리는 것이 그의 일이었다. 부평구역당에 있을 때와는 비교도 할 수 없을 만큼 많은 양을 제작해야 했다. 그렇다고 시내 인쇄소에서 선전물을 찍을 수는 없었다. 인천에 인쇄업소가 많지도 않은데 그런 데서 인쇄를 하면 탄로 나는 것은 시간문제였다. 해진은 작업 거점을 몇 개 만들어 수시로 옮겨가며 등사기로 선전물을 찍었다.

이전과 마찬가지로 해진은 여전히 두더지 신세였다. 경찰이 집 주변을 수시로 감시했기 때문에 집에 들어가지 않는 날이 많았다. 전예준은 남편을 만나려면 먼저 서울로 갔다. 미행을 따돌리기 위해서였다. 친구나 친척을 만나 시시껄렁한 이야기를 나누기도 하고, 몇 시간이고 시장이나 백화점을 돌아다니기도 하다가 인천으로 돌아가, 조직원이 말한 대로 꼬불꼬불 골목길을 돌아 골방 같은 데로 남편을 찾아가곤 했다.

근민당 사무국에서 나온 봉강은 백화점에 들러 라디오 한 대를 사서 보성으로 내려갔다. 그는 정국의 향방이 곧 판가름날 것 같은 긴박감을 느꼈다. 그가 고대하는 것은 몽양 여운형이 미군정 당국자와 만났다는 뉴스였다.

7월 19일이었다. 봉강은 라디오를 켜놓고 지수와 함께 저녁을 먹고 있었다. 7시가 되자 저녁 뉴스가 시작되었다. 뉴스를 듣다가 봉강이 벌떡 일어섰다.

"아니, 이것이 뭔 일이여?"

마른하늘에 날벼락이었다. 근민당 지도자 몽양 여운형 선생이 암살당했다는 것이었다. 그야말로 하늘이 무너진 것만 같았다. 전신에 소름이 돋았다. 나라를 위해 기둥을 세워야 할 때 왜 큰 기둥을 빼낸단 말인가? 보태기를 해야 할 때 왜 빼기를 한단 말인가?

그날 몽양 여운형은 오후에 미군정의 3인자이자 실질적인 기획자라고 할 수 있는 민정관 존슨E. A. J. Johnson을 관사로 만나러 가고 있었다. 존슨이 몽양을 사무실이 아니라 관사로 초청했기 때문이었다. 존슨은 몽양에게 한반도의 운명을 맡기는 쪽으로 마음을 굳힌 상태였다. 물론 미군정 사령관 하지John Reed Hodge 중장의 의중을 헤아린 판단이었다. 그 무렵에 하지는 이승만을 극도로 싫어해, 이승만 이야기만 나오면 '개자식son of bitch'이라고 거침없이 욕을 해댔다. 이승만 역시 하지 중장을 몹시 싫어했다.

오후 4시께 몽양이 탄 승용차가 혜화동 로터리에 이르렀다. 그렇잖아도 로터리에서는 속도를 줄여야 하는데, 앞 차가 지나칠 정도로 서행했다. 웬 청년이 몽양이 탄 승용차의 뒤 범퍼에 올라타더니 권총을 빼들어 차 안에 있는 몽양을 쏘았다. 한 발은 등에서 복부를, 다른 한 발은 어깨 뒤쪽에서 심장을 관통했다. 앞에서 서행하던 차는 쏜살같이 달아났다. 몽양은 바로 인근에 있는 대학병원으로 이송되었으나 병원에 도착하기 전에 숨졌다. 근민당의 구심인 여운형이 창당대회를 연 지 불과 두 달 만에 암살당한 것이다.

흉한은 곧 붙잡혔다. 건국단이라는 극우단체 회원인 열아홉 살의 한지근韓智根이었다. 경찰에서 그는 건국단이 여운형 박헌영 허헌을 건국의 3대 장애물로 규정해 처단키로 했다고 말했다. 얼굴은 뻔뻔하고 말은 당당했다.

이튿날 이른 아침에 봉강은 기차를 타고 서울로 갔다. 몽양 여운형의 장례는, 70여 개 정당 및 사회단체가 장의위원회를 꾸려 8월 3일 인민장으로 치렀다. 발인식은 광화문 부근의 근민당 본부 앞에서 열렸다. 정해룡은 장례위원회 위원으로 여운형의 마지막 길을 지켰다. 장례가 끝나자 운암 김성숙이 봉강 옷소매를 붙들었다.

"우리 집에서 유하시고 내려가시라요."

봉강은 고개를 저었다. 봉강도 피곤했지만 운암도 탈진해 보였다.

"운암 선생. 댁에 가셔서 며칠 푹 쉬시씨요."

운암도 우기지 않았다. 공황상태에서 장례를 치르느라 정신적으로나 육체적으로 맥이 풀린 것은 피할 수 없는 일이었다.

봉강은 명륜동 정귀섭 대부의 집으로 갔다. 그냥 내려가면 대부가 서운해할 터였다. 뜻밖에도 제수 전예준이 시아주버니 봉강을 기다리고 있었다.

"인천에 율목동이라는 동네가 있어요. 거기에 집을 샀어요. 시아주버님께서 사주신 집인데 직접 보시고 내려가세요."

봉강의 초췌한 얼굴을 살피고 나서 전예준이 이내 말을 고쳤다.

"지금 시아주버님이 망연자실한 상태이실 텐데 제가 무리한 부탁을 드렸어요. 인천 우리 집은 다음에 구경하세요."

"제수씨, 고맙소. 가능하다면 여기 명륜동에서 동생 얼굴이나 한번 봤으면 좋겠소."

"시아주버님 말씀을 전할게요. 근데…, 장담은 못해요. 요즘 집에 들어오지도 않고 연락도 잘 안 되거든요."

전예준이 생긋 웃고는 화제를 바꾸었다.

"이리 데려올 사람이 동생 말고 또 있어요. 제 후배도 한번 보고 가세요."

제수를 보며 봉강은 문득 미안하다는 생각이 들었다. 제수 체면을 생각해서라도 어떤 쪽으로든 결론을 내야 했다.

"내가 9월 초에 다시 서울에 올 것이오. 몽양 미망인께서 장건상 선생과 김성숙 선생, 그리고 저를 댁으로 오라고 하셨소. 후배를 만나는 문제는 그때 이야기합시다."

다음 날 동생 해진은 명륜동에 오지 않았다. 봉강은 밤기차를 타고 거북정으로 내려갔다.

만남

남도의 기와집은 대체로 일자집이다. 습도가 높아 일자라야 여름나기가 쉽다. 통풍이 잘 되는 곳에 지은 집 가운데는 더러 'ㄷ'자집도 있다. 일자집 양쪽에 한 칸씩 날개를 달면 모양새가 난다.

거북정 안채는 구조가 특이했다. 'ㄷ'자집이면서도 양 날개를 앞으로 내지 않고 뒤로 붙였다. 실제로는 'ㄷ'자집이지만 앞에서 보면 일자집으로 보였다. 집이 크게 보이는 것을 피하고자 한 것이지만, 안에서 하는 일이 밖으로 드러나지 않게 하려는 뜻도 숨어 있었다. 여자들이 하는 일은 거의 'ㄷ'자집의 안뒤꼍에서 했다.

1947년 여름은 유난히 더웠지만, 거북정 뒤꼍은 종일 그늘이 지고 뒷산에서 시원한 바람이 내려와 더위가 덜했다. 그해 여름에 견화는 안뒤꼍에 있는 대나무 평상에서 한나절을 지냈다. 견화는 거기에서 윤씨에게 천자문을 배웠다. 윤씨 앞에서 늘 판소리를 부르던 견화가 윤씨를 졸라 한자를 배우기 시작한 것이다.

윤씨는 처녀 시절에 친정어머니로부터 천자문을 배웠다. 뒤에 시집가서 딸을 낳으면 배운 대로 딸에게 천자문을 가르치겠다고 다짐했다. 그러나 윤씨의 남편 종익은 해룡 해진 두 아들만을 남기고 젊은 나이에 저세상으로 갔다. 아들 해룡이 손녀를 낳았지만 손녀는 학교 공부에만 매달렸다. 윤씨는 딸이나 손녀에게 천자문을 가르치지 못한 아쉬움을 견화를 가르치며 풀고 있었다.

공부를 시작한 지 열흘쯤 지나서였다. 그날도 견화는 평상에 공손히 앉아 안어른 윤씨를 기다렸다. 안방에서 함머니 윤씨가 나와 맞은편에 놓아둔 모시방석에 앉았다. 견화는 자리에서 일어섰다가 윤씨가 앉기를 기다려 마주 보고 무릎 꿇고 앉았다.

"편좌허그라."

"아니어라우. 편하면 공부가 되간디요?"

견화는 고쳐 앉지 않았다. 무릎 꿇고 견디는 것 자체가 배움의 일부라고 믿었다.

오전에 윤씨로부터 안뒤꼍에서 천자문을 배운 견화는 점심을 먹고 나서 평상에 앉아 '춘향가'의 사랑가 한 대목을 불렀다. 일종의 품앗이였다.

"이애 춘향아, 우리 업고도 한번 놀아보자. 도련님도 참, 건넌방 어머니가 아시면 으짤라고 그러시요. 얘야 너희 어머니께서는 소싯적에 우리보다 훨씬 더 했다고 허드라. 그러니 잔말 말고 업고도 한번 놀아 보자."

아니리를 마치고 중중모리로 들어갔다.

"이리 오너라 업고 놀자. 이리 오너라 업고 놀자. 사랑 사랑 사랑 내 사랑이야. 사랑이로구나 내 사랑이야. 이히 내 사랑이로다. 아매도 내 사랑아. 네가 무엇을 먹으랴느냐. 둥글둥글 수박 웃봉지 떼뜨리고, 강능백청을 따르르르 부어 씨는 발라 버리고, 붉은 점 움푹 떠 반간진수로 먹으랴느냐. 아니 그것도 나는 싫소. 그러면 무엇을 먹으랴느냐. 당동 지지루지허니 외가지 단참외 먹으랴느냐. 아니 그것도 나는 싫소. 시금털털 개살구 작은 이 도령 서는디 먹으랴느냐. 저리 가거라 뒤태를 보자. 이리 오너라 앞태를 보자. 아장아장 걸어라 걷는 태를 보자. 방긋 웃어라 잇속을 보자. 아매도 내 사랑아."

견화는 일부러 교태를 부리며 소리를 불렀다. 윤씨가 웃다 말고 손사래를 쳤다.

"아가. 그만해라. 듣고 본께 망칙허다."

윤씨가 물었다.

"그런디, 너도 얼렁 이 도령 같은 낭군을 만나야 헐 것 아니냐?"

견화의 대꾸가 뜻밖이었다.

162

"저는 그런 사람 필요 없는디요."

"아니, 무슨 소리냐?"

"혼인은 그렇게 하는 것이 아니지라우."

견화는 정색을 했다.

"결혼이란 방방한 사람하고 당당하게 해야 하는 것이지라우."

처지가 엇비슷한 사람을 깨끗하고 떳떳하게 만나야 한다는 것이었다. 견화의 오래고도 굳은 소신이었다.

며칠 뒤인 원등 할머니 제삿날 밤에 영성 정씨 집안 여자들이 안방에 모이자 윤씨는 입에 침이 마르도록 견화 칭찬을 했다.

"흙속에 묻혀 있던 보석이 내 품에 굴러들어온 것이여. 천자문을 나한테 배우고 있는디, 가르치는 족족 머릿속에 차곡차곡 집어넣고, 배운 것은 죄다 줄줄 외워. 생각이나 품행도 바르기가 어느 양반댁 규수 못지가 않고…. 나헌테 아들이 또 하나 있다면 고것을 며느리로 들어앉혔을 것이여."

질부뻘 되는 아낙이 불쑥 내뱉었다.

"큰아드님이 독수공방하고 계신디, 그 방에다 슬쩍 밀어넣지 그러시요?"

아낙은 말을 뱉어놓고 뻘쭘한 얼굴로 윤씨 반응을 살폈다. 입방정 떤다고 불호령이 떨어질 줄 알았는데, 윤씨는 빙긋 웃기만 할 뿐 아낙을 나무라지 않았다.

"오메, 징하게도 덥네."

지수는 절룩거리며 거북정을 돌아 산길을 올라갔다가 계곡으로 내려갔다. 거기에 조그만 폭포가 있었다. 지수는 바지와 적삼을 벗어던지고 폭포수 아래 섰다. 폐부에 박힌 더위까지도 모두 빠져나가는 것 같았다. 지수는 폭포수를 벗어나 물속에 몸을 담갔다. 지수 몸이 물의 차가움에 익숙해졌다. 지수는 머리만 내놓고 온몸을 물에 담그어 몸을 씻었다. 손이 가랑이 사이로 가자 가운뎃것이 알아차리고 고개를 쳐들었다. 오냐, 너 잘 있었냐? 예, 잘 있었구만이라우. 그런디 할 일이 없어서 심심해 죽겠소. 그래? 여직껏 너한테 일을 주지 못해 미안하다. 미안한 줄 알고는 있다니 다행이요. 아따, 쪼깐 더 기다리그라. 언젠가는 너도 바쁘게 일할 날이 오지 않겠냐? 지수는 가운뎃것을 다독거렸지만 그놈은 고개를 숙이지 않았다. 지수는 물에서 나와 바위 위로 올라섰다. 계곡 바람이 시원했다. 사방을 휘이 둘러보다가 지수는 깜짝 놀랐다.

"미안하요. 화사님이 계신지 모르고…."

견화였다. 언덕 위에 견화가 달미와 나란히 서 있었다. 지수는 서둘러 옷을 입었다.

"나 다 끝났은께 이리 와서 먹 감으시요."

지수는 언덕 위로 올라갔다. 견화가 생긋 웃었다.

"집까지 내려가지 말고 저만치 길에 서서 당분간 누구 못 오게 망이나 좀 봐주시요."

"이녁이 부탁한 대로 하겠소. 걱정 말고 물에 들어가시요."

지수는 이녁이라는 말을 부러 크게 말했다.

봉강은 보성읍에 있는 처가로 갔다. 아직 장인과 장모는 건강했다. 상처하고 나서 처음 뵙는 자리였다.

"귀한 따님을 저한테 보내셨는디, 해로하지 못하고 먼저 저세상으로 보내고 말았구만이요. 죄송합니다."

장모가 고개를 저었다.

"아니네. 온전치도 못한 것을 늘 애끼고 감싸준 것을 잘 알고 있네. 그 지경에 있는 것한테 막내아들까지 안겨주지 않았는가?"

장인이 보탰다.

"정 서방이 내 딸 손을 붙들고 날마다 산길을 산보한다는 소문을 듣고 자네 장모가 여러 날을 울었다네."

장인은 간곡한 말로 봉강에게 서둘러 새장가를 들라고 했다. 봉강은 웃기만 했다.

거북정으로 돌아오자 어머니 윤씨도 봉강에게 에둘러 말했다.

"아직 탈상이 멀었다만은, 아이헌테는 에미가 있어야 헌다."

봉강은 어머니한테도 대꾸하지 않았다. 안마당을 나오다 봉강은 견화와 마주쳤다. 얼굴이 뽀송뽀송 예뻐져 있었다. 처자 얼굴에 함머니 사랑이 듬뿍 배었소. 그러나 봉강은 입을 열지 않았다. 견화의 얼굴이 피어난 것도 사실이지만, 견화를 들여놓은 뒤에 어머니 얼굴이 밝아진 것 또한 사실이었다. 고마운 일이었다.

며칠 뒤에는 당숙인 종호가 사랑으로 왔다.

"형수께서 자네도 새장가 들 생각을 해야겠지 않겠냐고 하시대. 내 생각도 같네."

봉강은 빙긋 웃었다.

"그런 말씀 하시려거든 아재가 새방이나 먼저 말끔하게 단장해주시씨요."

"그 방은 해진이 방인디?"

"해진이한테는 인천에 집을 한 채 사줬어요. 동생 내외가 내려오면 삼의당을 쓰라고 하면 되겠지요."

종호는 곧 사람을 사서 새방 새 단장에 나섰다. 바깥벽에 회칠을 새로 하고, 방 안 도배도 다시 했다. 며칠 뒤에는 새방에 있던 장롱을 삼의당으로 옮기고 자개장을 새로 사서 들여놓았다. 봉강은 다시 서울로 갔다. 몽양 여운형 선생 미망인을 만나야 했다.

이튿날 저녁이었다. 봉강이 없는데도 거북정 사랑방에서 하룻밤을 지낸 정갑섭 어른이 지수의 바깥집으로 왔다.

"주인 없는 방을 쓰자니 민망하듬마. 봉강이 돌아올 때까지는 자네 집에서 자야겠네."

"아이고, 잘 오셨구만이요. 그렇게 하시씨요."

"거북정 새방을 새로 도배한 것을 자네도 아는가?"

"예. 가봤지요. 도배도 새로 하고 바깥벽에 회칠도 새로 했지라우."

"그런디, 그 방에 견화를 들여놓는 것이 아니여?"

그야말로 느닷없고 뜬금없는 물음이었다. 지수는 머리가 핑 돌았다.

"아니, 무슨 말씀이시요?"

"아녀자들 사이에 그런 소문이 돈다여."

"…."

"그동안 종부가 견화를 품에 끼고 살았는디, 원등 할머니 제삿날 밤에 집안 여자들 앞에서 침이 마르게 견화를 칭찬하시드람마. 한 질부가, 큰아드님이 독수공방하고 계신디, 그 방에다 견화를 슬쩍 밀어넣으라고 한께는 빙긋이 웃음시로 고개를 끄덕 끄덕하셨다는 것이여."

윤씨가 고개를 끄덕였다는 것은 사실이 아니었다. 누군가가 말을 보태 소문을 낸 것이었다.

지수는 말을 잃었다. 안어른 윤씨가 견화를 칭찬했다는 말은 한두 번 들은 일이 아니었다. 견화가 봉강의 소실이 될지 모른다는 생각이 지수 마음 깊은 곳에 자리 잡은 것도 오래전부터였다. 그런데 왜 내가 안절부절못하는 거지? 지수는 오래도록 견화를 마음에 담아두었음을 새삼 깨달았다. 지수는 그날 밤을 새우다시피 했다.

견화는 새방에 누워 있었다. 캄캄한 밤이었다. 윗목에서 봉강이 옷을 벗었다. 나도 벗어야 하나? 그러나 몸이 굳어 꼼짝달싹할 수 없었다. 봉강이 이불로 들어올 찰라 누군가 소리쳤다. 달래야 내 말을 잊었냐? 견화의 생모였다. 견화는 벌떡 윗몸을 일으켰다.

"아가, 니가 악몽을 꾸었구나."

함머니 윤씨였다. 예, 죽은 어머니가 보였구만이라우. 그러나 견화는 입을 열지 않았다. 견화는 아무 대꾸 없이 이불 속으로 쑥 들어갔다. 다시 잠이 든 척했다. 생모는 머슴의 딸이었다. 물정 모르고 주인집 아들을 사모했다. 여양 진씨 대지주 막내아들이었다. 눈이 맞은 둘은 진달래 만개한 뒷산에 들어가 얽혔다. 한두 번이 아니었다. 진달래가 지고 철쭉이 필 무렵에 들통이 났다. 주인은 생모 아비인 머슴을 초주검이 되도록 팬 뒤에 내쫓았다. 생모는 혼자서 밤에 집을 나갔다. 생모는 떠돌다가 다른 마을 홀아비의 후처가 되었다. 성이 최가인 사내는 노름에 빠져 집에 들어오지 않는 날이 많았다. 생모는 딸을 낳자 최가 성이 아니라 진가 성을 붙여 진달래로 이름 지었다. 면사무소에 가자 호적계 직원이 한자 이름을 써야 한다며 진견화陳鵑花로 호적에 올렸다. 노름꾼은 집에 들어오면 생모를 팼다. 그렇지 않아도 속병을 앓던 생모는 골병까지 겹쳤다. 더 아픈 것은 마음이었다. 분수 모르고 지주 아들을 사랑한 잘못을 뼈저리게 뉘우쳤다. 어느 날 생모가 견화를 앉혀놓고 말했다. 아가, 방방한 사나그를 만나 당당하게 살아야 한단다, 잉. 생모는 견화를 안고 서럽게 울었다. 며칠 뒤에 생모는 횃대에 목을 매 저세상으로 갔다. 견화가 여섯 살일 때였다.

장건상 김성숙 두 선배와 함께 몽양 미망인을 만난 뒤, 봉강은 명륜동 정귀섭 대부의 집으로 갔다. 제수 전예준이 그를 기다리고 있었다. 동생 해진을 만나야겠다는 봉강의 말은 귓등으로 흘리고, 최승주를 만날 것인지를 물었다. 후배를 만나보라고 자꾸 권하는 것은 후배의 내락을 전제로 한 것일 터였다. 봉강의 여러 조건을 알고 있을 텐데, 봉강에 대한 호의를 유지하고 있다는 사실이 고마웠다. 봉강이 제수 전예준에게 말했다.

"장인어른을 뵈었소. 새 여자를 맞으라고 하십디다. 어머니께서도 비슷한 말씀을 하셨고요. 그분들한테는 아무 대답도 드리지 않았소. 당사자한테 먼저 내 뜻을 전하는 것이 온당할 것 같습디다. 후배의 생각이 변하지 않았다면, 해가 가기 전에 서울에서 식을 올리자고 전하시요."

믿고 의지하던 정치 지도자를 잃은 상황에서 재혼을 하게 되면 새로이 삶의 활력을 얻을 수도 있을 것이었다. 제수 전예준은 어린아이처럼 손뼉을 치며 좋아했다. 전예준은 최승주를 만나 그 말을 직접 하라고 권했지만, 봉강은 고개를 저었다.

봉강은 그해 11월 우이동의 한 음식점에서 최승주와 결혼식을 올렸다. 최승주는 1920년생으로 봉강보다 일곱 살 아래였다. 장건상이 주례를 서고, 김성숙이 사회를 맡았다. 몽양의 미망인 진상하陳相夏가 봉강의 어머니 윤씨와 나란히 앉아 결혼을 축하했다. 무엇보다도 봉강을 기쁘게 한 것은 어머니 윤씨의 반응이었다. 어머니는 규수가 종부의 기품을 갖추었다며 흡족해했다.

봉강의 결혼식에 제수 전예준은 참석했지만 동생 해진은 오지 않았다. 전예준은 남편 해진이 몸살이 나서 못 왔다고 둘러댔다. 몸살 정도로 형의 결혼식에 오지 않을 동생이 아니었다. 식장에 왔다가 경찰에 붙들릴 수도 있었다. 동생이 자기 일에 충실한 것을 형으로서 서운해할 수는 없었다. 보성으로 내려온 봉강 내외는 동생인 해진 내외가 쓰던 새방에서 신접에 들어갔다.

봉강이 최승주를 맞이해 새방에 신혼살림을 차린 뒤로 지수

170

는 거북정 사람들이 바깥집이라고 부르는 자기 집에서 손수 밥을 지어 혼자 먹어야 했다. 외롭고 쓸쓸할 때가 많았다. 나도 가정을 꾸려야 할 텐디…. 지수에게는 아무에게도 말할 수 없는 비밀이 하나 있었다. 그건 그에게 희망의 끈이었다.

봉강의 결혼식에 참석하기 위해 거북정 사람들이 모두 서울로 올라간 날이었다. 해질 녘에 견화가 고구마 한 바구니를 이고 지수 집으로 왔다.

"함머니가 갖다드리랍디다."

함머니가 아들 결혼식에 가면서 고구마를 갖다주라고 했다니 고마운 일이었다. 툇마루에 고구마 바구니를 내려놓고 견화가 엉거주춤 서 있다가 물었다.

"고구마를 으뜨께 찌는지 아시요?"

"몰라요. 바쁘지 않으면 이녁이 몇 개만 쪄주시요."

견화는 활짝 웃고는 부엌으로 갔다. 마치 약속이나 한 듯이, 견화는 놋대야를 꺼내오고, 지수는 고구마 바구니를 들고 우물로 갔다. 지수가 펌프질을 해 물을 퍼올리자 견화가 대야에 물을 받아 고구마를 씻었다. 견화는 씻은 고구마 대여섯 개를 들고 부엌으로 들어갔다. 우두커니 서 있을 수만은 없었다. 지수도 부엌으로 갔다. 고구마를 솥에 안치고 불을 지피다가 견화가 고개를 쳐들고 손을 내저었다.

"아따. 부엌에서 나가시요. 누가 볼까 무섭구마."

지수는 부엌을 나가지 않았다. 견화가 벌떡 일어섰다.

"물이 펄펄 끓을 때까지 이녁이 불을 때시요."

견화가 부엌을 나가다가 멈춰 섰다.

"함머니가 고구마 갖다드리라고 했단 말은 거짓말인께, 아무 한테도 고구마 말은 하지 마시요."

견화는 입을 삐쭉 내밀고는 종종걸음으로 마당을 나갔다. 거기 서요. 가지 말고 이리 와요. 지수가 소리쳤다. 그러나 마음뿐이었다. 입이 열리지 않았다. 봉강의 소실이 될지 모른다는 의구심이 다 가셨는디, 왜 내가 이렇게 소심하지? 지수는 부엌문을 열고 마당으로 나갔다. 그러나 견화는 이미 시야에서 사라진 뒤였다.

일림산

천당과 지옥

1948년 2월 20일 이른 아침이었다. 누군가가 율목동 정해진의 집 대문을 두드렸다. 해진은 마침 집에 와 있던 사람을 시켜, 찾아온 사람이 누구이며 용건은 무엇인지 알아본 뒤에, 지금은 해진이 집에 없다고 말하라고 했다. 온 사람은 부평구의 한 국민학교 교사인 김일선이었다. 특별한 용건이 있는 것이 아니라, 오랫동안 소식이 끊겨 궁금해서 와봤다고 하더라는 것이다. 김일선은 해방 직후에 조선공산당(조공) 부평구역당 비밀당원이었지만, 해진이 결핵에 걸려 보성으로 내려간 뒤로는 연락이 끊긴 상태였다.

이튿날이었다. 해진은 구역당 담당자를 만나 김일선에 대해 물었다. 담당자는 김일선이 한 달 전쯤에 부평경찰서에 붙잡혔으나, 비밀당원이라는 사실을 자백하지 않아 며칠 전에 무혐의로 풀려났다며, 믿어도 될 사람이라고 했다. 해진은 안심하고 집에 들어갔는데, 새벽 2시에 경찰이 들이닥쳤다. 해진은 꼼짝없이 붙잡혔다.

경찰은 해진에게 노동조합이나 관공서에 박아놓은 남로당 프락치 명단을 대라고 다그쳤다. 해진은 전혀 모르는 일이라고 시치미를 뗐다. 그러자 경찰은 증인 둘을 데려왔다. 그중 한 사람이 김일선이었고 다른 한 사람은 김일선과 함께 경찰서에 구금되어 있던 전직 경찰이었다. 둘 다 부평구역당 비밀당원이었다며, 당시의 구역당 책임자가 정해진이었다고 진술했다.

이 사건은 김일선의 작품이었다. 그는 유치장에서 우연히 만난 전직 경찰이 조공 부평구역당 비밀당원이었음을 알고, 이런 사실을 경찰에 털어놓았다. 경찰은 비로소 정해진의 구체적인 혐의점을 확인하고 체포한 것이다.

김일선이 조선공산당 시절의 해진의 행적만을 알고, 남로당 이후의 일에 대해서는 아무것도 모르고 있어 천만다행이었다. 경찰은 해진의 남로당 활동을 캐물었다. 자백을 얻기 위해 심하게 매질을 했다. 해진은 3당 합당 문제가 불거진 46년 8월에 폐결핵에 걸려 고향 보성으로 내려갔으며, 다시 인천으로 돌아온 뒤로는 새로 창당한 남로당에 가입하지 않았고, 어떤 불법 활동에도 간여한 바 없다고 잡아뗐다. 결국 해진은 3월 말에 조공 프락치 투입 혐의로만 기소되어 6개월 징역형을 선고받아 마포형무소에 수감되었다. 그는 9월 30일 형기를 채우고 나서 풀려났다.

근민당은 몽양이 피살된 뒤 장건상을 위원장 대리로 뽑아 전열을 가다듬었다. 봉강과 가까운 이임수와 김성숙이 각각 사무국장과 조직국장을 맡았다. 그러나 근민당은 미·소 공동위원회가 결렬된 뒤로는 사실상 휴지상태에 들어갔다. 돈 때문이었다. 광화문 당사의 전기료도 못 낼 정도로 당 살림살이가 어려웠다. 봉강은 서울에 올라갈 때면 사무실 운영비를 대기 위해 양조장 금고를 털곤 했다.

1948년 5월 들어 정국은 소용돌이에 빠졌다. 미군정이 남한 지역에 단독정부를 수립하기 위해 5월 10일에 총선거를 실시한다고 발표하자, 단독정부 수립을 반대하는 남북의 정당과 사회단체 대표들이 단독 선거를 저지하고 통일된 민족국가를 수립하기 위해 평양에서 남북회담을 열었다. 남쪽에서 김구 김규식 등이 나서고 북쪽에서 김일성과 김두봉이 이들을 맞았다. 회담은 소득 없이 끝났다. 회담 대표들이 빈손으로 돌아오자, 남북협상 자체를 반대한 이승만과 한민당은 김구 등 남북협상파를 배소拜蘇 반족분자反族分子로 몰아세웠다. 소련을 숭배하는 반민족분자라는 것이었다.

결국 1948년 5월 10일 남한 지역에서만 제헌의회 선거를 치렀다. 좌파나 중간파는 물론 김구 등의 우파세력까지도 선거 참여를 거부했다. 남한만의 단독정부 수립과 남한만의 단독 선거를 반대하는 이른바 단정단선單政單選 반대투쟁이 남한 전역에서 벌어졌다. 투쟁이 가장 격렬하게 벌어진 지역이 4·3 무장봉기까지 일으킨 제주도였다.

그해 가을이었다. 실의에 빠져 있던 봉강에게 송정 박태규가 만나자고 기별을 보내왔다. 봉강은 먼저 순천여관으로 가서 송정을 기다렸다. 봉강을 보자 송정은 사과부터 했다. 여운형이 피살된 지 일 년이 더 지났는데도 그동안 위로의 자리 한 번 마련하지 못해 미안하다는 것이었다. 김구 노선을 지지해온 송정 역시 의기소침한 상태였다. 백범이 제헌의회 선거에 참여했다면 송정 박태규는 응당 보성에서 한독당 후보로 출마했을 것이고, 봉강도 송정을 돕지 않을 수 없었을 것이었다.

송정과 봉강은 그날 여관에서 밤늦도록 술을 마셨다. 송정은 이승만 일파나 한민당 세력이 백범 김구에게 배소 반족분자라는 딱지를 붙이는 사실에 감정이 상할 대로 상한 상태였다. 소련이 신탁통치를 밀어붙이는 것으로 알려진 터라 소련을 숭배한다는 뜻의 '배소'라는 말은 가장 혐오스러운 딱지였다.

이튿날 아침에 송정이 여관을 나설 때 봉강은 여관 밖까지 따라 나갔다. 송정이 돌아섰다.

"허허 참, 백범한테 반족분자라니…. 왜정 때 친일한 자들은
물론이고, 몽양 여운형 선생을 암살한 자들, 단정 수립으로 물길
을 돌린 자들, 그자들이 바로 반족분자 아니겠어?"

"통일된 독립국가를 이루지 못했다는 점에서, 이 시대를 살고
있는 우리 모두가 다 반족분자 아니겠습니까?"

"하긴 그래. 우리가 옴막 반족분자여. 우리 세대가 한꾼에 다
실패하고 만 거여."

돌아서서 길을 가던 송정이 다시 돌아섰다.

"봉강. 그래도 그렇지 백범한테 '배소' 딱지를 붙이다니 너무
심해."

송정이 뒤돌아 골목길을 걸어갔다. 보성의 어른 박태규가 초
라한 촌로로 보인 건 그때가 처음이었다. 저 모습이 바로 내 모
습이여. 봉강의 눈에 눈물이 핑 돌았다.

마을 아낙네 여섯이 봉강의 목화밭에서 김을 매고 있었다. 견
화도 끼어 있었다. 다른 여자들처럼 들에도 나가고 싶다고 함머니
윤씨에게 떼를 써서 허락을 받아낸 것이었다. 해가 서산에 걸쳐
있는 것을 확인하고 일철의 처 진동댁이 일어서서 허리를 폈다.

"식구들 밥 챙겨줘야 할 텡께 인자 일 끝내세."

"그 말 안 나왔으면 울 뻔했소. 아이고, 허리야."

견화가 허리를 부여잡고 일어서자 다들 웃었다. 제일 늦게 일어선 종관의 처 지산댁이 서쪽 하늘을 보며 얼결에 내뱉었다.

"오메, 저놈의 해가 또 지네."

지산댁은 평소에 품앗이 밭일에 나가지 않았으나 자기네 밭일을 봉강의 이전 노속들이 달려들어 해치워준 답례로 그날 모처럼 일을 거들었다. 아직 택호가 없는 인수 처가 지산댁을 꼬나보았다.

"새댁, 거 뭔 말이요? 해가 지면 일이 끝난께 좋제."

인수의 처도 택호를 짓고 싶었지만 친정 마을 이름이 주길리여서 그만두었다. 죽일댁이라고 불리기는 싫었다.

부식의 처가 받았다.

"아따, 집에 들어가면 신랑이 가만 둔다요? 종일 앉아 밭을 매서 지열로 아랫것 따땃하게 뎁혀졌겄다, 밤새 도구질 해대겄제."

부식의 처는 친정 마을 이름이 아래대미여서 택호를 지을 수 없었다. 한자로는 하동下洞인데 마을에 하동댁河東宅이 따로 있었다.

걸수 처가 나섰다. 걸수 처는 '양반도 아닌데 양반 티를 낼 필요가 뭐 있느냐'는 남편의 핀잔을 듣고 택호 짓기를 포기했다.

"신랑이 심 좋은 유도 선수라 새댁은 참말로 좋겄소. 신랑이 누르기 기술이 겁나 좋다듬마."

광복 이전에 양정원에서 교사를 지낸 해진의 처 전예준은 반상을 구분해 말을 차별하는 것이 옳지 않다고 했다. 그러나 봉강리에서 타성바지나 예전 노속들은 여전히 정씨 일문 사람들에게 나이가 어려도 말꼬리를 올렸다. 진동댁이 마무리했다.

"도구질도 좋고 맷돌질도 좋고 누르기도 좋은디, 그래도 소리나 지르지 마시요. 오죽하면 시아버지가 사랑채로 쫓겨갔겠소?"

지산댁 얼굴이 홍당무가 되었다. 지산댁은 어느 순간에 자기도 모르게 묘한 소리를 내는 버릇을 도무지 고칠 수가 없었다. 얄미운 것은 신랑 종관이었다. 신랑은 기어코 그 소리를 듣고 나서야 밤일을 끝냈다.

밭에서 나온 아낙들은 개울로 갔다. 손발만 씻고 가자던 진동댁이 아예 저고리를 벗어던지고 윗몸을 씻었다. 젖가슴 위에 큰 점 하나가 뚜렷했다. 견화가 씽긋 웃었다.

"으째서 진동댁 이름이 점순이가 되었는지 알아부렀소."

아랑곳하지 않고 진동댁이 치마까지 벗고 물에 들어갔다.

"오메. 좋은 거. 참말로 시원하네. 다들 물로 들어와봐."

다른 아낙들도 훌훌 벗고 물속으로 들어갔다. 견화도 물에 들어갈까 했으나 지산댁이 옷을 벗지 않아 언덕에 앉고 말았다. 걸수 처가 지산댁을 보며 물었다.

"그런디, 신랑 솟이 겁나 크담시로?"

인수 처가 물었다.

"솟이라니?"

"글자 우에 있는 작대기 하나를 걷어냈어."

다들 웃었다. 인수 처만 알아듣지 못하고 두리번거렸다. 진동댁이 나섰다.

"자네는 양정원에서 한글을 안 배워서 무슨 말인지 모르겄구마."

인수 처가 받았다. 글자는 모르지만 눈치는 빠른 여자였다.

"아따, 작대기를 걷어낸 것이 뭔 솟이라요?"

아낙들이 배를 안고 웃었다. 견화가 나섰다.

"누가 들을까 겁나요. 내가 몇 개 가르쳐드릴게라우. 소리꾼들 중에 무당이 많은디, 무당들은 끼리끼리 쓰는 말이 따로 있어라우. 여자 아랫것을 성보, 남자 가운뎃것을 작숭이라고 합디다. 그리고 성보하고 작숭이가 만나는 것을 너성이라고 하듬마요. 그랑께 우리끼리는 인자 무당말을 쓰잔께요."

진동댁이 견화에게 물었다.

"떡을 뭣이라고 하는지도 알아?"

"시럭이라고 하듬마요."

"견화 자네도 몸땡이 탱탱할 때 시집가서, 새댁맹크로 밤마다 시럭 침시로 살아야 쓸 것 아니여?"

그날 저녁에 회천 지서의 윤 차석이 거북정으로 왔다. 먼저 안채로 들어가 안어른 윤씨에게 토방에 서서 인사를 올린 뒤에 사랑채로 갔다. 봉강이 윤 차석을 반겼다.

"회천 지서로 온 뒤에 두어 번 인사를 왔는디 타지에 가시고 안 계셔서 돌아갔지라우. 이번에는 드릴 말씀이 있기도 해서 별러서 왔구만이라우."

"자네가 다녀가셨다는 말은 들었네. 할 말이 뭣인가?"

"이 마을 정종관 씨를 그냥 썩혀두기는 아깝단 말입니다."

"그러고말고. 농사만 짓고 있기에는 아까운 인재네. 어디 좋은 자리가 났는가?"

"좋은 자린지 아닌지는 모르겠습니다만…."

"무슨 자리여?"

"회천면 대한청년단 단장에 앉히면 좋겠는디, 종관 씨한테 말했더니 봉강 종손이 으찌께 생각할지 모르겠다고 하드랑께요."

종관은 청년단이 우익이어서, 좌익으로 알려진 봉강이 어떻게 생각할지가 마음에 걸렸던 모양이었다. 봉강은 답을 미뤄두고 물었다.

"청년단장을 경찰이 정하는가?"

"그건 아니어라우. 유도하는 선배들이 청년단 활동을 많이 하는디, 한 선배가 사람을 추천하라고 하듬마요."

봉강은 고개를 끄덕였다.

"이런 어수선한 시절에는 좌냐 우냐가 아니라, 덕인德人인가 아닌가가 중요하네. 기꺼이 추천하소."

윤 차석에게 차석 승진을 축하하는 말을 하려다 아껴두었는데, 이제 그럴 순서였다. 봉강이 말머리를 돌렸다.

"왜정 때는 주재소라고 했는디, 지서로 바뀐 것이제?"

"예. 맞습니다."

"전에는 경찰에 들어가봤자 조선 사람은 주재소 소장 되기도 어려웠는디, 이제 해방도 됐고 이름도 지서로 바뀌었고…, 자네는 이미 차석으로 승진도 했은께, 얼른 지서장이 되소."

"아, 예. 고맙습니다."

윤 차석이 활짝 웃고는 거북정을 나갔다. 그가 간 지 얼마 지나지 않아 종관이 종철과 함께 거북정으로 왔다. 종철이 나섰다.

"종관 성님이 청년단장을 맡으면 참말로 좋겠구만이라우. 안 그래도 돌쇠라는 놈이 으스대고 댕기는 것이 눈꼴시러웠는디, 종관 성님하고 내가 그놈 기를 콱 꺾어놓고 말겄구만이라우."

"그까짓 조무래기쯤이야 신경 쓸 거 없소."

종관을 보며 봉강이 이었다.

"권력은 절제할 때 힘이 붙는 법이요. 청년단이 요즘 권세를 부리는 것 같은디, 아재는 그 점을 늘 유념하시요, 잉."

10월 초였다. 지수는 바깥집에서 아침을 먹고 나서 거북정으로 갔다. 봉강은 사랑채에서 한적漢籍을 읽고 있었다. 워낙 용모가 준수한데 신혼생활로 활력이 솟아 그런지 인물이 더 훤해졌고, 신수도 좋아보였다. 지수는 작심을 하고 농부터 던졌다.

"아따, 요새 나는 봉강 성님만 보면 약이 오른당께요."

"아니, 왜?"

"성님은 그렇잖아도 잘생겼는디 새 형수님을 맞이하신 뒤로 더 활짝 피어부렀소."

봉강이 크게 웃었다. 지수가 파고들었다.

"저도 장가를 들고 싶은디…. 봉강 성님이 좀 도와주셔야겠구만이라우."

"그렇잖아도 사람을 찾고 있었네만은…. 어디 좋은 사람이라도 보이든가?"

지수는 머뭇거리지 않았다. 벼르고 벼른 말이었다.

"예. 거북정 안에 있지라우."

"아니, 우리 집에 있다고?"

"예. 큰아짐 방에 있는 견화를 저한테 주시면 좋겠구만이라우."

지수는 안어른 윤씨를 큰아짐이라고 불렀다. 윤씨가 그렇게 부르라고 한 사실을 거북정 사람들은 다 알았다. 봉강이 껄껄 웃었다.

"그래? 등잔 밑이 어둡다드니…. 견화도 자네가 좋다고 하든 가?"

"그건 아직 모르지라우. 견화 뜻을 알아보기 전에 성님 도움을 받아야 할 것 같길래…."

"알았네. 어머니께서 나서야 할 일인디…. 어머니가 하도 견화를 애지중지하는 터라서 견화를 내줄지 모르겠네만은, 으쨌든 내가 어머니한테 간곡하게 자네 뜻을 말씀드림세."

봉강은 고맙게도 벌떡 일어서더니 안채로 들어갔다. 지수는 봉강이 두말없이 나서주어 고마웠다. 지수는 거북정 사랑에 우두커니 앉아 천당과 지옥을 오갔다. 견화가 결혼에 흔쾌히 응할 것 같았다. 그 세상은 천당이었다. 견화가 싫다고 한다면? 그 세상은 바로 지옥이었다. 봉강이 사랑채로 돌아왔다.

"어머니한테 단단히 부탁을 드렸네. 어머니가 견화를 불러서 이야기하시겠다고 하셨네. 쪼깐 기다리소."

이튿날이었다. 지수는 아침을 먹고 나서 거북정으로 갔다. 마음 같아서는 큰아짐 윤씨를 직접 만나고 싶었지만 봉강을 제쳐 둘 수는 없었다.

"혹시 견화 뜻은…."

봉강이 껄껄 웃었다.

"견화가 만만한 처자가 아니라고 하시대."

내가 퇴짜를 맞은 것인가? 고구마를 갖다주지나 말지…. 지수는 고개를 떨구었다.

"견화가 고개를 탁 쳐들드니, 청혼을 할라면 직접 나한테 하제 왜 함머니를 통해서 한다요, 하고 따지드라네."

"…."

"어머니께서 짐짓 성정을 내시고는, '나는 진작부터 너를 지수 화사한테 시집보내기로 작정허고 있었다'고 못을 박았는디도, 지 일은 지가 알아서 하겠다고만 하드라네. 이틀을 주고 그 안에 결정을 내리라고 하셨다니까 두고보세."

이틀이 지난 뒤에 지수는 다시 거북정으로 갔다. 그날도 봉강은 답을 내놓지 않았다.

"어머니가 이틀 말미를 줬는디, 견화가 아직 결론을 안 내린 것 같네. 무조건 다그칠 수는 없는 일이고…, 며칠 더 기다려보세."

샛바람

견화가 답을 내기 전에는 밖에 나가지 않겠다고 작정했지만 지수는 답답해서 집 안에 처박혀 있을 수 없었다. 마을 앞 당산나무 아래로 갔다. 나무 아래 앉아 있던 일철의 표정이 어두웠다.

"샛바람이 부네. 이 철에 샛바람은 좋을 것이 없는디….."

"샛바람이 으째서요?"

"이 무렵에 샛바람이 불면 큰바람이 되기도 하고 큰비가 오기도 하제. 하기야 늘 그런 것은 아니고, 또 논농사도 막 끝났은께 별일이야 있겠는가만은….."

온통 견화 일에 관심을 두고 있던 지수는 일철의 말을 귓등으로 흘렸다.

일철이 걱정한 큰바람은 오지 않았지만, 큰바람이나 큰비보다 더 무서운 샛바람이 불어왔다. 1948년 10월 19일 저녁에 보성의 동쪽 여수에 주둔하고 있던 국군 제14연대가 반란을 일으킨 것이다. 견화의 대답을 얻어내 결혼을 서둘러야 하는데 난데없이 난리가 터진 것이다. 재수 없는 놈은 결혼 날짜를 잡아놓으면 사타구니에 종기가 난다더니, 내 일도 꼬이는 것은 아닐까?

이튿날 여수를 장악한 반란군은 병력을 둘로 나누어 지창수가 지휘하는 1개 대대는 여수에 남고, 김지회가 지휘하는 2개 대대 병력은 순천으로 북진했다. 김지회 부대는 아침 8시 20분에 통근 열차 다섯 량을 점거해 순천으로 갔다. 반란군이 순천에 오자 기다렸다는 듯이 국군 2개 중대가 반란군에 합세했다.

광주에 있던 국군 5여단 사령부는 20일 새벽에 전남경찰청으로부터 봉기 사실을 보고받았다. 여단 휘하의 4연대 부연대장 박시병 소령은 2중대를 현지에 파견했다. 그러나 2중대도 곧바로 반란군에 붙었다. 순천을 장악한 반란군은 부대를 3개 편대로 재편해 첫째 부대는 서쪽의 보성 벌교 방면으로, 둘째 부대는 북쪽의 학구 방면으로, 셋째 부대는 동쪽의 광양 방면으로 진격했다. 22일까지 반란군은 전남 동부의 6개 군을 손에 넣었다.

반란군은 보성 방면에서도 아무런 저항을 받지 않았다. 21일 보성의 별량 벌교 조성 낙안의 4개 경찰지서를 접수했다. 득량발전소와 기력재터널, 예재터널을 지키던 국군 4연대 1개 중대 병력도 반란군에 가세했다. 반란군은 오전 10시께 보성읍내에 진입했다. 경찰은 봉기군이 읍에 들어오기도 전에 화순 방면으로 도주했다.

반란군 세상이 되자 유치장 문이 활짝 열렸다. 미군정에 의해 구금되었던 최창순과 안병석이 이때 풀려났다. 해방이 되자 송정 박태규와 함께 건준을 이끈 핵심 인물들이었다. 최창순이 풀려났다는 말을 듣고 송정 박태규가 미력면에서 읍으로 가 최창순을 만났다.

"초북께서 보성군 인민위원장을 맡으시요."

최창순의 아호가 초북樵北이었다.

"송정, 내가 죄도 없이 갇혀 있다 방금 나온 것을 알고서도 나한테 그런 말씀을 하시요?"

"이전 일에 아무 도움이 되어드리지 못해 민망하고 미안하요. 백방으로 찔러봤제만은 속수무책이었소. 그런디, 보시요. 여기저기서 벌써 사람이 많이 죽었소. 누군가 손을 써야 하는디 초북 말고는 마땅한 사람이 없소."

송정 박태규는 초북 최창순에게 여수의 김수평 서장 이야기를 했다. 김수평은 젊은 시절에 좌익사상을 받아들인 인물이었다. 미군정이 들어선 뒤에 다른 지역에서는 건준 치안대를 해체했지만, 미군정 장교들은 여수 건준의 치안부장 김수평을 만나보고 그를 여수경찰서장에 등용했다. 온건하고 합리적인 김수평이 경찰력을 장악하고 있는 동안에는 여수에서 좌익이 아무런 말썽도 부리지 않았다. 그러나 광주의 미군정이 그의 파면을 요구하고,

여수 우익 인사들도 그를 꺼리자, 미군정은 1946년 5월에 김수평을 제주경찰서장으로 발령 냈다. 김수평은 제주로 가지 않고 퇴직했다. 그 뒤로 여수에서 좌우익 충돌이 끊이지 않았다. 송정이 말했다.

"이제 초북이 보성에서 김수평 서장 역할을 해줘야겠소. 한시가 급한 일이요."

최창순은 묵묵히 듣고 있다가 인민위원장을 맡겠다고 했다. 송정 박태규가 최창순에게 보성 인민위원회 위원장을 맡으라고 권했다는 소문이 돌자, 보성 좌익도 지역 원로의 뜻을 거스르지 않았다. 그전에 이미 좌익 청년들이 미처 피하지 못한 경찰이나 우익 청년 여럿을 경찰서 앞에 세워두고 총살했지만, 최창순이 위원장을 맡은 뒤로는 보성읍에서 살상이 그쳤다.

송정 박태규는 초북 최창순을 만난 다음 날 회천으로 봉강의 사촌 처남인 박용주를 보냈다. 거북정으로 찾아온 박용주가 봉강에게 말했다.

"송정 어른의 뜻을 전하러 왔네. 14연대가 회천에도 들어오면, 자네가 회천에서 여수 김수평 서장 역할을 맡아야 한다고 하시대."

김수평 서장에 대해서는 봉강도 잘 알고 있었다. 김 서장은 봉강의 고조모인 원등 할머니와 한 집안인 영광 김씨로, 그 선대의 본향이 장흥이었다. 그 집안엔 유난히 인물이 많았다. 김우평(미군정청 초대 구매처장, 부흥부 장관 역임)과 김문평(초대 대법원장 김병로의 사위, 제헌의원)을 비롯해 '평' 자 돌림만 쳐도 출중한 인물이 열여덟이나 된다고 하여 여수 사회에서는 그 '18평'의 이름을 다 외우는 사람도 많았다.

"나더러 인민위원회를 맡으라는 말씀이지요?"

"맞네."

봉강으로서는 반길 일이 아니었다. 이미 회천에서 남로당 조직이 꿈틀거리고 있다는 소문이 돌고 있었다.

"그 일이야 남로당 사람들이 해야제, 제가 나설 일이 아닌 것 같은디요?"

박용주가 마치 기다렸다는 듯이 받았다.

"아니네. 자네가 맡지 않으면 누가 맡게 될지 뻔한디, 그렇게 되면 사람이 많이 다칠 것이라고 하시대. 내 생각도 마찬가지네."

봉강은 건준이나 인민위원회를 함께했던 회천 사람들한테도 같은 말을 이미 들은 터였다. 박용주가 다그쳤다.

"송정이 그러시대. 이렇게 어수선할 때 위원장은 독인이 아니라 덕인이 맡아야 한다고 말이네."

용어가 다르긴 하지만 봉강이 윤 차석이나 종관에게 한 말도 같았다.

"알겠습니다. 그 위원장 자리라는 것이 살 자리가 아니라 죽을 자린디, 누군가 죽어야 한다면 제가 죽어야제 으짜겠습니까? 그런디, 아무리 그렇다고 해도 절차는 거쳐야 할 것 같구만이라우."

봉강은 건준과 인민위원회에서 함께 일한 사람은 물론, 우익 청년단 활동을 한 종관까지 거북정으로 불렀다. 만약 14연대가 회천에 들어와 인민위원회 결성을 요청하면 응해야 할 것 같다고 말했다. 그날 이후로 회천 일원에 봉강이 회천면 인민위원회 위원장으로 추대될 것이라는 소문이 퍼졌다. 봉강이 위원장을 맡으면 좌우를 불문하고 경거망동한 자를 모두 엄히 다스릴 것이라는 소문까지 함께 돌았다.

요산요수

난리가 터졌다지만 지수의 관심은 온통 견화에게 쏠려 있었다. 나하고 결혼할 생각이 없는 것인가? 내가 싫으면 싫다고 딱 잘라 말하지, 입을 꾹 다물고 있으니 나더러 어쩌란 말인가? 봉강이 한 이틀 더 기다려보라고 했지만 여러 날이 지났는데도 견화의 입이 열렸다는 소식은 없었다. 내가 왜 이렇게 견화한테 목을 매고 있지? 꼭 견화라야 하는가? 그만둘까? 그러나 포기하자는 쪽으로 생각이 기울면 콧방울 발롱거리는 견화 얼굴이 떠올라 애간장이 탔다.

지수는 해질 녘에 율포 바닷가로 갔다. 쌀금이 좋은 초여름에 쌀을 팔아 사둔 삼백 평짜리 밭은 볼수록 뿌듯했다. 당장 집을 지을 것도 아니어서 굳이 그럴 필요도 없지만, 지수는 풀도 뽑고 돌도 주워냈다.

문득 하늘로 간 어머니 얼굴이 떠올랐다. 마당 어딘가에 배롱나무를 심어야겠다는 생각이 들었다. 새끼 배롱나무는 거북정 정원에서 눈여겨 둔 것이 있었다. 어느 자리가 좋을지 두리번거렸다. 뒤쪽이 좋을 것 같았다. 일어서서 큼지막한 돌을 그 자리에 갖다두었다. 없는 것은 딱 한 가지였다. 아따, 견화만 이리 데려오면 되겠는디….

어느새 땅거미가 졌다. 지수는 절룩거리며 봉강리로 돌아갔다. 사립문을 열고 마당에 들어섰다가 걸음을 멈추었다. 방문이 밝았다. 누군가 등잔에 불을 켜둔 것이었다. 정갑섭 어른이 오셨나? 토방에 올라섰다. 섬돌에 하얀 여자 고무신 한 켤레가 놓여 있었다. 방문이 열렸다.

"얼렁 방으로 들어오제, 으째서 가만히 서 있소?"

견화였다. 지수는 숨이 멎을 것 같았다. 숨을 깊이 들이마셨다가 후우 내쉰 다음에 방 안으로 들어갔다. 견화가 아랫목을 차지하고 있어 지수는 윗목에 앉았다. 등잔불 앞에 앉은 견화 얼굴이 고왔다.

"청혼을 할라면 나한테 직접 하제, 왜 함머니를 통해서 하시요?"

지수는 입이 떨어지지 않았다.

"내가 이 집에 한두 번 온 것도 아닌디, 눈치 한 번 준 적 있소?"

"…."

"나는 함머니 종이 아니요. 내 일은 내가 결정할 것이요. 나한테 할 말이 있으면 지금 하시요."

워따, 이것 봐라. 당돌하기 짝이 없네. 지수는 눈을 감았다. 그래 알겠다, 말하마. 결혼만이 아니라 내 인생설계를 말하마. 지수는 눈을 떴다. 견화를 똑바로 바라보았다. 문득 사나이로서 체통을 세우고 확고한 의지도 밝히기 위해 말을 낮추는 것이 좋을 것 같다는 생각이 스쳤다. 침을 삼키고 나서, 목소리를 착 깔았다.

"그래. 내가 이녁한테 직접 말하겠네."

말이 떨어지자마자 견화가 소리를 높였다.

"말꼬리 낮추지 마시요. 봉강 그늘에서 여러 해를 살았음시로도 민촌것들 하대끼 할라고 그러시요?"

견화 콧방울이 눈에 띄게 발롱거렸다. 하기야 지수는 봉강이 그의 처 박씨에게 말을 낮추는 것을 본 적이 없었다.

"알았소."

심호흡을 하고 나서 이었다.

"나한테 꿈이 하나 있소. 방에 있던 쌀을 팔아 율포에 땅을 사뒀소. 거그다가 집을 지을 생각이요. 거그서 사진관을 함시로 초상화도 그릴 것이요."

"사진관이요?"

"그렇소. 그것이 뭣이 대수겠소만은 내가 오랫동안 꿈꿔온 일이요. 내가 다리도 성치 않고, 여러모로 변변치 못하지만, 내 곁

일림산

195

에 이녁이 있어만 준다면⋯."

말을 마치지도 않았는데 목이 메더니 코로 눈물이 나왔다. 지수는 콧물을 훅 들이마셨다.

"직접 청혼할라고도 했소만은, 나도 그렇고 이녁도 그렇고⋯, 둘 다 거북정 어른들 은덕을 입고 있는 처지여서 봉강한테 먼저 말씀드린 것이요. 이해하시요."

다시 코로 눈물이 나왔다. 훅 마시고 말을 이었다.

"나하고 결혼해주시요. 이녁이 나하고 결혼을 안 해주겠다면, 내가 살아야 할지 죽어야 할지 모르겠소."

지수는 눈물이 핑 돌았다. 말도 눈물도 지수 뜻과는 상관없이 저절로 나왔다. 견화가 자리에서 벌떡 일어섰다.

"뭣이라우? 살아야 할지 죽어야 할지 모른다고라우? 시방 나한테 협박을 하는 것이요?"

견화가 이었다.

"그러고⋯, 왜 눈물을 보이고 그러요?"

"⋯."

"나도 맬갑시 눈물이 나불구마."

견화도 훅 콧물을 마셨다. 그건 맬갑시 나는 눈물이 아니었다. 견화가 방문을 열고 밖으로 나가더니 고무신을 신었다.

"왜 아무 대답도 없이⋯."

"나도 이녁보다는 함머니한테 먼저 말할라요."

"…."

"이녁하고 결혼하겠다고."

견화는 돌아서서 마당을 나갔다. 지수는 가슴이 터질 것만 같았다.

이튿날 오후였다. 지수는 점심을 먹고 나서 거북정 안채로 갔다. 안어른 윤씨가 불러서였다. 윤씨가 방문을 열어놓고 있다가 지수를 보자 반겼다.

"어서 안으로 들어오소."

지수는 방으로 들어가 큰절을 올리고 윤씨 앞에 무릎을 꿇었다. 방에 견화가 있겠거니 했는데 윤씨 혼자였다.

"편좌허소."

"아니라우. 이대로 있겠습니다."

지수는 고쳐 앉지 않았다.

"내가 정붙이고 살고 있네만은, 견화는 보석 같은 처자네. 이 보석을 으디다 쓸까 그동안에 궁리도 많이 했는디, 자네헌테 주는 것이 답인 것 같네. 앞으로 이 보석을 자네가 잘 간직허소. 서로 아끼고 살아야 허네. 알겠는가?"

"예."

윤씨가 뒷방 쪽으로 고개를 돌렸다.

"아가. 듣고 있냐?"

뒷방에서 견화가 예, 하고 대답했다. 견화를 뒷방에 앉혀둔 것이었다. 문을 닫아놓아 얼굴을 볼 수는 없었다.

"아직 혼례를 치른 것은 아닌께 둘이서 드러내놓고 사람들 눈밖에 나는 일은 없어야 헌다. 알겠냐?"

"예."

"날짜는 아무렇게나 잡는 것이 아니다. 내가 알아서 정헐 텐께 무심허게 지내고 있어야 헌다."

"예."

윤씨가 지수를 보고 다그쳤다.

"자네는 왜 대답을 안 허는가?"

"아, 예. 알겠습니다."

"자넨 가서 일 보소."

지수는 다시 윤씨에게 공손하게 큰절을 올리고 밖으로 나왔다. 토방에 벗어놓은 고무신을 신는데 다리가 후들거렸다. 조심스럽게 걸음을 옮기다가 지수는 우뚝 섰다. 군인들이 거북정 안마당으로 들어오고 있었다. 수가 열대여섯은 될 것 같았다. 소위계급장을 단 군인이 물었다.

"여기가 정해룡 위원장님 댁이오?"

지수가 막았다.

"안마당에는 들어오지 마시요. 봉강 선생은 사랑채에 계시요."

지수가 군인들을 안내했다. 여러 사람 발자국 소리를 들었는지 봉강이 사랑방 문을 열었다. 소위가 앞으로 나서서 거수경례를 했다.

"소대장입니다. 위원장님 성함은 많이 들었습니다."

14연대 병력이 점령군이 아니라 패잔병이 되어 거북정을 찾은 것이었다. 행색이나 몰골이 말이 아니었다.

"이 상황에서 군화를 벗을 수는 없을 텐께, 장교는 여기 툇마루에 걸터앉으시고, 병사들은 토방에 앉아서 잠깐 쉬시요. 속히 먹을 것을 준비하리다."

군인들 뒤에 일철과 기복이 서 있었다. 군인들이 거북정으로 들어가는 걸 보고 뒤따른 것이었다. 충노이던 망철이 거북정을 떠난 뒤로는 노속이던 기복이 일철을 충직하게 거들고 있었다. 봉강이 일철에게 일렀다.

"서둘러 상을 차리라고 하소."

일철이 안채로 갔다. 병사들이 자꾸 두리번거렸다. 봉강이 안심시켰다.

"걱정 마시요. 여그 툇마루에 서서 보면 큰길이나 신작로가 훤히 다 보이요. 차분하게 기다리시요."

한 시간쯤 지나서였다. 일철 등이 안채에서 음식상을 들고 왔다. 밥과 미역국에서 더운 김이 피어올랐다. 상 위에 삶은 돼지고기가 푸짐했다. 중돼지 한 마리를 잡았다고 했다. 군인들은 상을 말끔히 비우고는 일어섰다. 소위가 봉강에게 거수경례를 붙였다.

"고맙습니다. 저희들은 떠나겠습니다."

어디로 갈 것인지는 묻지 않았다. 일림산으로 들어갔다가 유치산이나 모후산으로 들어갈 것이었다.

"몸조심하시요."

봉기군이 보성에서 무너진 사실을 봉강은 이미 알고 있었다. 보성과 벌교에 대한 진압작전은 21일부터 시작되었다. 간단한 작전은 아니었다. 5여단 1대대가 나섰다가 보성읍 북방 4km 지점에서 봉기군의 매복 공격을 받아 참패했다. 4연대 2개 중대가 다시 달려와 치열한 교전을 벌인 끝에 읍내에 진입했고, 4연대와 수도경찰부대의 합동작전을 통해 24일 정오 무렵에 보성읍을 장악했다. 보성읍이 진압군 수중에 들어가자 보성 지역으로 들어온 봉기군은 뿔뿔이 흩어졌다. 그 일부가 회천으로 넘어온 것이었다.

봉기군들이 떠나간 뒤에 해두와 종철이 거북정으로 왔다. 해두가 말했다.

"어야, 동생. 우리 전부 일림산으로 피해야 할 것 같네. 군인들

200

이 오면 우릴 가만두지 않을 것이네."

봉강리 사람들이 14연대 반란과 관련하여 지은 죄가 있는 것은 아니었다. 그러나 봉강의 육촌 형 해두는 해방 이후 줄곧 미군정을 반대하는 운동을 주도했고, 젊은 삼촌 종철은 건준이나 인민위원회 간부로 일했다. 봉강 정해룡은 반란군이 회천에 들어와 인민위원장을 권하면 맡을 거라는 소문이 돌았다. 종철이 말했다.

"조금치라도 켕기는 것이 있는 사람은 모두 일림산으로 들어가라고 해뒀구만이요."

봉강이 단서를 달았다.

"금방 14연대 잔병들이 일림산으로 들어갔소. 조금 기다렸다가 들어갑시다. 그 사람들하고 섞이는 것은 좋을 것 같지 않소."

해두가 일어서며 말했다.

"여러 날을 산에서 버텨야 할 것인께 옷을 두툼하게 껴입어야하네. 준비 단단히 차려 이른 저녁 먹고 제가끔 산으로 가세."

봉강은 새방으로 들어갔다. 아내 최승주는 잔뜩 긴장한 표정이었다.

"걱정 마시요. 나는 아무래도 잠시 산으로 피해야겠소. 당신은 안방으로 가서 어머니하고 함께 계시씨요."

봉강은 해거름에 거북정을 돌아 산의 초입에 섰다. 도회 사람들은 난리가 나면 시골로 피란을 가지만, 회천 사람들은 시절이 수상할 때면 으레 일림산으로 들어갔다. 누에처럼 길게 뻗은 일림산에는 누에의 열세 마디만큼 많은 등성이가 늘어섰고, 골골이 고랑을 지은 계곡에는 사철 물이 마르지 않았다. 골짜기 아래 듬성듬성 마을이 들어섰는데 어느 마을에서 봐도 일림산은 어머니 품처럼 푸근했다. 사람들은 일이 터지면 으레 일림산으로 숨었고, 일림산은 언제나 어머니처럼 품을 열었다.

봉강은 일림산을 물끄러미 바라보다가 천천히 산으로 올라갔다. 일철과 기복이 봉강 곁에 있겠다며 뒤따랐다. 지수도 절룩거리며 봉강을 따랐다. 해두와 종철은 이미 산으로 올라간 뒤였다. 종호는 피할 이유가 전혀 없는데도 종손인 봉강이 걱정이 된다며 뒤늦게 산으로 올라갔다.

그날 오후였다. 트럭을 타고 군인들이 봉강리로 왔다. 경찰도 있다고 했지만 전투복 차림이어서 누가 군인이고 누가 경찰인지 분간하기 어려웠다. 군복을 입지 않은 청년도 여럿이었다. 그들 중 몇이 떼를 지어 해두의 집에 불을 질렀다. 그 집은 46년 신탁통치 반대운동 때도 불에 탔는데 다시 불을 붙인 것이다. 경찰은 영성 정씨 일문인 정종일의 집에도 불을 놓았다. 떼거리가 해평의 집으로 몰려갔다. 해평의 집은 지수가 사는 바깥집 바로 옆에 있었다. 거리낌 없이 해평의 초가에 불을 질렀다. 종일과 해평은 해두의 오른팔 왼팔이었다.

한 떼거리가 거북정으로 몰려갔다. 대문과 중문에 불을 지르려 했지만 기둥이 굵어 불붙이기가 쉽지 않은 듯했다. 떼거리가 헛간에서 짚단을 가져와 쌓더니 기어코 불을 붙였다. 떼거리는 다시 사랑채로 몰려갔다. 곧 사랑채도 불길에 휩싸였다. 개울 건너편에서도 연기가 치솟았다. 삼의당에 불을 지른 것이다. 떼거리가 안마당으로 들어섰다. 안주인 윤씨는 며느리 최승주를 뒷방에 있게 하고, 방을 나갔다. 툇마루에 우뚝 서서 윤씨가 소리쳤다.

"죄가 있다면 사람이 지었지 집이 지었단 말이요? 집을 태우지 말고 날 태우시요."

떼거리 가운데 우두머리인 듯한 자가 멈칫거리고는 윤씨를 째려봤다. 윤씨가 아랑곳하지 않고 소리쳤다.

"나는 스물여덟에 청상이 된 사람이요. 그때 남편 따라 죽었어야 허는디 천한 목숨 부지해왔소. 여한도 없소. 집을 태우지 말고 나를 태워 죽이시요."

윤씨의 기에 눌렸는지 아무도 움직이지 않았다. 윤씨가 이었다.

"이 거북정은, 임진왜란 때 나라를 지킨 반곡 정경달 일등공신의 혈손이 사는 집이고, 저기 사당은 대대로 충절을 지켜온 조상들의 혼백을 모시는 곳이요. 충과 절을 겸비한 가문이어서, 임금님 하명을 받들어 사각기둥 대신에 둥근 두리기둥으로 바꾸었소. 불 지르려거든 다 불 지르시요. 그래놓고 당신들이나 당신들 후손헌테 후환이 없을 것 같으요?"

꼼짝도 않고 서 있는 떼거리를 향해 윤씨가 호통쳤다.

"썩 물러가시요. 뭣 허고 있소. 다 물러가시요."

우두머리가 마른침을 삼키고 나서 한마디 했다.

"오늘은 돌아가겠소. 그러나 정해룡은 죗값을 치러야 할 것이요."

떼거리가 불타고 있는 중문이나 대문을 피해 울타리 틈으로 빠져나가는 것을 문구멍으로 확인한 뒤에, 견화가 안방에서 나가 윤씨를 부축했다. 윤씨가 아주 작은 소리로 말했다.

"오냐, 아가. 날 좀 부축허그라."

안방으로 들어간 윤씨는 쓰러지듯 주저앉더니 후우 긴 숨을 내쉬었다.

다음 날 이른 아침이었다. 일림산으로 들어갔던 종호가 거북정으로 왔다. 사랑채가 불길에 휩싸인 것을 보고 산을 내려왔다고 했다. 윤씨가 종호에게 일렀다.

"시숙이 사람을 모아서 이번에 불에 탄 종일이 시숙, 또 해두 해평이 조카 집을 손봐주셔야겠소. 그뒤에 우리 집 사랑채, 행랑채랑 저 건너 삼의당도 고쳐주시요."

그 이튿날 오후에 진동댁이 기복의 처, 인수의 처 등을 달고 거북정으로 왔다. 진동댁이 안방 앞에 서서 고했다.

"우리가 왔어요. 제사 준비를 하겠구만이요."

"고맙네."

견화는 누구보다도 자신이 함머니 윤씨와 가깝다고 믿어왔다. 그러나 진동댁과 윤씨가 나눈 짧은 대화를 듣는 순간 그 믿음이 거품처럼 꺼졌다. 제삿날을 기억할 뿐만 아니라, 시키지 않아도 제사 준비를 하겠다니 놀라울 따름이었다. 아, 난 그저 어리광이나 부리고 살아온 지푸라기로구나.

진동댁은 함께 온 아낙네들에게 시루떡을 찌라고 했다. 시루가 보통 큰 게 아니었다. 그 큰 시루 가득히 떡을 찌더니 두어 가닥만을 잘라 제상 위에 올렸다. 제사가 끝나자 진동댁은 다른 둘을 더 불러 시루를 대밭의 팽나무 아래로 옮겼다.

"정려 함머니가 자진하신 데가 바로 여그 이 나무여."

그날이 바로 정려 할머니 제삿날이었다. 시루를 팽나무 아래다 놓고 나온 진동댁은 창고 앞으로 가 잠긴 첫대를 풀어놓았다.

"식량은 가져가봤자 쌀 한두 말이 아니겠어? 사람이 다쳐선 안 되제."

일림산으로 들어간 봉강은 그날 밤을 꼬박 새웠다. 이튿날 새벽이었다. 한숨도 자지 못했지만 잠을 청할 계제는 아니었다. 산길을 나섰다. 아직 달이 지지 않아 걸을 만했다. 일철과 기복이 봉강의 뒤를 따랐다. 팔부능선에 깔린 산죽밭을 헤치고, 산마루에 넓게 펼쳐진 철쭉밭도 지나 일림산 정상에 섰다. 북서쪽에 제암산이 버티고 있었다. 봉강 정해룡은 여덟 살일 때 할아버지인 동애 정각수를 따라 정상에 오른 적이 있었다. 제암산을 가리키며 동애 할아버지가 하신 말씀이 귀에 선했다.

"저기 장군처럼 늠름하게 버티고 있는 산이 제암산이다. 호남정맥이 저 산을 잇고 나서 바다로 떨어지기 직전에 마지막 방점을 찍은 곳이 바로 이 일림산이다. 남으로 보면 일림산이 백두대간의 끝자락이지만, 북으로 보면 일림산이야말로 호남정맥과 백두대간을 떠받치는 주춧돌인 셈이다."

봉강은 할아버지의 그 말을 듣는 순간 나라의 중심축을 받치는 훌륭한 주춧돌이 되겠다고 속으로 다짐했었다.

봉강은 돌아섰다. 득량만 바다에 새벽안개가 피어오르고 있었다. 다시 할아버지 말씀이 생생하게 귀를 울렸다.

"논어 옹야편에, 지자智者는 요수樂水요 인자仁者는 요산樂山이라는 구절이 있느니라. 지혜로운 사람은 물을 좋아하고, 어진 사람은 산을 좋아한다는 말이다. 왜 지자는 물을 좋아하고, 인자는 산을 좋아하는지 아냐?"

할아버지는 손자 해룡의 대답을 기다리지 않고 답을 말했다.

"지혜로운 사람은 사리에 밝아 막힘이 없어서 물을 좋아하고,

어진 사람은 의리를 중시해 중후함이 산과 같기를 바라기 때문에 산을 좋아한다고 공자께서 말씀하셨다."

할아버지가 다시 물었다.

"너는 지혜로운 사람이 되고 싶냐, 어진 사람이 되고 싶냐?"

어린 해룡은 머뭇거리지 않았다.

"저는 지혜로우면서도 어진 사람이 되고 싶은디요."

동애 할아버지는 눈을 크게 뜨고 어린 손자의 머리를 쓰다듬어주셨다.

"맞다. 지혜와 어짊을 겸비해야 바르면서도 유덕한 군자가 되는 법이니라. 임진왜란 일등공신이신 반곡盤谷 경敬 자 달達 자 할아버지께서는 이 산에 올라 '넓은 하늘을 우러러 마음을 넓히고, 대지를 굽어보아 덕을 두터이 하며, 산을 보아 절개를 고상하게 하고, 바다를 바라보아 도량을 넓히라'는 글을 남기셨느니라. 너는 앞으로 틈나는 대로 일림산에 올라와 제암산도 바라보고 뒤로 돌아 득량만 바다도 바라봐야 한다. 요산도 하고 요수도 해야겠지 않냐?"

할아버지는 큰손자 봉강 해룡이 스물네 살이고 작은손자 해진이 스물두 살일 때 저세상으로 가셨다. 두 손자를 두고 떠나기가 싫으셨는지 할아버지는 눈을 뜬 채로 숨을 거두었다.

봉강은 빌었다. 할아버지, 제가 득량만 바다에서 난세를 헤쳐

나갈 지혜를 터득하고, 일림산에서 어떤 고난이나 모멸도 견딜 수 있는 인내와 어짐을 얻게 해주소서.

사흘째 되던 날 깊은 밤에는 해두와 종철이 산성터로 왔다.

"아우님. 종철이 아재하고 나는 남로당 당원이네. 그동안 그 말을 할 새가 없었네. 미안하네."

"그래요? 나는 줄곧 몽양 여운형 선생의 뜻을 받들어 왔는디…."

"전에 아우님이 말했듯이 또랑에서 고기를 잡을라면 물 품는 사람도 있어야 하고…."

"허허 참, 알겠구만이요."

"나는 반탁문제가 나왔을 때만 해도 독자적으로 행동했는디, 아무래도 정치투쟁은 당의 힘을 빌릴 수밖에 없다는 걸 깨달았네."

해두가 이었다.

"여수에서 14연대가 봉기했을 때, 남로당 순천시당은 지하당이 봉기에 가담할 것인지를 놓고 격론을 벌였다고 들었네. 결국 순천시당은 자연발생적인 폭동을 당이 적극 가담해서 혁명투쟁으로 이끌어야 한다는 결론을 내렸네. 그러나 여수시당이 내린 결론은 달랐네. 사후적으로 봉기를 기정사실로 인정하되 당 조직을 노출시키지 않는 선에서 소극적으로 지원키로 한 것이네. 회천에서는 여수시당의 노선을 따르기로 하고, 만약 아우님이 회천 위원장을 맡으면 뒤에서 소리 안 나게 돕기로 했었네."

"그러셨구만요."

"그런디, 문제가 하나 생겼네. 산으로 꼭 와야 할 몇 놈이 오지 않았네. 고놈들 가운데 두 놈은 우익 청년단 뿌락치라는 결론을 내렸네. 나하고 종철 아재는 신분이 드러났다고 봐야 하네. 그래서 우리는 내려가지 않고 야산대 활동을 하기로 했네."

해두가 맺었다.

"아우님은 내일 산을 내려가소. 위원장 설이 돌았네만은 아우님이 구체적으로 한 일이 없은께 별일이야 있겠는가?"

해두가 봉강에게 '아우님'이라는 호칭을 쓴 것은 그날이 처음이었다. 전에는 '어야, 동생' 하고 부르곤 했다. '아우님'이라는 새로운 호칭을 들으면서 봉강은 해두에게서 새삼 거리감을 느꼈다. 해두가 몇 걸음 걸어가더니 돌아섰다.

"내려가시면 숙모님께 고맙다는 말씀 전해주소. 우리 대원 서넛이 먹을 것을 구하러 내려갔다가 거북정 대밭에서 시루떡을 한 짐 가득 지고 왔었네. 곳간 첫대를 풀어놔서 쌀도 좀 퍼왔고…."

"누군가 시루떡을 줘서 저도 먹었는디, 그것이 우리 집에서 가져온 것이었구만이요."

봉강은 그날 밤도 꼬박 새우고 나서 이튿날 이른 아침에 집으로 내려갔다. 일철과 기복이 봉강의 뒤를 따랐다. 지수도 절룩거리며 산을 내려갔다.

봉강은 거북정으로 들어섰다. 동네 사람 몇이 불에 탄 사랑채의 지붕을 고치고 있었다. 안채로 들어가 어머니 윤씨에게 인사를 드린 뒤 새방으로 갔다. 아내 최승주가 손으로 얼른 눈물을 훔치고는 미소 지었다.

"미안하요. 나는 경찰서에 가봐야 할 것 같소."

"별일이야 있겠어요? 하신 일이 없으신데…."

새방에서 나오는데 기다렸다는 듯이 경찰 둘이 마당으로 들어서서 봉강을 연행했다. 경찰이 나직하게 말했다.

"윤 차석님이 공손히 모셔와야 한다고 당부하시듬마요."

경찰이 덧붙였다.

"우리 회천에서는 윤 차석님하고 정종관 단장님이 대들보지라우."

밥

마포형무소에서 나온 해진은 아내 전예준과 함께 인천 율목동으로 갔다. 골목 입구에서 형사가 따라붙었다. 전예준이 대문 앞까지 갔다가 돌아섰다. 형사가 옆집 대문 칸으로 몸을 숨겼다. 전예준이 큰소리로 불렀다.

"아저씨, 나오세요."

반응이 없었다. 전예준은 해진에게 집으로 들어가라고 눈짓을 해두고 옆집 대문 앞으로 갔다. 눈이 마주치자 형사가 멋쩍게 웃었다.

"아저씨도 고생이 많겠다. 우리 집에 들어가 점심 드시고 가요."

전예준이 형사의 소매를 잡아끌었다. 마지못해 형사가 전예준을 따랐다. 전예준이 점심 준비를 하는 동안 해진은 형사와 마주 보고 앉았다. 해진보다 서너 살은 아래로 보였다.

"나는 정해진이오. 조선공산당 활동을 하다 옥살이를 좀 했소."

형사가 고개를 끄덕였다.

"이름을 말할 필요는 없소. 성만 좀 압시다."

"예. 저도 정가구만요."

"나는 고무래 정가요."

"저는 나라 정갑니다."

"정 형. 고생 많지요?"

"뭐…, 그렇죠."

"왜정 때부터 형사를 하셨소?"

"그건 아닌데요."

"다행이오. 왜정 때부터 형사였던 사람하고는 마주 앉기가 좀 부담스러울 것 같소."

해진이 이었다.

"나를 사찰하는 모양인데 이건 알아주시오. 나도 나라를 위해 공산당 활동을 해왔소."

정 형사가 머뭇거리다가 말했다.

"사실은 우리 형님도 좌익입니다. 박헌영 쪽이 아니라 여운형 쪽인 것으로 알고 있습니다만."

"내 형님하고 같으시네요. 훌륭한 형님을 두셨소."

"나같이 못 배운 사람은 경찰을 하지만, 머리 좋은 사람들은 다 좌익을 하더군요."

"안 들은 것으로 하겠소."

전예준이 점심상을 차려 들고 왔다. 밥상을 앞에 두고 마주 보고 앉아 형사가 물었다.

"정 선생은 앞으로도 남로당 활동을 하실 건가요?"

해진이 손을 저었다.

"조선공산당 활동은 했지만 남로당에는 입당하지 않았소. 이제 집사람 고생 그만 시키고 밥벌이를 해야겠소."

해진이 이었다.

"내가 정치운동 그만두고 직장을 구하겠다고 하니까, 집사람이 신이 나서 정 형사를 집에 모신 것 같소."

전예준이 맞장구를 쳤다.

"맞아요. 이젠 가정에 충실하겠대요."

물론 즉흥적으로 둘러댄 거짓말이었다. 해진과 형사는 수저를 들었다. 밥을 먹다 말고 해진이 말했다.

"남로당 사람들은 나를 붙들려고 할 것이고, 당신들은 또 계속 내 뒤를 밟을 것이고…. 내가 어떻게 해야 하겠소?"

형사는 대답하지 않았다.

"메뚜기처럼 이리 뛰고 저리 뛰고…. 당분간 피해 다닐 생각이오."

형사를 보내고 나서 해진은 시내로 가서 김선우를 만났다. 그가 뜻밖의 소식을 전했다.

"그렇잖아도 형을 만나려 했어. 형은 곧 도당으로 올라가게 돼."

해진은 1948년 10월에 남로당 경기도당 선전부장 대리가 되어 서울로 갔다. 해진은 구체적인 사실은 아내에게도 알리지 않았다. 아내 전예준은 두 아들을 데리고 여전히 율목동의 집을 지켰다.

어느 날 전예준이 고개를 떨어트리고 골목길로 접어드는데 정 형사가 가로막았다.

"언짢은 일이라도 있나요? 고개를 푹 숙이고 오시고…."

"그이가 취직자리 알아본다고 서울로 간 지 일주일이 지났는데 아무 소식이 없네요."

"취직? 정말로 당 활동은 그만둔 거예요?"

"남로당에는 들어가지도 않았어요. 지쳤대요."

며칠 뒤에도 정 형사가 골목에 나타나 해진의 소식을 물었다.

"남편은 소식이 없나요?"

"곧 야간학교에 강사로 나갈 거래요."

"어느 학교?"

"창피하다고 나한테도 말해주지 않아요."

전예준이 피식 웃고 나서 덧붙였다.

"야간학교라니…. 그 사람은 사주에 밤일을 타고났나 봐요."

형사도 피식 웃었다. 그 뒤로 형사의 미행이 눈에 띄게 줄었다.

일림산에서 내려온 지수는 집으로 들어갔다. 배가 고팠다. 지수는 부엌으로 들어가 쌀을 씻어 솥에 밥을 안치고 불을 지폈다. 솔가지가 잘 탔다. 밥을 손수 짓는 노총각 신세지만 마음이 쓸쓸한 것은 아니었다. 그에게는 이제 신붓감 견화가 있었다.

견화가 한 말들이 귀에 생생했다. 청혼을 할라면 나한테 직접 하제, 왜 함머니를 통해서 하시요? 나는 함머니 종이 아니요. 내일은 내가 결정할 것이요. 나한테 할 말이 있으면 지금 직접 말하시요.

사진관 이야기를 곁들여 청혼한 것은 무방했다. 그러나 그가 덧붙인 말은 좀 간지러운 실언이었다. 이녁이 나하고 결혼을 안 해주겠다면 내가 살아야 할지 죽어야 할지 모르겠소. 본심이 툭 튀어나온 것이고, 결연한 의지를 드러낸 말이기도 했으나 지나쳤다. 견화는 그 틈을 놓치지 않고 파고들었다. 뭣이라우? 살아야 할지 죽어야 할지 모른다고라우? 시방 나한테 협박을 하는 것이요? 그가 콧물을 훌쩍이자 견화가 밀어붙였다. 왜 눈물을 보이고 그러요? 그러나 견화의 공세는 거기서 끝났다. 나도 맬갑시 눈물이 나불구마. 그 말은 견화 역시 스스로 무너지고 말았다는 고백이었다.

견화는 또 말했다. 내가 이 집에 한두 번 온 것도 아닌디, 눈치한 번 준 적 있소? 그러니까 견화는 은근히 나를 찔러보려고 왔던 것이다. 견화는 섬돌에 올라 고무신을 신고 나서야 말했다. 나도 이녁보다는 함머니한테 먼저 말할라요. 이녁하고 결혼하겠다고. 자기 할 말은 다 해놓고 견화는 싹 돌아섰다.

이제 그 모든 것은 과거지사였다. 지수는 자신의 처지가 달라졌다고 느꼈다. 나는 혼자가 아니야. 난생처음 느끼는 감정이었다. 봉강 모자와 당사자 둘 말고는 아직 아는 사람이 없지만, 둘은 엄연히 혼인을 약속한 사이가 아닌가? 지수는 견화가 집에 오기만 하면 최소한 손이라도 맞잡으리라고 마음을 다졌다.

견화는 그 이튿날 이른 아침에 지수 집으로 왔다. 바구니에 뭔가를 이고 마당으로 들어섰다. 부엌으로 들어가 바구니를 내려놓고 나와서 지수에게 말했다.

"밑반찬 몇 가지요. 함머니가 갖다드리라고 하십디다."

함머니가 고구마를 갖다주라고 했다는 건 거짓이었지만, 밑반찬을 갖다주라고 한 것은 참말일 터였다. 견화는 말을 마치고 돌아섰다.

"아따, 그냥 가지 말고, 방에 들어가서 나하고 이야기나 좀 하고 가시오."

"곧바로 돌아오라고 하십디다."

"혼약한 사인디…, 기왕에 집에 들어왔은께 하는 말이요."

"오메메. 누가 들으면 으짤라고…."

견화가 주위를 둘러보더니 지수를 흘겨보며 덧붙였다.

"민촌것들 하대끼 하면 안 된다고 합디다. 내 생각도 같은께 이녁도 그리 아시요."

그날 밤에 지수는 여느 때와 마찬가지로 혼자서 방에 누웠다. 견화가 한 말이 귀에 선했다. 민촌것들 하대끼 하면 안 된다? 하기야 그 말이 맞아. 그러나 견화 얼굴이 눈앞에서 떠나지 않는 건 어쩔 수가 없었다. 눈을 감고 허공을 화지 삼아 견화 얼굴을 그리는데, 사립문 여는 소리가 들렸다. 견화가 오는 걸까? 귀가 쫑긋 섰다. 발자국 소리가 점점 다가왔다.

"지수 있는가?"

견화가 아니라 정갑섭 어른이었다. 김이 샜지만 지수는 일어나 문을 열었다.

"어르신. 어서 오시씨요."

봉강이 경찰에 체포되어 집에 없는데 거북정 사랑방을 혼자 쓰기가 민망해 지수 집으로 온 것이었다.

"등잔에 불을 쓸까요?"

"아니네. 불 쓰지 말소."

갑섭 어른이 이었다.

"어야. 정신 바짝 차리고 살아야 쓰것대."

어른은 무서운 이야기를 쏟아냈다. 진압군이 광양읍에 들어가 유지들을 논에 모아놓고 자신들을 거짓으로 인민해방군이라고 소개한 모양이었다.

"몇 사람이 속아 넘어가서 인민해방군 만세를 외쳤다는 거여. 진압군 대장이 가만히 두고 보드니, 광양지구 인민해방군 책임자 회의를 열겠담시로, 인민위원회 간부는 앞으로 나오라고 하드라여. 예닐곱이 나선께는 진압군 대장이 그 자리에서 싹 총으로 갈겨부렀다는 것이여."

이튿날이었다. 진압군이 봉강리에도 들어왔다. 진압군 대장은 반란군이나 그 동조자들한테 밥을 해주면 일가족을 총살시킬 것이라고 엄포를 놓았다. 같은 마을 사람이거나 일가친척이라도 일림산으로 들어간 사람한테는 절대로 밥이나 먹을 것을 주어서는 안 된다는 것이었다.

사흘이 더 지난 뒤에는 토벌대가 봉강리로 와서 부락민 전체를 논바닥에 집합시켰다. 대장이 대뜸 봉강의 삼촌 종희를 앞으로 불러냈다. 대장은 형 종철과 가깝게 지낸 이여서 종희와도 잘 아는 사이였다.

"종희 너, 며칠 전에 산에서 내려온 사람한테 밥 줬지?"

머뭇거리다가 종희가 대답했다.

"성 친구가 와서, 밥 한 숟가락만 주라고 애원하길래…."

말이 끝나기도 전에 대장이 종희의 뺨을 후려쳤다. 다른 토벌
대원이 종희를 엎드리게 해놓고 엉덩이에 마구 몽둥이질을 해
댔다. 대장이 말했다.

"이번 한 번은 봐주겠는디, 앞으로 또 그런 짓거리 하면 그땐
너 죽어. 알았어?"

"예."

바로 그날 밤이었다. 종희가 매 맞은 엉덩이가 아파 눕지 못하
고 엎드려 자는데 누군가가 방문을 두드렸다. 문을 열었더니 청
년 하나가 서 있었다. 얼굴이 익었다.

"자네 성 친구네. 밥 좀 주소. 배가 고파 죽겠네."

"성 친구한테 밥 줬다고 오늘 낮에 토벌대가 나를 몽둥이로 디
지게 패부렀소. 성 친구한테 또 밥을 주면 내가 죽소. 참말로 나
좀 봐주시요."

"내가 잡혀도 절대로 안 불 텡께 쪼끔만 주소."

"안 된당께요."

종희는 문을 닫았다. 귀를 세웠다. 아무 소리도 들리지 않았
다. 창구멍에 눈을 댔다. 섬돌 건너에 우두커니 서 있던 청년이
두리번거리더니 부엌 쪽으로 갔다. 살강에 찐 고구마가 몇 개 있

었다. 부엌으로 들어간 청년이 밖으로 나오더니 어둠 속으로 사라졌다.

며칠 뒤에 다시 토벌대가 마을에 들이닥쳤다. 난장 씨름대회에서 황소를 탄 돌쇠 최석철이 허리에 권총을 차고 맨 앞에 섰다. 그가 논에 모인 마을 사람들에게 소리쳤다.

"지난밤에 반란군이나 야산대 사람한테 밥 준 사람 나와!"

나가는 사람이 아무도 없었다. 석철은 사람들을 휘이 둘러보다가 몸을 이리 비틀었다 저리 비틀었다 하는 문용수를 가리켰다.

"야, 너 이리 나와."

문용수가 여전히 몸을 이리저리 비틀어대며 앞으로 걸어 나갔다.

"너, 반란군한테 밥 줬지?"

"나, 나, 나, 나는…."

원래 그는 말더듬이였다. 긴장하면 몸을 비틀고 심하게 말을 더듬었다. 석철이 문용수를 향해 권총을 쏘았다. 문용수는 금방 쓰러지는 것이 아니었다. 몸을 이리 한 번 비틀고 저리 한 번 비틀더니 앞으로 푹 고꾸라졌다.

그 이튿날 밤에는 산사람들이 이웃 마을 이장 집에 들어갔다.

"밥 좀 주시요."

이장이 애원했다.

"제발 그냥 돌아가시요. 밥을 해드리면 우리 식구가 다 죽소."

"밥을 안 해주면 우리가 당신 식구를 다 죽이겠소."

산사람이 이장에게 총을 겨눴다. 이장 아내가 벌벌 떨었다.

"쪼, 쪼깐 기다리시요. 내가 얼렁 밥을 지을 텡께."

밥을 다 먹고 나서 산사람들이 이장을 새끼줄로 묶었다.

"우린 토벌대요. 이장이 이 모양이니 마을 뒷산에서 반란군들이 떠날 리가 있겠소?"

토벌대는 이장을 끌고 가 유치장에 넣었다.

그 이튿날에도 토벌대가 다시 봉강리로 몰려왔다. 봉기군과 야산대원 몇 명이 토벌대에 붙잡혔다는 소문이 돈 뒤였다. 마을 사람들을 모아놓고 백형춘을 불러냈다. 누군가 백형춘의 집에서 밥을 얻어먹었다고 실토한 것이다. 토벌대는 백형춘을 마을 사람들 앞에서 사살했다.

그날 봉강리에서 1km 정도 떨어진 회령부락에서는 반란군에게 밥을 준 혐의로 여덟 명이 총살당했다. 길게 뻗은 일림산 자락 밑에 있는 여러 마을에서 날마다 비슷한 일이 벌어졌다. 토벌대는 낮에는 산 아래 마을에 진을 치고 있다가 밤이면 율포로 돌아갔고, 이튿날 아침이면 다시 마을에 돌아와 야산대 대원에게 먹을거리를 준 사람이 있는지 캐물었다.

며칠 뒤에는 회천지서 차석 천동배가 경찰들을 이끌고 마을에 나타났다. 천 차석과 경찰, 청년대원은 하나같이 끝에 태극기가 달린 작대기를 손에 들고 있었다. 천 차석이 논에 마을 사람들을 모아놓고 일장 연설을 했다. 국민학생을 앞에 둔 훈육선생 말투였다.

"산을 끼고 있는 동네는 불순한 동네가 될 수밖에 없어. 느그들은 다 우범자들이여. 그래서 느그들 전부한테 벌을 내리겄어. 내가 때리는 것이 아니라 우리 조국 대한민국이 때리는 것이여. 그래서 막대기 끄터리에다 태극기를 단 것이여. 알았어?"

마을 사람들은 아무 대꾸가 없었다. 차석이 소리 질렀다.

"알았냐고 묻는디 왜 대답이 없어? 알았어?"

청년 몇이 예, 하고 복창했다.

"지미럴…. 왜 몇 놈만 대답하는 거여? 알았어?"

그때야 마을 사람들이 일제히 '예' 하고 대답했다. 천 차석은 경찰들에게 마을 사람 전부를 상대로 한 사람도 빼놓지 말고 엉덩이를 매로 치라고 했다. 노인도 맞고 부녀자도 맞았다. 매를 맞은 사람 가운데는 정갑섭 어른도 들어 있었다.

그날 저녁에도 정갑섭 어른은 지수의 집으로 왔다. 섬돌에 고무신을 벗으면서 어른이 말했다.

"어야, 지수. 등잔에 불을 써놓소. 종관이를 이리 오라고 했네."

지수는 등잔을 켰다.

"몽둥이를 맞으셨는디 괜찮으신가요?"

"그까짓 매질에 몸이 어긋나기야 하겠는가? 몸은 일 없네만은 마음은 많이 어긋났네."

곧 종관이 방으로 들어왔다. 지수가 먼저 말을 꺼냈다.

"지서 차석이라는 사람이 오늘 겁나게 지나치듬마. 양반 동네에 와서 사람들을 모아놓고 반말에다 싸잡아 '느그들'이라고 하고, 남녀노소 가리지 않고 매를 때리고…. 그것이 말이 되는가?"

종관은 고개를 떨어트렸다.

"성. 나도 분해서 미치겠구마."

종관은 나이가 한 살 차이지만 지수를 언제나 '성'이라고 불렀다.

"윤 차석하고 자네가 오지 왜 그 사람이 와갖고…."

"윤 차석이 여그 있다면 당초에 그런 일이 안 나제."

윤 차석이 승진해 다른 면 지서장으로 가고, 새로 천동배 차석이 왔다는 것이었다. 종관이 정갑섭 어른 앞에 무릎을 꿇었다.

"대부님, 죄송합니다. 제가 대신 이렇게 용서를 빌겠습니다."

어른이 묵묵히 앉아 있다가 입을 열었다.

"지금 군경이 보성을 장악한 상태인디, 자네도 알 것이네만은, 무고한 살상이 적지 않네. 다른 일도 아니고 입산한 사람들한테 밥을 준 것 가지고 법석이네. 나라꼴이 이것이 뭣인가? 맹자님이 말씀하셨네만은, 하은주夏殷周 삼대가 천하를 얻은 것은 인仁

했기 때문이고, 천하를 잃은 것은 불인(不仁)했기 때문이네. 이 말을 그 차석한테 꼭 전하소. 그 부탁을 할라고 자네를 이리 오라고 했네."

회천에서는 다행히 무리한 살상이 그쳤지만, 이웃 면의 한실 마을에서는 끔찍한 사건이 터졌다. 한실은 보성의 명문거족인 광주 이씨가 처음으로 집성촌을 이루고 살기 시작한 유서 깊은 마을이었다. 산 아래 마을이 있고, 마을 앞에 넓은 평야가 펼쳐져 있었다. 거기서 농사를 지으며 다른 곳에도 농토를 늘려, 한실에는 천석꾼 지주가 열 명도 넘었다. 인심도 후하고 덕인도 많았다. 야산대가 밤에 들어가면 밥도 주고 닭도 잡아가게 했다. 여러 집에서 으레 창고의 쇳대를 끌러놓았다. 동학 난리 이래로 사람들은 그것이 더 큰 화를 피하는 지혜라고 믿었다. 군경이 그걸 두고 보지 못해 한실마을 사람들을 학교 운동장에 모아놓고 무차별 사격을 가했다. 노인에서 갓난아기에 이르기까지 죽은 자가 백 명이 넘었다.

나랏일

12월이 왔다. 경찰로서는 기다리던 시기였다. 낙엽이 다 떨어져 야산대 토벌은 그때가 적기였다. 회천지서 천동배 차석이 토벌대원을 앞에 두고 일장 연설을 했다.

"나랏일이라는 것이 뭣이었어? 나라에 대드는 놈들을 소탕하는 것이 아니고 뭣이겠냐, 그말이여. 이참에 야산대 놈들을 싹 쓸어불란 말이여. 빗지락으로 쓸어불대끼 쓸어불어. 알았어?"

대원들은 일제히 예, 하고 우렁차게 대답했다. 그렇게 대답하지 않으면 버럭 역정을 내고, 같은 소리를 두 번 세 번 되풀이한다는 것을 그들은 잘 알았다.

그날 토벌대는 일림산에서 시신 두 구를 끌고 내려와 산 어귀에 눕혀놓고 마을 사람들에게 확인하게 했다. 그중 하나가 지수 바로 옆집에 사는 정해평이었고 다른 하나는 전일리의 선일조였다. 선일조는 새납을 잘 부는 양정원 일 회 졸업생 선일호의 동생이었다.

바로 그날 밤에 야산대가 지서를 습격해 경찰 한 명을 죽이고 무기를 빼앗아 달아났다. 야산대가 변절자나 악질반동 몇을 응징했다는 소문도 돌았다. 청년단장 최석철이 남로당 지하당원으로 심어놓았다는 김덕구가 그런 경우였다. 그와 이름이 비슷해 형제로 잘못 알려지기도 한 김득구가 야산대 두어 명과 함께 내려와 김덕구를 전깃줄로 목 졸라 죽였다고 했다. 야산대가 최석철을 죽이러 세 번이나 산에서 내려왔지만, 그때마다 최석철은 용케도 도망쳐 화를 면했다. 회천에서는 그 정도에 그쳤지만, 복내나 겸백 율어 조성 등지에서는 야산대가 자주 출몰해 꽤 사상자가 났다.

일림산으로 들어간 청년치안대장 정종철이 경찰에 붙잡힌 것이 그 무렵이었다. 종철은 산으로 들어오지 않은 몇 사람 가운데서도 도강마을의 문영수와 문창수가 마음에 걸렸다. 특히 종철의 보성중 일 년 후배인 문영수는 회천의 남로당 청년 조직은 물론 경찰이나 우익 청년단 등에 심어놓은 비밀당원까지도 훤히 꿰고 있었다. 종철이 그와 거의 모든 정보를 공유한 데는 이유가 있었다. 그는 도강의 제일가는 지주 문창환의 소실 아들이었다. 영수 어머니는 남편인 문창환과 띠동갑으로 열두 살이 어렸다.

문창환보다 세 살이 위인 문창환의 본처에게는 이미 두 아들이 있었다. 영수는 배다른 두 형의 구박을 받으며 자랐다. 종철은 집안에서 차별을 받지는 않았지만 마음속으로 재취 소생이라는 열등감까지 떨칠 수는 없었다. 가족사의 약점을 공유한 종철과 영수는 친형제 못지않은 우애를 나누며 지내온 사이였다.

영수는 애초에 남로당에 대해 부정적이었으나, 종철의 강권을 뿌리치지 못해 입당했다. 영수는 당 활동에 빨려들수록 내적 갈등이 커져갔다. 영수 아버지 문창환은 인심이 후하고 가난한 사람에 대해 동정심도 많은 지주지만 좌익사상은 극도로 싫어했다. 배다른 형들은 더했다. 그가 입산하면 젊은 어머니가 겪을 마음고생이 만만치 않을 터였다.

종철은 영수의 그런 처지를 십분 이해했다. 과오는 그런 영수를 당으로 끌어들이고 모든 기밀을 나눈 자신에게 있었다. 그럼 이제 어떻게 할 것인가? 영수가 당의 일을 일절 발설하지 못하게 해야 하는데 묘책이 떠오르지 않았다.

창수는 영수와 같은 마을에 사는 빈농의 아들이었다. 영수와 창수는 항렬이 같을 뿐이지 촌수는 멀었다. 창수는 영수가 강력히 추천해서 입당시켰다. 창수는 국민학교만 졸업하고 농사를 짓고 있었는데 사회적으로 불만이 많고 의협심도 강했다. 거기다 몸이 빠르기로는 당할 자가 없었다. 종철은 창수가 입산하지 않은 이유를 알고 있었다. 아버지가 병사한 뒤에 어머니와 둘이 사는데 그 어머니마저 속병으로 위중한 상태였다.

종철은 밤이 되자 칠흑 같은 어둠을 뚫고 잡목을 헤쳐 가며 일림산 자락을 횡으로 타고 도강마을에 내려가 먼저 창수의 집으로 갔다. 방문을 잡아당겼다. 문고리가 걸려 있었다. 손가락으로 대나무 창살을 톡톡 퉁겼다. 창수가 문고리를 벗기고 문을 열었다.

"성, 기다리고 있었어. 들어와."

창수는 종철보다 두 살 아래였다. 평소에도 그는 종철에게 깍듯했다. 종철은 방으로 들어갔다.

"성, 등잔에 불 쓸까 말까?"

"쓰지 마."

"성, 잘 왔어. 내일 아침에 시집간 누님이 오기로 했어. 누님이 천포에 사는디 엄니를 모셔가겠다고 했어. 누님이 엄니를 모셔가고 나면 나도 입산할 참이었어."

"내가 생각한 것하고 딱 맞어분다. 나도 니가 엄니 문제로 산에 못 들어온다고 알고 있었어야."

창수는 윗목에서 개다리소반을 끌어당겼다. 막걸리 한 주전자와 사발 두 개, 김치 한 보시기가 놓여 있었다. 종철이 소반을 밀었다. 진지하게 의논할 일이 있었다.

"아야, 영수는 으찌께 해야 쓰것냐?"

228

창수는 머뭇거리지 않았다.

"놔둬. 영수 성은 산에 못 들어가. 엄니가 젊고, 배다른 성 둘의 구박이 심한디, 영수 성이 엄니를 놔두고 으찌께 산에 들어가겠어?"

"그런 사정은 나도 아는디, 그래도 영수가 비밀을 너무 많이 알고 있단 말이다."

"걱정 마. 영수 성은 매 맞어 죽으면 죽었지 비밀을 불 사람이 아니여. 그러고, 영수 성 아부지가 돈도 있고 발도 넓어서 영수 성이 잡혀가면 금방 빼낼 것이여."

창수가 다시 소반을 끌어당겼다.

"멀뚱멀뚱 앉아 있을 수는 없은께 막걸리나 한잔 해. 울 엄니가 담근 것인디, 울 엄니가 지금 골골 앓고 있어도 술 하나는 기막히게 잘 담거."

창수가 사발에 막걸리를 따랐다. 종철이 창수 사발에도 막걸리를 따르기 위해 주전자를 넘겨받으려 했지만 창수가 마다했다.

"성, 나는 마시면 안 돼. 귀가 밝아야 혹시라도 경찰 놈들 오는지 금방 알 것 아녀?"

창수가 다시 사발에 막걸리를 따랐다.

"한 잔 더 해. 그러고 쪼깐이라도 눈을 붙여. 그동안 잠도 못 잤을 것 아니여?"

하긴 그랬다. 종철은 막걸리를 쭉 마신 뒤에 드러누웠다가 다시 몸을 일으켰다.

"진짜로 술이 기가 막혀분다."

종철은 사발에 술을 따라 단숨에 들이켜고 다시 누웠다. 방이 뜨뜻해서 그런지 잠이 쏟아졌다. 벌떡 일어나 산으로 갈까 했으나 몸이 무거웠다. 집이 바로 산 아래여서 새벽에 나가 산에서 창수를 기다리다가 같이 가면 될 것이었다.

"새벽에 일찍 나를 깨워야 쓴다, 잉."

"첫닭 울면 깨울 텡께 걱정 마."

종철은 금방 코를 곯았다. 창수가 흔들어도 종철은 꿈쩍도 하지 않았다. 창수는 조용히 문을 열고 밖으로 나갔다. 조금 뒤에 경찰과 청년단원 셋이 방으로 들어와 새끼줄로 종철을 칭칭 묶었다. 경찰이 영수 집을 덮쳤지만 울타리를 넘어 달아난 뒤였다. 한 경찰이 말했다.

"고양이는 놓쳤는디, 우리가 호랭이를 잡어부렀구마."

봉강이 경찰에 붙들려 가고 나서 며칠이 지나서였다. 보성경찰서에서 미력면의 송정 박태규를 소환했다. 박태규는 경찰서에 갔다가 피가 솟구치는 것을 느꼈다. 그를 맡은 경찰이 다른 이가 아니라 해방 전에 자신을 취조한 형사였다.

"최창순이나 정해룡에게 인민위원회를 맡으라고 사주한 사실이 있지요?"

송정은 심사가 뒤틀렸다. 말을 낮추어 대꾸했다.

"그보다는 내가 자네한테 실토할 일이 있네."

그 형사를 '자네'라고 부른 것은 처음이었다. 반말이 아니꼬웠는지 형사가 얼굴을 찡그렸다.

"실토라니요?"

"왜정 때 일이네. 자네가 나한테 임시정부에 돈을 보낸 것이 사실이냐고 캐묻지 않았는가? 그땐 내가 잡아띠었는디, 인자 실토하겠네. 임정에 돈 보낸 것이 맞네. 나를 처벌하소."

"내가 지금 묻는 것은 그것이 아니라…."

송정이 말을 끊었다.

"자네가 전에 물었지 않는가? 나 혼자만 낸 것이 아니네. 회천면의 봉강도 냈고, 자네도 알 만한 노동면의 박창주도 보탰네. 우리 셋을 다 처벌하소."

"…."

"그 일 말고도 내가 죄가 많네. 우남 이승만 박사나 인촌 김성수 선생이 백범을 배소 반족분자라고 공격하지 않는가? 백범 김구 선생이 반족분자라면, 그 어른을 존경하는 나도 반족분자네. 우남이나 인촌 추종자들은 반족분자를 다 처단해야 한다고 하지 않는가? 나를 처단하소."

형사가 버럭 역정을 냈다.

"최창순이 하고 정해룡이한테 인민위원장 맡으라고 했는지를 말하랑께요."

송정이 손바닥으로 책상을 내려치며 소리 질렀다.

"내가 맡으라고 했네. 이 박태규가 권했어. 더 이상 묻고 자시고 할 것 없네. 나를 당장 유치장에 집어넣소."

"…."

"난 남로당도 아니고 근민당도 아니네. 그런디도 내가 좌파 중에서 이 사람이다, 하는 사람을 인민위원장깜으로 찍으면 남로당이고 근민당이고 간에 다들 비켜섰네. 나를 남로당 근민당 배후조종자로 처단하소."

형사가 벌떡 일어서더니 밖으로 나갔다. 조금 지나자 취조실 문이 열렸다. 서장이 정복 차림으로 들어섰다. 그가 모자를 벗고 송정에게 공손하게 인사했다.

"어르신, 처음 뵙습니다."

서장이 이었다.

"서장실로 가서 차나 한잔 드시지요."

한동안 아무 말 없이 앉아 있다가 송정이 천천히 몸을 일으켰다. 서장실에서 서장이 송정에게 나지막하게 말했다.

"어르신, 우리 경찰 사정도 헤아려 주셔야 합니다. 우리로서는 어떻게든 문제를 매듭지어야 합니다."

서장에게까지 노여움을 드러낼 필요는 없었다. 마음을 풀자, 형사를 대함에 있어서도 감정적이었음을 깨달았다.

"형사가 악연이 있던 자여서…. 내가 과했소."

서장이 자기소개를 했다.

"저는 고향이 장성입니다. 누군가는 경찰 일도 해야 할 것 같아서, 광복 이후에 교직을 그만두고 이쪽으로 옮겼습니다. 보성에 와서 어르신 함자는 많이 들었는디, 차일피일하다가 인사도 못 드렸습니다."

송정은 서장과는 마음이 통할 것 같았다. 최창순과 안병석은 용케 어디론가 은신했지만, 정해룡이 유치장에 갇혀 있어 서장을 잘 대할 필요가 있었다.

"최창순이나 정해룡에게 인민위원장을 맡으라고 권유하신 것은 사실인가요?"

"그렇소. 내가 여수 김수평 서장을 예로 들었소. 세상이 어지러울 때 사람이 많이 다치기 십상인디, 최창순이나 정해룡 같은 덕인이 일을 맡으면 그런 살상이 없을 것이어서, 내가 권했소."

"김수평 서장은 저도 좀 압니다. 어르신 말씀에 일리가 없는 바가 아닙니다만, 실정법으로만 따지자면 어르신의 그런 뜻을 달리 해석할 여지도 있지 않겠습니까?"

"결과를 보시요, 결과를. 보성읍에서 최창순이 위원장을 맡은 뒤로 살상이 뚝 끊겼소. 그리고, 봉강은 어떻소? 내가 사람을 보내 봉강한테 인민위원회를 맡으라고 했소만은, 회천에 반란군이 들어가기도 전에 14연대 반란이 끝났소. 그런데 경찰은 소문만 난, 위원장 아닌 위원장 봉강을 부역자로 몰아 잡아들였소. 서장, 부탁이요. 봉강을 풀어주고 나를 가두시요. 내 죗값은 내가 치르겠소."

"죗값이라니요? 그런 건 아니고요. 공식적으로 문서로 마무리를 지어야 합니다. 깔끔하게 정리를 해둬야 어른께 다른 화가 미치는 것을 피할 수 있는 것이 아니겠습니까? 조서 꾸미는 것을 도와주시기만 하면 됩니다."

"알았소. 그리 하겠소이다. 그런디…."

송정은 말을 멈추었다. 찬찬히 송정을 바라보던 서장이 물었다.

"저한테 하실 말씀이 있으신가요?"

"그렇소. 아시겠지만 벌교에서 희생자가 많이 났소. 반란군이 벌교에 들어간 직후 불과 2~3일 만에 우익 인사 백 명가량이 죽었소. 그러나 이걸 아셔야 하요. 벌교에서 김용현이 인민위원장을 맡은 뒤로는 살상행위 자체가 뚝 끊겼소. 율어에서도 마찬가지요. 이기화가 위원장이 된 뒤로는 불상사가 확 줄었소. 그런디도 경찰은 김용현 이기화를 잡아들였고, 곧 죽일 것이라고 합니다. 살상을 막는 일이 급해서 나선 분들인데 말이요."

"어르신 말씀은 잘 들었습니다."

이제 그를 취조한 형사에게 다시 가보라는 눈치였다. 그러나 송정은 일어서지 않았다. 하고 싶은 말을 남기고 서장실을 나올 수는 없었다.

"나랏일을 나라가 할 수 없거나 하지 않을 때, 나라를 대신해서 궂은일을 맡은 덕인들을 나라가 응징해서는 안 될 것이요. 덕인한테는 덕으로 갚아야 하는 법이요."

인연

산성터 너머로 먼동이 트고 있었다. 함께 망을 보고 있던 정해승이 곁에서 졸고 있는 해봉을 툭툭 쳤다. 촌수는 그리 가깝지 않지만 봉강리에 사는 영성 정씨 일문이었다.

"뭔 일 있소?"

"쉿. 누가 오고 있어."

둘은 엎드린 채 죽창을 고쳐 잡았다. 잡목을 헤치고 누군가 다가오고 있었다. 5m 앞쯤에 이르렀을 때 둘이 죽창을 꼬나들고 일어섰다.

"누구여? 그 자리 서."

낮지만 굵은 해봉의 목소리에 힘이 넘쳤다. 다가오던 사람이 우뚝 섰다.

"나 도강리 문영수요. 종철이 성을 찾아왔소."

문영수는 종철과의 의리를 생각해서 입산하려고 했지만 어머니가 걸렸다. 고민 고민 하다가 어머니에게 말했다.

"엄니. 이 집을 나가고 짚으요."

"이 난리통에야?"

"난리통인께 나가야제요. 날마다 산사람들한테 밥 줬냐 안 줬냐 캐물어서 막 죽이는 판인디….'

"으디로 갈라고야?"

"내가 알아둔 데가 있소."

"너, 입산할라고 하는 것 아니냐?"

"아니어라우."

영수는 거짓말을 할 줄 모르는 아들이었다. 어머니는 얼굴을 풀었다.

"그렇다면야, 잘 생각했다. 배다른 성들 밑에 붙어 있어봤자니 팔자가 뻔한 것 아니냐?"

어머니는 장롱에서 금붙이 주머니를 꺼내 영수에게 주었다.

"언젠가는 이런 날이 올 줄 알았다. 나갈라면 하루라도 빨리 나가그라."

어머니한테 허락은 받았지만, 대낮에 집을 나서다가 아버지나 형들 눈에 띄면 일이 꼬일 수 있었다. 영수는 새벽에 집을 나서기로 하고, 일찍 자리에 누웠다. 그러나 잠이 오지 않았다. 뒤

척이다가 방을 나와 대밭으로 갔다. 울적하거나 괴로울 때면 가
는 곳이 대밭이었다. 대밭머리에 들어섰다가 영수는 깜짝 놀랐
다. 누군가가 대밭에 우두커니 서 있었다. 어머니였다.

"내 팔자가 서러워서 여그 들어왔다."

"엄니, 울었소?"

"쪼깐밖에 안 울었다."

영수는 어머니를 끌어안았다.

"쉿!"

어머니가 뒤쪽을 가리켰다. 검은 그림자들이 담을 넘고 있었
다. 영수는 말없이 대밭 울타리를 넘었다. 방에 어머니가 준 금
붙이 주머니가 있었지만 그걸 챙길 여유는 없었다.

영수 이야기를 듣고 있던 해봉이 고개를 저었다.

"종철이는 자네 만난다고 도강리 갔네."

이건 큰일이었다.

"종철이 성이 나 만나러 왔다가 낌새를 차리고 내뺐으면 다행
이제만은, 우리 집보다 창수 집에 먼저 갔다면 큰일인디…."

"창수 집에 먼저 가면 뭣이 문제여?"

"이틀 전에 창수가 경찰한테 잡혀 갔는디, 매 한 대도 안 맞고
풀려났지라우."

창수가 아무 탈 없이 돌아왔다는 것은 경찰과 수를 부리고 있다는 방증일 수 있었다. 아니나 다를까? 며칠 뒤였다. 종철이 창수 집에 가서 술을 마시고 자다가 경찰에 붙잡혔다는 소문이 들려왔다.

1949년 1월 말께였다. 이른 아침에 지수는 마당으로 나갔다. 봉강의 젊은 삼촌 정종희가 골목을 나오는 것이 울타리 너머로 보였다. 종희는 지수보다 열네 살 아래였다. 지수는 사립문을 열고 나갔다.

"날이 이렇게 추운디 일찍 으디 가냐?"

"어젯밤에도 산사람들이 집에 내려왔어라우. 오자마자 부엌으로 들어가서 찐 고구마를 갖고 가는디 뺏을 수도 없는 노릇이고⋯. 그런디, 오늘도 또 토벌대가 동네로 와서, 야산대 사람들한테 먹을 것 준 놈 앞으로 나오라고 할 것 아니요?"

"그러겄제."

"아따, 참말로 징하요. 뒷산이 없는 동네로 갔다가 잠잠해지면 돌아올라요."

종희가 떠난 지 며칠 지나서였다. 그날 밤에도 정갑섭 어른이 지수의 집에 와서 잠을 자고 갔다. 이튿날 이른 아침에 옆집에 사는 해중이가 지수의 집으로 오더니 방문을 열고 대뜸 안으로 들어왔다. 해중은 지수보다 여덟 살 아래였다.

"지수 성님 집 뒷담 너머에서 밤새 청년단원 둘이 이 집 안팎을 살피다가 새벽에 사라졌어라우."

해중이 한 청년단원한테 들었다며 뜻밖의 말을 덧붙였다.

"돌쇠놈이 지수 성을 꼬누고 있는 것 같으요. 이 집에 진달래가 들락거리는 것을 봤담시로 가만두지 않겠다고 했답디다."

그 말은 석철이 아직도 견화한테 미련을 두고 있다는 걸 뜻했다. 그럼, 내가 야산대 사람들한테 밥을 주면 그 핑계로 아예 나를 죽일 작정인가? 지수는 소름이 돋았다. 지수는 종희처럼 집을 나가기로 작정했다. 지수는 그날 오후에 거북정으로 가서 윤씨에게 마을을 떠나겠다고 말했다. 뒷방을 향해 윤씨가 말했다.

"아가, 듣고 있나?"

"예."

윤씨가 지수에게 물었다.

"으디로 갈랑가?"

지수는 광주에 있는 친척이 사진관을 크게 하는데 거기 가서 사진술도 배우고, 사진기도 사오겠다고 했다.

"장허고 장허네. 그렇게 허소. 그런디 을마나 걸릴 것 같은가?"

"잘 모르겠습니다. 한 달이 걸릴지 두 달이 걸릴지."

다시 뒷방을 향해 말했다.

"아가, 들었냐?"

"예."

지수를 보고 말했다.

"그럼, 잘 다녀오소."

지수는 견화에게 당부하고 싶은 말이 있었다. 윤씨에게 간접적으로 말할 수밖에 없었다.

"큰아짐, 견화가 집 밖에 나다니는 것을 삼가야겠습니다."

문 뒤에서 견화가 대꾸했다.

"나도 들은 말이 있소. 걱정 마시요."

지수는 윤씨에게 큰절을 하고 일어섰다. 그날 밤에 자리에 든 윤씨가 견화에게 물었다.

"니가 며칠 전에 바깥집에 갔지야?"

"예."

"차분허게 둘이 이야그라도 허고 오랄 걸 그랬다."

"아니라우. 민촌것들 하대끼 하면 되간디요?"

"아이고, 요것 봐라."

윤씨가 견화를 품기 전에 견화가 먼저 윤씨 품으로 파고들었다.

해진은 1948년 12월에 남로당 중앙당 선전부의 선전지도과장을 맡았다. 산하 조직의 선전활동을 총괄하는 자리였다. 정부가 남로당을 불법화했지만 지하활동은 지속되고 있었다.

해진은 우선 전국 주요 도시의 선전활동을 활성화할 필요를 느꼈다. 제일 못마땅한 곳이 부산이었다. 도시 규모에 비해 선전활동이 부진했다. 해진은 1949년 1월 초에 부산으로 갔다.

해진은 영도에서 경남도당 선전부장과 진주지구 책임자를 만나기로 했다. 도당 부장이 말한 목조건물 2층으로 올라갔다. 두 사람이 먼저 와 있었다. 함께 이야기를 나눈 지 채 5분도 지나지 않았는데 형사들이 일행을 덮쳤다. 경찰이 도당 선전부장을 미행한 것이었다. 경찰은 일행을 대교동 4가에 있는 수상경찰서로 연행했다. 경찰은 진주지구 책임자도 얼굴을 알고 있었다. 당연히 얼굴을 모르는 해진의 신분부터 캐물었다.

"농림신문 기자입니다. 광고를 얻으러 부산에 왔습니다."

해진은 서류상으로 농림신문사 기자였다. 해진은 기자증과 함께, 부산에 본사를 둔 기업체가 농림신문에 싣기로 한 광고계약서를 보여주었다. 당에서 준 것이었다.

"이 사람들은 왜 만난 거요?"

"신문사 기자로는 먹고살기가 어렵습니다. 부산에서 일자리를 구해볼까 합니다. 마침 신문사 선배가 두 분을 만나보면 도움이 될지 모른다고 해서 이렇게 뵙게 된 것입니다."

경남도당 간부와 미리 입을 맞춰둔 말이었다. 경찰은 신문사 선배 이름을 대라고 했다. 경찰이 두 사람에게 해진이 말한 사람을 아는지 물었다. 중학교 선배여서 잘 안다고 둘 다 대답했다. 경찰은 다른 두 사람은 풀어주고 사실을 확인하겠다며 해진을 경찰서로 연행했다. 해진은 수상경찰서 유치장에 갇혔다. 해진은 경찰의 사실 확인 작업보다는 당의 대처 능력이 더 빈틈없다는 것을 믿었다.

경찰이 피의자를 유치장에 가둬둘 수 있는 기한이 15일간이었다. 그런데 열닷새가 지나도 경찰은 해진을 내보내지 않았다. 해진은 왜 구류기간을 넘기느냐고 따지지 않았다. 그런 걸로 덤비면 되레 본색이 탄로 날 우려가 있었다. 뭔가 뒤틀린 것 같아 유치장을 빠져나갈 생각도 했지만 뾰족한 수가 보이지 않았다. 해진은 초조한 기색을 감추기 위해 계속 조는 척했다. 경찰은 17일 만에 해진을 풀어주었다.

일림산으로 들어간 야산대 사람에게 밥을 해줬는지를 캐묻는 군경을 피해 집을 나간 종희는 뒷산이 없는 곳으로 간다며 광주의 친척 집으로 갔다. 그러나 그건 승냥이를 피하려다 호랑이 굴로 들어간 꼴이었다. 그에게 조카사위가 되는 윤가현이 박헌영의 최측근이어서 광주에 있는 친척들 집에는 사흘이 멀다 하고 형사들이 들락거린다고 했다. 종희는 기겁을 하고 진외가가 있는 장성으로 갔다. 그러나 거긴 식구는 많은데 방이 적어 외숙이 정갑섭 어른처럼 밤마다 다른 집에서 자고 오는 처지여서 얹혀 있을 수가 없었다.

종희는 서울 가는 기차를 탔다. 일단 명륜동 정귀섭 대부의 집으로 가기로 했다. 주소가 있는 것도 아니었다. 누구한테선가 대부가 사는 집의 골목 입구에 '명륜쌀집'이 있다는 말을 들은 기억이 있을 뿐이었다. 종희는 기차에서 내려 전차를 타고 명륜동으로 가서 골목골목을 뒤져 그 쌀집을 찾았고, 어렵지 않게 대부의 집을 알아냈다. 전에 한 번도 뵌 적이 없지만 동애 정각수의 막내아들이라고 말하자 대부가 반색을 했다. 종희는 대부로부터 해진의 율목동 주소를 받아 인천으로 갔다. 아이들과 함께 집에 있던 질부 전예준이 그를 반겼다.

종희는 전예준을 통해 해진이 부산 수상경찰서에 갇혀 있다가 풀려난 사실을 들었다. 그러나 율목동 집에서는 조카 해진의 얼굴을 볼 수 없었다. 며칠 지켜보다가 궁금증을 털 수 없어 물었다.

"해진이 조카는 통 집에 들어오지를 않네요, 잉?"

"서울에서 야간학교 강사를 하면서, 다른 일자리를 찾는 모양인데 쉽지 않은가 봐요."

"야간학교 강사라니요?"

"아이고, 저도 창피해요. 더 이상 묻지 마세요."

물론 해진이 야간학교 강사를 한다는 건 거짓말이었다. 전에 형사에게 얼결에 그렇게 둘러댔는데, 그 뒤로 전예준은 누가 남편 소식을 물으면 같은 대답을 했다.

조카가 없는 집에서 해진의 두 아들을 돌보는 일로 소일한 지 한 달쯤 지나서였다. 질부 전예준이 종희에게 뜻밖의 소식을 알렸다. 형 종철이 군산형무소에서 인천형무소로 옮겨왔다는 것이었다.

"아니, 그 말을 으디서 들으셨소?"

"나한테도 줄이 있어요."

전예준은 더 이상은 아무 말도 하지 않았다. 캐물으려다 말고, 종희가 대꾸했다.

"내가 이리 온 것을 알고, 성이 나를 따라왔는갑소."

형이 인천으로 온 것은 종희에게 다행스러운 일이었다. 종희는 며칠 뒤 형무소로 가서 형을 면회했다.

"아야. 믿는 도끼에 발등 찍힌다는 말 아냐?"

"알제."

"내가 그 꼴이다. 도강리 창수란 놈한테 속아갖고 이 신세가 돼부렀다."

"성은 영수 성을 의심한 모양인디, 그 성은 성이 붙잡힌 날 일림산으로 들어갔다듬마."

"그래? 내가 영수를 몰라봤구나. 뒤에 만나면 내가 미안해한
다고 전하그라."

"그 성이 산에 들어가부렀는디 내가 으찌께 만나겄어."

"그래도 은젠가는 볼 것 아니냐?"

"뭔 말이여? 그전에 성이 감옥에서 나와야제."

"이런저런 죄를 덮어씌운 데다, 남로당 비밀당원이라는 것까
지 보태갖고 형량을 때린 통에, 나는 아직도 일 년 반 이상 깜방
살이를 해야 한다."

종희가 형을 면회한 뒤 율목동으로 돌아가자 질부 전예준이
넘겨짚었다.

"종희 아재, 형을 면회했다고 보성으로 내려갈 생각을 하시는
건 아니죠?"

전예준은 어린 두 아들만을 집에 두고 바깥나들이를 하기가
불안하다며 더 있으라고 했다. 오래 있을수록 좋다는 것이었다.

"하기사, 형사가 골목을 서성거리기도 하고, 집을 들여다보기
도 하대요."

"그래요. 나 혼자 있기가 무섭고…, 아이들한테 민망할 때가
많아요."

질부 전예준이 덧붙였다.

"시골 농사는 종호 아재가 지어주실 테니까 걱정 마시고, 아재

는 여기에 좀 오래 계셔요."

종희로서는 감히 청할 수는 없지만 원하는 바였다. 종희는 점차 도회생활의 매력에 빠져들고 있었다. 그는 가끔 시내 여기저기를 쏘다녔다. 처음에는 보성에 내려가서 자랑할 이야깃거리를 쌓는 게 목적이었으나, 차츰 생각이 달라졌다. 그는 형 종철이 감옥을 나오기만 하면, 보성에 내려가지 않고 인천에서 살 궁리를 했다. 어느 날이었다. 공장 옆으로 난 골목길을 걷는데 느닷없이 삼순이 얼굴이 떠올랐다. 국민학교 5학년 방학 때 강진 도암면에 있는 이모 집에 가서 본 소녀가 삼순이였다. 삼순이를 데려와 함께 도시생활을 할까? 그래. 수돗물 먹여서 땟국만 빼놓으면 솔찬히 이쁠 것이여.

1949년 2월 하순 어느 날이었다. 전남경찰청 2인자 최천 차장이 여수에 갔다가 광주로 돌아가는 길에 보성경찰서에 들렀다. 서장이 보성의 현안에 대해 보고했다. 박태규에 대한 사법 제재를 면하게 하자는 것이 서장의 숨은 의도였다. 교사 출신답게 말을 에둘렀다.

"보성에서 박팔만이라고 하면 모르는 사람이 없습니다. 추수 때 팔만 석을 거둔다고 해서 팔만이라고들 하는데 실제 이름은 박남현입니다."

"아, 그 어른 성함은 나도 들었어요. 보성향교 제주사건의 주동자가 그분이 아니시오?"

"예. 그렇습니다. 제주사건 이전에도 왜정에 항거했다가 옥살이를 한 적이 있습니다. 그분이야말로 보성의 정신적 지주라고 할 수 있습니다. 그런데 그분 아드님이 송정 박태규라는 분인데…."

"…."

"우리가 지금 그분을 불구속으로 조사하고 있습니다."

"그분한테 무슨 문제가 있소?"

"14연대 반란사건이 난 뒤 반란군들이 보성으로 들어오자, 최창순 정해룡 등에게 보성읍과 회천면 인민위원장을 맡으라고 권유했습니다. 살상을 줄이기 위해서는 해당 지역의 좌파 덕망가가 위원장을 맡아야 한다는 것이 그분 생각이었던가 봅니다."

최 차장이 눈을 치켜떴다.

"두 사람이 누구누구라고 했소?"

"최창순과 정해룡입니다. 최창순은 14연대 반란사건 이전에 검속되어 유치장에 있던 자인데, 14연대 반란군들이 옥에서 풀어준 직후에 박태규의 권유를 받아 위원장을 맡았습니다. 정해룡은 전에 회천면 건준 위원장을 한 자인데, 박태규의 권유로 회천면 인민위원장을 맡을 것이라는 소문이 돌았으나, 직을 맡거

나 수행한 적은 없습니다. 실정법상으로는 박태규를 처벌을 할
수도 있는데….”

서장은 최천의 의중을 알 수 없어 부러 말꼬리를 흐렸다. 최천
이 엉뚱한 질문을 던졌다. 알고 하는 질문이었다.

“서장도 왜정 때 경찰 지낸 사람이오?”

“아닙니다. 저는 교사를 하다가….”

최천이 끊었다.

“박태규 어른은 건드리지 마시오. 고을 어른의 선의는 존중해
야 할 것 아니오?”

“아, 예.”

“또, 정해룡은 위원장을 맡는다는 소문만 났지, 한 것이 아무
것도 없었다면 당연히 무죄 아니오?”

“그러나…, 그자는 전에 근민당 활동을 했는데, 지금은 남로당
비밀당원이라는 설이 있어 캐고 있습니다.”

“본인은 뭐라고 해요?”

“절대 아니라고 잡아떼고 있습니다.”

최천이 말머리를 돌렸다.

“최창순은 어떻게 할 생각이오? 전에 수감 중이던 자였고, 또
위원장을 실제로 맡았다면서요?”

서장은 난감한 표정을 지었다.

"무슨 일 있소?"

"최창순은 14연대 반란이 진압된 뒤에 종적을 감추었습니다."

최천은 미간을 찌푸렸다.

"핵심은 놓치고, 죄 없는 자만 붙들고 있는 것이 아니오?"

"…."

"정해룡은 어디 있소?"

"유치장에 있습니다."

최천이 자리에서 일어섰다.

"봉강이 남로당이 아니라고 했다면 아닌 것이오. 그 사람은 거짓말 하는 사람이 아니오. 나를 유치장으로 안내하시오."

최 차장이 정해룡의 아호를 아는 것을 보고 서장은 깜짝 놀랐다. 최천은 봉강과 인연이 있었다. 최천은 1944년 9월에 항일운동의 방안을 모색하던 중 능곡의 한양목장에 들렀다가 경찰에 체포되었다. 한양목장 주인 이종원은 젊은 재력가로 여러 갈래의 운동가들을 돕고 있었다. 봉강도 만주에서 돌아오는 길에 동생 해진의 소식을 알아보기 위해 한양목장에 들렀다가 경찰에 붙잡혀 최천과 같은 유치장에 갇혔다. 봉강은 보름쯤 조사를 받고 풀려났지만, 최천은 기소되었다. 봉강은 뒤에 알았지만, 동생 해진도 그 무렵에 부평에서 체포되어 함북 고원경찰서에 압송되었다가 기소유예로 풀려났고, 최천은 넉 달 동안 징역을 살고 나왔다.

그 이전에 최천은 3·1운동에 참여하여 투옥된 적도 있었다. 경남 통영 출신인 그는 1927년 3월에 경남도 평의원인 김기정이 도 평의회에서 '조선인은 교육시킬 필요가 없으며, 조선말 통역도 일체 폐지해야 한다'고 주장하자, '김기정 징토 시민대회'를 주도해 부산지방법원에서 징역 1년형을 선고받기도 했다.

최천을 보자 봉강의 눈이 휘둥그레졌다.

"선생께서 경찰에 투신하셨다는 소문은 들었습니다만, 여기서 뵐 줄은 몰랐습니다."

봉강의 몰골이 말이 아니었다. 그렇지 않아도 들어간 눈이 더 움푹 파이고, 입술이 터져 물집이 잡혀 있었다. 봉강을 찬찬히 살피고 나서 최천이 싱긋 웃었다.

"전에는 봉강이 귀골 미남이어서 내가 많이 얄미워했었소. 이제 사람 냄새가 나서 보기가 아주 좋소."

그가 이었다.

"봉강, 현재로서는 여기가 봉강한테 제일 안전한 곳이오. 회천에서는 아직도 군경과 야산대가 자주 충돌하는 것으로 알고 있소. 당분간 여기서 고생 좀 하시오."

최 차장이 서장에게 지시했다.

"오늘부터는 경찰이 봉강을 보호하는 것이오. 신변보호요. 알겠소?"

봉강은 최천 차장이 다녀간 지 열흘쯤 지나 유치장에서 풀려 났다.

봉강이 거북정으로 돌아간 다음 날 택시 한 대가 뽀얀 먼지바 람을 일으키며 신작로를 달려왔다. 검은색 두루마기를 걸친 노 인이 택시에서 내려 거북정으로 들어갔다. 보성의 어른 송정 박 태규였다.

"나 때문에 봉강이 괜한 고역을 치렀네. 내가 용서를 구하러 왔네."

"연만하신데 미력에서 회천까지 40리가 넘는 길을 찾아오시 다니, 제가 면구스럽습구만이요."

"걸어올 자신이 없어서 택시를 대절해서 왔네. 봉강은 나 때문 에 죽을 고생을 했네만은, 나는 봉강 덕분에 난생처음으로 택시 를 타보는 호사를 누렸네."

"저도 유치장에서 호사를 했구만이라우."

유치장 호사는 과장이 아니었다. 최천 차장이 다녀간 뒤로 봉 강은 가족을 자유로이 면회할 수 있었다. 경찰은 별식 차입에도 까탈을 부리지 않았다. 그를 취조한 형사는 두 차례나 봉강을 찾 아와 머리를 조아렸다.

광주로 간 지수는 고종 사촌 형이 운영하는 사진관에 군용 간이침대를 놓고 숙식을 하며 사진 찍는 법은 물론, 현상하고 인화하는 기술까지 배웠다. 사촌 형은 일본 유학을 갔다가 사진술을 배워 와서 광주 충장로에 사진관을 차려 운영하고 있었다. 지수는 일이 없으면 청소도 하고 유리창도 닦았다. 고종형은 처음에는 월급을 주지 않겠다고 했지만, 한 달이 지나자 월급 못지않은 돈을 용돈으로 주었다. 처음에는 외삼촌의 서자인 지수를 탐탁지 않게 여기는 눈치였으나, 지수의 성실성을 확인하고 나서 태도가 달라진 것이다.

사촌 형은 인물사진에 관한 책도 여러 권을 주었다. 일어로 된 책들이어서 읽지 못하는 것을 알고 틈틈이 내용을 설명해주었다. 처음부터 작정을 해두었는지 석 달 열흘이 지나자 사촌 형은 다리 세 개가 달린 일제 중고 사진기와 최신형 독일제 카메라를 지수에게 주며 내려가도 된다고 했다. 6월 초에 지수는 의기도 양양하게 회천으로 돌아갔다.

봉강이 유치장에서 풀려난 지 몇 달 지나지 않아서였다. 송정 박태규를 자택으로 문안 가야 할 일이 생겼다. 1949년 6월 26일 낮 12시 30분이 조금 지났을 때, 포병 소위 안두희가 서대문의 경교장에서 백범 김구를 암살했다. 김구와 김규식은 김일성 김두봉과 남북 4자회담에 나섰으나 남북 통일정부 구성에 합의

하지 못했다. 끝내는 1948년 8월과 9월에 이승만 정부와 김일성 정부가 남과 북에 따로 들어섰다. 극단적으로 적대적인 체제가 양립할 경우, 한반도에서 전쟁이 터질 우려가 컸다. 백범은 그런 위험을 안고 있는 분단체제를 받아들일 수 없어 국회에 들어가지 않고 남북협상에 매달렸다. 분단세력은 그런 그를 내버려두지 않았다.

이튿날 봉강은 백범 숭배자인 송정 박태규를 위로하기 위해 40리 길을 걸어 미력면 덕림리에 있는 송정 박태규의 집으로 갔다. 집 뒤의 울창한 소나무숲에서 왜가리들이 그를 반겼다. 봉강을 보자 송정이 눈시울을 붉혔다.

"여기까지 찾아오시다니 고맙네."

"전에 송정 어른께서 회천까지 오셨잖습니까?"

"나는 택시를 타고 갔네만, 택시도 보이지 않고…. 자네는 여기까지 걸어서 오셨는가?"

"사서라도 고생을 해야 백범 선생이나 송정 어른께 덜 민망할 것 같습디다."

"자네다운 말씀이네."

송정이 이었다.

"여보게, 봉강. 나는 중국에서 백범 김구 선생이 들어오시고, 미국에서 우남 이승만 박사가 돌아오시면, 서울의 몽양 여운형 선생과 함께 통일된 독립국가를 만들 것이라고 믿었네. 세 분이 힘을 합하면 못할 일이 뭣이 있겠는가? 그런디 세 분이 서로 불목하다 끝내는 몽양이 암살되더니 백범도 당하고…, 우남이 남한을 맡았지만 나라는 남과 북으로 갈라지고…. 지금 나라꼴이 말이 아니네."

"저도 같은 말을 해왔는디, 지금 생각하니까 제가 어르신 속마음을 몰래 베낀 모양이구만이요. 남북이 갈라진 것으로만 끝난다면야 그래도 견디겠습니다만, 앞으로 한반도에서 전쟁이 터지지 않을지 걱정이 됩니다."

"그래. 몽양이 걱정한 것이 그것이었고 백범이 걱정한 것도 바로 그것이었제."

송정이 방문을 열었다.

"아야, 거그 누구 없냐?"

송정의 아들 박요주가 달려왔다. 봉강과도 잘 아는 사이였다. 송정이 아들에게 일렀다.

"우리 집 남자식구들을 이 방으로 다 불러오니라."

송정이 회천에 왔을 때 봉강이 그랬듯이, 송정도 가족 모두를 모아 봉강과 인사를 하게 했다. 어른부터 아이까지 열 명도 넘게 사랑방으로 왔다. 마주 보고 큰절을 마치자 송정이 말했다.

"봉강의 조부이신 동애 정각수 선생하고 내 선친하고는 생년

월일이 같으셨느니라. 그런데다 두 분이 자별하셔서 보성에서 두 분을 '쌍둥이 아닌 쌍둥이'라고들 했다. 대를 이어온 우리 두 가문의 인연을 앞으로 느그들도 대대로 이어가야 쓸 것이다."

7월 10일은 음력 6월 보름날로 유두절이었다. 이날 맑은 시냇물로 머리를 감고 몸을 씻으면 그해 여름에 더위를 먹지 않고 잔병도 치르지 않는다고 했다. 봉강리 마을 사람들은 끼리끼리 일림산 계곡의 폭포에 가서 물을 맞았다.

오후 5시께였다. 날씨가 좋아 마을 사람들이 당산나무 아래 모여 있는데, 청년단 부단장에서 단장으로 오른 석철이 신작로에서 마을 어귀로 접어들었다. 누군가가 침을 퇴, 하고 뱉었다.

"저 새끼 돌쇠 아녀? 김득구가 저놈 집에 불을 싸질러불지 왜 문짝만 박살냈는지 몰라."

"집에 불을 질러봤자 뭣 한다요? 칼로 각 멱을 따불었어야제."

석철이 불을 붙이지 않은 담배 한 개비를 꼬나물고 당산나무 아래로 다가왔다. 술을 마셨는지 얼굴이 발그레했다. 담배에 불을 붙여 깊이 빨아들인 뒤에 연기를 후우 내뿜고 나서 빈정거렸다.

"여순반란사건, 참 잘 나부렀어. 죽일 놈 살릴 놈이 딱 드러나부렀은께 말이여. 옛날에는 세상이 양반 상놈으로 갈렸고, 여순반란 이전에는 우익 좌익으로 갈렸는디, 인자 그런 것 다 소용

없게 되어부렀어.”

마을 사람들 속을 뒤집어 놓는 말이었다. 몇 사람이 자리를 떴다. 그러나 유독 눈에 독기를 품고 석철 앞으로 다가서는 청년이 있었다. 입산했다가 토벌대 총에 맞아 숨진 정해평의 동생인 해중이었다. 해중을 거들떠보지도 않고 석철이 작심이라도 한 듯이 이죽거림을 이었다.

“봉강리? 옛날에는 이름난 반촌이었는디, 요즘 와서는 좌익 소굴이 되어부렀제. 형사들은 이 동네를 모스크바라고 부르듬마. 그것도 다 끝났어. 땡 종을 쳐분 것이여, 대한민국이 갈 길은 오른쪽뿐이여. 이거 싫은 놈은 전부 감옥에 쳐넣어부러야 돼. 이제는 양반이고 좌익이고 다 헌 맹겡이여. 다 끝나부렀어.”

불쑥 해중이 나섰다.

“맹겡이가 뭣이다요?”

“맹겡이가 맹겡이지 뭣이여?”

“맹겡이가 으뎄어? 맹겡이가 아니라 면건이여. 낯 면面, 수건 건巾, 면 건. 죽은 사람 얼굴 덮는 천 말이여. 알고나 말을 해야제.”

머쓱해진 석철이 잔뜩 눈살을 찌푸렸다.

“이 새파란 새끼가….”

“새파란 새끼라고? 이 거무튀튀한 새끼가 나보고 새파란 새끼라고 하네.”

해중이 심하다고 느꼈는지 영성 정씨 일문인 중년의 해융이 나섰다.

"아야, 해중아. 니가 지나치다."

해중이 석철보다 다섯 살 아래니까 지나친 것은 사실이었다. 그러나 해중은 물러서지 않았다.

"아니어라우. 우리 봉강리를 통째로 깔아뭉개는디도 듣고만 있을 수는 없어라우."

석철이 해중의 앞으로 다가섰다.

"이 쌍렬의 새끼가…. 뭐? 나보고 거무튀튀한 새끼라고?"

해중도 석철의 앞으로 바짝 다가섰다. 두 사람 얼굴이 맞닿을 것 같았다.

"뭐? 나보고 쌍렬의 새끼라고? 니놈 본바닥을 우리가 다 아는디, 니가 나보고 쌍렬의 새끼라고? 한번 따져보자. 나는 영성 정씨 사평공파다. 너는 본이 으디고 파는 무슨 파냐?"

석철이 훅 박치기를 했다. 해중이 기다리고 있었다는 듯이 날래 머리를 피하더니 주먹을 뒤집어 아랫배를 쥐어박는 느진배지르기, 웃아귀로 목을 치미는 칼잽이, 손 모서리로 뒷덜미를 치는 항정치기의 세 기술을 거의 동시에 썼다. 번개같이 빨랐다. 석철이 앞으로 푹 고꾸라졌다. 산에 나무하러 간다고 핑계 대고 날마다 일림사에 가서 노승한테 배운 태견 실력을 유감없이 써

258

먹은 것이다. 노승은 몸을 제대로 가누지 못하면서도 태껸을 가르칠 때면 눈이 반짝였다.

석철이 일어섰다. 다친 데는 없는 것 같은데 기력이 쭉 빠져 덤빌 엄두가 나지 않았다. 석철은 해중이 자기와는 급수가 다르다는 걸 알아차렸다. 옷을 툭툭 털고 나서 석철은 그래도 볼멘소리는 내뱉었다.

"이 새끼가 청년단장한테 폭력을 쓰네."

"뭔 씻나락 까는 소리여? 니가 폭력을 쓸라고 해서 나는 니가 더 이상 폭력을 못 쓰게 손을 봐줬을 뿐이여."

해중이 다시 석철에게 바짝 다가섰다.

"내가 누군지 모르지? 정해평 동생 정해중이여. 고무래 정丁, 바다 해海, 가운데 중中, 정! 해! 중! 니 패거리가 우리 성을 죽여부렀고, 우리 집에 불을 질러부렀어. 앞으로 나도 손볼라고 하겠제. 그런디, 나는 건들지 말어. 그땐 나도 목숨 땡개불고, 딴 놈은 거들떠보지도 않고 니놈 돌쇠, 최석철이 멱을 칵 따불 것이여."

석철은 뒤로 물러서면서도 하고 싶은 말은 했다.

"그래도 쌔꺄. 나한테 말은 올려."

해중도 물러섰다.

"그 말은 맞소. 형씨한테 말을 놓은 것은 미안하요."

"내가 술을 많이 마셔서 오늘 당했는디…, 이 인연은 잊지 않을 텡께 그리 알아둬."

석철이 돌아섰다. 등 뒤에 대고 해중이 쏘아붙였다.

"우리 깊은 인연을 으찌께 잊겄소? 내가 보고 싶으면 은제든
지 술 마시지 말고 봉강리로 오시요, 잉!"

예비된 실패

가슴

해진은 17일간 유치장 신세를 지고 부산 수상경찰서에서 풀려났지만 곧바로 중앙당에 복귀하지는 않았다. 경찰이 뒤를 밟을지 모를 일이었다. 해진은 먼저 농림신문사에 찾아가 다른 일자리를 찾아보겠다며 사직서를 내는가 하면, 몇 군데 야간학교를 돌아다니며 강사 자리를 알아보기도 하고, 혼자서 술집에 들러 주모에게 실직자의 서러움을 토로하는 등, 군데군데 흔적을 남겨두고 남로당 중앙당의 선전지도 업무에 복귀했다.

공백이 있었던 만큼 밀린 일을 서둘러야 했다. 그러나 사정은 여의치 않았다. 이승만 정부는 보도연맹을 만들어 좌익 인사들을 묶어두었다. 거기에 들어가지 않고 활동하는 좌익분자에 대하여는 검속과 체포가 이어졌다. 투쟁 중에서도 가장 중요한 투쟁이 붙잡히지 않는 투쟁이었다.

해진은 지식인들을 대상으로 하는 운동가들에 비해서는 그래도 처지가 나은 편이었다. 지식인들은 성향이나 대인관계가 훤히 노출되어 있기 때문에 경찰이 연줄 연줄을 들추어 정리해갔다. 그러나 노동자 세상은 형사들에게도 낯설어 드러나거나 붙잡힐 위험이 덜 했고, 한 사람이 잡혀가도 넝쿨째 줄줄이 딸려 나오는 경우는 드물었다.

1949년 6월에 이북의 북조선노동당(북로당)과 이남의 남조선노동당(남로당)이 조선노동당으로 통합했다. 물론 당시의 남로당은 지하당이었다. 남북의 노동당이 사실상 김일성의 손에 들어간 것이다. 당 통합은 해진에게는 조건이 호전된 것을 의미했다. 소영웅주의 인텔리나 소부르주아가 주도하는 박헌영계의 지시나 간섭을 의식하지 않고, 노동자를 대상으로 노동자가 주체가 되는 활동에 주력할 수 있기 때문이었다.

해진은 중앙당 차원의 각종 지하 유인물을 만드는 작업을 맡았다. 선전물 내용이 이전과는 확 달라졌다. 지식인들은 어느 편에 발을 들여놓고, 무슨 말을 해도 자기 나름으로 재해석했다. 그런 그들을 선전투쟁의 주된 대상으로 삼을 필요는 없었다. 해진은 지식인이 지식인을 대상으로 선전문을 쓰던 남로당 시절과는 달리, 노동자 가운데서 글을 잘 쓰는 사람을 골라 노동자를 겨냥해 노동자에게 친숙한 말로 글을 쓰게 했다. 해진은 조선노동당 북측의 핵심부로부터도 자신의 활동이 평가받고 있다는 사실을 여러 경로로 확인했다. 그럴 때마다 그는 스스로에게 채찍질했다. 아직 나한테서 경성대와 동경대의 묵은 찌꺼기가 다 빠져나간 건 아냐.

광주에서 돌아온 지수는 가을에 율포에 사진관을 짓기 시작했다. 사진관을 하는 고종 사촌 형이 건축업자를 소개했다. 실비로 지어줄 것이라고 했다. 두어 달이 지나자 건축업자는 단층짜리 슬래브 건물의 골조 공사를 마쳤다. 그는 내장이나 사진 시설 공사는 찬찬히 하자며 광주로 올라갔다.

추석 명절을 쇠고 난 지 나흘이 지난 뒤였다. 윤씨가 거북정으로 지수를 불렀다.

"율포에 집도 거진 들어섰고…, 이제 갖출 것 다 갖춘 셈인께 자네들 결혼도 서둘러야겠네."

윤씨가 이었다.

"내가 날짜도 잡아뒀네. 음력으로 구월 열아흐렛날이네. 그날이 손 없는 날이고, 자네들 둘한테 다 좋은 날이네."

"한 달밖에 안 남았네요?"

"너무 이른가?"

지수는 급히 손을 저었다.

"아니어요. 이르다니요?"

윤씨가 뒷방을 향해 말했다.

"아가, 너도 들었냐?"

견화가 투덜댔다.

"알겄구만이라우. 그런디 함머니는 맨날 저를 곁에 두고 계심시로도 으째서 저한테 한마디도 귀뜸을 안 해 주셨소?"

"니가 방정맞구나. 둘이 한꾼에 있는 데서 말을 해야제, 너한테 먼저 알리라는 말이냐?"

지수에게는 깨소금보다 고소한 말이었다.

예정대로 지수는 그날 견화와 혼례를 치렀다. 지수 나이 서른하나, 견화 나이 스물넷이었다. 드문 만혼이었다. 혼례를 올린 곳은 정응민의 집 마당이었다. 견화는 예식 전날 정응민의 집으로 갔다. 지수는 장가드는 날 아침에 영성 정씨 문중 가마를 타고 바깥집을 나서 도강마을로 갔다. 가마도 보통 가마가 아니라, 호랑이 가죽을 얹은 호피 가마였다. 해중의 친구들이 가마꾼이 되어주었다. 지수는 도강마을 입구까지는 걸어가겠다고 했지만, 해중은 바깥집 사립문 앞에서부터 지수를 가마에 태웠다.

혼례는 봉강의 당숙 종호가 집례했다. 종호는 예식이 있기 전날 바깥 집으로 지수를 찾아와 혀를 내둘렀다.

"자네가 신부는 참말로 잘 만났네. 야물딱지고 당차기가 말할 수가 없네. 좋은 일이네만은 평생 쥐여살 각오는 단단히 해두소."

종호는 양반집 가례를 따르게 할 생각이었으나, 견화가 간소하게 치르겠다며 예식 순서까지 다 정했다고 했다.

결혼식은 해중이 촬영했다. 결혼식을 올리기 나흘 전에 지수가 입식 사진기와 카메라로 사진 찍는 법을 가르쳤다. 배우는 데 이틀 정도는 걸릴 줄 알았으나 해중은 금방 터득했다. 힘만 센 줄 알았는데 눈썰미도 있고 손가락도 예민했다.

사모관대를 한 지수가 마당 가운데 쳐놓은 차일 아래 서자, 댕기머리를 풀어 족두리에 올리고, 연지곤지를 바른 견화가 달미와 별미를 들러리 삼아 안방에서 나와 지수 앞에 섰다. 견화가 짠 순서로 예식은 진행되었지만 자꾸 꼬였다. 견화가 눈물 콧물을 흘리며 훌쩍거리는 바람에 종호는 다음 순서로 넘어갈 때마다 진정하라는 말을 되풀이했다.

신랑 신부는 정웅민의 건넌방에서 첫날밤을 맞았다. 사시사철 횃대에 메주를 매달아 놓는 방이라서 메주 냄새가 짙었다. 지수가 견화의 옷고름을 풀려고 하자 견화가 손으로 막았다.

"내 말 쪼깐 들어보시씨요."

"할 말 있으면 얼렁 하시요."

"내가 이녁하고 결혼하기로 작정하는 데 제일 도움을 주신 분이 누구신지 아시요?"

"금메…."

"정웅민 선생님이요. 이녁하고 결혼하기로 마음을 확정하기 전에 선생님한테 찾아와서 으찌께 해야 쓰겠는지 여쭈었지라우. 선생님이, 그 화사는 익은 사람이다. 사람이 익어서 그 손에서 익은 그림이 나오는 것이다, 그렇게 말씀하심시로, 두말 말고 화사한테 시집가라고 하십디다."

이제 됐다 싶어 지수가 다시 옷고름에 손을 올렸다. 견화가 다시 막았다.

"난 앞으로도 이녁밖에 없소. 정절을 잃을 바에야 내 목숨을 끊을 것이요. 죽는 날까지 깨끗하게 삼시로 자식 낳아 누구 못지 않게 잘 기르고 짚으요. 이녁도 나 말고는 어떤 여자한테도 한눈 팔면 안 돼요, 잉?"

"하먼이요. 나도 죽는 날까지 이녁만 사랑하겠소. 인자 이녁 옷고름을 풀어도 되겠소?"

"아니요. 왼손 쪼깐 내밀어보시요."

견화는 지수 무명지에 금반지를 끼어주었다. 난장 노래자랑에서 상으로 받은 것이었다. 지수는 예물을 준비할까 하다가 견화가 예물을 마련할 처지가 아닐 것 같아 그만두었는데 난감했다.

"예물 없이 결혼식 하기로 해서…, 나는 준비해온 예물이 없소."

"죽는 날까지 나만 사랑하겠다고 하셨지 않소? 그 약속보다 중한 예물이 뭣이 있겠소?"

지수가 물었다.

"그럼 인자 내가 이녁 옷고름을 풀어도 되겠소?"

"아니요. 쪼깐만 더 기다리시씨요."

견화는 숨을 깊이 들이마셨다가 길게 내쉬었다.

"오메. 으찌께 이렇게 가슴이 막 뛴다요?"

견화는 뜨거운 김을 후우 내뿜더니 눈을 지그시 감고는 옷고름에 올린 두 손을 내렸다. 지수는 견화의 옷고름을 풀고, 치마끈도 풀고, 속곳도, 속속곳도 내렸다. 등잔불 아래 실오라기 하나 걸치지 않은 채 반듯이 누워 있는 견화 몸은 그가 본 어떤 나신화裸身畵보다 예뻤다. 지수는 천도복숭아 같은 왼쪽 젖가슴 위에 가만히 귀를 갖다 댔다. 쿵쿵쿵 견화 가슴 뛰는 소리가 울렸다.

1950년 2월 7일이었다. 양력으로는 해가 바뀌었지만 음력으로는 아직 기축년 섣달 스무하룻날이었다. 거북정에 경사가 났다. 봉강의 새 아내 최승주가 첫애를 낳았다. 딸이었다. 봉강은 만혼의 아내가 임신을 해서 배가 부풀어 오를수록 걱정했는데, 다행히 순산이었다. 봉강은 딸 이름을 은희恩姬로 지었다. 봉강은 최승주를 만난 것이나 딸을 얻은 것이나 다 조상의 은덕이라고 생각했다. 거북정 안어른 윤씨는 하루에도 몇 번씩 새방에 들러 손녀를 안고 기뻐했다.

"눈 코 입 볼. 다 지 에미를 빼닮았구나. 을마나 이쁘냐? 요놈도 에미처럼 맑고도 곱게 자랄 것이다."

거북정에 웃음소리가 넘치던 바로 그 무렵에 봉강의 동생 해진에게는 먹구름이 밀려왔다. 마치 거미가 줄을 치듯이 경찰이 겹겹으로 감시선을 만들어 해진의 주변을 압축해 들어갔다. 2월 27일, 해진이 한 오르그와 접선하기로 한 날이었다. 그 오르그가 오후 4시 정각에 공덕동 네거리에서 마포 방향으로 천천히 걸어가면 해진이 바지 양쪽 호주머니에 두 손을 넣고 스쳐 지나가고, 그러면 그 오르그가 20m쯤 뒤처져서 해진을 따르게 되어 있었다. 오후 4시 정각에 해진이 공덕동 네거리에 갔으나, 오르그는 보이지 않았다. 해진은 모퉁이에 있는 약국으로 들어갔다. 쌍화탕을 사 마시며 내다보니 오르그가 마포 방향이 아닌 효창공원 방향의 큰길 가로수 아래 우두커니 서 있었다. 넥타이를 오른쪽 호주머니에 넣어둔 것으로 보아 틀림이 없었다. 접선 방식이 조금이라도 다르다면 문제가 있는 것이었다. 해진은 접선을 포기했다. 약국 문을 나서 좁은 골목으로 들어서는데 사복 둘이 해진의 소매를 붙들었다.

그들은 해진을 광화문 부근에 있는 수도분실로 잡아갔다. 좌익분자들에게는 악명 높은 곳이었다. 해진은 분실에 들어서자마자 못 볼 것을 보고 말았다. 사무실 바닥에 연탄재가 널려 있는

데, 한 형사가 나이 든 여성 피의자를 발가벗겨놓고 취조하고 있었다. 여자와 눈이 마주쳤다. 해진은 까무러칠 뻔했다. 잡지사에서 기자로 활동하는 비밀당원의 장모였다.

"이 개자식들아. 네놈들은 애비 에미도 없느냐?"

사복이 뒤에서 팔로 해진의 목을 감아 조였다. 여자가 목 놓아 우는 소리를 들으며 해진은 취조실로 끌려갔다.

10여 분이 지나자 강학표가 들어왔다. 전에 남로당 서울시당 간부를 지내다 전향해 경찰이 된 자였다. 그는 좌익들에게는 면사무소 호적계장 같은 존재였다. 인적사항이나 인간관계, 사상이나 행태 등을 꿰뚫고 있었다. 강학표가 해진을 보고 싱긋 웃었다.

"정 형, 오랜만이야."

"…."

"경성제대 동경제대 천재가 두더지 생활을 택하다니 대단해."

해진은 강의 얼굴에 칵 침을 뱉었다. 강은 표정 하나 바꾸지 않았다.

"오늘은 인사나 하려고 왔어. 내일 봐."

강은 얼굴에 묻은 침을 닦지도 않고 돌아서서 취조실을 나갔다.

이튿날부터 집요한 심문이 이어졌다. 강은 해진에게 선전부는 물론 조직부의 비밀조직 전모를 불라고 했다. 해진은 선전부에 대해 이미 붙잡힌 요원 이외의 이름은 하나도 대지 않았고,

조직부에 대해서는 전혀 아는 바가 없다고 잡아뗐다.

예상한 대로 다음 단계 취조는 말이 아니라 고문으로 했다. 강은 더 이상 나타나지 않았다. 고문기술자가 왔다. 얼굴에 수건을 씌우고 주전자로 물을 붓는 물고문은 전에도 당한 적이 있었다. 고춧물고문도 마찬가지였다. 주전자 물에 고춧가루 물의 농도를 단계적으로 높였다. 겪어본 것들이었다. 불고문은 처음이었다. 인두를 불에 달구어 허벅지나 등을 지져댔다. 그것도 해진의 인내심의 한계를 무너뜨리는 것은 아니었다. 그러나 그다음 단계는 달랐다. 양쪽 새끼손가락에 전선을 감아놓고 전기를 넣었다 빼기를 되풀이했다. 전기를 넣으면 저절로 이빨이 드드득 마주쳤다. 금방 가슴이 터질 것만 같았다. 그것도 혀끝을 면도날로 베어놓은 뒤에 그 고문을 했다. 한 번 전기를 넣을 때마다 입안에 피가 흥건히 고였다.

해진은 의식을 잃었다가 다시 깨어나고, 깨어났다가 다시 의식을 잃었다. 어느 날 해진은 눈알이 빨간 저승사자를 보았다. 해진에게 손짓을 했다. 아, 사람은 이렇게 죽는 거로구나. 삶과 죽음의 경계선에서 의식을 조금 차린 다음에 다시 의식이 몽롱한 상태에 빠져 저승사자한테 가는 거로구나. 그렇게 죽는 줄 알았는데 그게 아니었다. 해진은 의식의 끝자락을 붙들고 있었다. 그는 묘한 자극 같은 걸 느꼈다. 몇 사람이 매달려 여기저기를 압박하고 있는 것이 분명했다. 그 눌림의 대상이 자기 자신임을 깨달은 것은 시간이 좀 더 지나서였다. 가늘게 눈을 떴다. 누군가가 살아났어, 살아났어, 하고 소리쳤다. 그 뒤로도 고문이 되풀이되었고, 해진은 거듭거듭 의식을 잃었다. 의식이 돌아오기만 하면 해진은 다짐했다. 니들이 내 육신을 망가트릴 수는 있겠지만, 내 영혼까지 허물 수는 없어.

해진이 잡혀간 27일은 종희에게도 무서운 날이었다. 그날 오후에 종희가 율목동 해진의 집 작은방에 앉아 있는데 경찰이 들이닥치더니 온 세간을 이 잡듯이 뒤져 이것저것 챙기고는 곁에서 지켜보던 종희를 붙잡아갔다. 경찰이 윽박질렀다.

"이 새끼, 너 누구야?"

"나 정종희구만이라우."

"너 다 불어."

"나 밥을 준 적이 없는디라우."

경찰이 되물었다.

"뭐라고? 무슨 밥?"

"야산대 밥이요."

"찬찬히 말해봐."

"그랑께, 거, 뭣이냐, 성님 친구 하나가 한밤중에 집에 들어오

272

듬만은 밥을 잔 주라고 사정을 하드랑께요. 워메, 삐쩍 몰라갖고 영판 거시기합디다만은 그래도 밥을 주면 토벌대가 우리 식구 옴막 다 죽에불겄다고 했응께 못 주겄다고 했지라우."

경찰이 다른 형사를 불렀다.

"어이, 김 형사. 도무지 알아들을 수가 없어. 당신이 맡아."

김 형사가 물었다.

"누구 밥을 안 해줬단 것이여?"

전라도 억양이 반가웠다.

"야산대요. 그 사람들한테 밥 안 해줬당께요."

"자네, 고향이 으디여?"

"회천인디요. 보성 회천."

"그래? 나는 이양이네. 화순 이양."

"거그서는 솔찬히 먼디, 여그서는 거그서 거그 아니요? 오메, 반갑소야."

형사가 빙긋 웃고는 목소리를 낮추었다.

"야산대 사람들한테 밥을 줬는가 안 줬는가는 우리 관심사가 아니여. 정해진이 하고 자네가 무슨 관계고, 무슨 일을 했는지, 그것만 바른 대로 말하면 돼."

그렇다면 켕기는 게 없었다. 종희는 안도했다.

"정해진이하고는 어떤 관계여?"

"해진 씨가 내 조카지라우. 나이는 나보다 훨씬 우게지만 항렬은 내가 우게여라우."

"우게가 뭣이여, 우게가? 위라고 해야지."

형사가 이었다.

"자네가 정해진의 아재라 그것이제?"

"그라제라우."

"촌수가 어떻게 돼?"

"삼촌간이제라우."

"보성에서 인천으로 은제 왔어?"

"그작저작 일 년이 지나부렀구만이라우."

"그동안에 조카 집에서 뭐 했어?"

"집도 봐주고, 손자들도 봐주고, 또 틈이 나면 여그저그 취직할 데가 없을까 알아보고 댕겼지라우."

종희는 형을 면회한 사실은 말하지 않았다.

"그럼 그동안에 해진이는 몇 번이나 봤어?"

"으짜다가 한 번씩 보기는 했는디 딱 몇 번이라고 하기는 거시기하구만이라우."

"참말이여?"

"거짓말 했다가 들키면 맞아 죽을 판인디 내가 뭔 거짓말을 하겠소?"

"알았어. 그런디, 왜 아재가 되어갖고 조카 심부름이나 댕기고 그래?"

"아따, 넘게 짚지 마시요. 그 조카 심바람 한 거 암끗도 없소."

형사가 말을 돌렸다.

"해진의 처가 질부가 되지?"

"그라제라우."

"질부 심부름 간 적은 있을 거 아녀?"

"워메, 답답한 소리 마시씨요. 내가 사투리뿐이 몰릉께 사람들하고 말도 안 통하고, 또 뭣이냐, 질도 한나도 몰르는디 나한테 뭔 심바람을 시키겠소?"

"질이라고 하면 아무도 몰라. 질이 아니라 길이여 길."

"맞어요. 질이 아니라 길."

형사가 결론을 내렸다.

"자네 말을 믿어주지. 그런디 내가 자넬 그냥 내보낼 수 없어. 고향 놈 봐준다고 의심하고 다른 형사가 재조사할지 몰라."

"…."

"그랑께, 나한테 매 좀 맞고 나가. 내가 때리면 엄살을 많이 부려부러, 잉?"

형사가 종희를 엎드리게 하고 몽둥이로 엉덩이를 쳤다. 종희는 참았다. 매질을 이으려다 말고 형사가 말했다.

"말귀도 못 알아들어? 내가 때리면 막 엄살을 부려불랑께."

"아참, 깜박했구만이라우."

몽둥이로 엉덩이를 칠 때마다 종희는 마구 소리 질렀다. 오메. 나 죽네. 정종희 죽겠당께. 워메, 징하게도 패네. 아따 고만 패란 말이여. 나, 당아 장개도 못 갔소. 정종희 쪼깐 살려주드라고….

종희는 이튿날 풀려났다. 종희는 속으로 쾌재를 불렀다. 내가 멍청한 촌놈 행세를 아주 잘한 거여. 율목동으로 돌아가서 질부 전예준과 마주 앉았다. 전예준은 침착했다.

"그이가 붙잡혔어요. 경성제대 친구를 통해 알아봤는데, 지금 수도분실에 있대요. 아직은 면회가 안 돼요."

경찰은 종희를 풀어주며 곧장 보성으로 내려가라고 했지만, 종희는 보성으로 내려가야 하는지, 율목동에 더 있어야 하는지 갈피를 잡을 수 없었다. 그 문제에 대해 이튿날 전예준이 답을 말했다.

"아재는 보성으로 내려가세요. 봉강 시아주버님한테 아는 대로 말씀드리세요."

종희가 거북정에 내려가 봉강에게 사실을 말하자, 봉강은 종희를 데리고 안채로 갔다. 종희는 봉강에게 했던 말을 종부인 윤씨에게 되풀이했다. 윤씨가 봉강에게 일렀다.

"아직 면회를 헐 수 없다면 조용허게 기다리자. 해진이가 잡혀

들어갔다는 말은 입 밖에 꺼내지 말그라. 소문나서 좋을 것이 없다. 소식이 오면 그때 면회를 가면 될 것이 아니냐?"

해진은 서대문형무소에 수감되었다가 병감으로 옮겼다. 병감은 산기슭 둔덕진 곳에 있었다. 넓은 마루방이었고 재감 환자가 50명이 넘었다. 정치범들인데 다들 가슴에 이상을 느낀다고 했다. 같은 고문을 당한 것이었다.

해진은 앉을 수도 누울 수도 없었다. 허벅지와 엉덩이에서 살집이 문드러지고 떨어져 나갔는데 그 자리가 썩어들어 갔다. 해진은 늘 엎드려 있어야 했다. 그러나 해진은 다리나 엉덩이보다 다른 곳이 더 걱정이었다. 간헐적으로 가슴이 견딜 수 없을 만큼 먹먹해졌다. 의사도 심장에 이상이 있음을 인정했지만 더 이상은 알려주지 않았다.

약은 간병원이 그날그날 갖다 주었다. 잡범 재소자 중에서 의술 경험이나 의학상식이 있는 자를 골라 간병원으로 썼는데, 재소자들에게 간병원은 특과 중의 특과였다. 병감 환자들은 의사보다는 이들 간병원에게 기댔다. 그들에게서는 사람 냄새가 난다고 했다. 그 말은 의사들은 사람 냄새조차 풍기지 않는다는 말이었다. 의사는 묵묵부답이었지만, 간병원은 심장 약으로 '지기다라스'를 쓴다고 알려주었다. 독한 약이라는데도 약효는 별로 느껴지지 않았다.

곡우날이었다. 하얀 살구꽃이 바람에 살랑거렸다. 일철 등이 볍씨를 물에 담가 불리는 침종을 하고 있는데, 제수 전예준에게서 편지가 왔다. 해진의 면회가 가능하다는 것이었다. 봉강 정해룡은 어머니 윤씨와 함께 밤기차로 상경했다. 모자는 이튿날 전예준을 따라 서대문형무소 병감으로 갔다. 해진의 작은아들 훈상이도 데려갔다.

면회가 이루어지기 전에 간수가 해진을 면회실로 불러내 의자에 앉혔다. 간수는 가족이 면회실로 들어오거나 나갈 때 일어서지 말고 의자에 가만히 앉아 있으라고 해진에게 주의를 주었다. 일어서고 앉는 것조차 불편한 것을 가족에게 보여서는 안 된다는 것이었다. 해진도 동의했다.

봉강은 먼저 동생 해진을 5분 정도 면회하고 나온 뒤에, 가족을 면회실로 들여보냈다. 동생 해진 앞에서는 웃었지만, 면회실로 들어가는 어머니 뒷모습을 보고 봉강은 눈물을 흘리고 말았다.

어머니를 보자 해진이 웃었다.

"어머니, 여기 규정 때문에 저는 일어서면 안 돼요. 앉아서 어머니를 뵙는 것을 용서하세요."

어머니가 밝게 웃었다.

"하면. 규정을 따라야겄제. 걱정을 했다만은 니 얼굴이 괜찮허다."

해진은 눈물이 핑 돌았다. 우리 어머니는 이런 분이야. 내 몰골이 산송장이나 진배없는데, 내 어머니는 나에게 얼굴이 괜찮다고 말씀하시는 분이야. 우리 어머니는 해남 윤씨, 고산 윤선도 후손이야.

"소화는 잘 허고 있냐?"

해진은 절대로 눈물을 보여서도, 울먹여서도 안 되었다. 미소를 지어야 했다.

"그럼요. 아무 문제 없어요."

"그러면 되었다. 밥 잘 소화허고 숨 잘 쉬면 되지 않겄냐?"

어머니가 환하게 웃었다. 해진도 웃었다. 일부러 이빨까지 드러내고 웃었다. 틀린 말이 아니었다. 밥을 잘 소화하고 숨이 끊어지지 않으면 결국은 버틸 수 있을 것이었다. 해진이 물었다.

"엄니. 제가 대학 다닐 때 금강산 구경시켜드린 것 기억하시죠?"

"기억허다마다. 그런 호강 해본 사람이 조선 팔도에 몇이나 되겄냐?"

간수를 돌아보고는 어머니가 얼른 말을 고쳤다.

"나만큼 호강 해본 사람이 대한민국 팔도에 몇이 안 될 것이다."

해진은 이빨을 더 드러내고 웃으며 맑은 목소리로 말했다.

"엄니가 그때 그러셨어요. 부모가 늙으면 자식이 부모 지팡이가 되어야 한다고. 기억나세요?"

"어제 일같이 낱낱이 기억이 난다."

"저도 잊지 않고 있어요. 내년에 어머니 모시고 제가 어머니 지팡이가 되어 경주 구경도 시켜드리고 부여 구경도 시켜드릴게요."

"오냐, 그 약속 꼭 지켜야 쓴다. 그때를 기다릴란다."

"예. 약속 지킬게요."

"니 처랑 니 두 아들이랑 다 데리고 한꾼에 가자. 세상 사는 것이 뭐 별것이겠냐? 그런 기대를 갖고 살면 되는 것이란다."

어머니가 손자 훈상을 앞으로 끌어냈다.

"이놈, 이번에 학교 들어갔다. 보그라. 너보다 훨씬 잘생겨부렀다. 을매나 늠름허고 당당허냐?"

어머니가 이었다.

"니 큰아들 국상이는 1등에다 급장을 맡고 있어서 여그 안 데리고 왔다. 나는 국상이 훈상이 두 놈만큼 잘나고 똑똑헌 놈을 못 봤다. 잘난 손자를 둘이나 줘서 참말로 고맙다. 암, 그렇고말고."

어머니가 일어섰다.

"인자, 니 처허고 이야그 허그라. 나는 기분이 아조 좋다."

해진은 눈물이 핑 돌았다. 눈을 깜박이면 눈에서 눈물이 떨어질 것이었다. 해진은 눈을 뚝 떴다.

"규정을 따르그라. 일어나지 말그라."

어머니 윤씨는 면회실을 나오자마자 손으로 얼굴을 감쌌다. 머리를 흔들어도, 초췌한 얼굴로 억지웃음을 짓던 아들 모습이 지워지지 않았다. 가슴이 미어질 것 같았다.

어머니가 나간 뒤 해진의 얼굴이 일그러졌다. 고개를 떨어트리고 오열했다. 아내 전예준의 어깨도 흔들렸다. 작은아들 훈상이 잉잉 울었다. 전예준도 잉잉 울고, 끝내는 해진도 잉잉 울었다.

말할 기회

건축업자는 건물 내장이나 사진 관련 시설 공사를 3월 하순에 깔끔하게 마무리했다. 지수는 4월 초에 드디어 사진관을 열었다. 개업식은 하지 않았다. 그러나 봉강이 사실상의 개업식을 치러주었다. 봉강 내외가 첫 손님이 되겠다며 어머니를 모시고 와 차례로 사진기 앞에 앉았다. 맨 처음에 봉강의 어머니 윤씨, 다음에 봉강의 아내 최승주, 마지막으로 봉강을 찍었다. 곱게 차려 입은 한복이 모두 잘 어울렸다.

윤씨 모자는 해진을 면회하고 온 직후지만, 아무 내색도 하지 않았다. 지수는 해진이 감옥에 갇혔다는 사실을 봉강의 당숙 종호를 통해 들어 알고 있었지만 아는 척하지 않았다. 사진을 찍고 나자, 견화가 윤씨 손을 붙들고 훌쩍였다.

"아가, 이렇게 좋은 날에 왜 눈물을 보이고 그러냐?"

윤씨가 견화 어깨를 다독였다.

"그동안에 함머니가 날 잘 보살펴주셔서 힘든 고비를 넘겼어. 함머니, 참말로 고마워."

봉강이 끼어들었다.

"우리 어머니한테 아무도 못해본 반말을 제수씨가 하네."

견화가 결혼한 뒤로 봉강은 견화를 꼭 제수씨라고 불렀다. 그 무렵에 견화는 함머니에게 때때로 반말을 했다. 함머니 윤씨는 한 번 군밤을 먹이는 시늉을 하고는 내버려두었다.

지수는 낮이면 사진관에서 지내다가 저녁이면 봉강리의 집으로 돌아갔다. 지수는 사진관에 곁들인 방에서 견화와 오붓하게 살고 싶었지만, 견화는 바깥집에 있으며 늘 함머니 윤씨 곁을 지키겠다는 고집을 꺾지 않았다.

"함머니가 그러십디다. 너도 앞으로 자식을 낳아 가르칠 것인디, 율포는 갯가라서 마땅한 데가 아니다. 너는 율포로 가지 말고 그냥 바깥집에서 살그라."

"…."

"그런디 그 말씀은 함머니가 둘러댄 것이요. 함머니는 나를 곁에 두고 싶은 것이요. 함머니는 나를 불쌍한 년이라고 하지만, 내가 보기에는 함머니야말로 불쌍한 어른이요. 나마저 거북정을 떠나면 함머니 곁을 누가 지키겠소?"

어느 날이었다. 해는 따스하고 바람은 서늘했다. 봉강 내외는 보이지 않았다. 그 무렵에 봉강은 삼의당을 새로 단장하고 낮이면 거기서 새 아내 최승주와 지냈다. 둘은 어린 딸 은희를 번갈아 안아보는 재미에 푹 빠져 있었다. 해가 중천에서 한 뼘쯤 서쪽으로 기울자 툇마루에 앉아 있던 함머니 윤씨가 말했다.

"아가, 노속들이 없어서 집이 썰렁허기도 허다만은 조용해서 좋구나."

그건 서론이었다. 잠깐 뒤에 본론이 나왔다.

"아가, 니가 노래 한 자락 부르그라."

"오늘도요?"

"하루에 두 번 부르라고 허드냐?"

"무슨 노래를 부를까요?"

"심 봉사 눈뜨는 대목을 한번 해봐라. 나는 그 대목이 제일 재밌드라."

견화는 함머니 맞은편에 앉아 아니리를 시작했다.

"아니 여기가 으디여? 심 봉사 눈 뜨는 바람에 천하에 있는 맹인과 각처 맹인들이 모도 눈을 뜨는디, 심 봉사는 약이나 뿌려 눈을 떴지만은 다른 봉사는 어떻게 눈을 떴는고 허니, 이 약은 용궁 조화가 붙은 약이라, 약 기운이 별전에서 쫙 퍼지더니 방방곡곡으로 꼭 맹인 있는 곳만 찾아다니면서 모두 눈을 띄이는디…."

자진모리로 들어갔다.

"만좌 맹인이 눈을 뜬다. 만좌 맹인이 눈을 뜰 제, 전라도 순창 담양 새갈모 띠는 소리라. 짝 짝 짝짝 허더니만은 일시에 모다 눈을 뜨는디, 석 달 열흘 큰 잔치에 먼저 와서 참례하고 내려간 맹인들은 저희 집에서 눈을 뜨고, 병들어 사경되어 부득이 못 온 맹인들도 집에서 눈을 뜨고, 미처 당도 못헌 맹인들도 노중에 눈을 뜨고, 천하 맹인이 눈을 뜨는디…."

휘모리로 치달았다.

"가다 뜨고 오다 뜨고, 서서 뜨고 앉어 뜨고, 실없이 뜨고 어이없이 뜨고, 화내다가 뜨고 성내다가 뜨고, 울다 뜨고 웃다 뜨고, 힘써 뜨고 애써 뜨고, 떠보느라고 뜨고 시원허니 뜨고, 일허다가 뜨고 앉어 놀다 뜨고, 자다 깨다 뜨고 졸다 번뜻 뜨고, 눈을 꿈쩍거려보다가도 뜨고 눈을 부벼보다가도 뜨고, 지어비금주수라도 눈먼 짐승은 일시에 눈을 떠서 광명천지가 되었구나."

윤씨가 한참을 웃고 나서 물었다.

"아가, 지어비금주수至於飛禽走獸라는 말이 무슨 말인지 아냐?"

"함머니한테 천자문을 배웠는디 제가 그것도 모르겄어요? '날짐승 길짐승까지도'라는 뜻이어요."

"맞다. 그냥 지어금수라고 해도 되는디, 작창한 자가 유식헌 척 허느라고 날 비飛 자, 달릴 주走 자를 넣었구나. 날지 않는 새가 으디 있고 달리지 못허는 짐승이 또 으디 있겄냐?"

"아따, 함머니. 노래를 그렇그롬 뜯어감시로 들으면 뭔 홍이 난다요?"

"그나저나 너는 참말로 천재다. '심청가' 그 기나긴 노래 가사를 다 외우다니 믿을 수가 없다."

"지가 천재 소리는 몰라도 수재 소리는 듣고 살았지라우."

"그래. 너는 국민학교밖에 댕기지 못했다만은, 애기 여럿 낳아서 많이 가르치그라."

윤씨가 혼잣말로 이었다.

"허기야, 가르친다고 다 복덩이가 되는 것은 아니드라."

윤씨가 물었다.

"아가, 내 둘째아들 해진이가 옥살이 하는 것을 알고 있지야?"

"종호 아재한테 얼핏 듣긴 했는디…."

"니가 암시로도 모른 척 해온 것을 내가 다 안다."

"…."

"고생이 많을 것인디…, 얼렁 풀려나면 을마나 좋겄냐?"

"…."

"종철이 서방님도 얼렁 나와야 쓸 것인디…. 해두 조카는 살았는지 죽었는지 소식이 없고…."

"…."

"큰아들은 죄도 없이 죄인 취급 당허고 나서 몸도 마음도 많이 상헌 것 같드니…, 그래도 지 세 식구가 오순도순 지내는 걸 보니 내 맘이 쪼끔은 가볍다."

윤씨는 후우 긴 숨을 몰아쉬고 나서 맺었다.

"봉사들이 다 눈 뜨대끼 우리 집안 사나그들도 다들 활짝 피어 났으면 좋겠구나."

산 능선 위로 켜켜이 노을이 깔려 있었다. 지수는 사립을 열고 마당으로 들어섰다. 견화가 마당에 잔 나뭇가지로 손바닥만 한 크기의 집을 짓고 있었다. 둘레에 울타리도 둘러져 있었다.

"혼자서 소꿉놀이 하고 있소?"

견화가 손을 털고 일어섰다.

"나 혼자여서 혼자 했지라우."

"…"

"혼자 집짓고 소꿉놀이 함시로 생각 많이 했어라우. 가정이란 뭣일까? 행복이란 뭣일까?"

"…"

"전에는 함머니가 하늘같이 높고 부러웠는디, 곁에서 지냄서 본께 안쓰럽기 짝이 없습디다."

"…"

"내가 내린 결론이 뭔지 아시요?"

"금메…."

"으쨌든지 간에 나는 이녁을 사랑하자. 나한테는 이녁밖에 없은께 온 맘으로 이녁을 사랑하자."

"아따, 그 결론 참 좋소만은, 쪼깐 간지럽소."

마주 보고 저녁밥을 먹은 뒤에 설거지까지 하고 방으로 들어온 견화가 말했다.

"오늘 함머니가 그러십디다. 애기 여럿 낳아서 많이 가르치라고."

견화가 보탰다.

"우리 곁에 애기가 하나 있으면 을마나 좋겠소?"

"하나로는 안 되제."

"아까 마당에서 집짓기 소꿉놀이는 했고…, 우리 둘이서 뱃놀이 소꿉놀이 합시다."

견화가 적삼을 벗고 치마와 속곳도 벗더니 반듯이 누웠다. 지수도 옷을 벗고 견화 위에 올랐다. 지수가 견화 겨드랑이를 간지럽혔다. 견화가 윗몸을 흔들며 웃었다. 두 젖가슴이 지수 눈 아래에서 춤을 추었다. 지수는 견화 위에 몸을 포개고는 견화 얼굴을 쓰다듬었다.

"이렇게 포개고 있음시로 내려다보는 얼굴이 진짜 얼굴이요.

당신, 참말로 미인이요."

견화가 콧방울을 발롱거렸다. 그날 밤에 견화는 배가 되고 지수는 노 젓는 사공이 되어 득량도도 가고, 거문도도 가고, 제주도도 갔다.

지수 사진관에 들러 사진을 찍은 며칠 뒤에 봉강은 서울로 갔다. 운암 김성숙이 보자는 편지를 보내서였다. 봉강은 서울 관훈동의 한 여관에서 소해 장건상, 운암 김성숙과 마주 앉았다. 소해와 운암이 차례로 말했다.

"이승만의 분단 노선은 2단계로 구성되어 있어요. 1단계로 반도 남반부에 통일정부가 아닌 단독정부를 세운 뒤에, 2단계로 전쟁을 통해 북반부를 삼키겠다는 것이지요. 그런데 이북 김일성도 같은 생각을 하고 있을 것이오."

"그런 사실을 인민에게 널리 알려야 하지 않았어요? 인민의 힘으로 동족상잔을 막아야지요."

"그러려면 이번 선거에 모두가 참여해야 합니다. 통일세력이 이겨서 분단세력을 제치고, 대화를 통해 통일된 민족국가를 세우는 방안을 다시 모색해야 해요."

"시간이 없는데 당을 만들고 어쩌고 할 새가 없지요. 무소속으로 나가면 됩니다."

봉강이 나섰다.

"두 분 말씀이 제가 시골에서 생각한 것과 다르지가 않구만이라우."

그러나 봉강의 생각은 결코 단순치 않았다.

"아마 저는 당선이 어려울 것이어요. 남도에서는 14연대 반란이 났고, 저는 부역자로 몰렸웅께요. 거기는 아직도 야산대 토벌이 끝나지 않았지라우."

"봉강이 남로당이 아니고 근민당 출신이라는 것은 보성 사람들도 다 알 것 아니오?"

"시골 사람들은 다 한패로 보는디요?"

소해가 맺었다.

"당락에 연연할 일이 아니지요. 시대 상황과 당면과제에 대해 인민들한테 널리 알리는 것이 중요해요. 전국에서 한목소리로 외쳐야 해요. 지금은 말을 할 기회지요."

봉강은 이튿날 회천으로 내려갔다. 마치 봉강이 서울에서 정치 이야기를 나누고 온 것을 알기라도 한 듯, 시집간 고모가 오랜만에 거북정으로 왔다. 고모는 장흥의 지주인 고영완高永完의 숙모여서 거북정에서는 고실高室로 불렸다. 고영완의 누이가 바로 인촌 김성수의 며느리여서 봉강과 고영완과 인촌은 혼맥으로 엮인 사이였다. 고실은 고영완이 장흥에서 민주국민당(민국당) 후보로 2대 국회의원 선거에 출마할 것이라며, 봉강에게도 같은 당으로 출마하라고 권했다. 그것이 자신의 뜻이자 시조카인 고영완의 뜻이고, 사돈인 인촌의 뜻일 거라고 했다. 민국당은 김성수가 이끄는 한민당과 신익희 주도의 대한국민회의, 지청천이 중심인 대동청년단이 합당한 정당이었다.

고모가 돌아간 날 저녁이었다. 봉강은 아내 최승주와 새방에 마주 앉았다. 최승주가 물었다.

"고모 말씀은 저도 들었어요. 어떻게 하실 생각이세요?"

"전에도 당신한테 말씀드렸소만은, 돌아가신 할아버지께서 세 가지를 명심하라고 하셨소."

"그 삼의三宜는 저도 알아요. 도회종적 전소선영 교회자질이 바로 삼의잖아요?"

"맞소. 선영을 잘 모시고, 자식과 조카를 잘 가르치라는 말씀은 어려운 문제가 아니요. 그러나 삼의의 첫째인 도회종적은 간단한 문제가 아니요. 세상이 어지러울 때는 나를 감추고 살아야 한다는 것인디, 어머니께서도 나에게 그걸 바라고 계시요. 그래서 광복 이후 사회가 혼란스러울 때 숨어 지낼 생각을 한 것도 사실이요. 그러나 내 마을로 큰물이 밀려오는디 숨는다고 마음이 편할 리가 있겠소? 그래서 건준에 간여했던 것이요."

"잘하셨어요."

"그런디, 지방 건준 활동을 하면서 깨달은 것이 있소. 윗물이 맑아야 아랫물이 맑을 수 있다는 사실이요. 보성 사회가 당면한 문제를 지방 건준이 잘 풀어가는디도, 중앙에서 방향을 잘 못 잡는 바람에 지방까지 심하게 꼬이는 것을 내 눈으로 봤소. 그래서 좌우 합작과 남북 통합 문제의 중요성을 새삼 깨달은 것이요."

"그래서 여운형 선생의 근민당에 참여하신 것을 저도 알아요."

"그런디, 좌우 합작과 남북 통합을 이끌 두 지도자인 몽양과 백범이 다 암살당하고 말았소. 남북이 분단되고, 남한 내부도 좌익과 우익으로 대쪽같이 쪼개졌소. 지금이라도 남한 내부에서 좌와 우가 합작을 하고, 남과 북이 대화를 재개해서 중립화 통일을 이루지 않으면, 우리나라에서 전쟁이 터질 수 있소. 이러한 때 내가 무엇을 해야 쓰겠는가? 나라야 어찌 되든 가정에 매달려 있는 것이 왕도인가, 아니면 개인사를 잠시 밀어두고 나라를 위해 나서야 하는가? 당신 생각은 어떻소? 당신이 하라는 대로 하겠소."

아내 최승주가 반문했다.

"제가 궁금한 것을 여쭈었는데, 저더러 답을 내놓으라고 하세요?"

최승주가 이었다.

"대의를 따라야겠지요. 저로서는 사적인 생활을 위해 당신이

292

대의를 접기를 바라지는 않아요."

며칠 뒤에 봉강은 다시 아내 최승주와 마주 앉았다. 봉강은 그가 내린 단안을 밝혔다.

"국회의원이 되고 안 되고에 연연하지 않겠소. 내가 여운형 선생 지지자라는 건 알 만한 사람은 아는 사실인디, 여당은 물론 야당까지도 나를 남로당 패거리로 몰 것이요. 내가 자유롭게 선거운동을 하게 내버려둘 리도 없소. 그러나 나는 우리나라가 처한 긴박한 현실을 인민한테 알릴 기회를 흘려버리고 싶지 않소. 만약 통일을 이루지 못하면 전쟁이 날 수도 있는디, 우리는 어떻게 해야 쓰겠는가? 통일의 방법은 무엇인가? 그런 물음을 인민들한테 직접 던져야겠소."

봉강 정해룡은 5월 30일에 실시된 제2대 국회의원 선거에 보성에서 무소속으로 출마했다. 제헌의회 선거를 거부하고 남북협상에 참여한 세력이 2대 국회의원 선거에 많이 나섰다. 봉강의 절친한 선배인 소해 장건상은 부산을에서, 운암 김성숙은 경기도 고양에서 출사표를 던졌다.

분단체제에 비판적인 인사들에 대한 대중의 호응은 결코 만만치 않았다. 당황한 이승만 정부는 선거 막바지에 거칠게 북풍몰이를 했다. 투표를 나흘 앞둔 5월 26일, 검찰과 경찰, 육군 정보국이 북로당 남반부 정치위원회 관련자 112명을 검거했다고 발표했다. 그것으로 그친 것이 아니었다. 서울시경찰국장 김태선은 투표 이틀 전인 28일 종로갑의 유석현, 성북의 조소앙, 중구갑의 원세훈, 중구을의 최동오, 성동갑의 김붕준, 서대문을의 윤기섭, 용산갑의 김찬, 용산을의 박건웅 등 남북협상파 입후보자 8명을 체포하겠다고 밝혔다.

그러나 선거 결과는 이승만 정부를 충격에 빠트렸다. 남북협상파인 조소앙이 경찰에 출두하지 않자 선거 당일 성북구 관내에 조소앙이 월북했다는 거짓 내용을 담은 삐라가 뿌려졌는데도, 조소앙은 전국 최다 득표를 거두며 미군정 경무부장으로 위세를 떨치던 조병옥을 눌렀다. 남북협상파의 또 다른 기둥인 원세훈은 중구갑에서 이승만 정권의 실세 내무부 장관이던 윤치영을 여유 있게 따돌렸다. 임시정부 국무위원이자 남북협상파인 윤기섭은 서대문을에서 이승만 정부의 초대 기획처장 이순탁을 큰 표 차이로 눌렀다. 3·1운동 당시 민족대표 33인의 한 사람으로 감리교 목사로는 드물게 남북협상에 참가한 오하영은 종로을에서 한민당 부위원장 백남훈을 제쳤다. 조소앙의 동생 조시원은 양주갑에서 이승만 정권의 법무부 장관 이인과 조선일보 사장 방응모를 눌렀다. 여운형의 동생 여운홍도 고향인 양평에서 영광을 차지했다. 부산을에서는 투옥된 장건상이 미군정 경남경찰국장 출신인 김국태보다 다섯 배에 가까운 표를 얻어 옥중 당선했다. 남북협상파가 약진한 것이다. 개표 결과, 무소속 당선자가 126명으로 전체 210개 의석의 60%를 차지했다. 이승만을 지지하는 보수당인 대한국민당과 한민당 계보를 이은 민국당은 각각 24명의 당선자를 내는 데 그쳤다. 그 밖에 국민회에서 14명, 대동청년당에서 10명, 일민구락부에서 3명, 사회당에서 2명, 기타 4개 사회단체에서 각 1명씩 당선했다.

무소속의 남북협상파가 대거 당선했지만, 운암 김성숙과 봉강 정해룡은 고배를 들었다. 보성에서는 대한국민당의 박종면, 국민회의 김낙오, 민국당의 이정래와, 무소속의 정해룡 김영관 염동두 등 6명이 후보로 등록했는데, 당선자는 이승만을 지지하는 국민회의 김낙오 후보였다.

선거전이 종반으로 들어설 무렵에 봉강은 낙선을 예감했다. 정부는 투표일을 보름 앞두고 봉강에 대해 우호적이던 보성경찰서장을 함평으로 보내고 고흥경찰서장을 보성 서장으로 데려왔다. 새 경찰서장은 신임 인사를 빙자해 지프차를 타고 관내 마을을 돌며, 14연대 반란사건 부역자인 정해룡을 찍은 사람은 경찰이 일일이 색출해 총살할 것이라고 엄포를 놓았다. 경찰이 선거운동원을 잡아들이고 심하게 구타하기도 했다.

개표 결과는 허탈했다. 봉강은 4등에 머물렀다. 그러나 위안이 되는 일도 있었다. 정치의식이 높은 보성읍에서는 나머지 후보 다섯 명의 표를 합친 것보다 더 많은 표를 봉강이 얻었다. 개표가 다 끝난 날 밤이었다. 아내 최승주가 봉강에게 말했다.

"실망하지 마세요. 인민에게 말할 기회를 누리셨으니, 뜻을 이루신 거예요."

상잔 相殘

봉강의 제수 전예준이 두 아들을 데리고 거북정으로 왔다. 안방에서 시어머니 윤씨에게 인사드린 뒤에 셋이서 새방으로 건너갔다. 봉강이 서서 두 조카의 어깨를 다독이는 동안, 전예준은 이화여전 후배 최승주의 두 손을 붙잡고 기뻐했다.

"우리 성님, 얼굴 좋다. 평양 기생보다 더 예쁘다."

삼의당에 두 아들을 두고 제수 전예준이 다시 새방으로 돌아왔다. 두 아들이 있는 자리에서 남편 해진의 상태를 말할 수는 없었을 것이었다.

"동생이 많이 맞아 상처가 깊은가 봐요. 오일페니실린이 좋다는데, 구할 수 없을까요?"

봉강은 며칠 뒤에 길의원의 길양수 원장을 통해 넉넉하게 약을 구해 전예준에게 건넸다. 전예준은 눈물을 글썽였다. 서울에서도 살 수가 없었다고 했다. 그 이튿날 전예준은 두 아들을 시

어머니인 윤씨에게 맡기고 서울로 올라갔다. 종희도 보성으로 내려온 뒤라서, 두 아들을 인천에 두고는 남편 옥바라지하기가 쉽지 않을 것이었다.

전예준은 병감에 약을 넣었다. 간병원이 해진의 썩어가는 피부에 날마다 오일페니실린을 발랐다. 약효가 빠르지는 않았지만, 그래도 조금씩 차도를 보였다.

6월 후반으로 접어들자 후텁지근한 날이 많았다. 병감이 둔덕 아래에 있어서 다른 곳에 비해 더했다. 해진은 치료 효과가 더딜까 봐 걱정이었다. 가끔은 인왕산 쪽에서 높바람이 불어왔다. 환자 죄수들은 그 바람이 보약이라고들 했다. 시원한 높바람이 부는 날이면 교대로 창가에 줄지어 서서 바람을 쐬었다.

어느 날 새벽이었다. 먼 데서 간헐적으로 쿵쿵 소리가 들려왔다. 이게 무슨 소리지? 잠에서 깨어난 환자 죄수들이 두런거렸다.

"포 소리 같은데…."

"북쪽에서 쏘는 것 같아."

누군가가 큰소리로 물었다.

"오늘이 며칠이오?"

간병원이 대답했다.

"25일이오. 6월 25일."

포 소리가 잦아졌다. 아직 바깥은 어슴푸레 했지만 밖을 내다보니 분위기가 사뭇 달랐다. 간수들이 모자 끈을 턱밑에 조여매고 부산하게 움직였다. 총신에 칼이 꽂혀 있었다. 다른 간병원이 들어왔다. 전쟁이 터졌다고 했다.

"남침이요, 북침이오?"

"그건 몰라요."

서울 북쪽 근교에서 포 소리가 나는 걸 보면 인민군이 밀고 내려온 것이 틀림없었다. 북이 서울을 점령하면 형무소 문이 열릴 것이었다. 그러나 그전에 간수들이 감방에 있는 죄수들에게 총을 난사할 수도 있었다. 촌각도 긴장을 풀 수 없는 순간이 재깍재깍 흘렀다.

26일 낮에는 단발기가 하늘을 날며 삐라를 뿌렸다. 누군가가 북선 비행기라고 했다. 27일 밤 11시께는 30분 이상이나 사이렌이 울렸다. 28일 아침에 창밖을 내다보니 흰옷을 입은 사람들이 산으로 떼지어 올라갔다. 누군가 소리쳤다.

"밖에 간수가 한 놈도 보이지 않아요."

여기저기서 웅성거리는 소리가 나더니 문짝을 발로 차는 소리, 창문을 깨는 소리, 발자국 소리가 얽혔다. 이윽고 다발총을 멘 인민군 하나가 뛰어와 평안도 사투리로 외쳤다.

"동무들! 우리가 왔습네다. 김일성 장군님 명령을 받들어 동무들을 구출하기 위해 우리가 왔습네다."

누군가가 '김일성 장군님 만세'를 외쳤다. 환자 죄수들이 목이 터져라 만세를 부르고 또 불렀다.

회천에는 22일부터 오랜 가뭄을 끝내는 단비가 내렸다. 비가 이튿날까지 이어지더니 24일에 날이 활짝 갰다. 그날은 종희 집 모내기를 하는 날이었다. 장남인 종철이 옥살이를 하는 처지여서 열여덟 살 총각 종희가 농사를 맡을 수밖에 없었다. 종희와 그의 친구인 임종만은 종일 못줄을 잡았다.

이튿날인 25일이었다. 피로가 풀리지 않아 종희가 친구 종만과 마루에 나란히 누워 낮잠을 자는데, 종만의 어머니가 찾아왔다.

"종만아, 지서에 가봐라. 순경이 와서 쪼깐 다녀가라고 하드라."

"뭔 일이랍디요?"

"너한테 붙은 보도연맹 딱지를 떼어주겠다고 하드라."

종만은 지서로 갔다. 이미 여섯 명이 와 있었다. 경찰은 그들을 개울가로 끌고 가 줄을 세우더니 아무 말 없이 사살했다. 종만은 종희와 동갑내기였다. 그날 새벽에 북한군이 38선을 넘은 사실을 아는 마을 사람은 아무도 없었다.

이튿날 경찰은 다시 봉강리로 와서 정영수 정민수 김순태를 붙잡아갔다. 그들 역시 모두 사살했다. 천포에서는 경찰이 지서 유치장에 사람을 모아놓고 총을 마구 쏘았다. 심문을 하거나 진술을 듣는 절차도 없었다. 대상자는 보도연맹에 이름이 오른 사람들이었다. 좌익 활동을 했거나 좌익을 도운 적이 있는 사람들에게 좌익과 관계를 끊으면 보호해주겠다고 해서 가입한 것이 보도연맹이었다. 그게 살생부로 돌변한 것이다.

7월 23일에는 보성경찰서에서 오후에 지역 유지와 보도연맹원 20여 명을 소집했다. 경찰은 이들을 그날 저녁 미력면의 국도변 산골짜기로 데려가 모두 사살했다. 보성인쇄의 관리자 학산 윤승원과 직원 정해필도 끼여 있었다. 두 사람은 보도연맹원도 아니었다.

학산은 1900년생으로 정해룡보다 열세 살이 위였다. 학산은 1925년에 전남공립사범학교 강습과를 나와 장흥의 안양소학교 교사로 부임해 교직생활을 시작했다. 학산은 학생들에게 우리 역사를 가르쳤다는 이유로 1933년 5월에 천포간이학교로 좌천되었다. 학산은 간이학교에 학교 부지를 제공하고 건립 기금도 쾌척한 봉강과 자주 어울리며 의기투합했다. 두 사람은 봉강리 마을 앞에 초등교육과 야학을 겸하는 양정원을 세우기로 했다. 학산은 1940년 1월 학교에 사표를 내고, 4월에 양정원의 교장을 맡았다. 2년 정도만 더 교직 경력을 쌓으면 평생 연금을 받을 수 있는데, 그걸 포기하고 사립 교육기관인 양정원으로 옮긴 것이다.

학산은 올곧은 선비였다. 그는 양정원 교장으로 재직하며 창
씨개명이나 신사참배를 거부했다. 황국신민화에 역점을 둔 식민
지 교육을 외면하고 학생들에게 민족의식을 불어넣었다. 1945
년 4월에 양정원을 닫기까지 학산은 양정원을 맡아 졸업생 오백
여 명을 길러냈다. 양정원은 학력이 인정되는 정규과정 말고도,
일반인을 대상으로 한글을 가르치는 야학도 했다. 학산이 총살
당한 사실이 알려지자 봉강리는 일시에 울음바다가 되었다. 경
찰은 여러 군데서 학살을 저질러놓고 어디론가 사라졌다.

7월 25일이었다. 폭염으로 숨이 턱턱 막힐 것 같았다. 그날 군
경이 후퇴해 군사적으로 진공상태가 된 보성에 북한 인민군이
들어왔다. 전투는 없었다. 인민군은 소수 병력만 남기고 낙동강
전선으로 이동했다.

광복 직후에 회천 건준을 주도한 사람들이 거북정으로 봉강
을 찾아왔다. 봉강 정해룡이 회천면 인민위원장으로 만장일치로
추대되었다는 것이었다. 봉강은 주저하지 않고 위원장직을 수락
했다. 14연대 반란 때도 그랬지만, 통제되지 않은 살상은 늘 초
기에 났다. 남로당이나 지방 좌익세력이 계획적으로 자행한 경
우도 있지만, 일부 불평불만자나 과격분자가 저지른 경우가 더
많았다. 경찰이나 청년단이 야산대 사람들에게 밥을 주었다는

이유로 사람을 많이 죽인 데다, 보도연맹 관련자들을 대대적으로 학살했기 때문에, 보복 살인이 날 우려가 컸다. 그걸 막는 것이 시급했다. 봉강이 위원장직을 즉각 수락한 이유였다. 사람들이 돌아간 뒤에 봉강은 아내 최승주와 마주 앉았다.

"내가 지지한 정치인은 이승만이나 김성수가 아니었소. 물론 박헌영도 아니었소. 나는 좌우 통합과 남북통일이 절실하다고 생각해서 여운형 선생의 근민당에 들어갔소. 그러나 여운형 선생은 암살당했고, 근민당은 사라졌소. 내가 기댈 언덕이 다 무너진 것이오."

"…."

"나더러 회천면 인민위원장을 맡으라는데 그 자리는 내가 누울 묏자리요."

"아니, 왜요?"

"전쟁에서 인민군이 이기면 그다음에는 남로당이 나를 숙청할 것이오. 반대로, 국방군이 반격해서 인민군을 밀어내면 이승만 정부가 나를 처단할 것이오."

"그럼 맡지 마세요."

"맡을 수밖에 없소. 그동안 군경이 사람을 너무 많이 해쳤소. 이런 상태에서 엉뚱한 사람이 인민위원회를 맡으면 회천에 보복의 피바람이 불 것이오. 지금 상황은 들개 떼가 날뛸 적기요.

내가 뒤에 응징을 당하더라도 내가 나고 자란 고장에서 대대적으로 피의 보복이 벌어지는 것은 막아야겠소."

봉강이 말을 이었다.

"내가 좌우 합작을 바랐던 것은 이런 전쟁이 날까 두려워서였소. 이 전쟁에서 어느 쪽이 이기든지 간에, 분단 노선은 결과적으로 실패한 것이요. 전쟁이 난 사실 그 자체만으로 분단 주도세력은 모두 역사의 죄인이 되고 만 것이요. 이 실패는 분단 주도세력의 실패이기도 하지만, 미국과 소련의 실패이기도 하고, 이 시대의 실패라고도 할 수 있소. 이 실패는 남북을 분단한 그 시점부터 예비된 것이었소. 내가 이번에 나서는 것은 어느 한편의 승리를 돕기 위해서가 아니요. 이 시대의 패배를 조금이라도 줄일 수 있다면 나는 그것으로 족하요. 뒤에 내가 숙청되거나 처단될 것이 자명하니까, 내가 이번에 나서는 것도 개인적으로는 실패가 예비된 것이요. 그러나 무릅쓸 수밖에 없소."

이튿날 이른 아침에 전투복을 입은 인민군 병사 두 사람이 거북정으로 왔다. 거북정 보초를 서라는 상부 지시를 받았다고 했다. 봉강은 손을 내젓고는 곧 면사무소로 갔다. 사람들이 많이 모여 있었다.

"나라라는 것이 왜 있는 것이요? 인민을 보호하기 위해서 있는 것이 아니겠소? 인민의 뭣을 보호해야 하겠소? 가장 큰 것은 뭐니 뭐니 해도 인민의 생명이요. 아무리 하찮은 사람이라 할지라도 그 사람 목숨은 그 당사자한테나 부모나 가족한테는 천하의 그 어떤 것보다 더 소중한 것이요. 바로 지금 이 순간이 대단히 중요하요. 우리는 비상 국면에서 들개 떼가 나타나 아무나 물어뜯는 것을 수없이 봐왔소. 근자에는 국가 조직까지도 그런 짓거리를 했소. 그런 걸 막는 것이 지금 우리가 할 과업이요."

물을 끼얹은 듯 조용했다.

"맹자 말씀에, 힘으로 다스리는 것이 패도覇道라면 덕으로 다스리는 것이 왕도王道라고 했소. 우리 위원회는 힘을 쓰는 기관이 아니라 덕을 베푸는 기관이 되어야겠소. 내 주위에도 분하고 억울하게 죽은 이가 많소. 그렇지만 내가 위원장으로 있는 한, 내 지시를 받지 않고 사적으로 보복이나 살상을 한 자는 내가 용서치 않을 것이요. 내 말에 이의가 있으면 지금 말하시요."

아무도 대꾸하지 않았다.

"좋소. 인민위원회가 들어선 이상 민생을 살피고 치안을 확보하는 것이 급선무요. 전에 건준과 인민위원회를 해본 경험들이 있은께, 빈틈없이 임무를 수행하시요."

부위원장 안주찬이 나섰다. 그는 보수주의자인데도 비상시국에 지역 사회 안정을 위해서는 나설 수밖에 없다고 판단해 또 부위원장을 떠맡았다.

"위원장, 부서를 맨들고 책임자를 정해야 쓰지 않겠는가?"

봉강은 간부들을 둘러보았다. 전에 회천 건준은 문화부장 윤승원과 청년치안대 정종철이 주축이었는데 두 기둥이 빠진 상태였다. 윤승원은 보도연맹원이 아닌데도 경찰이 총살했고, 종철은 인천형무소에 수감된 상태였다.

"어제 나한테 오시기 전에 편제나 책임자에 대해 대충 윤곽을 정했을 것이 아니요?"

부위원장은 부서와 부서장 내정자를 소개했다.

"좋구만이요. 그대로 하십시다."

부위원장이 나섰다.

"치안대장 자리는 비워뒀네. 우리 생각으로는 정종관이가 좋을 것 같네."

그건 뜻밖이었다.

"종관 씨는 나하고 같은 마을에 살고 나한테 아재뻘이 되요만, 이승만 정부에서 청년단 단장을 맡지 않았소?"

"그건 사실이네. 그래도 그 사람 덕에 사람이 많이 살았네. 악행을 저지른 것이 아니라 악행을 막느라고 애쓴 사람이네. 이런 판에 좌우를 가릴 이유가 없네. 위원장이 잘 알다시피 이 안주찬이도 우익이 아닌가?"

"종관 씨가 우리 치안대장을 맡겠다고 하던가요?"

"아니네. 자기를 처단한다면 따르겠지만 치안대장은 않겠다고 했네. 위원장이 직접 설득해줘야겠네."

봉강은 일이 끝나자 거북정으로 돌아갔다. 마을 곳곳에 인공기가 나부끼고 있었다. 봉강은 달미를 시켜 종관을 사랑으로 오게 했다. 그 무렵에 종관은 두어 달 전에 낳은 첫아들을 돌보는 재미에 푹 빠져 있었다. 종관이 방에 들어서자 봉강이 물었다.

"애기 이름은 지었소?"

"예. 바다 해海 클 석碩, 해석이라고 지었구만이라우."

"참 좋소. 애 보는 일이 즐겁기는 하지만 여간 고달픈 일이 아니요. 요즘 밤잠도 설치실 것이고….'

"애기를 봄시로 아부지도 나를 이렇게 키우셨구나, 하는 것을 새삼 느끼는구만이라우."

"자식들도 부모를 사랑하지만, 내리사랑에 비할 수는 없겠지요."

봉강이 말머리를 돌렸다.

"아재한테 부탁이 있소, 아재가 면 치안대장을 맡아줘야겠소."

종관은 고개를 저었다.

"종손 족장님. 저는 좌가 뭣인지 우가 뭣인지 암끗도 몰요. 그러나 으쨌든 우 밑에서 청년단장을 했는디, 으찌께 또 좌 밑에서 치안대장을 하겠습니까?"

"우리 인민위원회는 좌우가 골고루 섞여 있소."

"그건 나도 알고 있지라우. 그래도….”

"내가 아재한테 권하는 것이 아니라, 면 인민위원회가 요청하는 것이요. 아재가 그동안에 사람을 많이 살렸다고들 합디다. 그런 일을 계속하면 돼요."

"저는 전쟁이 나기 전에 이미 지서장한테 우익 청년단 활동도 그만두겠다고 했어라우. 아따, 속 터질 일이 한두 가지가 아니데요. 나는 인자 농사나 짓다가, 시절이 좋아지면 광주 가서 유도 사범이나 할랍니다."

"아재가 덕을 쌓았고 능력이 있으니까 일을 시킬라고들 하는 것이요. 아재는 한가롭게 농사짓거나 유도 가르칠 팔자가 아니요."

"아따, 종손 족장님, 말로 나를 돌려놓을라고 하지 마시씨요. 나는 한다면 하고 안 한다면 안 하는 사람인디, 치안대장은 맡지 않겠습니다요. 용서해주시씨요."

말은 겸손하지만 뜻은 단호했다. 종관이 덧붙였다.

"종손 족장한테는 참말로 미안하구만이라우. 종손께서 죽으라면 죽어야 하는디….”

봉강은 고개를 끄덕였다.

"알겠소. 우리 이야그는 끝난 것이 아니요. 시간을 드릴 텡께 찬찬히 생각을 더 해보시요."

회천면 인민위원회가 맨 먼저 한 일은 학교 문을 다시 여는 것이었다. 전에는 국민학교였는데 이제 인민학교로 이름이 바뀌었다. 교재가 있을 리 없었다. 그렇다고 전쟁 이전에 이승만 정부에서 쓰던 교재를 쓸 수는 없었다. 인민위원회 문화부 청년들은 인민군에게 노래를 배워 학생들에게 가르쳤다. 체력 단련운동도 자주 했다. 전시라며 무릎과 팔꿈치로 기거나 배를 깔고 기는 포복훈련도 시켰다. 저녁에는 청장년을 학교에 모아 교육 사업을 폈다. 글 모르는 이를 대상으로 한글을 가르치는 데 역점을 두었다. 물론 보태기와 빼기 등 산수도 가르쳤고, 노래도 가르쳤다.

학생들이나 청장년들이 자주 부른 노래가 '김일성장군가'였다. 14연대 반란 이후로 일림산에 들어가 야산대 활동을 한 청년들은 장군가 2절을 부를 때면 더욱 목청을 높였다. 네 구절 때문이었다.

만주벌 눈바람아 이야기하라
밀림의 긴긴 밤아 이야기하라
만고의 빨치산이 누구인가를
절세의 애국자가 누구인가를

그러나 야산대 출신들이 가장 좋아한 노래는 따로 있었다. 결핵에 걸려 죽은 열여섯 살 문학소녀를 애달파 하며 목포 항도여중 음악교사 안성현이 같은 학교 교사 박기동의 시에 곡을 붙인 '부용산'이었다. 목포의 여중생들이 울며 부르던 이 노래는 뜻밖에도 산에서 산으로 퍼져, 남도에서 야산대 활동을 한 사람치고 이 노래를 모르는 이가 없었다. 산에 있을 때 그들이 서러워한 대상은 피어나지 못하고 시든 장미이기도 하고 그들 자신이기도 했다.

> 부용산 오릿길에 잔디만 푸르러 푸르러
> 솔밭 사이사이로 회오리바람 타고
> 간다는 말 한 마디 없이 너는 가고 말았구나
> 피어나지 못한 채 붉은 장미는 시들어지고
> 부용산 봉우리에 하늘만 푸르러 푸르러

뒤늦게 야학생이 된 청장년들이 하는 일 가운데 빼놓을 수 없는 것이 방공활동이었다. 마을마다 매일 서너 명씩 모여 하늘을 살피다가 비행기 불빛이 보이면 골목을 뛰어다니며 '불 끄시요, 불 끄시요' 하고 외쳤다. 불을 켜놓고 있다가는 호주기濠洲機가 댕구알을 떨어트리기 십상이었다. 전에 봉강리 마을 앞에도 댕구알이 떨어진 적이 있는데 낙하 지점이 논이어서 웅덩이만 파였다.

농사일을 하면서 저녁에 글을 배우고 밤에 방공활동을 하는 터라 힘들 텐데도 사람들 표정은 밝았다. 그들은 한결같이, 아침마다 군경이나 토벌대가 마을 사람을 모아놓고 야산대 사람들한테 밥을 주었는지를 캐묻지 않아 좋다고 했다.

그러나 평온한 분위기는 그리 오래가지 않았다. 8월 초였다. 율포에 있는 청년단 단장 최석철의 집에 누군가 불을 질렀다. 인민군이 회천에 들어오자 석철이 자취를 감추었기 때문에 집은 텅 비어 있었다. 집이 타는 동안 마을 사람들이 밖으로 나왔지만 불구경을 할 뿐 아무도 불을 끄려 하지 않았다. 사람들은 불이 날 집에 불이 붙었다고들 수군거렸지만 왠지 모를 불안감을 떨칠 수는 없었다.

이웃 면에서 전쟁 이전의 우익 청년단장이 좌익 청년치안대에 잡혀 인민재판을 받고 처형되었다는 소문이 돌았다. 다른 면에서 청년단 간부가 죽창에 찔려 숨졌다는 말도 들렸다. 영암에서는 큰 구덩이를 파서 지주의 하반신을 묻어놓고 사람들한테 삽으로 흙을 떠서 붓게 하여 끝내 숨지게 했다는 소문도 돌았다.

며칠 뒤에는 회천 바닥에도 아연 긴장감이 감돌았다. 회령마을과 도강마을의 지주 집에 심야에 불이 붙었기 때문이다. 회령의 지주는 평판이 좋지 않았으나 도강의 지주는 그렇지도 않았다. 성정이 깐깐하고 토지개혁에 반대한 일 말고는 별다른 흠이 없는 사람이었다. 봉강은 청년대원을 풀어 불을 지른 사람을 찾아내라고 했지만 범인은 오리무중이었다.

사흘 뒤에는 끔찍한 일이 터졌다. 일림산 꼬리에 붙은 조그만 부락에서 한 청년이 마을 사람을 무참히 살해했다. 전에 그 마을에 사는 보도연맹원인 최만수와 최천수 형제를 경찰이 사살했는데, 그들의 동생 최백수가 같은 마을에 사는 경찰 이상춘의 부모를 낫으로 난자한 것이다. 이상춘은 경찰이라고 하지만 경리업무만 맡아온 이로, 최만수 최천수 형제의 죽음과는 상관이 없었다. 봉강은 인민위원회 임원과 직원들을 모두 불러 모았다.

"어떤 나라가 좋은 나라냐? 지금처럼 나라가 어지러울 때, 모두가 묵묵히 일상생활에 전념하는 나라가 좋은 나라요. 어떤 나라가 나쁜 나라냐? 사회질서가 조금만 흐트러지면 천방지축으로 날뛰는 자들이 쏟아져 나와 칼춤을 추는 나라가 나쁜 나라요. 어떤 나라가 좋은 나라냐? 우리 편이건 다른 편이건 날뛰는 자들이 나오면 자숙하도록 다독거리는 나라가 좋은 나라요. 어떤 나라가 나쁜 나라냐? 날뛰는 자가 같은 편이면 박수를 치고, 날뛰는 자가 다른 편이면 저놈 죽이라고 아우성치는 나라가 나쁜 나라요. 분명히 해둘 것이 있다면, 날뛰는 자들은 이 편이건 저 편이건 반드시 다스려야 한다는 사실이요. 모든 조직을 총동원해서 최백수를 잡아들이시오."

봉강이 최백수를 체포하라고 엄명을 내렸다는 소문이 회천 일원에 쫙 퍼졌다. 최백수는 종적을 감추어 잡을 수가 없었지만, 더 이상 날뛰는 자가 나오지 않은 것은 그나마 다행이었다.

그 무렵에 우익 청년단장을 지낸 정종관이 자취를 감추었다. 소문을 듣고 거북정 안주인 윤씨가 종관의 처 지산댁을 거북정 으로 불렀다.

"어야, 동서. 종관이 서방님은 으디 갔는가?"

"저도 몰라라우. 며칠 친정에 가있으람시로 새벽에 나가듬마 는 소식이 없구만이요."

"누구하고 같이 갔다는 소문은 없든가?"

"며칠 전에 어떤 사람이 밤늦게 집으로 와서 불러내대요. 한참 을 바깥에서 이야그하고 들어온 적이 있었지라우."

"모르는 사람이든가?"

"예. 첨 본 사람이듬마요."

"…."

"청년단한테 당한 사람이 많아서 한을 풀라는 사람이 있을지 도 모른다고 하든디…. 누가 우리 애기한테 해코지를 할지 몰라 겁이 난당께요."

"그러면, 동서는 당분간 친정에 가있으소."

지산댁은 고개를 떨구었다.

"친정에 사정이 있어라우."

"무슨 사정?"

"친정아부지가 우익 지주여서 피신 중인 갑네요."

"그래? 그럼 당분간은 애기 데리고 우리 집으로 오소. 나허고 같이 지내세."

"시아버님 진지를 차려드려야 할 텐디…."

"끼니때면 내려가서 꼬박꼬박 챙겨드리면 될 것 아닌가?"

"고맙구만이라우. 시아부지한테 허락받고 이리 올께라우."

야산대 활동을 하다 돌아온 사람 몇이 회천 인민위원회에 들락거리기 시작했다. 사람들은 그들이 남로당 당원일 것이라고 했다. 남로당이 인민위원회 주도권을 빼앗을 기회를 노리고 있다는 소문도 돌았다. 그 뒤 보름쯤이 지나자 봉강의 삼촌 종철이 나타났다. 인천형무소에 수감되어 있다가 전쟁이 터지자 옥문이 열려 고향으로 내려온 것이다. 원래의 형기가 거의 끝나 전쟁 덕을 많이 본 것은 아니었다.

다른 마을에도 야산대에 들어갔다가 돌아온 이들이 꽤 있었다. 입산했다가 하산해 친척 집에서 머슴 노릇을 하며 숨어 지내다 돌아온 이도 있었다. 돌아온 사람들의 이야기가 부풀려지기도 하고 뒤틀려지기도 해서 마을에서 마을로 퍼져갔다.

돌아온 사람이 있으면, 당할 사람이 있게 마련이었다. 인민위원회는 아연 긴장했다. 간부들이 봉강의 삼촌 정종철을 치안대장으로 임명하자고 했다. 건준 시절에 청년치안대를 맡아 활동한 바 있어 토를 다는 사람이 없었다. 봉강은 정종관에 미련을 두고 있었지만, 어디론가 사라진 그를 마냥 기다릴 수는 없었다. 종철이 치안을 맡은 뒤로 회천에서 방화나 구타 등이 뚝 그쳤다.

며칠 지나서였다. 전에 일림산으로 들어갔다가 종적을 감춘 도강리 문영수가 회천면 치안대로 종철을 찾아왔다. 둘이서 보자마자 부둥켜안고 내뱉은 소리가 똑같았다.

"와, 살아 있었네."

같은 말을 해놓고 둘은 박수를 치며 좋아했다. 영수가 말했다.

"성을 만날라고 일림산으로 들어갔는디, 성이 경찰한테 잡혔다는 소식을 듣고 나는 산을 내려와부렀어. 야밤에 걸어서 장흥 부산면에 있는 이모 집으로 갔어. 이모부 삼형제가 들판 한가운데 나란히 집을 짓고 사는디, 거그는 넓은 들판 가운데 덜렁 집 세 채만 있은께 아침마다 토벌대가 와서 야산대에 밥을 줬는지 안 줬는지 캐묻지 않을 것이 아니여?"

"그러겄다. 잘했다. 그런디⋯."

종철이 말을 이으려는데 영수가 끊었다.

"성, 내 말 들어봐. 나는 이모부 성님 되는 이한테 데릴사위로 들어갔어. 우리 마누라가 무남독녀 외동딸이여. 논밭이 많아. 난 인자 부자여. 그리고 말이여, 우리 마누라가 무지하게 이뻐부러."

"와, '꿩 먹고 알 먹고'구나. 잘 돼부렀다. 애도 있냐?"

"애 밴 지 녁 달인가 됐어. 성, 애 맹글기가 쉬운 일인지 알아? 천만에 말씀이여. 밤일 한다고 다 애기가 생기는 것이 아니드라고."

둘은 와하하, 함께 웃었다. 영수가 이었다.

"내가 이모부 성님 딸한테 장가를 들자, 이모 딸이 이틀을 굶고 울었다는 거여."

"아니, 왜?"

"고년이 은근히 나를 좋아했든갑서. 이종사촌끼리 그러면 쓰겄어?"

"으쨌든 니가 복이 터졌구나. 부럽다."

"내가 그 이종사촌 동생을 다 꼬셔놨어. 그래서 성을 만날라고 헐레벌떡 달려온 거여."

"뭔 말이냐?"

"고년보고 성한테 시집가라고 해뒀어. 반은 승낙받았은께 바쁘드라도 성이 틈을 내서 장흥 부산으로 한번 와야 써."

"그래? 꼭 가야겄다. 너도 보고 그 이종사촌도 보게."

"미리 말해두는디, 고년이 못마땅한 것이 딱 한 가지가 있어."

316

"그것이 뭣이냐?"

"고년이 우리 마누라보다 훨씬 이뻐부러. 앞뒤로 빵빵하고 말이여."

둘은 다시 호탕하게 웃었다. 종철이 물었다.

"너, 나하고 한군에 도강리 가자."

"안 가. 요새 엄니가 부산 우리 집에 와계셔. 종철이 성을 보고 나서 곧바로 돌아오겠다고 엄니하고 마누라한테 약속하고 왔어."

영수는 며칠 안으로 꼭 장흥 부산면으로 오라는 말을 남기고 율포를 떠났다.

종철은 혼자서 빠른 걸음으로 도강리로 갔다. 마을 어귀에 이르자 낯익은 청년 셋이 그를 반겼다. 국민학교 동창들로 모두 남평 문씨 일가였다. 그들이 말을 이었다.

"아따, 너 그동안에 을마나 고생이 많았냐?"

"얼굴 본께 고생 안 했네. 얼굴이 좋구마."

"니가 치안대장 잘한다고 소문이 쫙 나불었다."

그중 하나가 물었다. 이름이 긍수였다.

"그런디, 뭔 일로 여그 왔냐?"

다른 하나가 보탰다. 이름이 종수였다

"너, 창수 만날라고 왔냐?"

종수가 종철의 소매를 끌었다.

"니가 오해를 많이 할 것이람시로, 지가 나쁜 짓거리 한 것은 없다고 하드라."

종철이 눈을 부릅뜨고 쏘아붙였다.

"내가 친동생처럼 아낀 놈이 창수다. 창수가 나한테 진심으로 용서를 빌면 눈 딱 감고 다 잊어불 것이고, 변명 늘어놓고 거짓말하면 쏘아 죽여불 참이다."

종철이 허리에 찬 권총을 토닥거리고는 걸음을 옮겼다. 머뭇거리다가 긍수가 나섰다.

"아야. 종철아. 여그서 기달려라. 내가 창수 이리 델꼬 오께."

"저리 비켜!"

종철이 긍수를 제치고 창수 집 골목으로 들어섰다. 긍수와 종수가 뒤따랐다. 종철이 사립문을 열고 창수 집으로 들어갔다.

"창수 있냐? 나 종철이다."

아무 소리도 나지 않았다.

"창수야, 나 왔다."

뒤에서 긍수가 기어들어가는 목소리로 말했다.

"방문이 쪼깐 열려 있는디…."

종철이 성큼성큼 걸어 문을 열었다. 양잿물 냄새가 훅 밀려왔다. 방바닥에 놋그릇이 엎어져 있고, 창수가 배를 끌어안고 마치 새우처럼 등을 구부린 채 죽어 있었다. 종철이 방으로 들어가 시신 앞에 무릎을 꿇었다.

"야이 새끼야, 나 종철이다. 눈 떠라, 새끼야."

종철이 창수의 멱살을 잡아 흔들었다.

"내가 딱 한 번은 봐줄라고 했는디, 야이 새끼야, 창수야. 디지긴 왜 디지냐, 못난 새끼야."

종철은 <u>끄으끄으</u> 탁한 울음을 게웠다.

며칠 뒤에는 봉강의 육촌 형인 해두가 회천으로 돌아왔다. 해두는 오후에 봉강이 인민위원회 사무실에서 돌아오는 것을 기다렸다가 거북정 사랑채로 왔다. 야산대로 들어간 것은 알았지만 종무소식이었는데, 실로 오랜만에 깡마른 얼굴로 돌아온 것이다. 눈빛이 형형했다. 봉강이 해두에게 그동안 어떻게 지냈는지 물었지만 해두는 빙긋 웃기만 했다.

"어야, 동생. 내가 남로당에서 일을 맡을 것 같네."

"그래요? 당명을 받고 오셨군요?"

"며칠 집에서 쉬었다 나설 생각이네."

"하기야 형님 얼굴을 본께 좀 쉬셔야겠소."

봉강이었다.

"내가 형님 나오시는 대로 자리 비켜드릴 텡께, 인민위원회를 맡으시요."

해두는 손을 저었다.

"아니네. 내 일이 따로 있네. 동생은 나를 응원군으로 알면 되네."

해두가 이었다.

"동생한테 할 말이 있네."

"그래요? 말씀하시씨요."

"앞으로 종희 아재한테도 일을 맡겨보소."

"종희 아재는 아직 젊은디….”

"청년사업을 하는 데에 종희 아재만 한 재목도 있을 것 같지가 않네."

봉강이 물었다.

"종희 아재도 당원이요?"

"아직 아니네. 앞으로 잘 될 것이네."

나는 여전히 정신적으로는 여운형 선생의 근로인민당 당원 인디, 나하고는 당적이 다르네요. 그러나 봉강은 입을 열지 않았 다. 해두가 덧붙였다.

"나도 그렇지만, 당에서 동생 하는 일을 전폭적으로 도울 것이 네. 그러고….”

말을 멈추고 해두가 봉강을 응시했다.

"작은동생이 당에서 큰일을 맡은 것으로 알고 있네. 해진이 말 이네. 서울시당 문화선전부 책임자라고 들었네."

해두가 돌아섰다. 형님. 어쨌든 좀 푹 쉬시요. 형님 눈에서 푸른 기가 빠진 뒤에나 나서시요. 봉강은 그 말도 꾹 삼켰다.

며칠 뒤에는 종희가 거북정으로 봉강을 찾아왔다. 남로당 당원 심사를 통과했다는 것이었다. 그러나 종희는 그 뒤로는 봉강 앞에 나타나지 않았다. 해두도 마찬가지였다. 어느 날 골목에서 우연히 종희와 마주치자 봉강이 물었다.

"아재. 왜 거북정에도 안 오고, 인민위원회에도 안 오요?"

종희는 당황한 표정을 지었다. 봉강이 넘겨짚었다.

"해두 형님하고 같이 일하지요?"

종희는 고개를 끄덕였다.

"무슨 일을 맡고 있소?"

"…"

"나하고도 비밀이 있소?"

종희가 머뭇거리다가 입을 열었다.

"해두 조카가 아직은 아무 말도 말라고 했는디…, 해두 조카는 보성군 농민동맹 위원장을 맡고 있고, 저는 청년동맹 위원이지라우. 아직은 드러내지 말아야 한답디다."

해두는 광주학생운동 주동자의 하나였다. 광주공립농업학교에 입학하자 독서회인 성진회醒進會에 가입했다. 1929년 10월에 광주학생운동이 터졌을 때, 그 운동을 광주 학생 사회에 널리 퍼트린 서클이 성진회였다. 해두는 1929년 11월에 광주역전에서 시위를 이끌다 일경에 체포되어 재판에 회부되었다. 학교에서 그에게 퇴학 처분을 내렸다. 그는 1930년 10월 18일 광주지방법원 형사부에서 징역 3년 6월을 선고받았으나, 1931년 6월 13일에 대구복심법원에서 징역 1년형으로 감형되어 석방되었다. 체포된 날부터 치자면 1년 7개월 만에 풀려난 것이다.

해두는 감옥에서 나온 뒤 농민 속으로 들어갔다. 그에게는 농민문제가 초미의 관심사였고, 농민을 두루 만나는 것이 공부였으며, 농민들과 토론하는 것이 과업이었다. 신탁통치 반대운동을 벌인 뒤에 그는 운동은 혼자서가 아니라 조직과 함께 벌여야 함을 깨닫고 남로당에 들어갔다. 박헌영의 측근 윤가현이 사촌 매제여서 해두 역시 박헌영 직계가 되었다.

해두는 봉강보다 나이가 위지만 결코 봉강을 딛고 서려 하지 않았다. 언제나 봉강 뒤에서 봉강을 떠받치면서, 남몰래 남로당의 농민 조직을 확산하는 데 혼신의 노력을 다했다. 봉강은 종희를 통해 해두의 정체를 대충은 파악한 셈이었다.

9월 27일이었다. 해질 무렵에 인민위원회 사무실로 해두가 찾아왔다. 그동안 눈에서 푸른 기가 많이 바란 것 같았는데, 산에서 내려온 때로 돌아간 듯이 눈빛이 날카로웠다.

"어야, 동생. 허리가 잘린 것 같네."

"허리가 잘리다니요?"

"조선반도 허리 말이네."

미군이 인천상륙작전을 펴서 인민군 허리를 잘라놓았다는 것이었다. 봉강은 크게 놀랐다. 해두는 다시 입산해야 한다며, 이번에는 태백산맥 줄기를 따라 북으로 가야 할지 모른다고 했다.

"동생도 같이 올라가세."

"저는 따라갈 당이 없는디요."

"14연대 반란 때 동생은 인민위원장을 맡을 것이라는 소문만으로 갖은 수모를 당하고 몇 달씩 유치장 신세를 졌네. 이번에는 인민군 치하에서 인민위원장을 맡았은께 후환이 만만치 않을 것이네."

"그래도 저는 여기 있겠습니다. 어머니를 모시고 갈 수도 없고, 그렇다고 어머니를 여기 계시게 하고 저만 갈 수는 더욱 없지요."

어머니만이 아니었다. 새로 맞은 아내 최승주가 있고, 갓난아기인 은희도 있고, 봉강을 빼닮은 어린 아들 길상이가 있고, 큰아들 춘상이와 딸 송숙이, 작은아들 건상이도 있고, 조카들인 국상이와 훈상이도 있었다. 또한 동애 정각수 할아버지가 기둥에 걸어둔 삼의도 있고, 이인里仁 즉 나고 자란 고장 보성이 인후한 마을이 되게 하고 싶은 봉강의 오랜 꿈도 있었다. 해두가 고개를 끄덕였다.

"내가 겪어본께, 길이 끝나면 산이 나오고, 산이 끝나면 다시 길이 나오대. 김일성 장군이 미군한테 뒤통수를 맞긴 했네만, 그러나 우리 뒤에는 소련과 중공이 있네. 반드시 양키 놈들을 반도에서 몰아내고 말 것이네. 그때까지 쪼금 기다리소."

봉강은 고개를 저었다. 숨어 있던 가슴속 응어리가 불끈 치솟았다.

"형님, 분단을 택한 그 순간에 우리 역사에는 패배가 예비되었어요. 분단 노선이 전쟁의 참화를 불러온 것이어요. 전쟁은 내전에서 끝나야 해요. 미국이 덤벼들었는디 이에 맞서 소련과 중공까지 뛰어들어 국제전을 벌이면 온 나라가 피바다가 되지 않겠어요?"

해두의 시선이 화살이 되어 봉강의 눈에 꽂혔다. 아랑곳하지 않고 봉강이 이었다.

"저는 미군이 치고 올라가는 것도 바라지 않지만, 인민군이 다시 밀고 내려오는 것도, 소련과 중공 연합군이 전쟁에 뛰어드는 것도 원치 않아요. 남북은 하루라도 빨리 총질을 멈추고, 평화통일을 위한 남북대화를 재개해야 해요."

해두가 봉강을 노려보다가 쏘아붙였다.

"우리가 서로 생각이 다르다고 알고 있었네만은 이렇게 다를 줄은 몰랐네.”

“그래요. 형님은 형님의 길을 가시씨요. 나는 내 길을 갈랍니다.”

그날 저녁에 봉강은 새방에서 아내와 마주 앉았다.

“인민군이 패주하고 있소.”

“곧 낙동강 전선을 무너뜨릴 것이라고 남로당 사람들이 큰소리쳤잖아요?”

“미군이 인천에 상륙했소. 허리가 잘린 것이요.”

“어머. 우린 그럼 어떻게 하죠?”

“조용히 숙명을 맞이해야겠지요. 김일성이 이겨도 나는 쫓겨날 운명이었소. 이승만이 이기면 응당 처단을 당하게 되어 있었고요. 전에 말했잖소? 나의 실패는 다 예비된 것이었소.”

아내 최승주가 고개를 저었다.

“아니죠. 어느 쪽이 이기는지에 상관없이 당신에게는 승리가 예비되어 있었어요. 당신은 당신 할 일을 하셨잖아요?”

크로마이트 chromite

서울이 인민군 치하에 있던 1950년 7월 중순이었다. 해진은
조선노동당 서울시당의 문화부장을 맡았다. 경사가 겹쳤다. 당
에서 그의 아내 전예준을 공립인 C여학교의 교장에 임명했다.
전예준은 이화여전을 졸업한 뒤 교사가 되고 싶었으나 정해진
을 만나 결혼하자 그 꿈을 접었다. 한때 양정원에서 학생들을 가
르치면서 보람을 느끼기도 했다. 그런데 이제 명문 여학교의 교
장이 된 것이다. 고진감래苦盡甘來였다.

해진은 한 달도 지나지 않아 인천시당 위원장으로 자리를 옮
겼다. 해진이 원하던 바였다. 인천은 수도권의 핵심 공업지역으
로, 해진에게는 정치운동의 거점이었다. 인천에서 김선우 등 오
랜 노동운동 동지들을 만날 수 있다니 가슴 벅찬 일이었다. 서울
시당에 있을 때는 박헌영계의 인텔리 출신들과도 얼굴을 마주
쳐야 하는데 그에게 그건 그리 유쾌한 일이 아니었다. 좌파 먹물

들이 구사하는 상투적인 언어들이 역겨울 때도 많았다. 노동자 세상에 친숙해진 그로서는 날마다 낯익은 노동자들과 만나 노동자 언어로 노동자 세상의 미래를 설계하는 일이 더 기쁘고 보람찼다. 숨어서 다른 사람 눈을 피해가며 귀엣말을 나누는 것이 아니라, 이제 백주에 대로에서 큰소리로 노동자 세상의 청사진을 논할 수 있는 꿈같은 현실이 펼쳐지고 있었다.

바로 그 순간에 딴 곳도 아닌 인천에서 상상할 수 없는 반전이 일어났다. 미군이 상륙작전을 감행한 것이다. 미군은 먼저 속임수를 썼다. 동해안 상륙작전을 펼 것처럼 미군함 미주리호에서 삼척 일대에 요란한 공습을 퍼부었다. 다음에는 서해의 군산에도 상륙작전 수준의 대대적인 포격을 가했다. 9월 4일에는 상륙 지점인 인천을 고립시키기 위해 인천 일원을 공습했고, 9월 13일에는 월미도를 포격했다. 그날 동해안 영덕에서도 장사상륙작전을 벌였다.

미군은 이런 일련의 위장 공세를 편 뒤에 본격적인 인천상륙작전을 감행했다. 제1단계로 15일 오전 6시에 한·미 해병대가 월미도상륙작전을 개시했다. 작전은 개시 2시간 만에 끝났다. 2단계로 한국 해병 4개 대대, 미국 제7보병사단, 제1해병사단이 인천을 점령하고 김포비행장과 수원을 장악했다. 마지막 제3단계로 한국 해병 2개 대대, 미국 제1해병사단이 20일 한강을 건넜다. 27일 정오에는 한국 해병대가 중앙청에 태극기를 걸었다. 그것으로 암호명인 크로마이트작전Operation Chromite이 끝났다.

인천상륙작전이 성공하자 인민군의 사기는 땅에 곤두박질했다. 낙동강 전선에 매달려 있던 인민군은 독 안에 든 쥐가 되었다. 미군과 국군은 상륙작전을 실시한 지 보름 만에 38선 이남을 수복했다. 인민군은 졸지에 10만 병력을 잃었다.

해진은 기가 막혔다. 우리 부부가 동시에 오른 절정은 급전직하急轉直下의 절벽이었는가? 해진은 급히 서울로 가 아내 전예준과 함께 인민군 트럭에 올랐다. 정원의 두 배 이상이 타고 있었지만 아무도 입을 열지 않았다. 트럭은 북으로 북으로 달렸다. 해진이 지하운동을 펴는 동안 얼굴 한 번 찡그린 적이 없던 전예준이 해진의 어깨에 기대어 훌쩍였다. 인민군들이 자꾸 곁눈질을 하자, 해진이 귀엣말로 핀잔을 주었다.

"당신답지 않게 왜 그러시오?"

"두 아들."

전예준은 보성에 두고 온 두 아들 국상과 훈상의 얼굴이 눈앞에 어른거려 가슴이 미어질 것 같았다.

"걱정 말아요. 우리 인민군이 머잖아 다시 보성까지 밀고 내려갈 거니까."

29일이었다. 봉강은 아침 일찍 인민위원회 사무실로 나가 사무실을 지켰다. 그 사실을 알고 일철과 기복이 사무실로 왔다. 일철은 한복 바지저고리 차림이었지만, 기복은 검게 물들인 군복 상의에 당꼬쓰봉 바지를 입고 군화를 신고 있었다. 보성 천하가 아는 왕년의 싸움꾼 이력이 역연하게 드러났다. 둘이서 봉강을 보챘다.

"거북정으로 가셔서 함께 사후책을 의논하십시다요."

"여기 계시면 안 된당께요."

그러나 봉강은 의자에서 일어나지 않았다. 일철이 사무실 밖으로 나갔다가 황급히 돌아왔다.

"경찰이 오고 있는디요."

곧 경찰 두 명이 사무실로 들어섰다. 그들 뒤로 청년 다섯 명이 따랐다. 경찰 하나가 나섰다.

"저희들이 모시겠습니다."

봉강은 자리에서 일어섰다. 경찰이 포승줄로 봉강을 묶으려 했다.

"여보시요. 꼭 묶어야겠소?"

기복이 미간을 잔뜩 찌푸리고 경찰을 쩨려보았다. 봉강이 일렀다.

"자네들은 참견하지 말소."

경찰은 봉강을 묶어 국민학교 운동장으로 끌고 갔다. 붙들려 온 사람들이 족히 백여 명이 넘게 운동장에 줄을 지어 서 있고, 그 줄 옆으로 십여 명은 새끼줄로 묶인 채 땅에 무릎을 꿇고 있었다. 느티나무 아래 서 있던 최석철이 소리쳤다.

"면 인민위원장 정해룡이가 붙잡혀왔다!"

청년들이 몰려왔다. 하나가 몽둥이를 꼬나들고 봉강에게 달려들었다. 기복이 눈 깜짝할 사이에 그를 발로 차 쓰러트렸다. 청년단원들이 기복을 둘러쌌다. 기복이 호주머니에서 단도를 꺼내들고 청년단원들을 노려보았다. 눈초리가 매서웠다. 경찰이 소리쳤다.

"양쪽 다 가만있어!"

곧 경찰 지프차가 오더니 봉강을 경찰서로 연행했다.

밤이 깊었다. 해두는 청년 몇 사람을 시켜 산에 뿔뿔이 흩어져 있는 사람들을 산성터에 집합시켰다. 모인 사람이 팔십여 명에 이르렀다. 그중에 환갑을 넘었거나 환갑에 가까운 노인과 마흔 살 이상의 여자가 스무 명이 조금 넘었다. 덩달아 산으로 올라온 사람들이었다. 해두는 그들에게 날이 밝으면 마을로 내려가라고 했다.

남은 병력을 다시 두 부류로 나누었다. 당 활동에 적극 가담한 자로 장기적인 야산대 투쟁에 참여할 의사가 있는 정예대원이 한 부류고, 당 활동이 미미한 자나 당에 가입한 적이 없는 자로 당분간 일림산에 피신했다가 시기를 보아 하산하면 될 사람이 다른 부류였다. 해두는 전자를 군당부대, 후자를 면당부대라고 이름 붙였다. 군당부대로 넣을 만한 병력은 모두 스물두 명이었다. 군당부대는 만약 군경에 밀리면 지리산으로 들어가고, 거기서 중앙당 지시를 받아 태백산 줄기를 타고 월북하는 것도 불사해야 하는 부대였다. 해두는 부대원들에게 그럴 확고한 의지가 없으면 빠지라고 했다. 종희는 형 종철의 눈치를 살피고는 대열에서 나와 면당부대로 옮겼다. 남로당 비밀당원이긴 하나 형 종철이 야산대 투쟁을 할 것이 빤한데 어머니를 홀로 두고 지리산이나 태백산으로 갈 수는 없었다. 종희 말고도 다섯 명이 면당부대를 택했다. 양정원 일 회 졸업생으로 새납을 잘 부는 백교리 선일호도 종희 뒤를 따랐다. 그는 동생 선일조가 입산했다가 경찰에 사살되자 남로당 비밀당원이 된 이였다. 남은 병력은 고작 열여섯 명이었다. 해두는 군당부대를 지휘할 대장을 뽑자고 했다. 한 청년이 해두를 지명했다. 해두가 맡을 일이었다.

"알았소. 이제 나를 대장이라고 부르시요."

나머지 마흔 명이 조금 넘는 사람들에게는 면당부대 지도부를 뽑아 지도부 지시에 따라 일림산을 중심으로 활동하되, 상황에 따라 오봉산이나 모후산 또는 백아산에서 활동하는 다른 야산대와도 연대하여 작전을 펴라고 했다. 면당부대는 부대원들의 민주적 절차를 거쳐 전일리의 권갑동이라는 청년을 대장으로 뽑았다. 기골이 장대했다.

부대를 둘로 나눈 해두는 별도의 지시가 있을 때까지는 아무도 움직이지 말라고 일러두고, 두 부대에서 건장하고 날랜 청년 열 명을 뽑아 별동대를 만들었다. 물론 그 안에 종철도 들어 있었다. 해두는 그들만을 따로 불러 은밀한 작전을 지시했다. 그들은 곧 종철을 따라 어둠 속으로 사라졌다. 별동대는 세 시간쯤 지나 총과 수류탄을 가져왔다. 지서를 습격했는데 피아간에 단 한 사람도 다치지 않았다고 했다. 군당부대가 부대원 수에 맞추어 총과 수류탄을 지니기로 하고 나머지는 면당부대에 넘겼다.

해두는 군당부대원을 따로 불러 새벽에 이동을 시작했다. 행선지는 밝히지 않았다. 아무도 어디로 가는지 묻지 않았다. 앞장서서 걷는 해두에게 종철이 다가왔다. 종철은 조카인 해두를 '대장님'이라고 불렀다.

"대장님, 잠깐 의논드릴 일이 있는디요."

"뭔 일이요?"

"친구 하나를 데려와야겠어요."

"누군디요?"

332

"바깥으로 새면 안 될 것을 많이 알고 있는 친구여요, 야산대 활동을 할라면 꼭 자기도 데려가라고 했어요."

"그냥 놔두고 가면 안 되겠소?"

"데려와야 후환이 없을 것 같은디요. 사내끼리 한 약속도 있고…."

해두는 머뭇거리다가 결론을 내렸다.

"얼른 데려오시요."

돌아서는 종철을 불러 세웠다.

"모후산에 바람골이라는 데가 있소. 동트기 전에 그리 오시요."

종철은 일림산을 횡으로 헤치며 회령 뒷산으로 가서 마을로 내려가 친구 곽대수의 집으로 갔다. 국민학교와 중학교 모두 동기인데 중학 시절에는 클럽을 만들어 둘이서 학생들을 휘어잡았다. 대수 아버지는 군청 임시 직원을 지낸 뒤에 면사무소에 정식 직원으로 발령을 받은 이였다. 보성 공무원 사회를 꿰뚫었다. 종철은 대수의 도움을 얻어 군데군데 비밀당원을 박아둘 수 있었다.

"너, 나하고 같이 입산할래?"

"그래야겄제. 같이 야산대 하기로 약속했은께."

둘은 곧 산으로 들어갔다.

"목적지는 모후산 바람골이여. 동 트기 전에 가야 써."

"바람골 가는 길은 내가 훤한께 나만 따라와."

대수는 마을 사람 말고는 모르는 지름길이 있다며 앞장섰다. 종철은 중학교를 졸업한 뒤에 광주로 올라갔기 때문에 시골길은 대수보다 어두웠다.

"무조건 지름길로만 간다고 되는 것이 아니여. 경찰을 피해야 써."

"경찰이 으디으디 잠복하고 있는지 훤히 알고 있은께 걱정 마."

둘은 걷다가 뛰고 뛰다가 걸었다. 대수가 걸음이 빨라 뒤쫓기가 쉽지 않았다. 대여섯 시간이 지나서였다. 멀리 모후산 기슭이 보였다. 들판을 가로지르면 동트기 전에 바람골에 닿을 수 있을 것이었다.

대수가 도랑 앞에서 걸음을 멈추었다.

"야, 바람도 시원하고…, 기분 조옿다."

대수가 엄지와 검지를 구부려 입안에 넣고는 휘익 휘파람을 불었다. 대수는 휘파람 소리를 누구보다 크게 내는 장기가 있었다.

"너, 뭔 짓거리냐?"

"기분이 좋아서…."

"그래도 인마, 휘파람 불면 안 돼."

"알았어. 다신 안 불께."

대수가 종철에게 물었다.

"너, 또랑 건너뛸 수 있겠냐?"

"이까짓 거야 식은 죽 먹기지."

"그럼, 먼저 뛰어."

종철은 휙 몸을 날렸다. 종철이 도랑을 훌쩍 뛰어 반대편 둑에서 돌아서는 순간 따당 총성이 울렸다. 종철이 픽 쓰러졌다. 종철은 건너편을 보았다. 대수가 우두커니 서 있었다.

"대수야, 엎드려."

대수는 움직이지 않았다. 종철이 일어서려는데 다리가 말을 듣지 않았다. 다리에 총을 맞은 것이었다. 그때 여럿이 소리쳤다.

"움직이지 마. 쏜다."

종철이 대수를 노려보았다. 여전히 우두커니 서 있었다.

"니가⋯."

종철이 몸을 일으키며 총을 추켜들었다. 따당 총성이 울렸다. 연발음으로 미루어 M-1 총소리였다. 종철이 푹 고꾸라졌다. 그의 나이 스물여섯이었다.

해두는 바람골로 가지 않고 바람골이 내려다보이는 숯바위에 올라가 있었다. 먼동이 트고 있지만 종철은 나타나지 않았다. 멀리 군인을 태운 스리쿼터가 산기슭을 향해 달려오고 있었다. 종철이 아재가 당했구나. 사람 좋은 사람은 사람한테 당하게 마련인디…. 반은 내 잘못이여. 해두는 대원들과 함께 잡목을 헤쳐가며 산길을 재촉했다.

10월이 되자 한산하던 지수 사진관에 손님이 몰렸다. 도민증 덕분이었다. 현역 군인이나 공무원으로 도민증 발급을 원치 않는 자, 만 13세 미만인 자, 노쇠하거나 질병으로 기동할 수 없는 자, 만 3개월 미만의 도내 거주자 등을 제외한 모든 사람이 도민증을 발급받아야 하는데, 그러려면 누구나 상반신 소형 사진 두 장을 내야 했다. 지수는 혼자서는 감당할 수 없어 해중에게 도움을 청했다. 사진관을 찾아오는 사람들에게는 지수가 사진을 찍고, 해중에게는 카메라를 들고 여러 동네를 돌아다니며 사진을 찍어오게 했다. 형편이 어려운 사람에게는 돈을 받지 않고 찍어주어, 인심이 넉넉하다는 평판도 얻었다. 어느 날 견화가 지수에게 물었다.

"이녁은 이럴 줄을 미리 알고 사진술을 배운 것이요?"

"아니요. 도민증이라는 것을 만들지 누가 알았겠소?"

"나는 이녁을 만나 땡 잡았고, 이녁은 도민증을 만나 땡 잡았소."

도민증 사진을 찍은 뒤로 새로운 풍속이 생겨났다. 처녀 총각이 선을 볼 때 직접 대면하지 않고 먼저 사진을 교환하는 것이 관행으로 자리 잡아갔다. 전쟁이 아직 끝나지 않아 나이 든 처녀가 나들이하는 것이 부담스러운 상황이어서, 맞선을 보기 전에 사진을 교환하는 것이 당연하게 여겨졌다. 나이가 찬 처녀 총각은 으레 사진관에 와서 미리 사진을 찍어두었다. 지수는 조명이나 표정 등에 세심한 주의를 기울였고 연필로 필름에 잔손질도 해서, 인근에 사진 잘 찍는다는 소문이 돌았다. 선보는 사진을 찍기 위해 이웃 면이나 보성읍에서까지 지수 사진관을 찾아오는 처녀 총각도 있었다.

돈벌이가 쏠쏠한 것은 좋은 일이지만 액이 뒤따랐다. 11월 중순 어느 날이었다. 아침에 사진관 문을 열고 나서 주위를 둘러보는데, 길 왼편에서 석철이 입에 담배를 꼬나물고 다가왔다.

"지수 씨. 오랜만이여."

지수보다 세 살이 적은데도 반말이었다. 석철이었다.

"요새 가마니에 돈을 긁어 담기도 바쁘담서?"

그가 말머리를 돌렸다.

"지수 씨가 할 일이 생겨부렀듬마."

"뭔 일?"

"경찰에서 부를 것이여. 기다려보면 알것제."

오후 늦게 경찰이 사진관으로 왔다.

"여기서 정해두가 사진을 찍은 적이 있소?"

"없는디요."

"그럼 당신이 쪼깐 도와줘야 쓰것소."

"뭣을요?"

"사진이 없다면, 그 사람 초상화를 한 장 그리시요."

"실물이 없는디 으찌께 그린다요?"

"그리자고 맘만 묵으면 당신 실력에 왜 못 그려? 이건 내 부탁이 아니고 새로 오신 지서장 지시요."

"지서장이 왜 해두 씨 초상화가 필요하답니까?"

"그 사람을 잡아야 하는디 새로 온 경찰들이 그 사람 얼굴을 모른께 사진이나 초상화를 벽에다 붙여 놓겠다고 합디다."

지수는 숨이 막혔다.

"나는 실물이 없으면 못 그리요."

"내가 부탁할 때 순순히 말 들으시요. 안 그러면 당신 혼나요."

"어쨌든 실물이 없으면 나는 못 그리요. 실물이 앞에 앉아 있어도 최소한 열흘은 찬찬히 얼굴을 봐야 그림이 나오요."

"당신이 초상화 그릴 때 며칠 동안 실물을 본다는 것은 우리도 조사해보고 다 알고 있소. 그래도 으쨌거나 간에 그려줘야겠소."

"실물 없으면 나는 못 그린당께요."

해조곡

인민군 세상에서 국방군 세상으로 바뀌었다지만 종관의 처 지산댁은 주로 거북정에서 시간을 보냈다. 지산댁은 남편 종관이 돌아올 때까지는 거북정을 오르내릴 생각이었다. 종부인 윤씨도 그러기를 권했다. 지산댁은 전에는 종부 윤씨가 무서웠는데 이제 미더웠다. 종부는 마치 병아리를 거느린 씨암탉 같아, 그 곁을 맴도는 것만으로도 마음이 놓였다.

시아버지에게 점심을 차려드리기 위해 아기를 업고 거북정에서 나와 집으로 내려가다가 지산댁은 멈칫 섰다. 골목으로 최석철이 올라오고 있었다. 남편과 사이가 좋지 않았지만 석철도 청년단 활동을 하니까 남편 소식을 혹시 알지 모를 일이었다. 석철과 눈이 마주쳤다. 전 같으면 저쪽에서 인사를 해도 받을 둥 말둥 했겠지만 지금은 사정이 달랐다. 먼저 인사라도 건네려는데 다행히 석철이 먼저 말을 걸어왔다.

"아따, 오랜만이요. 애기는 잘 크요?"

"예."

"종관이 단장은 잘 있지라우?"

지산댁이 반문했다.

"혹시 그이 소식 못 들어봤소?"

"뭔 소리요?"

"집을 나간 지가 솔찬히 되었어라우."

석철이 고개를 갸웃했다.

"인민위원회 치안대장을 맡을 것이라는 소문이 돌았는디?"

"안 맡았어요. 나보고 잠깐 친정에 다녀오라고 해놓고는 으디로 가부렀어요."

석철이 물었다.

"집에 별다른 일은 없소?"

"예. 다른 일은 없구만이요."

"우리 집은 좌익 새끼들이 불을 싸질러부렀소."

석철은 허허, 웃고 나서 이었다.

"정 단장 일은 내가 여그저그 알아볼게요, 잉."

지산댁은 이튿날도 비슷한 시간에 거북정에서 나와 시아버지 점심을 차려드리려고 집으로 갔다. 뜻밖에도 석철이 툇마루에 앉아 있었다. 지산댁을 보자 그가 일어섰다.

"미안하요. 주인도 없는 집에 들어와서…."

그가 말을 이었다.

"내가 알아봤는디, 정 단장이 유도하는 친구하고 광주에 갔다고 합디다. 세상이 바꿔졌은께 곧 돌아오겠지라우."

그때 마침 시아버지 정충수가 사립을 열고 안으로 들어섰다. 석철이 일어서서 꾸벅 인사를 했다.

"식구들이 걱정할 것 같아서 정 단장 소식을 쪼깐 알아봤구만이요."

정충수가 미간을 폈다.

"으디 있답디까?"

"유도하는 친구랑 광주에 있는 모양인디, 곧 내려오겠지요."

"아따. 그라면야 오직 좋겠소. 으짜든지 고맙소."

"자, 저는 갈랍니다."

석철은 지산댁과 시아버지 중간쯤에 대고 꾸벅 인사하고 나갔다.

"짜식이, 얼렁 내려오든지 아니면 기별이라도 보내줘야제."

시아버지는 며느리 들으라고 큰소리로 말해놓고 사랑채로 갔다.

밤이었다. 지수 내외는 안방에 나란히 누워 있었다. 남쪽 벽에 낸 봉창이 달빛을 받아 마치 백목련 꽃잎처럼 고왔다.

"봉창이 밝은 걸 보니 오늘이 보름밤인가?"

"그래요. 보름이어요."

"이녁이 이난영 노래를 잘하지 않소? 바닷새 노래 불러보시요. 해조곡海鳥曲 말이요."

"며칠 전에도 불렀는디, 또요?"

"이녁이 제일 잘 부르는 노래가 그 노래요. 듣고 또 들어도 참말로 좋소."

지수는 이난영의 원곡은 너무 빠르다며 느리게 부르라고 했다.

갈매기 바다 위에 날지 말아요

물 항라 저고리에 눈물 젖는데

저 멀리 수평선에 흰 돛배 하나

오늘도 아, 가신 님은 아니 오시나.

지수는 견화 곁에서 턱을 두 손으로 괴고 엎드려 견화 얼굴을 내려다보며 노래를 들었다. 견화는 콧소리를 낼 때 간혹 콧방울을 발롱거렸다. 지수는 귀로 노래를 들으면서, 그 발롱거림을 보기 위해 시선을 견화 콧방울에 꽂고 있었다. 아무도 모르는, 견화마저 모르는 지수만의 행복이었다.

견화가 해조곡을 3절까지 다 불렀다. 다른 때 같으면 노래가 끝나면 두 손으로 박수를 쳤겠지만 이번에는 그럴 수 없었다. 봉강 생각을 하면 자기 내외가 평안한 것이 죄스러웠다. 잡혀간 봉강은 지금 어떤 상태일까? 줄곧 거북정 살림을 맡아온 종호가 경찰서로 면회를 갔지만 얼굴도 보지 못하고 돌아왔다고 했다. 오늘도 아, 봉강 성님은 아니 오시나? 그러나 지수는 봉강에 대해서는 한 마디도 입 밖에 꺼내지 않고 딴전을 폈다.

"이녁 목은 판소리 목이라기보다 유행가 목이요."

"…."

"판소리는 목으로 소리를 내지 않소? 그런디, 유행가는 목이 아니라 코를 울림통으로 삼아 불러야 제맛이 나요. 듣기 서운할지 모르지만 이녁 목소리는 탁하지가 않고 고와서 판소리 맛이 덜 나요. 그 대신에 비음은 이난영이보다 못할 것이 없소."

"하기사 정응민 선생님도 목소리가 곱기만 하다고 늘 야단을 치셨지라우."

"이녁이 정 선생이 아니라 좋은 유행가 선생을 만났으면 소리꾼이 아니라 유행가 가수가 되었을 것이요."

"그 선생님은 이녁이 좋은 선생을 만났으면 겁나게 이름난 화사가 되었을 것이라고 하십디다."

"나는 이름나지 않아도 좋소. 이녁만 내 곁에 있으면 더 이상 바랄 것이 없소."

"나도 마찬가지여요. 내 노래를 남들한테 들려준들 뭣하겠어요? 이녁이 듣고 좋아해주면 되지라우."

지수가 견화 겨드랑이에 손을 넣으려 하자 견화가 몸을 비틀어 막았다. 전에 없던 일이었다. 견화가 정색을 했다.

"내가 쪼깐 이상하당께요."

"이상하다니?"

"달거리를 거른 지 두 달이 지났구만이요. 전에는 그런 일이 한 번도 없었는디…."

지수가 벌떡 윗몸을 일으켰다.

"아니, 애기가 들어선 것 아니요?"

"그런 것 같구만이라우."

"아니, 그것이 왜 쪼깐 이상한 일이요. 겁나게 큰일이제."

지수는 견화를 꼭 안아준 뒤에 견화의 속곳을 내렸다.

"아따, 참으시요. 애기한테 안 좋을지 모른께요."

"에이. 씨만 뿌렸지 아직 싹도 안 텄을 것인디…."

말은 그렇게 했지만 지수는 견화의 배에 오르지 않았다. 견화 배 속의 아기를 생각해서가 아니었다. 유치장에 갇혀 달을 바라보고 있을지 모르는 봉강의 얼굴이 떠올라서였다. 지수의 눈이 반짝였다. 달빛을 받은 봉창 아래 들추어놓은 견화의 배는 하얀 화선지였다. 지수는 새끼손가락에 침을 찍어가며 배에다 그림을 그렸다.

"내 배에다 뭣을 하시요?"

"아기 얼굴을 그리고 있소."

"오메오메. 배에다 아기를 그리다니…."

"…."

"아들아기를 그리시요, 딸아기를 그리시요?"

"무심코 그리는디…, 딸아기요."

"내가 딸을 뺐는갚소."

"더도 말고 덜도 말고 똑 이녁을 닮은 딸이면 좋겠소."

견화가 말머리를 돌렸다.

"아따. 봉강 어른은 은제 나오실께라우?"

견화도 줄곧 봉강 걱정을 하고 있었던 것이다. 그 말을 듣고 지수는 견화의 배에 오를 생각을 아예 접었다.

"금메…. 도민증 덕에 돈벌이는 쏠쏠한디, 봉강이 갇혀 있어갖고 쇠고기 한 근 사다 드릴 수가 없소."

견화가 해조곡을 부르고 지수가 견화 배에 아기 얼굴을 그린 뒤에, 함께 봉강 걱정을 하는 그 시간에도 건장한 청년 하나가 지수 툇마루에 걸터앉아 있다는 것을 지수 내외는 알 리 없었다. 청년단장 최석철은 내외가 잠이 든 뒤에도 툇마루에 우두커니 앉아 있다가 담배 한 개비를 다 태우고 나서야 일어서서 마당을 나갔다.

경찰이 사진관으로 들어섰다. 며칠 전에 봤던 경찰이 아니었다. 키가 땅딸막한데 눈에 독기가 넘쳤다.

"여기서 정해두가 사진을 찍은 적이 있소?"

"없는디요."

"그럼 날 따라오시요."

"왜요?"

"따라오라면 따라와, 씨벌놈아."

최소한 서너 살은 지수보다 아래일 것 같은데 다짜고짜 쌍말이었다. 지수는 사진관 문을 닫고 절룩거리며 경찰을 뒤따랐다. 지서에 들어서자마자 경찰이 지수의 오른쪽 발목을 후려 찼다. 지수는 바닥에 나동그라졌다. 경찰이 지수의 가슴팍을 한 발로 밟고 다그쳤다.

"해두놈 초상화 그릴 테여, 아니면 나한테 맞아 죽을 테여?"

드러누운 채 지수가 대답했다.

"실물이 없으면 그릴 수가 없소."

"뭣이여? 당신, 디지고 싶어?"

그때 청년단장 최석철이 지서로 들어섰다.

"아따, 차석님이 험한 일을 직접 할라고 그러시요?"

석철이 차석을 밀어냈다. 석철이 지수의 멱살을 잡고 일으켜 세웠다.

"말로 할 때 그릴 테여, 두들겨 맞고 그릴 테여?"

"나는 실물이 없이 초상화를 그려본 적이 없어."

지수 눈에 불이 번쩍 튀었다. 지수는 벌렁 나가떨어졌다. 석철이 주먹을 날린 것이다. 바닥에 누워 있는 지수의 오른팔을 석철이 밟고 섰다.

"그릴래, 안 그릴래?"

"실물이 없으면 못 그린다고…."

석철이 구둣발로 지수의 손을 사정없이 짓밟았다.

"이래도 안 그릴래?"

지수는 독이 올랐다. 누운 채 소리쳤다.

"해두 씨를 잡아와. 그럼 내가 그 양반 얼굴 보고 그릴 텡께."

"뭣이라고? 해두를 잡을라고 초상화를 그리라는 것인디, 그놈을 잡아오면 그리겠다고?"

석철이 지수 손을 콱콱 두 번 짓밟았다.

"이래도 안 그릴래?"

지수가 악에 받쳐 소리쳤다.

"사람 잡는 데 쓸 초상화는 못 그린다. 이놈아."

"어마, 이 쌔끼 봐라. 이 새끼한테 이런 구석이 있네."

석철이 뒤로 돌아서더니 각목을 집어 들었다.

"너, 그릴래, 안 그릴래?"

"나는 그런 그림은 안 그린다."

"안 그리겠다면 손모가지를 좃아불 텡께, 다시 말해봐. 그릴래 안 그릴래."

석철이 놈한테 질 수는 없었다. 지수는 있는 힘껏 소리쳤다.

"절대로 안 그린다, 이놈아! 차라리 나를 죽여라."

석철이 지수의 손을 각목으로 세 번이나 내려찍고는 발길로 얼굴을 힘껏 걷어찼다. 지수는 그만 까무러치고 말았다.

이튿날 지수는 견화와 함께 광주 제중병원에 갔다. 광주에서 제일 큰 병원이었다. 의사가 왜 이렇게 많이 다쳤느냐고 물었다. 경찰한테 당했다고 하자 더 이상은 아무것도 묻지 않았다. 의사는 엑스레이를 찍고는 부목을 대어 손가락을 고정시켜놓고 열흘 뒤에 다시 오라고 했다. 뒤에 다시 병원에 가자 의사는 오른쪽 팔꿈치에서 손끝까지 깁스를 해주었다. 다른 말은 없이, 석 달이 지나면 다시 오라고 했다.

광주에서 버스를 타고 보성읍으로 오기까지 지수와 견화는 아무 말도 주고받지 않았다. 읍에서 차를 내려 율포까지는 걸어야 했다. 견화가 뜬금없는 말을 했다.

"여보, 이녁이 사장을 하면 되겠소."

사진관에 해중이를 데려오자는 것이었다.

"이녁은 사장님이 되고, 해중이를 사원 삼아서 사진을 찍게 하면 되겠소."

그럴싸한 말이었다. 그러나 지수는 대꾸하지 않았다. 견화가 싱긋 웃었다.

"애기가 컸을 때 아부지가 사장님이면 얼마나 좋겠소?"

지수 시선이 견화의 배를 향했다. 물론 아직 티가 나지는 않았다. 집에 들어서자 견화가 손으로 툇마루를 가리켰다.

"여그 앉아서 쪼깐 기다리시요."

견화는 부엌으로 들어가 아궁이에 불을 지폈다. 조금 뒤에 견화가 우물로 가서 펌프질을 해 대야에 찬물을 채워 지수 곁으로 가져오더니 부엌에서 더운 물을 한 바가지 퍼 와서 대야에 부었다.

"얼굴 내미시요. 내가 세수시켜 드릴 텡께요."

"아니요. 내가 왼손으로 세수하면 돼요."

"아따, 내가 하고 싶어서 하는 일이요. 내 말 들으시요."

견화는 손으로 물을 퍼서 지수 얼굴을 씻긴 뒤에, 대얏물을 갈아 왼손과 두 발도 씻겼다.

"내가 돌쇠라는 놈 덕분에 호강을 하요."

"워메. 그놈 이름은 입에 담지도 마시요. 소름이 끼치요."

대야의 물을 마당에 뿌리는 견화의 뒷모습을 보던 지수의 시선이 한 곳에 붙박였다. 은비녀의 한쪽 끝이 송곳처럼 날카로웠다.

"그 은비녀, 난장에서 노래 불러서 탄 비녀 맞지요?"

"예."

"비녀 끝이 전에는 두리뭉실했는디…."

"이녁이 손을 다치고 온 날 밤에 이녁은 끙끙 앓음시로도 눈을 붙이십디다만, 나는 분해서 잠이 안 옵디다. 부엌에 가서 새벽닭이 울 때까지 숫돌에다가 은비녀 끝을 갈았소."

"아니, 왜요?"

"그놈이 당신 손을 짓이겨분 것으로 그칠 것 같으요? 은젠가는 나를 노릴 것이요. 전에 그놈이 나를 수수밭으로 끌고 가 덮칠라고 했을 때, 칼이나 송곳을 지니지 않은 것이 한스럽습디다. 또 그놈이 나한테 덤비면 이 은비녀로 그놈 급소를 찔러불 참이요."

송정 박태규가 유치장에서 봉강을 면회했다. 벌써 세 번째였다. 봉강은 운동장에서 청년들에게 행패를 당하는 건 면했지만, 경찰서 취조과정에서는 달랐다. 매질이 심했다. 얼굴도 맞아 붓고, 입술도 터졌다. 몸에도 여러 군데 멍이 들었다. 경찰은 봉강의 인민위원회 행적을 다 캐물은 뒤에, 남로당이 경찰이나 관공서에 심어놓은 프락치를 대라고 했다. 나는 남로당에 입당한 적이 없소. 이미 없어진 지 오래지만 마음으로는 아직도 여운형 선생의 근로인민당이오. 그 당 말고는 어떤 당에도 들어간 적이 없소. 물론 프락치를 심은 적도 없소. 봉강이 아무리 그렇게 말해도 곧이듣지 않았다. 매질이 따랐지만 달리 할 말이 없었다. 답답하기는 송정 박태규도 마찬가지였다.

"어야, 봉강. 자네 일로 내가 죽겠네."

"…."

"이 사람들은 봉강이 남로당이라는 것이네."

"송정 어른께서는 저를 아시잖습니까? 꼭 당적을 대라면 저는 여전히 근민당입니다."

"나도 그렇게 알고 있는디, 이 사람들은 자네 집안사람들이 다 남로당이라면서 자네도 그렇다는 거여."

"인민위원장을 한 것으로 처벌한다면 죽어도 좋습니다. 그러나 사실도 아닌 남로당 당적으로 죽을 수는 없습니다."

"그러제. 그러고말고."

송정은 곧 울상이 되었다.

"그런디 으짜까? 이놈들이 도무지 믿지를 않는단 말이여."

송정은 잔뜩 미간을 찌푸렸다.

"어야, 봉강. 봉강이 남로당하고는 관계가 없다는 것을 증명할 방법이 없을까? 그걸 입증하지 못하면 나로서도 속수무책이 될 것 같네."

면당부대 대장인 권갑동은 부대원 수를 확인했다. 마흔두 명이었다. 봉강의 나이 어린 삼촌 종희가 편제를 짜야 한다며 안을 냈다. 부대장 직속으로 군사부원과 정치부원 두 사람을 두어 부대장과 함께 세 명으로 지도부를 구성하고, 병력을 4개 소대로 나누자는 것이었다. 그런 문제는 생각해본 적이 없어서 종희가 하자는 대로 했다. 종희가 보성 좌파의 모스크바로 소문이 난 거북정 일족이라는 사실이 종희의 힘의 바탕이 되었다. 종희는 정치부원이 되어 사실상 모든 결정에 간여했다. 종희는 일 하나하나에 작전이라는 말을 붙였다. 걷기 작전, 먹기 작전, 누기 작전, 자기 작전 등 작전명이 꽤 많았다.

부대원들은 산 중턱에 아지트를 꾸려 숙영하되, 한 곳에 머물지 않고 계속해서 이동작전을 폈다. 마흔두 명이 적은 것 같지만 산에서 몰려다니기에는 수가 많았다. 그래서 이동작전은 소대 단위로 하되, 소대 간에 최소한 100m 정도는 거리를 두게 했다.

마침 면당부대에 들어온 여자가 넷이어서 그들을 각 소대에 한 사람씩 배치해 먹기 작전을 주관하도록 했다. 모두 여맹 활동을 열성적으로 한 여성들이었다. 먹기 작전은 한 소대씩 따로 폈지만 때로는 네 소대가 모두 모여 함께 펴기도 했다. 쌀이나 보리쌀을 가지고 다니며 끼니마다 밥을 지어 먹을 수는 없었다. 연기를 피우는 것도 겁이 나는 일이지만 흔적을 남기지 않는 일도 쉽지 않았다. 부대장은 가끔 부대원을 마을에 내려보내 밥을 얻어오게 하는 구식 작전을 폈다. 얻을 구求에 밥 식食 자를 붙인 밥얻기 작전이었다. 대원 모두가 배불리 먹을 만큼 밥을 얻어오는 경우는 한 번도 없었다. 대원이 하나둘 빠져나가더니 열흘쯤 지나자 서른여섯으로 줄었다. 배고픔을 참지 못해 집으로 돌아갔을 것이었다. 양정원 일 회 졸업생으로 새납을 잘 부는 선일호도 그 무렵에 산에서 자취를 감추었다.

누기 작전도 만만치가 않았다. 소변이야 적절히 해소하면 되지만 대변을 보는 일은 각별히 신경을 써야 했다. 대원들이 따로따로 장소를 물색하는 일도 간단치 않으려니와, 배설물을 완전히 분해하거나 묻지 않으면 부대 규모나 이동 상황이 군경에 노출될 수 있었다. 뒤에는 띄엄띄엄 땅을 파서 간이변소를 만들어 쓰고, 말끔히 흙으로 덮고 떠났다.

자기 작전도 쉬울 것 같지만 어려웠다. 11월로 접어들자 밤이면 추위를 견디기가 어려웠다. 입산한 지 겨우 두어 달이 지났지만 이미 옷은 해어질 대로 해어졌고, 해어진 틈으로 칼바람이 파고들었다. 12월 이후에는 얼어 죽은 대원도 나왔다.

추위도 추위지만 견딜 수 없는 것이 이였다. 잠이 들려고 하면 이가 슬금슬금 기어 잠을 깨웠다. 한겨울에 옷을 벗고 잡아내도 이는 또 생겼다. 초가을까지만 해도 없던 이가 어디서 생기는지 도무지 알 수 없었다.

그러나 가장 어려운 것은, 피가 피를 부르는 복수극을 보고 듣고 겪는 일이었다. 가장 끔찍한 예가 하야마을에서 일어났다. 면당부대원 몇이 밤에 마을에 내려갔다가 지주 박재도를 죽인 일이 있었다. 얼결에 일어난 사고였다. 이른 아침에 마을 사람 하나가 박재도의 집에 가서 그 아들에게 일렀다.

"네댓 명이 왔어. 달아나는 사람을 내가 봤는디 한 놈은 뒷모습이 틀림없이 오윤규듬마."

박재도의 아들은 사제 총을 가지고 있었다. 사냥을 나가 멧돼지나 고라니를 잡아온 적이 많아 사람들은 그를 박 포수라고 불렀다. 성미 급한 박 포수가 가만있을 리 없었다. 말을 듣자마자 사냥총을 들고 오윤규의 집으로 가 안방 문을 열고 총을 쏘았다. 아침밥을 먹고 있던 오윤규의 아버지와 어머니, 누이동생이 그자리에서 숨졌다.

소식을 들은 경찰이 박 포수 집으로 갔다. 박 포수는 헛간에 숨었다. 박 포수 아내가 나섰다.

"오윤규가 엊저녁에 우리 시아버지를 죽여서 복수한 것이어요."

경찰이 쏘아붙였다.

"오윤규는 한 달째 보성경찰서 유치장에 갇혀 있는디 뭔 소리요?"

박 포수는 다른 식구들한테 아버지 장례를 맡기고 웅치면으로 갔다. 시집간 여동생 집의 사랑채 빈방에 숨었다. 박 포수는 면사무소 직원인 매제를 시켜 경찰에 돈을 써서라도 무마해달라고 부탁했다. 며칠 뒤에 매제가 반가운 소식을 가져왔다. 경찰과 이야기가 잘 되어간다는 것이었다. 매제는 며칠 뒤 다른 소식도 전했다. 오윤규가 유치장에서 풀려났다고 했다.

스무 날쯤 지나서였다. 새벽에 누군가가 박 포수 누이 집의 담을 넘었다. 두리번거리지도 않고 사랑채의 빈방으로 곧장 들어갔다. 잠들어 있던 박 포수를 발로 툭툭 찼다. 박 포수가 벌떡 윗몸을 일으켜 물었다.

"누구여?"

검은 그림자가 성냥불을 켰다. 오윤규였다. 박 포수가 사냥총을 집으려고 손을 뻗쳤다. 오윤규가 발로 박 포수를 걷어찼다. 오윤규는 명주천 대님으로 박 포수의 목을 감아 조였다. 끝장을 내는 데 십 분이 채 걸리지 않았다. 그 뒤 오윤규가 지리산으로 들어갔다는 소문이 돌았다.

구국전선

바람이 쌀쌀했다. 아기가 자고 있어 거북정 안방의 윤씨 곁에
두고 종관의 아내 지산댁은 집으로 향했다. 시아버지 점심을 차
려드려야 했다. 골목을 내려가는데 최석철이 다가왔다.

"아따. 으슬으슬해요."

그가 목소리를 낮추었다.

"정 단장 소식은 들었소?"

"아니요."

"골목에서 크게 떠들 일이 아닌디…."

할 말이 있다는 뜻이었다. 최석철이 지수의 손을 짓이겨 놓았
다는 사실을 아는 터라 꺼림칙했지만 남편 소식을 들을 수 있을
것 같아 박대할 수는 없었다.

"집으로 들어가십시다."

마당으로 들어간 지산댁은 석철에게 툇마루에 앉으라고 해두

고 부엌으로 들어갔다. 뒤뜰에서 따놓은 단감이 있었다. 칼로 단 감을 네 조각으로 잘라 껍질을 깎아낸 뒤에 접시에 올려 들고 나 갔다.

"우리 집 단감인디 드시써요."

"고맙구만이라우."

이제 보니 접시 위에 단감만 덩그렇게 놓여 있었다.

"내 정신 좀 봐. 젓가락 가져오겠구만이라우."

"아니요. 나는 젓가락을 달고댕기요."

석철은 엄지와 검지로 단감을 집어 우둑우둑 씹었다.

"아따. 단감이 달다다요, 잉."

석철은 단감을 금방 먹어치웠다.

"진짜로 정 단장 소식을 모르시요?"

"예."

석철이 고개를 갸웃거렸다.

"광주 유도관에서 유도 사범을 한다든디요."

"뭣이라고요? 사범을 한다고요?"

"예. 확실한 것 같으요."

"…."

"어쨌든 신변에 이상이 없는 것은 틀림이 없은께 걱정 마시요."

석철이 벌떡 일어서더니 돌아섰다.

"혹시 소식 듣게 되면 또 알려드릴게라우."

남편이 유도관에서 태연하게 사범을 하고 있다니 다행스러운 일이었다. 그러나 기분이 개운할 리 없었다. 도대체 그이는 왜 집에 오지 않고 소식도 알리지 않을까? 이해할 수 없는 일이었다.

견화는 빨래를 마치고 나서 찐 고구마로 점심을 때우고 거북정으로 갔다. 윤씨 곁에서 아기가 새근새근 자고 있었다. 지산댁 아들 해석이었다. 지산댁은 시아버지 진지상을 차려드리기 위해 집으로 내려간 모양이었다.

곁에 밥상이 놓여 있지만 윤씨는 미동도 하지 않았다. 밥상에는 깨죽 한 그릇과 갓으로 담근 물김치 한 보시기가 달랑 놓여 있었다. 윤씨가 달미에게 그렇게 달라고 한 것이었다. 봉강이 유치장에 갇힌 뒤로 윤씨는 밥이 넘어가지 않는다며 죽으로 끼니를 때웠다.

"함머니, 내가 죽 떠드릴 텡께, 아."

견화가 수저로 죽을 떠서 디밀자, 윤씨가 수저를 건네받았다.

"아직도 아무 소식이 없구나."

윤씨는 죽을 반 그릇쯤 비우고 수저를 놓았다.

"달미가 끓인 깨죽인께 별미일 것인디, 꼭 소태맛이다."

큰아들 걱정에 입맛을 잃은 것이었다. 문밖에서 기척이 났다.

견화가 방문을 열었다. 일철의 처 진동댁이 안방 앞으로 다가왔다.

"제사 준비를 하겠구만이라우."

그날이 음력으로 9월 스무이튿날이어서 정려 할머니 제삿날이었다. 진동댁은 기복의 처와 달미를 시켜가며 제사 음식을 마련했다. 시루떡도 쪘다. 밤에는 윤씨의 시숙인 종호가 왔다. 종손을 대신해 그가 제주가 되어 제사를 지냈다. 제사가 끝나자 견화는 부엌으로 갔다. 꼭 하고 싶은 일이 있었다.

"제사 음식은 솜씨가 없어서 거들지 못했는디 내가 보기보다는 힘이 씨요. 시루떡을 대밭에 갖다 놓는 일은 내가 할라요."

진동댁은 고개를 저었다.

"혼자 들기에는 무거워. 나하고 같이 들어."

둘은 떡이 들어 있는 시루를 맞들고 가서 대밭 팽나무 밑에 놓았다.

"정려 함머니, 많이 드시씨요, 잉."

진동댁이 두 손을 모아 빌었다. 견화가 물었다.

"왜 제사상에는 떡을 조금 놓고, 팽나무 밑에다는 시루째 놓는다요?"

"옛날 옛적부터 세상이 어지러울 때는 그래 왔다여."

일을 마친 뒤에 견화는 집으로 돌아갔다. 지수는 아직 깨어 있었다.

예비된 실패

"왜 아직 안 주무시고⋯."

"이녁을 기다리고 있었소."

견화는 지수에게 떡을 내밀었다.

"제사 지낸 시루떡이요."

"낼 아침에 먹읍시다."

떡을 밀쳐두고 나란히 누워 잠을 청하는데 총소리가 났다. 먼 데서 나는 소리가 아니었다. 대여섯 방은 쏜 것 같았다.

"뭔 총소리다요?"

"금메."

지수는 일어나서 문고리를 잠갔다. 다시 누웠는데 여러 사람이 뛰어오는 소리가 들렸다. 발자국 소리가 지수 사립문에서 그쳤다. 사립문을 여는 소리가 나더니 누군가가 방문을 훅 잡아당겼다. 문이 잠겨 있는 것을 알고 소리쳤다.

"문 열어. 문 열라고."

지수가 윗몸을 일으켰다.

"누구요?"

"토벌대여. 빨리 문 열어!"

지수가 문고리를 벗겼다. 밖에서 문을 확 열어젖히더니 한 사내가 신발도 벗지 않고 안방으로 뛰어들었다. 사내가 다짜고짜 견화 머리채를 움켜잡았다. 견화가 외마디 비명을 질렀다. 지수가 소리쳤다.

"당신들, 왜 이래?"

아랑곳하지 않고 사내가 속곳 차림의 견화를 밖으로 끌어냈다. 마당에 네 명이 더 있었다. 사내는 견화 머리채를 잡아끌고 골목으로 나갔다. 옆집에서 해중이 밖으로 나왔다.

"당신들, 누구여? 왜 사람을 끌고 가?"

사내 중 하나가 해중을 향해 총을 겨눴다.

"입 닥쳐! 콱 쏴불 텡께."

지수와 해중은 멀찍이서 사내들을 뒤따랐다. 해중이 물었다.

"아까 총소리 들었소?"

"나도 들었제."

"뭔 총소리였을까?"

"금메."

사내들은 견화를 거북정으로 끌고 갔다. 일철의 처 진동댁이 거북정 안마당에 무릎을 꿇고 있었다. 역시 속곳 차림이었다. 사내들이 견화를 진동댁 옆에 무릎 꿇려 앉혔다. 일철과 기복 등이 중문 앞에 늘어서 있었다. 토벌대는 열 명도 넘었다.

하나가 토방 위로 올라섰다. 김억구였다. 억구는 석철의 오른팔이던 김덕구의 동생이었다. 입산한 형의 친구인 득구가 산에서 내려와 형 덕구를 전깃줄로 목을 감아 죽인 뒤부터, 억구는 토벌대에 들어가 최석철의 오른팔 자리를 이었다. 억구가 진동댁과 견화를 가리키며 소리 질렀다.

"느그 두 년이 시루를 들어 팽나무 밑에 둔 것을 우리 대원이 다 봤어. 맞지?"

진동댁이 대답했다.

"예. 맞구만이라우."

"누가 시킨 거여?"

"시킨 사람 없소. 내가 했소."

억구가 다그쳤다.

"안방 할망구가 시킨 거 아녀?"

"큰마님은 아무것도 모르시요. 다 내가 했소."

"큰마님 좋아하네. 세상이 바뀌었는디 지미럴, 큰마님은 무슨 큰마님이여!"

억구가 훌쩍 토방에서 뛰어 내려가 진동댁의 얼굴을 사정없이 걷어찼다. 진동댁이 벌렁 나가떨어졌다. 기복이 앞으로 튀어나오려 하자 일철이 소매를 붙들었다. 억구가 견화 앞에 섰다.

"고개 쳐들어, 쌍년아."

견화가 숙이고 있던 고개를 들었다. 억구가 견화 얼굴도 걷어찼다. 견화 역시 뒤로 나자빠졌다. 두 여자에게 소리쳤다.

"두 년 다 일어서."

362

머뭇거리자 다시 외쳤다.

"일어서란 말이여. 쌍년들아, 일어서!"

둘이 몸을 가누어 일어섰다. 진동댁은 코에서, 견화는 입에서 피가 흘렀다. 억구가 차례로 진동댁과 견화의 뺨을 후려쳤다. 진동댁은 휘청거리다 바로 섰지만, 견화는 옆으로 쓰러졌다. 억구가 견화에게 소리 질렀다.

"엄살떨지 말고 일어서!"

견화가 힘을 내 일어섰다. 억구가 사람들을 휘이 둘러보며 큰소리로 말했다.

"두 년은 총으로 쏴부러도 되디, 단장님이 봐주라고 해서 이것으로 끝내는 것이여. 앞으로 또 개짓거리 하면 그땐 두말없이 총살이여. 총살!"

억구가 성큼성큼 마당을 걸어 나갔다. 토벌대원들이 뒤따랐다. 최석철이 우두커니 서 있다가 이죽거렸다.

"영성 정씨? 반촌? 정해룡이? 좆 깔 테면 까봐. 다 끝나부렀어."

석철이 해중을 보더니 권총을 빼들었다.

"너, 한 방 맛볼래? 죽고 싶어 환장했으면 나와 봐!"

해중이 앞으로 나서려 하자 기복이 붙잡았다. 석철은 일철과 기복 등을 휘이 둘러보고는 권총을 내리고 마당을 걸어 나갔다. 분통을 이기지 못한 기복이 주먹손으로 가슴을 치며 우우우, 신음을 토해냈다.

안방 문이 열렸다. 윤씨가 으스름한 마당에서 진동댁과 견화를 찾아내고는 문을 닫았다. 진동댁이 나직하게 견화에게 말했다.

"우리 둘한테 방 안으로 들어오라고 하신 거여."

진동댁과 견화가 각기 치맛자락으로 얼굴에 묻은 피를 닦고 안방에 들어갔지만 윤씨는 숙이고 있던 고개를 들지 않았다. 견화가 윤씨에게 말했다.

"함머니, 참아. 우린 암상토 않아."

윤씨는 미동도 하지 않았다. 그때, 누군가 마당에서 소리쳤다.

"대밭에 두 사람이 죽어 있어요."

토벌대가 거북정 대밭 주변을 지키고 있다가 시루떡을 가져가려던 야산대원 둘을 사살한 뒤에, 시루를 갖다놓은 진동댁과 견화를 잡아들인 것이었다. 죽은 사람은 봉강리의 정해상과 전일리의 김상출이었다. 둘은 권갑동의 면당부대 대원이었다. 정해상이 영성 정씨 일문이어서 정려 할머니 제삿날을 알았을 것이었다.

지수는 날이 밝자 우체국으로 가서 전화로 택시를 불러, 견화를 데리고 보성읍 길의원으로 갔다. 택시를 타본 것은 그때가 처음이었다. 호사를 부린다고 마을 사람들이 뒷말을 할지 모르지만, 견화 배 속의 아기를 생각하면 서둘러야 했다. 길양수 원장은 덤덤했다.

"애기는 탈이 없을 것이오. 이빨이 흔들리고 귀가 안 들린다는디, 그건 며칠 기다렸다가 상태가 좋아지지 않으면 광주로 가보시요."

지수는 며칠 뒤에 광주 제중병원으로 견화를 데려갔다. 최석철이 지수의 손을 망가트려 그 병원에 갔는데 견화 때문에 다시 간 것이다. 산부인과 의사는 태아에게 별다른 영향이 없을 것이라고 했다. 치과 의사는 이빨에 별 문제가 없다고 했지만, 이비인후과 의사는 왼쪽 귀 고막이 터졌다고 했다. 견화는 태연했다.

"애기한테 일이 없다면 아무 일 없는 것이오. 귀쯤은 아무것도 아니오."

"…."

"이녁은 왼손으로 그리면 되고, 나는 오른쪽 귀로 들으면 돼요. 사진관은 해중이한테 맡기면 되고…. 걱정할 것이 하나도 없소."

국군과 유엔군은 10월 2일 38선을 넘어 북진을 거듭해, 19일 평양을 점령하고, 26일에는 압록강 유역인 평북 초산에 이르렀다. 곧 인민군을 강 너머로 몰아낼 것이라는 소문이 보성까지 들려왔다. 10월 25일에 중공군이 참전한 사실을 보성 사람들은 아직 모르고 있었다.

바로 그 무렵에 해중에게 소집영장이 나왔다. 어머니는 하나 남은 아들마저 잘못 될까 봐 군대에 가지 말고 숨어 지내라고 했지만, 해중은 입대하기로 마음을 굳혔다.

11월 6일이었다. 해중은 율포로 갔다. 오후 2시에 군용트럭이 올 것이고, 그 차를 타기만 하면 될 것이었다. 차를 타기 전에 할 일이 있었다. 그는 청년단 사무실로 갔다. 차가 오기 십여 분 전이었다. 마침 청년단장 최석철이 의자에 앉아 있고 그 앞에 그의 부하 김억구가 서 있었다. 해중은 꾸벅 고개를 숙여 석철에게 인사를 건넸다. 석철이 의아한 표정을 지었다.

"입대한다든디…, 여글 오다니 뭔 일이여?"

"군대 간다고 인사하러 왔소."

"그래? 고맙네. 잘 갔다 오소. 죽지 말고, 잉?"

"죽지 말라니요? 인사 온 사람한테 뭔 말을 그렇게 하요?"

"죽지 말라는 말이 뗣어?"

"뗣으요."

석철이 벌떡 일어섰다.

"야, 인마. 너, 나한테 시비 걸러 왔냐?"

석철이 손을 허리춤으로 가져갔다. 권총을 빼들 참이었다. 해중이 홀쩍 뛰어올라 발바닥으로 고를 그려 석철의 뺨을 후려 찼다. 태견 발따귀 발질이었다. 석철이 바닥에 나가떨어졌다. 옆에 있던 억구가 달려들었지만 곧바로 앞으로 고꾸라졌다. 해중이 전에 석철에게 썼던 느진배지르기와 칼잡이, 항정치기의 세 손질을 다시 쓴 것이었다. 쓰러진 억구의 멱살을 잡아 일으키더니 석철 위에다 메쳤다. 해중은 밖으로 나왔다. 입영 트럭이 왔다. 해중은 소집영장을 흔들었다. 트럭이 섰다. 해중이 뛰어오르며 운전석을 향해 소리쳤다.

"자, 출발! 구국전선으로!"

해중이 석철과 억구를 패주고 입대했다는 소문이 회천에 쫙 퍼졌다. 지수는 겁이 났다. 석철이 자기 가족한테 분풀이를 할지도 모를 일이었다. 지수 자신에게 위해를 가하는 것이야 견딜 수 있지만, 견화에게 못된 짓을 하는 것은 막아야 했다. 밤잠을 설치며 궁리를 거듭한 지수는 이튿날 미력면의 박태규 어른을 찾아갔다.

"자네가 내 초상화를 그리셨는디, 그림에 비해 그림 값을 내가 박하게 치렀네. 이번에 내가 그 벌충을 함세. 그놈이 자네 주변에 얼씬도 못하게 해놓을 텡께 걱정 말소."

군당부대를 이끌던 해두는 모후산으로 들어갔다. 거기서 운월산과 백아산을 거쳐 지리산으로 들어갈 작정이었다. 군당부대는 종철이 죽은 뒤로 열다섯 명에 지나지 않았지만, 모후산에서 다른 지역 야산대원들이 해두의 부대에 붙는 바람에 대원이 서른세 명으로 늘었다. 군당부대라는 이름 자체가 해두의 창작이었으나, 다른 대원들은 그 이름에 신뢰감을 느끼는 모양이었다.

해두의 군당부대는 지리산으로 가려던 계획을 유보했다. 조선노동당 전남도당에서 내린 지령 때문이었다. 도당은 야산대로 하여금 해당 지역 산악에 거점을 확보하고 보급투쟁과 유격투쟁을 전개하라고 했다. 해두는 난감했다. 이미 화순군에 있는 모후산으로 들어왔는데 보성으로 돌아갈 수는 없었다. 해두는 부대원 하나를 도당이 있는 백운산으로 보냈다. 도당은 해두의 군당부대에 두 가지 지시를 내렸다. 하나는 모후산에서 그대로 작전을 펴라는 것이고, 다른 하나는 이미 보성군 군당부대가 있으므로 부대 이름을 도당 별동대로 바꾸라는 것이었다. 기대를 넘는 배려였다.

모후산에 머물게 된 해두의 별동대가 맨 먼저 할 일은 아지트를 짓는 것이었다. 이동투쟁이 아니라 진지투쟁을 벌여야 하기 때문에 아지트는 필수였다. 멀리까지 내려다보이면서도 산 아래에서는 보이지 않는 곳에 자리를 잡고, 소나무와 잡목의 가지를 꺾어 골조를 세우고 일년초 잡초를 베어 칡넝쿨로 엮어 아지트를 만들었다. 지휘부의 아지트 아래와 좌우에 세 개의 아지트를 만들었다. 작업은 모후산과 백아산에서 여러 번 산판 작업을 했다는 화순 출신의 김장수가 대원들을 부려가며 뚝딱 해치웠다.

해두는 아지트를 '트'로 줄여 부르도록 하고, 지휘부가 쓰는 아지트는 본트, 좌우와 아래의 아지트는 각각 1, 2, 3트로 이름 붙였다. 김장수는 본트에 있게 했는데, 종종 대원들을 이끌고 마을에 내려가 어려움이 없을 만큼 식량을 가져왔다.

며칠 지나지 않아 해두는 뜻밖의 소식을 들었다. 육촌 동생인 해진과 단짝인 김선우가 도당 부위원장 겸 유격대 대장을 맡고 있다는 것이었다. 해두의 군당부대를 도당 별동대로 격상시킨 것이 바로 김선우였다. 해진은 인민군 트럭을 타고 월북했지만, 김선우는 부평에서 남으로 내려와 광양의 백운산에 도당 유격대 사령부를 구축한 것이었다. 해두가 광주학생운동을 주도한 뒤 대구형무소에서 옥살이를 마치고 회천 고향으로 돌아왔을 때, 제일 먼저 해두에게 달려온 사람이 열네 살짜리 소년 김선우였다. 그는 그때 해두를 보자마자 붙들고는 방성대곡을 했다. 그 김선우가 도당 부위원장이자 유격대 대장을 맡았다니 감회가 남달랐다.

그 무렵에 도당 유격대는 동부 백운산지구, 서부 불갑산지구, 남부 유치지구, 북부 노령지구, 중부 조계산지구, 북동부 백아산지구로 나누어 지구별로 무한책임 하에 관할 지역을 지키도록 했다. 유격대 본부는 초기에는 백운산에 두었으나, 10월 말이 되자 백아산으로 옮겼다. 물론 김선우가 이끌었다. 본부를 백아산으로 이동한 것은 지리산으로 들어가기 위한 마지막 단계일 것이었다.

어디론가 사라진 청년단장 정종관에게는 그럴 만한 이유가 있었다. 회천면 인민위원장이 된 봉강이 치안대장을 맡아줄 것을 부탁했으나 고사한 뒤, 종관은 집에 칩거했다. 답답하긴 했지만 아들 해석을 돌보는 재미가 여간이 아니었다.

어느 날, 전에 같은 유도관에서 운동한 선배가 종관을 찾아왔다. 그가 끔찍한 소식을 전했다. 광주농업학교 유도부 출신인 친구 조용택이 화순에서 청년단장을 맡고 있었는데, 인민재판을 받고 알몸 상태로 죽창에 찔려 죽었다는 것이었다. 유도를 한 인연으로 청년단에 가입했거나 부단장, 또는 단장을 맡은 이가 꽤 많은데, 남로당 당원들에게 붙잡혀간 사람도 많다고 했다. 선배가 말했다.

"이럴 때는 눈 딱 감고 피하는 것이 상책이네."

봉강이 회천면 인민위원장을 맡고 있어 위해를 당할 가능성은 낮지만, 봉강의 통제 밖에 있는 남로당원도 있을 것이고, 반대로 봉강은 종관더러 치안대장을 맡으라고 채근할 것이었다.

어느 쪽이든 부담스러웠다. 종관은 선배를 따라 광주로 갔다. 아내에게 그런 사실을 알리려 했으나 선배는 가족한테도 구체적으로 말하지 않는 것이 보안상 좋다고 했다.

광주에 머무는 동안 인천상륙작전이 성공해 인민군이 패주하자 종관은 보성으로 돌아가겠다고 했다. 선배는 더 안정된 뒤에 내려가라고 했다. 인민위원회 치안대장 제의를 받은 일 때문에 군경한테 망신을 당할지 모른다는 것이었다. 그럴 수도 있지만, 또 군 청년단에서 종관에게 면 단장을 맡으라고 할 텐데 그 일 또한 내키지 않았다. 집으로 편지를 할까 했으나 선배가 말렸다. 당분간 거처도 알리지 말라는 것이었다.

종관은 심심하기도 해서 예전에 다니던 유도관에 갔다. 관장이 그를 알아보고 반가워했다. 관장이 종관의 유도 실력이 여전하다는 것을 확인하고는 사범을 맡으라고 했다. 숙식 걱정을 하지 않아도 되고, 오래전부터 하고 싶기도 한 터여서 종관은 그 청을 받아들였다. 새로 유도를 배우는 초보에게 부드러움이 강함을 이길 수 있다는 유능제강柔能制剛의 유도정신을 가르치는 일도 기쁘지만, 유단자를 대상으로 메치기와 굳히기의 다양한 기술을 시범 보일 때의 쾌감은 형언할 수 없을 만큼 짜릿했다. 사범을 하다가 제자가 쌓이면 따로 도장을 차릴 수도 있을 것이었다.

11월 중순쯤이었다. 선배가 대한청년단 전남도 간부라는 사람을 소개했다. 그 역시 유도인이었다. 그는 청년단 단장을 지낸 사람을 군 장교로 발탁하는 기회가 올 것이라고 했다. 귀가 솔깃했다. 간부의 말은 사실이었다. 12월 16일에 국회에서 국민방위군설치법이 통과되었다. 청년단 활동을 하는 것보다는 군 장교가 되면 좋을 것 같았다. 며칠이 지나자 간부는 이미 손을 써두었다며 지원서를 내라고 했다.

종관은 합격 통지서를 받고 창덕궁으로 갔다. 12월 21일에 첫 부대 1만여 명이 행군에 나섰다. 청년단 출신이 방위군의 핵심이었다. 유도선수 출신에 면 청년단 단장을 지낸 종관은 장교 자원으로 뽑혔다. 곧 소위 계급장이 내려올 것이라며, 소대 지휘권을 행사하게 했다. 종관은 가슴이 뿌듯했다. 위관급 장교로서 부대를 지휘하는 일을 맡다니 가슴 벅찬 일이었다.

가고 오고, 오고 가고

편지

　난리 통인데도 구정은 어김없이 다가왔다. 지수는 손을 다친 뒤로는 잠깐 사진관에 들렀다가 일찍 집으로 돌아갔다. 지수의 사진관에 들락거리면 경찰 눈 밖에 난다는 소문이 돌아 손님도 뚝 끊겼다. 다친 오른손으로 그림을 그릴 수는 없었다. 사진기 셔터를 누르는 것조차 자연스럽지 않았다. 젓가락질도 어려웠다. 겨우 수저를 쥐고 밥을 뜰 수 있었다. 의사가 시킨 대로 늘 손가락을 꼼지락거려 보지만 그래봤자 오른손으로 그림을 그릴 수는 없을 것 같았다. 지수는 부지런히 왼손으로 그리기 연습을 했다.

　전에는 짝다리라는 게 서러웠는데, 지수는 그 시절의 불만이 호사였음을 깨달았다. 이제 지수는 다리 한 짝이 조금 짧고 오른손이 성치 않은 것 말고는 모든 것을 갖췄다는 사실에 만족했다. 더구나 곁에 견화가 있어 마냥 행복했다.

　어느 날 바로 옆집에 사는 해중의 어머니 행산댁이 집으로 찾아왔다. 지수는 행산댁을 견화 오른쪽에 앉게 했다. 견화 왼쪽 귀의 고막이 터진 뒤로 지수는 견화와 둘이 있을 때는 언제나 견화 오른쪽에 서거나 앉았지만, 다른 사람이 더 있을 때는 지수 자신이 견화의 왼쪽으로 갔다. 글자를 모르는 행산댁이 해중이 보낸 것이라며 편지를 읽어달라고 했다. 견화가 편지를 소리 내 읽었다.

"어머님 전 상서. 겨울이 깊어가고 있습니다. 이 추운 겨울에 얼마나 고생이 많으십니까? 아버지가 돌아가시고, 형이 죽은 데다가 나까지 군대에 와부러서 요즘은 어머니가 낮에는 산에 가서 땔나무를 해오시고, 밤에는 늦게까지 물레질을 하시겠지요? 혼자서 물레질을 함시로도 메김소리 넣고 받음소리로 받는 어머니 물레 노래가 귀에 선합니다."

견화가 첫 문단을 읽었는데 행산댁은 눈물을 훔치기 시작했다. 다음 문단을 읽을 때는 행산댁 얼굴이 눈물 콧물 범벅이 되었다. 편지를 읽고 나자 행산댁은 마음을 가라앉히고 치맛자락으로 얼굴을 닦았다.

"아따, 그놈이 언제 철이 들랑가 했는디, 군대에 가듬마는 금세 사람이 되어부렀구마."

행산댁은 지수더러 답장을 써달라고 했다. 지수는 견화에게 미뤘다. 오른손을 다쳐 글씨 쓰기가 쉽지 않았다. 연필을 들고 견화가 행산댁에게 물었다.

"뭣이라고 쓸까요?"

"몰라. 내 맘을 다 알 것인께 도강댁이 알아서 써."

견화가 행산댁이 사온 양면괘지를 폈다. 견화가 편지를 쓰고 나서 읽었다.

"장한 내 아들 해중아, 잘 있느냐? 나야 따순 지방에서 잘 지내고 있다마는 너는 추운 전방에서 얼마나 고생이 많으냐? 니가 청년단장을 두들겨 패놓고 군대에 간 통에 단장이라는 놈이 해코지를 할까 봐 조마조마했는디 별일이 없다. 지수 화사가 손을 써서 뒤탈이 없이 잘 지내고 있은께 너는 아무 걱정 말그라."

행산댁이 견화의 손을 쥐었다.

"오메, 오메. 도강댁은 내 맘을 으찌께 그렇게 훤히 알어?"

편지를 다 쓰고 나서 읽어준 뒤, 견화가 행산댁 손을 잡고 물었다.

"아짐, 내가 편지 써준께 고맙소?"

"고맙고말고. 참말로 아짐찮어."

"그럼 내 청 하나 들어줄라요?"

"뭔 청?"

"나하고 같이 물레 노래 한번 불러봅시다. 메김소리만 하시씨요. 받는 소리는 내가 할 텡께요."

행산댁은 쑥스러운 표정을 지으면서도 목을 가다듬었다. 행산댁은 왼손으로 실을 잡고 오른손으로 물레 돌리는 시늉을 하며 노래를 시작했다. 견화도 행산댁과 마찬가지로 두 빈손으로 물레질 시늉을 냈다. 행산댁은 혼자서 물레 노래를 부르던 대로 메김소리와 받음소리를 다 불렀지만, 견화는 후렴인 받는 소리만 불렀다.

황새란 놈은 다리가 길어 가매 새 사이로 결매라

결매소 결매소 나지나나니나 난 싫어

제비란 놈은 머리가 고와 평양기생을 결매라

결매소 결매소 나지나나니나 난 싫어

매미란 놈은 소리를 잘해 소리꾼으로 결매라

결매소 결매소 나지나나니나 난 싫어

까치란 놈은 집을 잘 지어 대목수로 결매라

결매소 결매소 나지나나니나 난 싫어

뒤야지란 놈은 찌질하니 골목장으로 결매라

결매소 결매소 나지나나니나 난 싫어

물레 노래를 부르다 말고 행산댁과 견화는 두 손을 마주 잡고 소리 내어 웃었다. 지수가 견화에게 물었다.

"결매란 말이 뭔 말이요?"

"결은 맺을 결結 자일 것이고…, 쩜매란 말이겠지요."

해중의 편지 내용 가운데 견화가 행산댁에게 읽어주지 않은 대목이 있었다. 행산댁이 돌아가고 난 다음에 견화가 지수에게 부탁했다.

"돈 보내달라는 구절은 안 읽었는디, 이녁이 해중이한테 넉넉하게 돈을 부쳐주시요, 잉?"

고개를 끄덕이며 지수가 말했다.

"이녁이 그렇게 글씨를 예쁘게 쓴다는 걸 오늘에야 알았소. 글씨는 마음씨를 닮는다는디 그 말이 딱 맞소. 언젠가는 나도 당신이 보낸 편지를 꼭 받아보고 싶으요."

"그런 건 바라지도 마시씨요. 서로 떨어져 있을 때 편지를 쓰는 것인디, 우리한테 그런 일이 있으면 쓰겄소?"

"하기야, 이녁 말이 맞소."

양력으로는 2월 9일, 음력으로는 정월 초나흗날이었다. 드디어 도당에서 해두의 별동대더러 백아산으로 들어오라는 지시가 떨어졌다. 백아산 벼락바위 부근에 이르면 직할부대 대원이 안내할 것이라고 했다. 별동대는 백아산으로 가면 김선우 도당의 직할대가 될 것이었다. 해두는 가슴이 뛰었다.

해두는 해질 녘이 되자 대원들에게 일찍 잠자리에 들도록 지시하고 본트로 들어갔다. 대원들은 아직 그날 밤에 백아산으로 이동한다는 사실을 모르고 있었다. 어디선가 쑥국새가 울었다. 문득 아내 윤효순의 얼굴이 떠올랐다. 해두는 가정적으로 불운했다. 첫 번째 아내는 시집온 지 일 년도 되지 않아 속병을 앓다가 죽었다. 두 번째 아내는 아기를 낳다가 죽었다. 이제 더 이상 결혼하지 않겠다고 고집을 부렸지만, 종부인 윤씨가 친정에 줄을 대 선을 보게 했다. 새 아내 윤효순은 말이 없고 속이 깊었다. 아들 윤상까지 얻었다. 그런데 해두는 그 착한 아내에게 충실할 수 없었다. 미안하고 송구한 일이었다.

해두는 늘 메고 다니는 무명베 자루에서 종이와 연필을 꺼내 아내 윤효순에게 편지를 썼다. 내가 이 편지를 아내에게 부칠 수 있을까? 전에도 편지를 썼지만 철이 두 번 바뀔 때까지 부치지 못해 불에 태우고 말았다. 이번 편지도 그럴지 모르지만 봉투를 꺼내 주소를 적었다. 수신인으로 아내 이름을 쓸까 하다가 아들 이름에 '모'자를 붙여 '정윤상 모'라고 썼다. 발신인 주소를 어디로할까? 곁에 누워 있는 김장수에게 살던 곳이 어디냐고 물었다. 화순군 이양면 초방리라고 했다. 해두는 김장수 이름의 한 글자를 바꾸어 김상수로 발신인 이름을 적고, 자루 안에 있는 주먹밥에서 밥풀 하나를 떼어 봉투를 붙였다. 어둠이 짙어지자 해두는 김장수에게 물었다.

"자네, 여그서 백아산 들어가는 길을 아는가?"

"내 손금보다 훤하지라우. 운월산으로 해서 노치를 거쳐 백아산으로 가는 것이 좋을 것 같구만이요."

해두는 대원들을 불러 모았다.

"우리는 지금부터 백아산으로 이동할 것이요. 백아산에서 김선우 유격대장이 우리를 기다리고 있소. 거기로 가면 우리는 군당부대도 아니고, 도당 별동대도 아니고, 도당 직할대가 될 것이요."

대원들이 일제히 와, 하고 환호했다.

"김장수 동지가 길을 훤히 꿰고 있어서 길잡이를 할 것이요. 그 뒤로 조금 떨어져서 본트가 따를 것인께, 1, 2, 3트가 뒤를 따르시요. 능선을 타서는 안 돼요. 옆구리로 길을 넘시로 가야 할 것이요."

이제 밤이 지나면 해두는 백아산에서 김선우와 만날 것이었다. 김선우와 함께 백아산에서 지리산으로 이동하는 작전을 짜야 하고, 지리산으로 들어간 뒤에는 도당 유격대의 전략과 전술을 함께 의논하게 될 것이었다. 가장 어려운 시기에 나와 김선우는 함께 나라를 살리는 구국의 장정을 할 것이여. 조금만 참으면 돼. 이 고난이 영광의 씨앗이 될 것인께. 해두는 심호흡을 하고는 첫발을 뗐다.

잡목을 헤쳐 가며 산길을 간 지 삼십 분도 채 지나지 않아 비가 내리기 시작했다. 한 시간쯤 지났을 때는 빗줄기가 제법 굵어지고 바람도 세차게 불었다. 빗줄기에 싸라기눈도 섞였다. 몹시 추웠다. 어금니를 악물고 걸어도 자꾸 이가 덜덜덜 떨렸다. 한 시간쯤 더 지나자 대원들이 졸기 시작했다. 갑자기 체온이 떨어질 때 일어나는 자연스러운 현상이었다. 앞서가는 대원이 넘어지면 뒤따르는 대원이 일으켜주어야 하는데, 일으키다가 둘 다 함께 나뒹굴곤 했다. 모후산을 지나 운월산을 넘는 데 세 시간이 넘게 걸렸다. 거기서도 해두의 별동대는 덩치는 작지만 가파른 산봉 두어 개를 더 넘었다. 산을 내려가더니 길잡이 김장수가 걸음을 멈추었다.

"대장님, 개울을 건너 마을 옆 골짜기를 거슬러 올라가면 백아산으로 들어갈 수 있어요."

"저기 보이는 동네 이름이 뭔가?"

"노치마을이지라우."

해두가 대원들에게 지시했다.

"김장수 동지가 앞서고, 그 뒤로 본트, 1, 2, 3트 순이요. 자, 개울을 건넙시다."

개울을 건너 마을 옆구리로 들어섰다. 언덕 양쪽에 큰 볏가리 두 개가 있었다. 볏가리를 지나 해두가 걸음을 멈추었다. 대원이 다 오기를 기다렸다가 해두가 지시했다.

"최종 목적지는 벼락바위요. 김장수 동지가 앞서고, 그 뒤로 3트, 2트, 1트, 본트 순이요. 자, 김장수 동지, 뛰어!"

마치 기다렸다는 듯이 왼쪽 볏가리에서 따다다당 총소리가 울렸다. 볏가리에 토벌대가 숨어 있었던 것이다. 큰 나무가 많고 어두워서 다행이었다. 해두가 소리쳤다.

"뛰어! 모두 백아산으로!"

하늘에서 조명탄이 터졌다. 한 발로 그친 것이 아니었다. 두 발세 발 계속해서 터졌다. 산이 대낮같이 밝아졌다. 짚더미에 숨어 있던 토벌대원들이 밖으로 나와 총을 쏘아댔다. 해두 바로 옆에서 대원 하나가 픽 쓰러졌다.

"동지, 일어나시요."

"다리에 총을 맞아부렀소."

"그래도 일어나시요."

"아니요, 대장이나 빨리 뛰시요."

대원이 윗몸을 반쯤 일으키더니 돌아서서 토벌대를 향해 수류탄을 던졌다. 대원이 소리쳤다.

"대장은 빨리 내빼랑께요."

누군가 등 뒤에서 소리쳤다.

"대장, 빨리 뛰시요."

마치 김선우가 소리쳐 부르는 것 같았다. 그래. 난 선우를 만나야 해. 해두는 뒤돌아 뛰었다. 따당 따다다당 따다당 따당땅.

그 무렵에 유엔군은 중공군을 만나 고전하고 있었다. 미군은 큰 전쟁에서 진 적이 없다는 자부심이 강했지만, 중공군은 전에 싸워본 어떤 나라 군대와도 달랐다. 중공군은 경보병 중심의 군대였다. 화력이라야 박격포 정도가 고작이었다. 포병이나 공중 지원은 거의 받지 못했다. 중공군은 그들에 맞는 전술을 택했다. 즐겨 사용한 것이 V자 전술이었다. 공중 정찰로는 포착할 수 없도록 군대를 위장시켜 크게 V자 대형으로 매복시켰다가 깊은 밤에 포위망을 좁혀왔다. 총을 쏘고 수류탄을 던져도 중공군은 꾸역꾸역 끊임없이 밀려들었다. 괴상한 소리를 지르며 달려들어 백병전도 불사했다. 그들은 공격할 때마다 밤새껏 꽹과리를 치고 피리를 불었다. 미군에게 그 소리는 지옥의 소리였다. 중공군은 동이 트기 전에 감쪽같이 자취를 감추었다. 미군은 연전연패했다. 상대방의 전략전술을 빤히 알지만 속수무책이었다.

바로 그런 국면에서 새로 편성한 것이 국민방위군이었다. 젊은 장정을 적지에 남겨두고 후퇴하면, 중공군이나 인민군의 의용군에 편입될 것이었다. 후방의 예비 병력이 적군의 인해전술 자원이 되는 것을 막자는 것이 방위군 편성의 주된 목적이었다.

방위군은 남으로 남으로 이동했다. 경남 지방에 있는 교육대로 가서 교육을 받으라고 했다. 물론 50만 명을 실어 나를 군용트럭이 있을 리가 없었다. 밤이고 낮이고 걷고 또 걸었다. 국도는 유엔군이 작전도로로 통제하기 때문에 방위군은 논둑이나 밭길 또는 산길로 걸었다. 운이 좋은 날은 국민학교 교실에서 잤지만, 야산이나 논둑 밑에서 찬 이슬 맞아가며 노영하는 날이 많았다. 아직 계급장도 군복도 지급하지 않았다. 총은 물론 어떤 무기도 없었다. 사기는 땅에 떨어지고 기율도 무너졌다.

그러나 종관은 마음을 다졌다. 청년단 총단장을 맡고 있던 김윤근 준장이 바로 방위군의 사령관이셔. 청년단이 방위군의 주력이여. 청년단의 주축은 유도인들이고…. 그러니까 나는 정통파여. 나는 장교 자원으로서 체통을 지켜야 해. 지금은 방위군이지만, 언젠가는 자랑스러운 대한민국 육군 장교로 편입될 것이여. 정종관은 소대 지휘에 온 힘을 쏟았다.

아기는 잘도 잤다. 종관의 아내 지산댁이 아기를 두고 거북정에서 나와 시아버지 점심상을 차리러 가는데 최석철이 골목길을 걸어왔다. 지산댁과 마주치자 그가 걸음을 멈추었다.

"거북정에 갔다 오시요?"

"예."

"이제 그 집 출입은 그만하시요. 말이 좀 돕다."

세상이 바뀌었는데도 지산댁이 여전히 거북정을 오르내리는 것이 못마땅했던 것이다. 석철이 말머리를 돌렸다.

"정 단장한테 소식이 왔소?"

"아니요."

"아직도 아무 소식이 없다고라우? 참 이상하요, 잉?"

"뭣이 이상해요?"

"소식을 아는 사람이 없지는 않은 것 같든디요."

"뭔 소식이요?"

"장교가 될라고 서울로 갔답디다."

지산댁은 울컥 울화 같은 것이 치밀어 올라왔다.

"난 이제 그이 일에 관심이 없소."

지산댁은 걸음을 재촉했다. 관심이 없다고? 물론 그건 아니었다. 자기도 모르게 튀어나온 말이었다. 등 뒤에 대고 석철이 말했다.

"아따. 뭔 사정이 있은께 그라겄제. 너무 서운해 마시요."

그날 지산댁은 대충 시아버지 점심상을 차려 사랑방에 들여놓고 안방으로 가서 이불을 둘러쓰고 소리 죽여 울었다. 그렇다고 한없이 울고 있을 수도 없었다. 다시 거북정으로 가서 아기를 안고 집으로 내려왔다. 저녁이 되어 시아버지 저녁상을 드린 뒤에 안방에 들어갔다. 점심을 걸렀으나 저녁도 먹기가 싫었다.

지산댁은 꼬박 잠이 들었다. 가끔 아이가 울었지만 그때마다 젖을 물리면 아이는 젖을 빨고 나서 다시 잠들었다. 눈을 뜨고 방문을 열었다. 하늘이 칠흑 같았다. 시아버지 밥상을 가져와 설거지를 할까 했으나 그만두었다. 만사가 귀찮았다. 낮에는 바람이 없었는데 이제 윙윙 소리를 내며 찬바람이 불었다. 아이를 생각하면 구들을 따스하게 덥히고 자야 할 것이었다. 지산댁은 부엌에 들어가 빈 무쇠 솥에 물을 붓고 아궁이에 불을 지폈다. 남편은 왜 소식이 없을까? 서울에 올라가기 전에 회천에 내려와 시아버지와 나에게 말 한마디라도 하고 가는 것이 도리가 아닌가? 회천까지 올 수가 없다면 편지라도 보내줘야 하지 않는가? 경우가 바르기로 소문이 난 사람이 남편인데 도무지 이해할 수가 없었다. 연신 아궁이에 솔가지를 밀어 넣는데 무쇠 솥에서 푸르르 물이 넘쳐흘렀다. 오메. 내가 불을 너무 많이 때부렀는갑다. 아궁이에서 솔가지가 다 타기를 기다렸다가 잔불을 안으로 밀어 넣고는 방으로 들어갔다. 지산댁은 곧 잠이 들었다. 지산댁은 자다가 깼다. 방이 더웠다. 치마를 훌훌 벗고 다시 잠에 빠졌다.

꿈에 종관이 나타났다. 군복을 입고 있었다. 모자에서 계급장이 번쩍거렸다. 미안해. 당신을 단 하루도 잊은 적이 없어. 이리 와 내가 안아줄게. 종관이 지산댁의 적삼 안으로 손을 쑥 넣었다. 지산댁은 가슴을 맡겼다. 그러나 뭔가 이상했다. 꿈이 아니었다. 누군가가 지산댁 위에 올라와 있었다.

"아니, 누구요?"

"가만있어."

최석철이었다. 지산댁은 석철에게서 빠져나오려 했지만 꿈쩍도 할 수 없었다. 더운 것이 아래로 쑥 들어왔다. 석철의 도구질이 야무졌다. 비명을 질러야 하는데도 소리가 나오지 않았다. 지산댁은 그런 자신이 도무지 이해가 되지 않았다. 석철이 용을 썼다. 가쁜 숨을 몰아쉬더니 도구질을 끝내고는 지산댁 위에서 내려갔다. 지산댁은 두 손으로 얼굴을 감싸 안았다. 울음이 터졌으나 스스로 소리를 죽이려고 안간힘을 쓰고 있었다.

"꺽정 말어. 니가 소문 안 내면 나도 꾹 입 닫고 있을 텡께."

석철은 옷을 주워 입고 밖으로 나갔다. 워낙은 진달래를 자빠트리고 싶었지만 달래야 거북정 사람들 문자로 치자면 민촌것에 지나지 않았다. 더구나 지수의 손을 못 쓰게 만들어 놓았고, 억구를 시켜 달래 왼쪽 귀 고막을 터트려놓았기 때문에, 또 경찰서장이 특별지시라며 지수 가족에게 더 이상 허튼짓을 하지 말라고 얼러댔으니까, 달래는 제쳐놓는 것이 무방했다. 그러나 지산댁은 달랐다. 시댁은 회천에서 반반한 반촌 명문이었다. 친정도 마찬가지라고 했다. 더구나 석철은 전에 얼결에 종관에게 업어치기로 당한 적이 있었다. 반촌 출신 청년단장 정종관의 기세에 눌려 졸아든 적도 한두 번이 아니었다. 이제 지산댁을 눕혔기때문에 한풀이는 제대로 한 셈이었다. 석철은 두 팔을 하늘을 향해 쭉 뻗었다. 아무나 붙들고 씨름이라도 한 판 붙고 싶을 만큼 몸이 가벼웠다.

국민방위군 소위인 종관은 부대원을 이끌고 혹한 속에서 걷고 또 걸었다. 처음에는 한 끼에 주먹밥 한 덩이가 나왔지만 날로 줄어 하루에 한 덩이만 나왔다. 군복이 지급될 것으로 알고 홑옷만 입고 지원한 병사도 많았는데, 내복은커녕 전투복조차 나오지 않았다. 50만 병력의 군복을 한꺼번에 당장 지급할 수도 없겠지만, 순차적으로 나오는 예산은 위에서 다투어 가로챘다.

지시받은 집결지에 병력이 도착하면 수용 능력이 없다며 딴 데로 돌려보냈다. 김해교육대로 가면 진주로 가라 했고, 진주교육대로 가면 마산으로 가라 했다. 그렇게 떼밀어 놓고, 규정대로 숙식을 제공한 것처럼 서류를 꾸며 예산을 타내 나누어 챙겼다. 볏짚으로 짠 가마니를 두 사람당 한 장씩 주고, 그것으로 겨울밤의 혹한을 견디라고 했다. 가마니때기가 더 나올 것이라고 했지만 말뿐이지 감감 무소식이었다. 그런 상황에서 전염병이 돌았다. 면역력이 급격히 떨어져 방위군은 날마다 수도 없이 죽어갔다.

체력에 자신이 있던 종관은 먹을 것, 덮을 것을 사병에게 양보하며 소대장으로서 최선을 다했다. 소위 계급장을 아직 받지 못했지만, 곧 내려올 것이라는 말을 믿었다. 그러나 날이 갈수록

388

기력이 떨어지는 건 어쩔 수 없었다.

교육대를 떠돌던 종관의 3연대 2대대는 새로운 임무를 부여받았다. 서남부 지역의 공비를 토벌하는 데 투입된다는 것이었다. 반가운 소식이었다. 정규군과 전투를 벌이는 것은 아니라 할지라도 공비 토벌에라도 투입이 되면 기가 살아날 것이었다. 그러나 작전이라는 게 야산대가 마을에 내려오지 못하도록 산 어귀나 골짜기에 숙영하는 것이 고작이라는 것을 알고 종관은 맥이 풀렸다. 대원들은 눈치가 빨랐다. 그들은 방위군에 붙어 있어봤자 해결되는 것은 하나도 없다는 것을 알아차렸다. 탈영병이 속출했다.

어느 날 밤이었다. 그날은 재수가 좋았다. 진주 외곽의 한 국민학교 교실에 들어가 잠을 자게 되었다. 찬 이슬 맞아가며 한데서 자는 노영에 비하면 천당이었다. 종관은 잠을 청하다가 벌떡 일어나 교무실로 갔다. 나이 든 교사가 야근을 하고 있었다.

"미안스럽소만은 편지지 한 장 주실라요?"

"편지 쓰시게예?"

"예."

"봉투는 있습니꺼?"

"없는디라우."

교사는 편지봉투 한 장과 양면괘지 석 장을 서랍에서 꺼내주었다.

"여기 교무실에서 쓰시이소. 다 쓰시고 저를 주시면 제가 내일 부쳐드릴께예."

종관은 교사가 권하는 책상에 앉았다. 윗옷 호주머니에서 연필을 꺼내들었다. 친절하게도 교사가 호야등을 책상 앞으로 옮겨주었다. 편지지 맨 윗줄에 '보고 싶은 아내에게'라고 적었다. 그다음에 무슨 말을 쓰지? 말없이 집을 떠나와서 미안하다고 썼다. 방위군에 자원 입대했고, 장교가 되었다고도 썼다. 그러나 아직은 계급장은 물론 전투복조차 받지 못했다. 대원들만 피곤하고 배고프고 추운 것이 아니었다. 소대장이랍시고 솔선하고 양보하느라고, 종관은 누구보다 피곤하고 배고프고 추웠다. 장교의 체면을 지키고 싶고, 더 뜨거운 마음으로 나라를 사랑하고 싶지만, 기력을 잃어가고 있었다. 집에 돌아가고 싶었다. 탈영병이 부럽기까지 했다. 그러나 장교 자원으로서 아내에게 그런 이야기를 쓸 수는 없었다. 무슨 말을 쓰지? 거짓말을 하기는 싫었다. 종관은 고개를 떨어뜨리고 있다가 몇 자 적은 편지지를 북북 찢고는 교무실을 나오고 말았다.

며칠 뒤였다. 종관은 밤에 산청의 어느 산간을 행군하다가 발을 헛디뎌 개천으로 떨어졌다. 다행히 개천에 물이 많지 않아 옷이 반쯤만 젖었다. 종관은 옷을 벗어 물을 짜낸 다음에 탈탈 털고는 다시 입었다. 부하 하나가 가마니때기 한 장을 주며 독잠을 자라고 했다. 그들은 가마니때기 한 장을 둘이서 덮고 자면 쌍잠, 혼자서 덮고 자면 독잠이라고 했다. 종관은 그날 밤에 노영지에서 잠을 청했다. 날씨가 유난히 추웠다. 아따, 집에 가지는 못할망정, 뜨끈뜨끈한 안방 아랫목에 들어가 이불 뒤집어쓰고 자는 꿈이라도 꿨으면 좋겠네.

이른 아침이면 언제나 제일 먼저 자리에서 일어나 부대원들을 깨우던 종관은 이튿날 아침에 일어나지 않았다. 그가 깨우기를 기다리며 미적대던 대원 하나가 일어나 소대장 종관을 흔들었다. 종관은 이미 싸늘한 시체로 변해 있었다.

해두의 아내인 연천댁에게 편지가 왔다. 겉봉에는 부친 이가 '화순군 이양면 초방리 김상수'로 되어 있었다. 해두가 아내 연천댁에게 쓴 것이었다. 종이가 오래된 것이긴 하나 글자는 선명했다. 연천댁은 편지를 소리 내 읽었다.

"사랑하는 내자 윤효순 보시오. 여보, 이 추운 겨울에 얼마나 고생이 많소? 논일 밭일에 손이 다 닳았지요? 착하고 예쁜 내자를 두고 밖으로만 나돌고 있으니, 내가 당신한테 너무도 죄를 많이 지었소. 험해진 손 한 번 잡아 주지 못한 내가 큰 죄인이요. 상처에 아까징끼 한 번, 옥도정기 한 번 발라주지 못한 것이 한스럽소. 조금만 더 기다리시요. 좋은 세상이 왔다가 금방 가버렸소만은 그 좋은 세상이 다시 올 것이요."

연천댁 윤효순은 수건에 코를 풀었다. 눈물이 솟았다. 눈물을 훔치고 다시 편지를 이어 읽었다.

"지금 산에서 쑥국새가 울고 있소. 할머니한테 들은 옛날이야기가 생각이 나요. 옛날에 늙은 할머니가 있었다요. 봄이 되자 쑥국이 먹고 싶었든 갑소. 며느리한테 쑥국을 끓이라고 했다요. 며느리가 쑥국은 끓였는디, 쌀도 보리쌀도 없어서 밥을 지을 수가 없드라요. 쑥국만 드릴 수가 없어 며느리가 눈물을 흘리고 있는디, 할머니는 쑥국을 달라고 보채다가 죽었다요. 할머니는 죽어서 쑥국새가 되어, 뒷산에서 저녁마다 쑥국 쑥국 하고 운다요. 노름판에 갔다가 돌아온 아들이 통곡한들 무슨 소용이 있겠소? 여보, 내가 꼭 그 노름쟁이 아들놈 짝이요."

연천댁은 고개를 흔들었다. 아니지라우. 뭔 당치도 않는 말씀이시요. 당신이 노름쟁이 아들놈 짝이라니요. 아니지라우. 절대 아니지라우. 당신이 큰 뜻을 가진 것을 난들 왜 모르겠소. 연천댁은 수건으로 다시 눈물을 훔친 뒤 소리 내어 읽기를 이었다. 목소리가 많이 흔들리는 건 어쩔 수가 없었다.

"일림산에서도 늘 쑥국새가 울 것이요. 그 소리가 나면 그것이 내가 당신한테 용서를 비는 소린 줄로 아시요. 내가 꼭 집으로

392

가리다. 이달에 못 가면 다음 달에 갈 것이고, 다음 달에 못 가면 다다음 달에 갈 것이요. 돌아가면 당신한테 진심으로 용서를 빌 것이요. 그러니까 아들 윤상이 잘 키웁시로 굳세게 살고 있으시요. 이만 줄이요."

연천댁 윤효순은 흐느꼈다. 간신히 감정을 추스르고 마지막을 소리 내어 읽었다.

"당신의 못된 남편이 씀."

화형

석철과 몸을 섞은 뒤로 지산댁은 밖에 나가기를 꺼렸다. 거북정 윤씨에게 가는 것도 그만두었다. 누군가가 석철이 밤에 집을 나간 것을 보지는 않았을까? 그런 사람이 있다면 이미 말을 퍼트린 것은 아닐까? 사람들이 사실을 알면서도 시치미를 떼고 있는 것은 아닐까? 지산댁은 사람들과 눈이 마주치는 것조차 겁이 났다.

지산댁이 안절부절못하는데도 석철은 밀행을 그치지 않았다. 석철은 깊은 밤에 지산댁 사립문을 열고 들어와 문고리를 흔들었다. 남이 들을까 봐 지산댁은 하는 수 없이 문고리를 땄다. 석철은 방에 들어오면 다짜고짜 아랫도리부터 벗었다. 이제 그만 오시요. 이러다 들키면 뭘 창피겠소? 석철의 대꾸는 늘 같았다. 귀신도 몰라. 비밀은 지켜줄 텡께 걱정 말어. 석철은 욕심을 채우고 나서 곧 어둠 속으로 사라졌다. 그나마 지산댁이 다행으로 여긴 것은, 석철과 여러 번 몸을 섞었지만 종관과 그럴 때와는 달리 어느 순간에 자기도 모르게 묘한 소리를 낸 적은 한 번도 없었다는 사실이었다.

석철은 대낮에 지산댁 집으로 오기도 했다. 한번은 시아버지가 마당에 서 있는데도 거침없이 들어섰다. 손에 뭔가를 들고 있었다. 그가 시아버지에게 넉살을 떨었다. 석철은 그 무렵에는 종관의 아버지를 '아부지'라고 불렀다. 시아버지도 석철에게 친근감을 느꼈는지 말을 놓았다.

"아부지, 이거 이번에 우리 국군이 북진해갖고 개성에서 직접 캐온 인삼이요. 미안한디 아부지 드시라고 가져온 것이 아니요, 잉. 애기 키우고 있는 며느리보고 들라고 하시요. 닭에 넣고 고아서 먹으면 영판 좋답디다."

"아따. 고맙네. 종관이가 돌아오면 자네 덕을 꼭 갚으라고 함세."

그러나 꼬리가 길면 잡히는 법이었다. 어느 밤에 석철이가 종관의 집 앞에서 두리번거리다가 집으로 들어갔다는 말이 돌았을 때만 하더라도 사람들은 넘겨짚는 말이겠거니 했다. 새벽에 지산댁 집에서 석철이가 나오는 것을 봤다는 소문이 돌고, 급기야는 종관의 아버지 정충수가 머리에 수건을 두르고 드러누웠다는 말이 돌자, 소문은 기정사실로 굳어졌다. 추문이 거북정 윤씨 귀에까지 들어가자 윤씨가 지산댁을 불렀지만, 지산댁은 거북정으로 가지 않았다.

정월 보름을 며칠 앞둔 날이었다. 정종관의 집으로 전사통지서가 날아왔다. 열흘쯤 지나 방위군 두 사람이 화장한 유골함을 안고 봉강리로 왔다. 마을 사람들이 묘지를 조성해놓고 모여 있었다. 방위군 하나가 유골함을 광중壙中에 내려놓고 조사를 읽기 시작했다.

"사랑하고 존경하는 정종관 소대장님."

지산댁이 땅바닥에 털썩 주저앉더니 어깨를 흔들며 오열했다. 마을 아낙 몇도 따라 울었다. 누군가가 낮지만 굵은 소리로 나무랐다.

"울지들 말아요. 조사를 읽고 있는디 울면 쓰겄어요?"

군인은 조사를 마치고 물러섰다. 사람들이 광중에 흙을 덮고 봉분을 만들었다. 국민방위군에 들어갔다가 죽은 정종관의 장사는 해질 녘에 끝이 났다. 무덤 앞에 돼지고기며 막걸리 통이 놓여 있었지만 사람들은 뿔뿔이 흩어졌다.

지산댁은 상동댁 집으로 갔다. 아비 없는 자식이 된 아들이 새근새근 자고 있었다. 장사를 치르려면 아기를 안고 있을 수 없어 맡겨두었던 것이다. 상동댁이 아무 말 없이 아기를 넘겼다.

지산댁은 집으로 돌아와 안방에 아기를 눕혀두고 그 곁에 쓰러져 누웠다. 사람들 눈길이 싸늘했지만, 아무도 대놓고 '나쁜 년' '더러운 년' 소리를 하지 않은 것만으로도 고마웠다. 얼마 지나지 않아 옆집에 사는 청년 정기상이 집으로 왔다.

"아짐, 계시요?"

기상은 항렬로는 종관의 손자뻘이지만 젊은 지산댁을 아짐이라고 불렀다. 지산댁은 밖으로 나갔다. 기상이 걸고리 여섯 개를 내밀었다. 지산댁이 기상을 시켜 대장간에 주문해둔 것이었다. 기상이 방문 양쪽 기둥에 걸고리 세 개씩을 박았다. 기상에게 부탁할 게 또 있었다.

"미안한디, 여기 맞는 것으로 작대기 셋만 만들어 올래?"

기상이 소나무 작대기 세 개를 가져왔다. 금방 산에서 잘라와 송진 냄새가 진했다. 작대기를 걸고리 위에 걸쳐보았다. 딱 맞았다.

"집 비우실 때 못질만 하면 되겠네요."

지산댁이 친정으로 돌아갈 것이라는 소문이 돌았지만, 며칠이 지나도 지산댁은 집을 떠나지 않았다. 지산댁은 문밖출입을 끊고 방에 틀어박혀 꼼짝도 하지 않았다. 종관의 아버지 충수는 지산댁이 지어주는 밥은 거들떠보지도 않고 술로 끼니를 대신했다. 사람들은 지산댁이 집을 나가거나 그럴 용기가 없으면 친정에라도 가 있어야 하는 것이 아니냐고 쑥덕거렸다. 일철의 처 진동댁이 찾아가 친정에 다녀오라고 했지만, 지산댁은 묵묵부답이더라고 했다.

종관을 묻은 지 스무 날쯤 지나서였다. 깊은 밤에 검은 그림자

하나가 사립을 열고 지산댁 집으로 들어갔다. 검은 그림자는 방문 앞에 잠시 서 있다가 조용히 방문을 열었다. 최석철이었다.

"아따, 왜 인자사 오시요?"

"나를 기다렸는가?"

"할 말이 있어서 눈이 빠지게 기다렸소."

"그래? 미안하구마. 사람들 눈이 신경 쓰여서…."

지산댁이 포대기에 싼 아기를 안고 일어섰다.

"왜 일어서?"

"애기를 시아부지 방에 두고 올라요."

"시아부지 방에다?"

"술 마시고 곯아떨어졌을 것이요."

하기야 애기가 곁에 있으면 나도 자꾸 눈길이 가곤 했어. 잠시 후에 지산댁이 방으로 돌아왔다.

"술 많이 마셨소? 냄새가 징하요."

"요새는 날마다 술 마셨어. 내가 이녁을 구렁텅이로 밀어분 것 같기도 하고…."

석철이 지산댁을 '너'라고 하지 않고 '이녁'이라고 한 것은 처음이었다. 지산댁이 윗목에 놓인 소반을 끌어당겼다. 술 주전자와 사발 두 개, 김치 한 보시기가 놓여 있었다. 주전자를 들어 두 사발에 막걸리를 따랐다.

"이녁은 술 안 마심시로…."

"나도 마셔불라요."

사발을 석철에게 내밀었다. 석철이 사발을 받아 단숨에 들이
켰다. 지산댁도 사발을 비웠다. 석철에게 한 잔을 더 권했다. 마
다하지 않고 받아 마셨다. 지산댁도 한 잔을 더 비웠다. 둘 다 김
치에는 손도 대지 않았다.

"나한테 할 말이 있다고?"

"그라요. 나는 맘을 굳게 묵어부렀소."

"뭔 맘을 으찌께 묵어부렀단 것이여?"

"나하고 멀리, 딴 디로 갑시다."

"둘이 먼 디로 가자고?"

"아조 먼 디로 가붑시다."

지산댁 표정이 굳었다. 순한 여자의 굳은 표정에서 석철은 야
릇한 색정을 느꼈다. 석철은 지산댁을 눕혔다. 적삼을 벗기고 치
마를 벗기고 속곳까지 벗기고 지산댁 위로 올라갔다. 지산댁은
몸을 열었다. 사내가 움직임을 시작했다. 이윽고 지산댁도 움직
이기 시작했다. 오메, 이년이 안 하든 맷돌질까지 하네. 석철은
질 수가 없었다. 용을 써가며 도구질을 해댔다. 석철이 거칠게
콧바람을 불었다. 더운 입김을 쏟고는 사내가 축 늘어졌다.

"내가 굳은 맘 묵어부렀다고 안 했소? 나하고 한꾼에 딴 디, 먼

디로 갑시다."

석철은 머리를 굴렸다. 이년을 여수에 갖다놓을까? 장사 때문에 늘 거글 가야 한께, 거그다 집이나 한 채 사놓고…. 그런디 삼도에 있는 년이 가만히 있을 리가 없는디…. 그러나 그거야 뭐 대수겠어?

"내가 수를 낼 텡께 쪼깐 기달려, 잉?"

석철은 술을 마신 데다 용을 써서 그런지 밀려오는 잠을 이길 수 없었다.

"아따, 졸립네."

"첫닭 울면 깨워드릴 텡께 눈 붙이시요."

석철은 금방 코를 곯았다. 지산댁이 바라던 바였다. 지산댁은 조용히 일어섰다. 방구석에 있는 됫병을 들어 무언가를 이불에 쏟았다. 석유였다. 지산댁이 방문을 열고 나오더니 부엌 안쪽에 쌓아둔 솔가리를 한 움큼 안아 방에 넣었다. 거기에도 석유를 끼얹었다. 지산댁은 문을 닫고 방문 걸고리에 작대기 세 개를 걸쳤다. 방문은 뒤쪽에 또 하나가 있지만, 그 문은 고구마 두대통으로 막혀 있었다. 지산댁은 다시 솔가리를 안아다 절구통에서 방문 앞까지 늘어놓고는 거기에도 석유를 뿌렸다. 문에도 뿌렸다. 지산댁은 제 몸을 절구통에 새끼로 칭칭 묶었다.

"그래, 나하고 한꾼에 아주 먼 디로 가자. 이놈아."

400

지산댁은 남은 석유를 제 몸에 다 쏟고는 성냥을 켜서 솔가리에 던졌다. 불길은 한쪽은 방문으로, 다른 한쪽은 절구통 쪽으로 번졌다. 동네 사람들이 밖으로 나왔을 때는 초가가 온통 불길에 휩싸인 뒤였다.

잔뜩 술에 취해 잠들었던 지산댁의 시아버지 정충수는 방문이 환하게 밝아지자 자리에서 일어났다. 곁에 뭔가가 놓여 있었다. 포대기에 싸인 손자였다. 문을 열었다. 안채가 불타고 있었다. 찬바람과 연기가 한꺼번에 밀려오자 아기가 울었다. 충수는 손자를 포대기에 싸안고 나왔다. 여전히 아기가 울었다. 연기를 피해 집에서 먼 쪽으로 먼 쪽으로 걸었다. 문득 죽은 아내 생각이 났다. 아내는 어려운 일이 있을 때마다 친정에서 가까운 보림사에 가서 불공을 드리곤 했다.

동네 사람들은 충수가 불을 질러 며느리와 석철을 태워 죽인 뒤에, 손자를 안고 자취를 감추었다고 했다. 충수가 간 곳은 장흥 유치면에 있는 천년 사찰 보림사였다. 충수는 울다 지쳐 잠든 아이를 주지실 문 앞에 내려놓고 사라졌다. 사람들이 소나무 가지에 목을 매 숨진 충수를 발견하는 데는 시간이 그리 오래 걸리지 않았다.

묘약

자유당 국회의원 황성수의 아버지인 황보익이 상경했다는 소문이 돌았다. 보성의 어른 박태규가 여러 차례 권한 결과였다. 황보익은 박태규가 보성 건준 위원장을 할 때 봉강과 함께 14인 위원회의 위원으로 참여했는데, 뒤에 박정현이 독촉 보성지부를 만들자 초대 위원장을 맡은 이였다. 서울에 다녀온 황보익이 경찰서 유치장으로 봉강을 면회 왔다.

"여보게, 봉강. 내가 부탁이 하나 있네."

"갇혀 있는 저한테 어르신께서 부탁하실 일이 있으시다고요? 제가 할 수 있는 일이라면 뭐든지 해야겠지요."

"고맙네. 내일부터 나하고 예배당에 같이 댕기세. 그런 것 모르고 살았는디, 댕겨본께 댕길 만하대."

어른 말씀을 일언지하에 묵살해서는 안 되었다.

"그러실까요? 그런디⋯ 으째야 쓸까요?"

부러 멈칫거리고는 마무리 지었다.

"어르신께서도 잘 아시는 제 조부께서 도회종적 전소선영 교회자질, 그 세 가지를 유훈으로 남기셨지라우. 어르신 말씀이지만 제가 교회에 다니기는 좀 어렵겄는디 이거 으짜지요?"

황보익이 너털웃음을 터트렸다.

"선영을 지켜야 한께 교회에 못 댕기겄다, 그 말씀이신가?"

"죄송합니다만 교회 다니는 것은 좀 거시기 하네요."

"알겄네. 목사님이 단 한 사람이라도 좋으니 선교 실적을 올리라고 해서 왔는디, 또 내가 헛다리를 짚었네."

황보익은 껄껄 웃고 돌아섰다. 거짓말같이도 봉강은 그다음 날 경찰서에서 풀려났다. 서울에 간 황보익이 아들 황성수와 나눴다는 대화 내용이 보성 유지들 사이에 돌고 돌았다.

"아야, 봉강을 좀 구할 수 없겄냐?"

"그 사람은 좌익이라서 어렵습니다."

"그러냐? 그럼 나도 보성 내려가서 봉강하고 한꾼에 좌익을 해야겄다."

"아니, 무슨 말씀을…."

"봉강의 행적 중에 탓할 것이 하나도 없드라. 나만 그런 생각을 하는 것이 아니다. 이구동성이다. 나는 전쟁 통에 내 목숨 하나 부지할라고 이리 숨고 저리 내빼고 했다만, 봉강은 목숨을 내놓고 많은 사람을 살렸다. 전쟁 통에 산에 짐승이 없어지고 동네에 사람이 사라졌는디, 봉강만 우뚝 서 있었다고들 하드라. 자식 또래지만 내가 봉강같이 훌륭한 사람을 따라야제 누구를 따르겠냐?"

봉강은 집으로 돌아가자 안채로 어머니 윤씨를 찾아뵈었다. 아내 최승주가 어머니 곁에 앉아 있었다. 봉강은 심신이 피로했다. 그렇다고 낮부터 새방 아내 곁에 누워 있을 수는 없었다. 사람들이 인사를 오더라도 들여보내지 말라고 일러두고 사랑으로 내려가 누웠다. 잠깐 선잠이 들었는데 밖에서 일철이 몇 사람과 실랑이를 벌였다. 봉강이 자리에서 일어나 문을 열었다.

"이분들이 꼭 뵙겠다고 하는디….."

일철이 말꼬리를 얼버무리는데, 찾아온 사람들이 금방 열을 지어 섰다. 한 사람이 90도로 허리를 굽혔다.

"단장님께 인사드리겠습니다."

다른 사람들도 일제히 허리를 굽혔다. 모두 검정색 신사복 차림이었다. 봉강은 자기도 모르는 사이에 보성군 대한청년단의 단장이 되어 있었다. 황보익 어른의 얼굴이 떠올랐다. 교회 대신에 단장이로구먼. 대한청년단은 구국청년총연맹을 발전적으로 해체한 청년 단체였다. 구국청년총연맹은 1948년 2월에 창립되어 이승만 정권의 친위대 역할을 했다. 5·10 선거에서도 혁혁한 공을 세웠다. 이승만 세력은 이 단체를 해산하고 1948년 12월에 유사한 조직을 흡수해 단일 청년 조직인 대한청년단으로 통합한 바 있었다.

청년단 사람들이 돌아간 다음에 낯선 노인이 다시 일철과 실랑이를 벌였다. 봉강이 문을 열었다. 노인이 긴 대막대 두 개를 내밀었다. 10년이 넘게 똥통에 담가둔 것이라고 했다. 매를 맞아 얻은 장독杖毒에는 죽분수竹糞水만 한 것이 없다는 말을 들은 적이 있었다. 봉강은 대를 안채로 보냈다. 달미가 대 한 토막 안에 스며든 똥물을 끓여 사발에 담아 가져왔다. 생강을 보탰다고 했다. 노인을 앞에 두고 봉강은 끓인 똥물을 후후 불어 마셨다. 저녁에 새방에 들어가자 아내 최승주가 물었다.

"똥물이 정말로 효험이 있을까요?"

"똥물이라니요?"

"아까 드셨다면서요?"

"나는 똥물이 아니라 그 노인의 마음을 마셨소."

중공군과 인민군은 유엔군의 대대적인 반격에 밀려 퇴각을 거듭했다. 중공군은 한때 인해전술로 연전연승했지만 미군의 융단폭격을 견딜 수는 없었다. 3월 14일에는 유엔군이 서울을 되찾았다.

남부 지방에서는 군경이 야산대에 대한 본격적인 토벌작전을 폈다. 야산대는 3, 4월 고비를 넘겨야 했다. 여름이 되면 녹음이 우거져 숨어 지내기가 쉬웠다. 그 무렵에 대장인 권갑동이 자취 없이 사라져 정종희가 대장을 맡았다. 토벌대는 야산대 활동을 하는 사람들에게 자수를 권하는 삐라를 이 산 저 산에 대대적으로 뿌렸다. 어머니가 자수자를 안고 활짝 웃는 사진이 든 삐라도 있었다. 종희는 몇 번인가 면당부대 대원들에게 집으로 돌아갈 사람은 돌아가라고 했다. 그러겠다는 사람은 없었지만 아침에 일어나 보면 자취를 감춘 대원이 있곤 했다.

전에는 밤이 되면 토벌대가 작전을 펴지 않았다. 그러나 이제는 달랐다. 야산대의 소재가 확인되면 토벌대는 밤에도 조명탄을 쏘며 압박했다. 이동하다 조명탄이 터지면 소스라치게 놀라 달아났다. 종희는 조명탄 조각에 얼굴을 맞은 적도 있었다.

토벌대는 야산대처럼 산에 아지트를 만들어 잠복하기도 했다. 종희는 대원들을 이끌고 안전지대라고 생각되는 곳으로 갔다가 이미 토벌대가 아지트를 만들고 숨어 있어 기겁을 해 달아난 적도 있었다. 백아산이나 백운산, 지리산으로 가는 길목은 군경이 촘촘하게 지키고 있어 큰 산으로 들어가는 것은 엄두도 낼 수 없었다. 면당부대는 일림산에서 오봉산으로, 오봉산에서 또 일림산으로 다람쥐처럼 오가며 숨어 지냈다.

춘기공세가 끝난 뒤 면당부대 대원 수는 열일곱에 지나지 않았다. 물론 죽은 사람보다는 자수하거나 도망친 사람이 더 많았다. 대원들은 인민군과 중공군이 서울을 접수하고 계속 남하 중이라고 알고 있었지만, 전세는 태극문양 비슷하게 동고서저^{東高西低}로 교착상태에 빠져 있었다.

견화는 거북정 윤씨 앞에서도 노래를 부르지 않았다. 숨을 참으며 노래를 부르는 것이 배 속의 아기한테 좋을 것 같지 않아서였다. 욕도 하지 않았다. 욕설을 섞어 말하는 사람도 피했다. 뛰는 것은 물론이려니와 빨리 걷지도 않았다. 가끔 지수가 밤에 치마끈을 풀려고 하면 손을 내쳤다.

견화는 나쁘다는 음식은 입에 대지 않았다. 상어 고기를 먹으면 아기 피부가 거칠어진다고 해서 피했다. 오리 고기를 먹으면 아기 손발이 붙어 나온다고 해서 먹지 않았다. 식초를 친 음식을 먹으면 아기 뼈가 연해진다고 해서 마다했다. 매운 것을 먹으면 아기 성정이 매서워진다고 해서 멀리했고, 짠 것을 먹으면 아기가 인색한 사람이 된다고 해서 피했다. 한번은 견화가 김치를 물에 행군 다음에 먹는 것을 보고 지수가 놀렸다.

"아주 싱거운 애가 나오겠구마."

사람들은 배가 산만큼 크다고 견화를 놀려댔다. 어떤 사람은 쌍둥이를 뱄다고 했다. 어떤 사람은 틀림없이 아들이라고 했고,

어떤 사람은 딸 같다고도 했다. 견화는 늘 딸일 것이라고 우겼다. 지수가 물었다.

"왜 딸이라는 것이요?"

"전에 이녁이 내 배에다가 딸 얼굴을 그렸습시로…."

"맞아요. 똑 이녁을 닮은 딸이었으면 좋겠소."

일철의 처 진동댁이 늘 견화 집으로 와서 이것저것 살피고 갔다. 견화는 때로는 무서움증이 들기도 했지만 진동댁이 와서 이런 말 저런 말을 해주면 마음이 가라앉았다. 견화는 1951년 6월 21일 딸이 아니라 아들을 낳았다. 아들은 아비와는 달리 두 다리의 길이가 같았고, 아비를 닮아 꼬추가 통통했다. 지수는 사립에 금줄을 치고 고추와 숯을 매달았다.

동네 사람 가운데 산으로 들어갔거나 죽은 사람이 많아, 지수와 견화는 기쁜 티를 내지 않으려고 애썼다. 가끔씩 거북정 함머니 윤씨가 바깥집에 들렀다. 어느 날 함머니가 견화의 등을 다독이며 말했다.

"에미가 애기를 낳은 것이 아니라, 애기가 에미를 낳았구나."

맞는 말이었다. 아기를 낳기까지 가장 성장한 것은 아기 엄마 견화였다.

6월 하순 어느 날이었다. 오봉산에 숨어 있던 종희는 대원들

408

을 이끌고 일림산으로 돌아갔다. 밤이 늦었지만 대원들은 득량 만 바다가 내려다보이는 산 중턱에 아지트 세 개를 지었다. 남성 용이 둘이고, 여성대원용이 따로 하나였다.

그 무렵부터 종희의 면당부대는 먹기 작전의 전략을 대폭 수 정했다. 보리쌀을 삶아 대원들에게 나눠주면 대원들은 호주머니 나 자루에 넣고 다니며 허기를 달랬다. 보리쌀을 솥에 삶기만 하 면 되고, 반찬을 따로 만들 필요도 없었다.

일림산으로 돌아간 그다음 날 이른 아침이었다. 단잠에 취해 있는데 한 대원이 종희를 흔들어 깨웠다. 아침 회의 준비가 끝났 다고 했다. 종희는 밖으로 나갔다. 대원들이 빙 둘러 앉아 있었 다. 보름이 조금 지나선지 서쪽 하늘 끝자락에서 달이 시들고 있 었다.

"대장이 언제나 질 먼저 일어났는디 오늘은 뭔 일이여? 꼴등 했어, 꼴등."

"아따, 미안하네. 오랜만에 푹 잤구마."

여성 대원 넷이 삶은 보리쌀을 나눠주었다. 종희도 보리쌀을 받아 자루에 넣은 뒤 자리에서 일어섰다.

"오늘 할 일이 많소. 고향 뒷산으로 돌아왔지만 긴장을 풀면 안 돼요."

서론을 마치고 구체적인 지시사항을 말하려는데, 땅 총성이 울렸다. 종희가 얼굴을 감싸고 쓰러졌다. 종희는 정신을 잃었다.

그가 정신을 되찾은 것은 다음 날 저녁이었다. 눈도 아프고 머리도 아파 만지고 싶은데, 손이 천근만근 무거워 들 수가 없었다. 천 같은 것으로 눈을 칭칭 감아놓은 게 틀림이 없었다.

"어야, 정신이 들었는가?"

목소리가 귀에 익었다.

"자네 도강리 문복수 맞제?"

"맞네. 나 복수네."

둘은 동갑내기였다.

"어야, 복수. 그런디 왜 내 눈을 감아놨당가?"

"수색 나온 토벌대 한 놈이 옆쪽에서 총을 딱 한 방 쏘고 달아났는디, 총알이 자네 두 눈을 스쳐부렀네."

복수는 총알이 두 눈을 파버린 것이 아니라 스쳤다고만 했다. 종희는 목이 탔다.

"어야, 나 물 좀 주소."

"참소. 자네가 늘 말하지 않았는가? 총 맞고 물 먹으면 죽는다고."

"죽어도 좋네. 제발 물 좀 주소."

대원들은 물을 주지 않았다.

이튿날이었다. 두 대원이 종희의 양팔을 꼈다. 어디로 이동하는 모양이었다. 한 식경쯤 가더니 종희를 언덕에 눕히고는 문복수가 당부했다.

"꼼짝 말고 여그서 기다리소, 잉."

멀리서 물 흐르는 소리가 났다. 종희는 땅을 더듬어 물소리 나는 곳으로 내려갔다. 계곡이 나왔다. 종희는 엎드려 양껏 물로 배를 채웠다. 제자리로 돌아가야 했다. 그러나 어디가 어딘지 알 수 없었다. 종희는 더듬거리며 바위를 넘다가 미끄러져 아래로 굴러 떨어졌다. 종희는 의식을 잃었다. 땅거미가 질 무렵에야 대원들이 종희를 찾아내 아지트로 데려갔다.

종희는 고열로 신음했다. 한 대원이 그래도 배는 채워야 한다며 종희 입에 삶은 보리쌀을 밀어 넣었지만, 온 머리통이 흔들리고 아파 씹을 수가 없었다. 대원 하나가 위험을 무릅쓰고 마을로 내려가 밀가루를 가져왔다. 몇 끼 동안 밀가루를 물에 풀어 입에 넣어주었다. 다른 대원이 밤에 늙은 호박을 가져와 속을 긁어 상처 부위에 붙여주었다. 독을 빼내는 데 특효가 있다고 했다. 배 속이 좋지 않다고 하자 어성초를 뜯어 달여 주었다. 상태가 좋지 않은 데가 또 있었다. 오른쪽 발등이었다. 바위에서 미끄러져 떨어질 때 다쳤는지 퉁퉁 붓고 통증도 심했다.

며칠 뒤였다. 문복수가 종희를 업고 어디론가 갔다. 종희를 내려놓고 그가 말했다.

"아무쪼록 건강하기 비네. 세월 좋아지면 다시 만나세."

문복수가 방문을 흔들어놓고 달아났다. 종희 어머니가 방에서 나와 두리번거리다가 종희를 찾아냈다. 이튿날 종희 어머니가 지수와 견화가 사는 바깥집으로 왔다.

"귀한 것을 쪼깐 얻으러 왔네."

갓난애가 금방 싼 똥을 달라고 했다. 종희 발등의 부기를 빼고 통증을 가라앉히는 데 그만한 묘약이 없다고 들은 것이었다. 그 뒤로 견화는 애가 똥을 싸기만 하면 호박잎에 싸서 종희 집으로 달려갔다.

귀거래

1951년 6월 말께였다. 일림산으로 들어갔다가 산에서 내려와 자수한 정종훈이 집으로 돌아왔다. 인민학교에서 인민군 노래를 가르친 죄가 있어 형사 처분을 면키 어려울 것이라고들 했지만, 논 서 마지기를 팔아 손을 쓴 게 효과를 본 것이었다.

누구보다 기뻐한 것은 그의 아내 위정순이었다. 그는 친정이 장흥 방촌이어서 택호가 방촌댁이었다. 키가 크고 피부가 맑은, 보기 드문 미인이었다. 방촌댁은 기쁨을 밖으로 드러내지 않으려고 애를 썼지만, 자꾸 입이 벌어지는 건 어쩔 수 없었다.

그날 밤에 종훈은 방촌댁이 설거지를 마치고 방으로 들어서자 자리에서 일어서더니 방촌댁 적삼의 옷고름을 풀었다. 서로 기다린 일이었다. 방촌댁이 소리를 낮추었다.

"이불로 들어갑시다."

"아니요. 그대로 서 있으시요. 유치장에 있음시로, 집에 가면 당신 세워두고 옷을 벗겨보겠다고 작심을 했소. 당신이 참 예쁜데 벗고 서 있는 것을 본 적이 없소."

"벗고 서 있으라고요?"

"그렇소."

"안 돼요. 그건 반촌 풍습이 아니어요."

"아따, 또 반촌 타령이요?"

적삼을 벗기고 치마를 내리고 속곳과 속속곳까지 내려도 방촌댁은 그대로 서 있어주었다. 아내는 황홀하게 아름다웠다. 방촌댁이 서둘러 이불 속으로 몸을 감추었다. 종훈도 옷을 벗고 이불 속으로 들어갔다.

"부탁이 하나 더 있소."

"뭣인디요? 오늘은 무슨 부탁을 해도 다 들어드릴게요."

"당신 성이 뭣이요."

"내가 위가라는 것을 암시로 왜 물으시요?"

"오늘은 당신 성 대로 당신이 위로 오르시요."

"워메워메, 뭔 말씀이요? 그것은 참말로 반촌 풍습이 아니어라우."

"방금 내 소원은 다 들어주겠다고 했음시로 뭔 딴소리요?"

처음이자 마지막이라는 조건으로, 종훈은 그날 밤에 방촌댁이 내세우는 반촌 풍습을 꺾었다.

7월 초에는 봉강리의 타성바지 최달수가 집으로 돌아왔다. 그가 돌아온 것은 아내 풍암댁의 기도 덕분이라는 소문이 돌았다. 풍암댁이 꿈을 꾸었는데 반딧불이가 날아와서 '내가 당신 남편 최달수요. 당신이 보고잖어서 왔소'라고 하더라고 했다. 그다음부터 풍암댁은 반딧불이만 보면 마당에 서서 두 손을 모아 남편이 무사귀환하기를 빌었다.

최달수가 산에서 내려온 뒤에 해두의 아내 연천댁은 치성 드리는 횟수를 늘렸다. 남편 해두의 편지를 받은 뒤부터 저녁마다 뒷마당 장독대에 냉수사발을 올려놓고 남편 돌아오기를 비는 기도를 올렸는데, 최달수가 돌아온 뒤부터는 새벽에도 치성을 드리기 시작한 것이다. 연천댁이 저녁이나 새벽에 치성을 드리면 뒷산에서 쑥국새가 울었다. 그때마다 연천댁이 애원했다. 많이들 돌아오는디 당신은 왜 안 오시요. 나한테 용서를 구할 것도 없소. 오시기만 하면 된당께요.

입산한 사람 중에 최고령인 박창세도 자수한 뒤에 집으로 돌아왔다. 그는 환갑이 훌쩍 넘은 노인이었다. 그는 인민위원회하고는 아무 상관이 없었다. 그가 입산한 이유는 세상이 시끄러울 때면 마을 사람 다수가 하는 대로 따라가면 된다는 소신 때문이었다. 집으로 돌아온 창세는 밤에 일흔이 가까운 연상의 아내더러 옷을 벗으라고 했다.

"뭔 뚱딴지같은 소리요? 당신 지정신이요?"

"아따, 전에는 좋은 일만 있으면 당신이 먼저 벗었음시로."

"그때는 젊었을 때요. 지금은 우리 둘 다 낼모레 일흔이요."

"그래도 오늘같이 좋은 날 한번 벗어보시요."

늙은 아내는 적삼은 벗지 않고 치마와 속곳만 벗었다. 창세는 아내 위에 올랐지만 조금 뒤에 말없이 내려왔다. 아내가 쏘아붙였다.

"젊은 시절에 장날마다 술집 년들한테 진국을 그렇게도 쏟아부었는디, 멀국인들 남아 있을 턱이 있겠소?"

8월에는 조완창이 돌아왔다. 그는 나이 서른두 살에 인민위원회의 마을 치안대원이 되었다. 난생처음으로 써본 감투였다. 목소리가 커서 별명이 떼까우였다. 사람들은 그가 거위 못지않은 큰 목소리 덕에 치안대원으로 발탁되었다고들 했지만, 그는 자기 팔자에 관운이 들어 있다고 우겼다. 지은 죄가 없는데도 그는 제 발이 저려 입산했는데, 일림산으로 들어가기는 했지만 일찍 대열에서 빠져 이리저리 숨어 다니다가 자수했다. 그의 아내 북천댁도 목소리가 커서 별명이 암떼까우였다. 부부 싸움을 할 때면 떼까우 부부가 마치 시합이라도 벌이듯이 소리를 질러댔기 때문에 온 동네가 시끄러웠다. 완창은 마당에 들어서자마자 마을 사람들이 지켜보는데도 아내 앞에 털썩 무릎을 꿇었다.

"생각해본께 자네하고 싸울 이유가 있어서 싸운 적이 한 번도 없었네. 세상 살기가 탁탁해서 참말로 암끗도 아닌 것 갖고 자네한테 화풀이를 해부렀네. 자네 잘못이 뭣이 있었는가? 가난한 농사꾼한테 시집온 잘못 말고 하나도 없네. 참말로 미안하네. 나를 용서해주소."

북천댁이 맞은편에 꿇어앉았다.

"당신이 산에 들어가분께 사람들이 마누라 꼴 보기 싫어서 입산했다고 수군댄 거, 나도 다 아요. 내가 그 생각을 했는디 마을 사람들이 왜 안 했겠소? 당신이 뭔 잘못을 했소. 당신은 가난한 홀엄씨 딸을 마누라로 받어준 잘못밲이 없는 사람이요. 내가 많이 잘못했소."

사람들이 박수를 치며 좋아했지만 부부는 다시 다투기 시작했다.

"내가 잘못했당께는 그래. 당신은 잘못한 것이 하나도 없어."

"아니랑께요. 내가 잘못한 것이 훨썩 많당께요."

두 사람 목소리가 높아졌다.

"이 사람이 또 우기고 그러네."

"내가 뭣을 우긴다고 그러요. 자기가 우김시로."

소리가 더 커졌다.

"아따, 입닫으랑께."

"개는 개 대로 쳐야제, 개도 안 치고 왜 나보고 입을 닫으라고 해?"

숫떼까우가 꽥 소리 질렀다.

"입 닫어."

암떼까우도 결코 지지 않았다. 그는 말싸움을 해서 누구한테든 단 한 번도 진 적이 없었다.

"당신이나 닫어. 당신만 목소리 커. 나도 커."

여섯 살짜리 아들 떼까우가 소리쳤다.

"아따, 시끄럽소."

'아따' 소리가 하도 커서 귀청이 터질 것 같았다. 사람들이 박장대소를 하고 나서야 떼까우 부부는 싸움을 그치고 멋쩍게 웃었다.

완창이 돌아온 날 밤에 지수가 견화에게 물었다.

"여보. 산에 들어간 사람들이 많이 돌아오는디, 그 사람들이 집에 와서 첫 번째로 하고 싶은 것이 뭣이겠소?"

"따뜻한 방에서 발 쭉 뻗고 자고 싶겠지라우."

"반은 맞고 반은 틀렸소. 아내를 품고 나서 발 뻗고 잘 것이요."

지수가 이었다.

"내년 이맘 때 마을에 아그들 울음소리가 시끄러울 것이요."

견화가 따졌다.

"그걸 암시로도 이녁은 왜 오늘 같은 날 간지럼도 안 태우요?"

418

거북정 사랑으로 손님이 왔다. 전에 회천지서에 있다가 화순군 북면지서로 전근한 윤재석 지서장이었다. 보자기 하나를 봉강 앞에 내밀었다.

"이것이 뭣인가?"

윤 지서장이 보자기를 풀었다. 자루 하나가 모습을 드러냈다. 광목천으로 만든 것이었다. 눈에 익었다. 누런 삼베 천을 누빈 끈을 X자로 단 것으로 보아 해두의 것임에 틀림이 없었다.

"이거, 우리 해두 형님 바랑이 아닌가?"

"맞아요. 백아산 입구에 노치라는 마을이 있어라우. 군경이 잠복해 있다가 야산대를 사살했는디, 그 야산대가 정해두 부대였던 것 같구만이요. 경찰이 부근에서 이 자루를 수거했다는디, 그냥 버릴까 하다가 가져왔어요."

"쉬쉬 하고 있었네만은, 얼마 전에 해두 형님이 우리 형수한테 편지를 보내셨네."

"그 편지, 제가 부쳤어라우. 이 자루에 들어 있었는디 수신인 주소가 '보성군 회천면 봉강리 정윤상 모'로 되어 있는 것을 보고는 어떤 순사가 저한테 가져와서 혹시 아는 사람이냐고 묻듬마요. 조사했더니 윤상이가 해두씨 아들이라고 해서…."

"그래? 그럼 우리 형님이 돌아가신 것인가?"

윤 지서장은 자루를 펼쳐들었다. 구멍이 두 군데나 나 있었다.

"수풀 속에 이 자루가 떨어져 있었다는디…, 돌아가셨다고 봐야겠지요. 물론, 천행으로 살아 있을지도 모르고요."

우두커니 앉아 있다가 봉강이 말했다.

"지서장, 자루는 내가 보관했다가 형님 돌아오시면 돌려드려야겠네. 나는 형님이 살아계실 거라는 희망을 거둘 수가 없네. 그러고…, 편지를 자네가 우송했다는 말은 아무한테도 하지 말소, 잉."

구들 밑, 마루 밑

꽤 배가 부풀어 오른 당암댁을 앉혀두고 친정 동생 백정태가 다그쳤다.

"누님, 어느 놈 애새낀지 말하시요."

"아야, 내가 그 말에는 답을 못하겠다."

"얼렁 말하랑께요. 어느 개자식 새낀지···."

"말조심하그라. 개자식이 아니다. 좋은 사람이다."

백정태가 벌떡 일어섰다. 발뒤꿈치로 쿵쿵 방바닥을 찍으면서 고함쳤다.

"개자식이 아니라니요? 좋은 사람이라니요?"

다시 자리에 앉더니 목소리를 낮추었다.

"성님이 왔으면 누님을 몽둥이로 두들겨 팼을 것이요. 성님한테 맞지 말고 나한테 순순히 말하시요. 그놈이 누구요? 나한테 말 안 하면 다음에 성님이 올 것이요."

백교리 선일호의 아내 당암댁이 임신했다는 소문이 드디어 친정에까지 들어간 것이었다. 당암댁의 친정 남자들은 대대로 수원 백씨 문중의 호랑이였다. 수원 백씨가 품행에 관한 한 인근에서 제일 반듯한 양반이라는 평판을 듣는 데는, 그 집 사람들이 대대로 문중기강을 확고히 세운 덕이라고들 했다. 그런데 그 집 여자가 출가한 뒤, 남편 선일호가 야산대에 들어가 집을 비운 상황에서 임신을 했다는 소문이 퍼지니, 친정 식구들이 길길이 뛰는 것은 당연했다. 정태는 누님을 임신시킨 놈을 알아내 몽둥이로 작살을 낼 참인데, 누님은 아기를 배게 한 남자가 누군지를 실토하지 않았다. 더구나 임신을 시킨 놈이 '개자식'이 아니라 '좋은 사람'이라고 우기니 정태로서는 그야말로 장이 뒤집힐 노릇이었다. 다시 목소리를 차분하게 가라앉히고 정태가 캐물었다.

"누님. 누님한테 몹쓸 짓 한 놈이 누군지 알아내서 그놈을 혼을 내줘야 그래도 우리 집안 체면이 쪼끔은 살게 되지 않겠소? 그놈 벌을 못 주면 수백 문중 체면은 땅에 떨어지고, 그러면 성님이랑 나는 당암을 떠서 딴 데로 이사 가서 숨어 살아야 하요. 우리 식구 체통 좀 제발 살려주시요. 그놈이 누구요?"

수백이란 수원 백씨를 줄인 말이었다. 누나의 대답은 여전히 천연덕스러웠다.

"그놈 그놈 하지 말란 말이다. 나쁜 사람이 아니어야."

정태는 자기 가슴을 주먹손으로 쿵쿵 쳤다.

"아니, 뭣이라고요? 그놈한테 그놈 그놈 하지 말라고요?"

"나쁜 사람이 아니라 좋은 사람이란 말이다."

정태는 속이 터질 것 같았지만 다시 목소리를 낮추었다. 그게 설득하는 데 나을 것 같아서였다.

"누님. 내가 빈손으로 마을에 돌아가면 수백 문중에서 우리 집 장손인 성님을 덕석말이를 할 것이요. 덕석에다 성님을 뚤뚤 말아서 몽둥이로 팰 것이다, 그 말이요. 누님도 잘 알겠지만 우리 문중에서 불미스러운 일이 생기면 덕석말이를 하자고 우기고 나선 것이 우리 할아부지고, 아부지고, 또 성님이 아니요? 인자 누님 땜시 성님이 덕석말이를 당해야 할 처지요. 그렇께 얼렁 그 나쁜 새끼가 누군지 말하시오."

누님은 울상을 지었지만 대답은 같았다.

"아야. 나쁜 새끼가 아니라 참말로 좋은 사람이어야."

정태가 벌떡 일어섰다. 고방 쪽 문기둥에 걸린 홍두깨를 들어 장롱을 힘껏 쳤다. 장롱 문짝이 박살이 났다. 이번에는 장롱을 내리쳤다. 누님이 방바닥에 엎드려 울음을 터트렸다. 정태가 홍두깨를 들어 다시 장롱을 치려는데 장롱 바닥 쪽에서 무슨 소리가 났다. 귀를 세웠다. 노크를 하듯이 두 번 톡톡 소리가 다시 났다. 장롱 바닥에서 노크를 하다니 귀신이 곡할 노릇이었다. 누님이 소리를 죽였다.

"아야, 정태야. 내가 다 말할 텡께, 지발 소리 지르지 마라."

"…."

"혹시라도 밖에서 누가 엿듣는지 내다보그라."

정태는 방문을 열었다. 어둠 속이지만 사람이 울타리 뒤로 몸을 숨기는 것이 보였다. 정태가 토방으로 내려서며 고함쳤다.

"어떤 놈이 잠이나 자지, 남의 집 엿듣고 그래?"

정태는 홍두깨를 든 채 사립을 열고 나갔다. 두어 사람이 후다닥 달아났다.

"어떤 새끼야. 또 오기만 해봐라. 콱 홍두깨로 대갈통을 깨불 텡께."

정태는 돌아서서 다시 안방으로 들어갔다. 누님이 장롱 문을 열고 옷을 꺼낸 다음에 바닥 판자를 들어냈다. 바닥 밑에서 시커먼 게 올라왔다. 사람 머리통이었다. 장롱 밖으로 나와 방에 우뚝 섰다. 머리카락이 무릎에 닿았다.

"어야. 처남, 나네."

매형 선일호였다. 동생 선일조가 입산했다가 경찰 총에 맞아 숨지자 선일호는 홧김에 남로당에 들어갔다. 인천상륙작전으로 인민군이 패주하자 그도 입산해 면당부대에 들어갔다. 그러나 혼자 집을 지킬 아내 당암댁이 마음에 걸려 산에 있을 수가 없었다. 그는 비가 내리는 날 밤에 야산대에서 빠져나와 몰래 집으로 들어가, 장롱 밑의 구들을 파서 넓히고 줄곧 그 안에서 숨어 지낸 것이었다.

"애기는 내가 만들었네."

이튿날 당암으로 돌아간 백정태는 다른 식구들한테는 말 한마디 없이, 논 다섯 마지기 값에 해당하는 돈을 마련해 광주로 갔다. 곧장 도 경찰국으로 가서 처남의 친구라는 간부를 만났다. 전에 도청에 있는 처남과 함께 당암에 놀러왔을 때 수문포에 데려가 장어구이를 대접한 적이 있었다.

"사람을 한나 살려줘야 쓰겄소."

전에도 농담을 곧잘 하던 도경 간부가 고개를 저었다.

"사람 잘못 찾아오셨소. 나는 의사가 아니요."

백정태가 정색을 했다.

"농담할 때가 아니요."

"말씀하시요. 들어봅시다."

사실을 털어놓았다. 간부가 고개를 끄덕였다.

"진짜로 의사한테 보내야겄소. 얼른 가서 그 매형을 광주로 데려와 큰 병원에 입원시키시요. 그렇게 오래 구들장 밑에서 지냈다면 몸이 말이 아닐 것이요."

간부는 그 자리에서 소개장을 썼다.

"내일 이걸 보성경찰서장한테 갖고 가시요."

주위에 사람이 있긴 했지만 그냥 나올 수는 없었다. 백정태는 가져간 돈 봉투를 슬그머니 책상 위에 놓았다.

"이것이 뭣이요?"

백정태는 목소리를 낮추었다.

"약소하요. 논 다섯 마지기 값밖에 안 돼요."

"아니, 이게 무슨 짓이요? 나는 그런 사람 아니요."

간부가 벌떡 일어서더니 봉투를 집어 돌려주었다.

"돈 받고 봐주는 놈 잡아넣는 게 내 일이요."

백정태는 감전이 된 듯 우두커니 서서 움직이지 않았다. 간부가 덧붙였다.

"내 친구가 늘 자랑합디다. 흰 백白 자 수원 백씨는 글자 그대로 깨끗한 진짜 양반들이라고."

백정태는 얼굴이 화끈 달아올랐다. 정중하게 허리 굽혀 사과하고 도경을 나왔다.

이튿날 백정태가 보성경찰서에 가자 서장이 순사 하나를 붙여 지프차를 내주었다. 조사는 차차 받고, 먼저 큰 병원에 입원부터 시키라고 했다. 정태는 회천 백교리로 가서 매형을 차에 태웠다. 매형 선일호는 손에 새낭을 들고 있었다.

"그걸 왜요?"

"들고만 있어도 힘이 돌아올 것 같네."

　선일호가 구들장 밑에서 지내다 나와서 자수했다는 소문이
돈 지 두어 달 지나서였다. 여름 끝자락이지만 그날은 볕이 제법
따가웠다. 학교에서 돌아온 국민학교 1학년 김일수는 마루에서
구슬치기를 하고 있었다. 미국 사람들이 보낸 구호물품 상자를
한 달쯤 전에 집집마다 하나씩 돌렸는데, 유리구슬은 그 안에 들
어 있던 것이었다. 레이션 박스라고 하는 구호품 상자 안에는 별
의별 것이 다 들어 있었다. 연필만 해도 가지가지였다. HB연필
이 있고 4B연필이 따로 있다는 걸 일수는 그때 처음 알았다. 지
우개도 신기했다. 전에는 고무신 밑창에 붙은 생고무를 석유에
담갔다가 꺼내 지우개로 썼는데 글씨를 지우려고 문지르면 검은
자국이 남고 때로는 공책이 찢겼다. 그렇지만 레이션 박스에 들
어 있는 지우개로 지우면 종이가 찢기지도 않고 지운 자국도 남
지 않았다. 그러나 레이션 박스에 들어 있는 것 중에서 보물 중
의 보물은 바로 유리구슬이었다. 그건 오색이 영롱한 예술품이
었다. 그는 그렇게 정교하고 아름다운 공예품을 본 적이 없었다.
　순경 한 사람이 마을 사람 둘과 함께 집에 들어섰다. 전에는
하루가 멀다 하고 들락거렸지만, 그 즈음에는 한 달에 두어 번
찾아올 따름이었다. 순경이 일수 어머니에게 물었다.

"바깥양반은 아직 소식이 없소?"

"없어라우."

질문도 답변도 판에 박은 듯이 늘 같았다. 일수 아버지는 인민 군 시대가 끝나자 종적을 감추었다. 일수는 잠깐 그들에게 눈길을 주었다가 다시 구슬치기를 했다. 손에 든 유리구슬로 앞에 있는 유리구슬을 맞히는 놀이였다. 일수는 심심할 때면 혼자서 그 놀이를 했다. 유리구슬을 엄지와 검지 사이에 넣고 튕겨 앞에 있던 유리구슬을 정확히 맞히었다. 그런데 일수가 튕긴 구슬이 마룻장에 난 관솔 구멍으로 빠졌다. 일수는 구멍에 눈을 대고 마룻장 밑 어디쯤에 구슬이 떨어졌는지를 살폈다.

순경이 일수를 보더니 허리를 곧추세웠다. 일수는 여전히 마룻장 밑을 살피고 있었다. 구들장 밑에서 나왔다는 백교리 선일 호의 일이 순경의 머리를 스쳤다. 순경이 마루 쪽으로 다가가더니 허리를 굽히고 마루 밑을 들여다봤다. 멍석이 깔려 있었다. 순경이 마을 사람에게 말했다.

"마루 밑으로 들어가서 저 멍석을 들춰보시요."

일수 어머니가 벌떡 일어서서 소리 질렀다.

"암꿋도 없어라우. 들치긴 뭘 들친다고 그러요?"

순경이 마을 사람에게 다그쳤다.

"빨리 들어가보랑께."

마을 사람 둘이 마루 밑으로 들어가 멍석을 들추었다. 그 안에서 사내가 튀어나와 두 사람을 밀쳤다. 일수의 아버지였다. 그가 뒷마당으로 도망쳤다. 순경이 외쳤다.

"거기 서요! 거기 서!"

일수 아버지는 대밭으로 도망쳤다. 순경이 총을 들고 뒤쫓았다. 땅. 조금 뒤에 다시 총소리가 울렸다. 땅. 땅. 곧 조용해졌다. 일수 어머니가 대밭 쪽으로 뛰어갔다. 순경은 대밭 울타리 너머에 서 있었다. 일수 어머니도 울타리를 넘었다. 밭둑 밑에 남편이 쓰러져 있었다. 화순에서 노비로 살다가 해방 직후에 회령마을로 이사 온 이였다.

그날 이후 일수 어머니는 히죽히죽 웃으며 동네를 쏘다녔다. 남편 장사가 끝난 뒤에는 덩실덩실 춤까지 추며 이 마을 저 마을을 돌아다녔다. 어느 날 그가 보이지 않아 사람들은 제정신을 찾아 집에 들어갔으려니 했지만, 그날 해질 무렵에 이웃 마을 사람들이 저수지에 둥둥 떠 있는 그의 사체를 건져냈다. 마을 사람들은 그를 남편 옆에 묻었다.

일수는 아버지 장사 때나 어머니 장사 때나 한마디 말도 없이 사람들이 시키는 대로 상주 노릇을 하더니 어느 날 자취를 감추었다. 큰집도 작은집도 없다고 했다. 외갓집도 이모 집도 고모 집도 없다고 했다. 그가 어디로 갔는지 아는 사람도 없었다.

길

유담프

1953년 7월 27일에 휴전협정이 체결되었다. 남한 정부 대표는 협정에 참여하지 않았다. 이승만 대통령이 휴전에 동의하지 않았기 때문이다. 그는 여전히 입만 열면 북진통일을 외쳐댔다.

전쟁으로 남북한은 폐허가 되었다. 철도도 다리도, 집도 학교도 수없이 망가지고 끊어지고 부서졌다. 그러나 그보다 더 중요한 것이 깨졌다. 한 민족 한 국민이라는 동질감이 그것이었다. 이제 남과 북에 사는 사람들은 서로 철천지원수가 되었다. 남한 내부도 대쪽같이 갈라졌다. 좌와 우는 서로 말을 섞기조차 싫어했다. 한때는 좌파들이 툭 하면 사람들을 반동분자로 몰았는데, 휴전 이후에는 우파들이 걸핏하면 사람들을 빨갱이로 몰았다.

회천에서는 국방군과 인민군이 맞붙어 전투 한 번 벌이지 않고 6·25 동란이 지나갔지만, 알 만한 사람끼리 서로 매질이나 총질을 해 많은 사람이 다치고 죽었다. 홀아비와 홀어미, 고아와 의지할 데가 없어진 늙은이, 즉 환과고독鰥寡孤獨이 넘쳤다. 거북정 주변에서도 참화는 컸다. 영성 정씨 사평공파의 종손인 봉강의 가계에서 원등 할머니 후손만 치더라도 죽거나 사라진 이가 정해진 내외를 빼고도 일곱이었고, 그 밖의 근족도 열 이상이 목숨을 잃었다. 청년단장 정종관의 집은 엉뚱한 일로 멸문의 화를 당했다.

이런 주변 상황 때문에 기쁜 일이 있어도 웃음소리조차 낼 수 없는 이들이 있었다. 지수 내외가 그랬다. 지수의 오른손이 망가졌고 견화가 왼쪽 귀 청력을 잃었지만, 그 정도 상해는 입 밖에 꺼낼 일이 아니었다. 무서운 시절에 부부에게는 경사가 이어졌다. 토벌대가 야산대를 밀어붙이던 때에 아들을 얻었고, 전쟁이 끝났다지만 아직 뒤숭숭한 시절에 딸을 낳았다.

더구나 봉강이 곤경에 처한 때를 피해, 그것도 봉강 내외와는 엇갈려가며 아들딸을 본 것을, 지수 내외는 절묘한 일로 여겼다. 봉강 내외가 딸 은희를 낳은 다음 해에 지수 내외가 아들 인환을 낳았고, 봉강 내외가 아들 현상을 낳은 다음 해에 지수 내외가 딸 인희를 낳았다. 여러 해를 이어가며 네 아이가 거북정 함머니 윤씨의 무릎을 오르내리는 것을 보는 것이야말로 지수 내외의 더할 수 없는 기쁨이었다.

지수 아들과 딸의 이름은 봉강이 매듭지었다. 지수가 아들을 낳은 지 두어 달이 지났을 때 봉강이 물었다.

"어야, 동생. 아들 이름은 지었는가?"

"예. 집사람이 옥빛 구름이 밀려오는 태몽을 꾸었다고 해서, 아들 이름 첫 글자로 옥빛 인璘 자를 쓰고, 끝 자는 빛날 현炫 자를 써서 인현璘炫으로 할까 하는디요."

봉강이 고개를 갸웃거렸다.

"장흥 영광 김씨들이 쓰는 다음 항렬자는 빛날 현 자가 아니라 빛날 환煥 자가 아닌가?"

맞는 말이었다. 큰집 조카들 이름도 신환 진환 등이어서 지수도 처음에는 아들 이름을 인환으로 지을 생각이었다. 그러나 돌아가신 아버지 생각이 나자 마음이 뒤틀렸다. 아버지는 본실 자식들 이름은 항렬자인 심을 식植 자를 썼지만, 서출인 자기만은 나무 수樹 자를 넣어 지수智樹로 지었다. 이름의 마지막 자가 이복형들과 다르다는 사실은 늘 지수의 가슴을 헤집었다. 지수는 아버지에게 앙갚음하는 심정으로, 아들 이름에 빛날 환 자 대신에 빛날 현 자를 쓰기로 작정한 것이었다. 지수 말을 듣고 나서 봉강이 고개를 저었다.

"억하심정으로 돌아가신 아버지 가슴에 못을 박지 말고, 빛날 환 자를 써서 인환璘煥으로 하소."

뒤에 인희 이름자도 봉강이 바꾸었다. 지수는 딸 이름을 인희

璘姬로 지을 참이었다. 봉강이 싱긋 웃었다.

"제수씨가 어머니 앞에서 딸을 낳아 기쁘다는 말을 한두 번 한 것이 아니라고 하대. 계집 희姬보다 기쁠 희喜가 어떻겠는가?"

그렇게 하여 인희 이름이 인희璘姬가 아니라 인희璘喜가 된 것이다.

두 눈을 잃은 종희가 산에서 내려온 지 닷새쯤 지나 종손인 봉강이 종희 아재를 찾아갔다. 종희 손을 붙잡고 봉강이 말했다.

"아재. 나는 서에 잡혀가서 갖은 수모를 다 당했소. 그래서는 안 될 사람이 나한테 욕설을 퍼붓고, 뺨을 치고, 매를 때립디다. 차라리 눈이 없으면 얼마나 좋을까 생각했소. 한때 승려 생활을 하신 운암 김성숙 선생한테 들었는디, 어떤 고승 참문에 이런 구절이 있다고 합디다. 안청비관이능어眼聽鼻觀耳能語라, 깨달음을 얻으면, 눈으로 듣고 코로 보고 귀로 능히 말을 한다는 것이요. 아재나 나나 깨달은 사람이 되어, 이제 눈으로 듣고 코로 보고 귀로 말함시로 삽시다, 잉."

그 며칠 뒤에 경찰이 종희를 데려갔다. 두 눈을 칭칭 감은 무명천을 풀어보고 경찰은 종희를 자수자로 처리해 방면했다. 마을 이장 임준구가 거짓말을 해둔 것이 큰 도움이 되었다. 임준구는 종희가 자수하려고 산을 내려오자 동료 야산대가 총을 쏘아 눈을 잃었다고 거짓 소문을 퍼트렸다.

두어 달 뒤에 종희는 천을 버리고 검은 안경을 썼다. 그는 죽고 싶다는 말을 입에 달고 살았다. 어느 날 종희가 툇마루에 앉아 있는데, 어머니 민씨가 그와 마주 앉았다.

"너, 강진 도암 이모 집 옆에 사는 삼순이 기억 나냐?"

국민학교 5학년 때 이모 집에 갔다가 본 애가 삼순이였다. 그 집에 딸만 셋이었는데 첫째가 일순이, 둘째가 이순이, 셋째가 삼순이였다. 삼순이는 종희와 동갑으로 착하고 야무졌다. 그 뒤로 종희는 방학이 되면 이모가 아니라 삼순이를 보기 위해 강진 도암에 갔다. 삼순이가 종희더러, '너 전교에서 일등 한담시로야? 나 공부 좀 갈쳐주라' 하고 덤볐고, 이모도 '삼순이가 공부를 하고 싶어 함께 좀 갈쳐주그라' 하고 거들었다. 종희가 광주서중에 합격했다는 말을 듣고 누구보다 기뻐한 것이 삼순이였고, 어머니가 편찮으셔서 휴학을 했고 어머니 반대로 복학하지 않았다고 하자 누구보다 안타까워한 것도 삼순이였다.

"왜 뜬금없이 삼순이 얘기요?"

"그 아그도 아직 시집을 안 갔다드라."

인천 시절이 생각났다. 종희는 인천 율목동에서 지내며 때때로 시내 구경을 하다가, 형 종철이 감옥에서 나오기만 하면 자기는 인천에 눌러앉기로 작정했었다. 어느 날인가는 문득 삼순이 얼굴이 떠오르기도 했다. 돌아보면 모든 것이 일장춘몽이었다.

며칠 뒤에 종희의 어머니 민씨는 종희의 이모한테 기별을 보내 삼순의 집에 가보라고 했다. 조심스레 중신을 서라고 부탁한 것이다. 종희 이모의 말을 듣고 삼순의 어머니가 펄쩍 뛰었다. 소경을 사위 삼겠다는 어미가 있을 리 없었다. 종희 이모가 그만 일어서려는데, 밖에서 어른들이 나누는 이야기를 들은 삼순이가 방으로 들어왔다.

"결혼 문제는 부모 문제라기보다는 당사자 문제가 아니겠어요? 내가 며칠 더 생각해볼 텡께 뒤에 다시 와주실라요?"

놀란 것은 삼순의 어머니였다.

"아야, 뭔 소리냐? 소경한테는 절대로 딸 못 준다."

삼순의 어머니는 종희 이모에게 다시는 집에 오지 말라고 쏘아붙였다. 한 달쯤 지나 삼순이가 종희 이모 집으로 왔다.

"종희 씨는 영혼이 맑은 사람이어요. 내가 그 사람 말고는 마음에 담아본 사람이 없어요."

삼순이는 그 말을 해놓고 눈물을 줄줄 흘리더니 아무 말도 보태지 않고 돌아섰다. 입만 열면 죽고 싶다고 하던 종희가 그 말을 전해 듣고 심기일전했다. 종희는 밥도 많이 먹고, 체조도 열심히 했다. 오일장이 선 날 어머니가 아령을 사다주자 밤낮 없이 아령운동을 했다.

삼순은 일 년 이상 부모와 실랑이를 벌였다. 자식 이기는 부모가 있을 수 없었다. 1954년 늦가을에 종희와 삼순 두 사람이 삼순의 집에서 혼례를 올렸다. 원래 정해진 시간이 미시未時였으나 자정이 가까워서야 식을 치렀다. 신랑 종희가 사립문 밖에 서 있는데도 삼순의 친척들이 한사코 결혼을 막았다. 그들의 완강한 반대를 꺾은 것은 삼순이였다. 종희는 그날 밤 삼순의 품에 얼굴을 묻고 엉엉 울었다. 삼순이가 종희 어깨를 다독였다.

"오늘은 원 없이 울어부시요. 그렇제만은 내일부터는 무슨 일이 닥쳐도 절대로 울면 안 돼요, 잉."

1954년에 총선거가 있었지만 봉강은 나서지 않았다. 그 무렵에 봉강은 정치 대신에 농사에 재미를 붙이고 있었다. 일꾼을 사서 산에 잣나무와 밤나무, 뽕나무를 심고, 밭에다 생강을 재배했다. 잣나무는 세월이 쌓이면 돈 나무가 될 것이고, 밤나무와 뽕나무는 몇 해 지나지 않아 쌀농사만큼 소득을 낼 것이며, 생강농사로는 일상의 용돈을 충당할 수 있을 것이었다.

새신랑 종희도 종손인 봉강과 발을 맞추었다. 논을 팔아 밭을 사더니, 밭에 뽕나무도 심고 생강도 심었다. 봉강의 농사를 도맡고 있던 종호가 종희 농사까지도 두루 살폈다.

그 무렵에 봉강은 직접 노동을 해보고 싶은 충동을 느꼈다. 마르크스는 노동이야말로 인간이 가치를 창출하는 원동력이라고 했다. 봉강은 책에서 읽은 노동의 가치를 몸소 구현하며 살고 싶었다. 그러나 그가 논이나 밭에 들어가 손에 흙을 묻히는 것을 보고 당숙인 종호가 기겁을 했다. 영성 정씨의 체면을 생각해서라도 '허튼짓거리'는 하지 말라고 했다. 말이 없을 뿐만 아니라 말을 하더라도 신중하게 가려 쓰는 종호가 봉강에게 '허튼짓거리'라는 말을 썼다면 그건 보통 일이 아니었다. 영성 정씨 집안에서야 마르크스보다 종호가 말발이 더 셌다. 종호 아재가 봉강에게 허용한 건 모내기를 할 때 못줄을 잡는 것 정도였다.

모내기를 마친 어느 날이었다. 종일 줄꾼을 한 봉강이 저녁을 먹은 뒤에 논에 가보겠다고 나가더니 늦게까지도 돌아오지 않았다. 종호가 봉강을 찾아 나설 태세였다. 지수가 선수를 쳤다.

"제가 봉강 성님을 찾아오겠구만이라우."

달이 밝았다. 개구리 우는 소리가 요란했다. 지수는 절룩거리며 그날 모를 낸 논으로 갔다. 봉강이 논둑에 우두커니 서 있었다.

"봉강 성님, 밤이 늦었는디 왜 여기 서계시요?"

"못줄을 잡음시로 본께, 일꾼들이 서두르느라고 모의 다리나 허리를 꺾어 심기도 하대. 모가 다리나 허리가 아플 것인디, 나 몰라라 하고 잠자리에 들 수는 없고…. 그런디, 밤이 된께 모가 다 지들 힘으로 다리 허리를 펴고 함께 소리 내 웃는 걸 들었네."

"…."

"어야, 동생. 들어보소. 지금도 여기저기서 뽀글뽀글 소리가 나지 않는가? 나도 이제 마음 편하게 집으로 들어갈 참이네."

그러나 거북정의 평온은 그리 오래가지 않았다. 1956년에는 직선으로 정·부통령을 뽑는 선거가 있었다. 집권 자유당은 3월 26일 임시 대의원대회를 열어 이승만 대통령과 이기붕 국회의장을 만장일치로 정·부통령 후보로 지명했다. 야당인 민주당은 3월 29일 전국 대의원대회에서 신익희 전 국회의장과 장면 전 총리를 정·부통령 후보로 선출하고 '못살겠다 갈아보자'라는 구호를 내걸고 선거전을 폈다. 혁신계 인사들은 부랴부랴 진보당 창당추진위원회를 구성하더니, 3월 31일 진보당 전국추진위원 대표자 회의를 열고 조봉암 전 농림부 장관을 대통령 후보로, 의학 박사 박기출을 부통령 후보로 지명했다. 조봉암과 박기출은 당이 공식적으로 창당되지 않은 상태라서 무소속으로 출마했다.

4월 25일에 민주당 신익희 후보와 무소속 조봉암 후보는 정권 교체를 위해 적절한 시기에 신익희로 후보를 단일화하기로 합의했다. 국민들 사이에서 정권 교체라는 숙원이 이루어질 것 같다는 희망이 익어갔다. 그러나 5월 2일 신익희 민주당 후보가 호남 지방 유세를 하다 뇌일혈로 쓰러졌다.

신익희 후보는 끝내 숨졌지만, 투표는 예정대로 5월 15일에 이루어졌다. 개표 결과 자유당의 이승만 후보가 대통령에, 민주당의 장면 후보가 부통령에 당선되었다. 이승만 후보의 당선은 예상한 일이었으나, 무효표가 20.5%에 이르고 조봉암 후보의 득표율이 23.9%에 달해 사람들을 놀라게 했다. 서울에서는 이승만 후보의 득표수보다 무효표가 더 많았다. 많은 서울 사람들이 기권을 하지 않고 투표장까지 가서 무효표를 투표함에 넣고 나온 것이다. 놀란 자유당 측이 대대적으로 개표 부정을 저질렀다는 고발이 쏟아졌다. 아무도 찍지 않은 백지 투표지를 자유당 측 개표원들이 이승만 표로 둔갑시켰다는 것이다. 정부와 여당은 전란을 거치면서 궤멸한 것으로 알았던 좌파가 그 정도의 득표력을 유지하고 있다는 사실에 놀랐다.

선거가 끝나자 정부는 진보세력에 대해 대대적인 탄압에 나섰다. 봉강 정해룡도 직격탄을 맞았다. 1957년 11월 5일이었다. 이른 아침에 형사 둘이 거북정으로 왔다.

"왜 나를 잡아가겠다는 것인가?"

"우리는 몰라요. 서울로 압송하라는 지시가 내려왔어요."

"자네들이 알다시피 나는 그동안 정치에 손을 끊고, 농사에 취미를 붙이고 있었네."

"그건 우리도 잘 알고 있지라우."

봉강은 갈 일이 없다고 버텼지만, 형사는 막무가내였다.

"죄가 없은께 금방 돌아오시겠지요. 가시잔게요."

도리가 없었다. 봉강이 끌려간 뒤 며칠 지나지 않아, 공안당국은 이른바 '근로인민당 재건 기도사건'을 발표했다. '남파 간첩 박정호가 위장 자수하여 혁신계 거물인 장건상 김성숙 조봉암 등과 접선해 북한이 주장하는 평화통일 노선에 입각한 정당을 조직하도록 유도하는 한편, 1958년 실시될 대한민국 민의원 선거에서 같은 당원을 많이 당선시켜 대한민국의 변란을 기도하고자 했다'는 것이었다. 5일을 전후해 당국은 장건상 김성숙 정해룡을 비롯하여, 혁신계 인사 열두 명을 체포했다.

근민당 재건 기도사건의 피의자들은 그해 12월에 모두 무죄 판결을 받았다. 봉강 정해룡은 물론이려니와 장건상이나 김성숙 등 그 누구도 박정호와는 일면식조차 없다는 사실이 재판 과정에서 드러났다.

봉강에게 이 사건은 무의미한 것만은 아니었다. 봉강이 풀려난 날이었다. 날이 몹시 추웠다. 운암 김성숙이 입김으로 손을 녹이며 봉강에게 다가왔다.

"보성 내려가시기 전에 우리 집에서 하룻밤 지내고 가시라요."

봉강은 운암의 청을 받아들였다. 확인하고 싶은 일이 있었다. 저녁상을 물리고 난 다음에 봉강이 물었다.

"박정호와 면식이 없다는 것이 참말이어요?"

운암은 웬 뚱딴지같은 질문이냐는 듯이 봉강을 바라보았다.

"참말이고말고요."

"돈을 받으신 적도 없고요?"

"아니, 봉강. 재판 과정에서 다 밝혀진 사실이 아니요? 만난 적이 없드랬는데 돈을 어떻게 받는단 말이야요?"

운암이 정색을 하고 이었다.

"아무리 궁하더라도 부정한 돈을 받아선 안 되지요. 북쪽에서 우리한테 손을 뻗칠 리도 없지만, 우리로서도 아무리 필요한 사업이라 할지라도 북쪽 첩자의 지령을 받아가며 일을 해서도 안 되고요. 우리는 우리 뜻을 모아 우리가 해야 할 일을 우리 힘으로 해야 하는 것이 아니갔소? 그것이 군자의 길이야요."

봉강이 듣고 싶은 답이었다.

"제가 듣고 싶은 말씀을 해주시네요. 이번 일은 그 기본 원칙을 재확인하는 기회였지라우. 그런 점에서 이번에 우리가 함께 예방주사를 맞았다고 할 수 있겠습니다."

그들 주변에는 형편이 곤궁하거나, 일 욕심이 많은 이가 많았다. 이 두 가지 요인은 그들이 경계해야 할 것이 무엇인지를 시사했다. 봉강은 서울에 있는 지도부가 그런 점을 잘 헤아려 주변을 다스리기를 바랐다.

운암과 봉강은 그날 저녁에 소주를 꽤나 마셨다. 기분이 좋아서도 아니었고, 나빠서도 아니었다. 추위를 이기자면 술을 마셔 둬야 할 것 같았다. 방바닥이 차고 외풍도 많았다.

봉강이 먼저 잠들었다가 잠깐 잠을 깼다. 품안에 유담프가 놓여 있었다. 봉강은 곁에 누운 운암의 잠자리에 손을 뻗쳤다. 차가웠다. 봉강은 슬그머니 유담프를 운암 품안에 밀어 넣었다. 그러나 새벽에 눈을 떴을 때 유담프는 봉강 품안에 있었다.

당국은 1958년 1월에는 국가보안법 위반 혐의로 진보당원 16명과 함께 조봉암을 체포했다. 조봉암은 이례적으로 신속한 재판 과정을 거쳐 사형 선고를 받고, 1959년 7월에 처형되었다. 아내 최승주가 봉강에게 말했다.

"이승만 정부에 감사드리세요."

"아니, 무슨 말씀이요?"

"근민당 인사들을 조봉암 사건에 끼워 넣지 않은 것만 해도 얼마나 고마운 일이에요?"

1959년에 또 한 사람의 죽음이 봉강을 깊은 외로움의 늪에 빠트렸다. 그해 9월에 보성의 어른 송정 박태규가 향년 75세로 세상을 떴다. 그는 젊은 나이에 보성향교 제주사건의 주역으로 총독부에 맞섰다. 광복이 되자 보성 건준 위원장으로 추대되었다. 그가 건준에 참여한 것은 여운형 노선에 동조해서가 아니었다.

보성 건준은 정파를 초월한 군민 협의체였고, 송정은 한 정파의 대변자가 아니라 군민의 대표였다. 송정은 임시정부가 환국하면 건준도 임정 산하기구로 들어갈 것으로 믿었다. 14연대 반란이나 6·25 동란이 나자 보성에서 잔혹한 살상이 벌어지는 것을 막기 위해 온 힘을 쏟았다. 광복 이후의 그 두 가지 이력 때문에 송정 박태규는 이승만 치하에서 좌경 용공분자로 몰리기도 했다. 몰강스러운 정치 풍토는 결국 보성의 거목을 초라한 촌로로 돌려세웠다.

송정 박태규는 정치적 이념보다 더 중요한 것이 사람됨 그 자체라는 걸 입이 아니라 몸으로 말한 대인이자 덕인이었다. 그런 큰어른이 떠난 보성 천지에서 이제 누구와 이인里仁의 길을 논한단 말인가? 봉강은 광야에 홀로 서 있는 것 같은 외로움에서 오래도록 헤어날 수 없었다.

일할 기회

아침 9시가 되자 어김없이 해중이 지수 집 앞으로 왔다.

"성님, 출근합시다."

지수는 자전거 뒷자리에 올라앉았다. 둘은 율포로 갔다. 휴전이 이루어진 뒤 군 복무를 마치고 돌아온 해중이 사진관을 맡은지도 6년째였다. 서울에서 과일 행상을 하는 친구가 골목 두 개를 떼어주겠다며 리어카 한 대 살 돈만 가지고 올라오라고 성화였지만, 해중은 어머니를 두고 고향을 뜰 수 없었다. 해중은 이미 장가도 들어 1남 1녀를 둔 어엿한 가장이 되었다.

해중이 아내를 맞이한 사연은 오래도록 회천에서 화제가 되었다. 해중은 규수 하나가 사진을 찍으러 오자 두 번이나 돌려보냈다. 사진이 제대로 찍히지 않았다는 이유였다. 세 번째로 찍고나서 규수가 사진을 찾으러 오자 해중은 그동안 찍은 사진 서른장을 탁자 위에 늘어놓았다. 하나같이 제대로 찍힌 것들이었다.

규수는 어느 것을 골라야 할지 모르겠다며 당혹스러워했다. 해중은 눈에 넣어둔 사진을 집어 규수에게 내밀었다. 규수가 사진을 보며 좋아했다.

"그 사진을 나한테 줘보시오."

규수가 사진을 해중에게 건넸다. 해중이 자신의 명함판 사진을 규수에게 주었다. 무심코 사진을 받아든 규수가 어리둥절해했다.

"우리는 방금 사진을 교환했소. 나는 마음을 정해부렀소."

해중이 금반지를 규수에게 주었다. 해중이 준 반지를 규수가 얼결에 받아들자 해중이 90도로 절을 했다.

"나를 받아줘서 고맙소. 평생 잘 받들겠소."

규수가 눈을 동그랗게 떴다.

"아니, 뭔 말씀이시요?"

"서로 사진을 주고받았고, 내가 준 예물까지 규수가 받았은께, 우리끼리는 다 끝나부렀소. 부모님 뵈러 갑시다."

그날 해중은 규수와 함께 규수 집으로 가서 부모로부터 결혼 승낙을 받아냈다. 해중은 규수가 사진관에 들어선 순간 첫눈에 끌렸다고 했다. 해중은 규수에게 이런 표정 저런 표정을 주문하며 셔터를 열 번이나 눌렀다. 사진은 다 잘 나왔다. 그러나 해중은 규수가 사진을 찾으러 왔을 때, 그냥 끝내기가 싫어 거짓말을 했다.

"제가 실수를 했어요. 미안한디 다시 찍읍시다."

규수는 '그럴 수 있겠지요'라고 말하고는 의자에 앉아 시키는 대로 포즈를 취했다. 다음에도 마찬가지였다. '그럴 수 있겠지요' 앞에 '원숭이도 나무에서 떨어질 때가 있다는디'라는 말을 얹었을 뿐이었다. 그걸 보고 해중은 이 여자를 놓쳐서는 안 되겠다고 마음을 굳혔다고 했다.

지수의 사진관 건물이 이층집으로 변한 지도 2년 반이 조금 지났다. 건물 뒷마당에는 거북정 정원에서 파다 심은 배롱나무가 어깨높이까지 자라 지난가을에는 빨간 꽃을 피웠다. 그 배롱나무를 보면 이제 어머니가 아니라 아내 견화 얼굴이 떠올랐다. 견화는 유난히 간지럼을 잘 타, 심통이 나 있다가도 겨드랑이 쪽으로 손을 디밀면 깔깔 웃으며 지수 품으로 파고들었다.

지수는 사진관을 위층으로 옮기고, 사진관 한쪽에 방을 드려 거기서 날마다 왼손으로 초상화를 그렸다. 지수는 일 년에 한두 사람의 초상화만을 맡아 정성을 쏟았다. 그림 값으로 쌀 스무 가마를 받는데도 일감이 끊이지 않았다. 군수나 경찰서장이 제일 받고 싶어 하는 뇌물이 지수가 그려주는 초상화라는 소문도 돌았다.

지수는 1층에 식당을 차렸다. 거북정 부엌을 지키던 일철의 딸 달미를 주방장에 앉혔다. 다양한 득량만 해물이 달미의 손을 거쳐 손님들 식탁에 올랐다. 식당에 사람이 몰려 돈벌이가 쏠쏠했다.

식당을 열기 전에 달미가 율포 청년한테 시집온 것이 식당 개업의 계기가 되었다. 달미의 남편은 공병대에 들어가 불도저 운전을 배운 청년이었다. 제대하자 망설이지 않고 율포에 내려와 불도저 운전을 생업으로 택했다. 그는 일 때문에 밖으로 나도는 날이 많았다. 그걸 안 견화가 달미에게 식당을 하자고 설득한 것이 보기 좋게 들어맞은 것이었다.

달미가 결혼해 거북정을 나온 뒤, 거북정 부엌은 한동안 달미의 동생 별미가 맡았다. 별미의 음식 솜씨가 달미 솜씨보다 낫다는 소문이 돌 즈음에, 별미는 회천면 면사무소 직원과 결혼했다. 별미 신랑은 별미의 음식도 별미지만 별미 자체가 별미라고 떠들고 다니다, 별미가 두어 달 이상 치마를 벗지 않아 손이 닳도록 빌어야 했다.

별미마저 거북정을 나온 뒤에는 일철의 처 진동댁이 전에 봉강의 처 박씨를 돌보던 유모를 다시 불러 부엌일을 맡겼다. 고모집에 들어갔던 유모는 고모가 새경도 주지 않고 부려먹기만 해 못마땅해하던 터라 얼씨구나 하고 거북정으로 돌아왔다. 유모는 음식 솜씨가 달미나 별미에 비해 처졌지만 밭일 등 바깥일은 진동댁보다 낫다고들 했다. 지수는 견화가 율포 식당을 관리했으면 좋겠다는 생각을 했지만 견화는 펄쩍 뛰었다. 함머니 윤씨를 거북정에 홀로 남겨둘 수 없다는 것이었다. 지수는 하는 수 없어 기복의 둘째 딸 우희더러 식당에서 음식도 나르고 수납도 맡도록 했다. 기복은 딸을 얻은 뒤에 또 딸을 낳자 이름을 '또녀'라고 지었는데 봉강이 또 우又 자에 계집 희姬 자를 붙여 호적에 우희로 올리게 했다. 우희는 아빠를 닮아 키가 컸고, 아빠와는 달리 우아했다.

지수는 날마다 오전 11시쯤에 1층 식당에서 해중이, 달미, 우희와 넷이서 함께 이른 점심을 먹었다. 12시께가 되면 식당으로 손님이 밀려오기 때문이었다. 달미가 밥을 먹다 말고 며칠 전에 한 말을 다시 했다.

"아재. 이달부터 내가 4고 아짐이 6이요, 잉. 4대 6. 아짐한테 그렇게 말하시요."

달미는 전에 지수를 아재, 견화를 언니라고 불렀지만, 견화가 지수와 결혼한 뒤로는 견화를 아짐이라고 바꿔 불렀다.

"아야, 이 집 주인은 니 아짐이 아니고 나다. 그러고, 너하고 나는 반반이다. 5대 5."

"우리 신랑이 나보고 염치가 없답니다. 집세도 치지 않고 비용도 아재가 다 대는디, 반을 가져오는 게 말이 되냐, 그것이어요."

"뭔 말이여? 너하고 나는 맨날 이렇게 한꾼에 밥을 묵는 식구여. 식구 셈법하고 장사꾼 셈법하고 같으면 쓰겄어? 암 말 말고 밥이나 묵어."

이번에는 해중이가 나섰다.

"성님, 나는 한 푼도 안 내는디다 성님하고 나누는 것도 없는디, 이달부터 쪼깐씩 드릴게요."

"사진 찍어서 몇 푼 나온다고 그러냐?"

"아따, 친형이라도 성님 하대끼 나한테 할 수 있을지 모르겄소."

지수가 해중에게 '사진 찍어서 몇 푼 나온다고 그러냐'고 했지만 해중은 사진을 찍어 꽤 재미를 보고 있었다. 여름에는 사진관 바깥에 '해수욕 사진 전문'이라고 써 붙여두고 망원렌즈로 해수욕객 스냅사진을 찍고, 초가을부터 이듬해 초여름까지는 결혼식 사진을 찍어 수입이 만만치 않았다.

그러나 해중의 존재 가치는 빙산이 그렇듯이 물밑에 숨어 있었다. 해중이 2층에 버티고 있어 율포 건달이 식당에 와서 행패를 부린 적이 한 번도 없었다. 더러 해중에게 대드는 취객이 있지만 해중이 요란하게 팔을 흔들어 활개 젓기를 한 뒤에 태껸의 겨루기 자세를 턱 취하고 나면, 예외 없이 꽁무니를 빼거나 줄행랑을 놓았다. 지수가 맺었다.

"우리가 다 봉강 그늘에서 살아온 사람들 아니냐? 거북정에서 살 때처럼 모두가 한 식구가 되어 서로 기대고 살자."

저녁이 되어 달미와 우희는 더욱 바쁘겠지만, 지수는 해중의 자전거 뒷자리에 올라앉아 집으로 돌아갔다. 견화가 이미 밥상을 차려놓고 지수를 기다리고 있었다. 지수는 둥근 밥상을 두고 식구들과 안방에 둘러앉았다. 지수와 견화가 마주 보고 앉고, 지수 왼편에 아홉 살 난 국민학교 3학년 인환이, 견화 왼편에 일곱 살 난 국민학교 1학년 인희가 앉았다. 견화가 밥을 먹다 말고 도화지를 들고는 인환에게 물었다.

"이걸 니가 그렸다, 그 말이냐?"

도화지에 여자 얼굴이 그려져 있었다. 영락없는 견화였다.

"예."

"혹시 나 모르게 아빠한테 그림을 배웠냐?"

"아니요."

"그럼, 학교에서 미술 선생님한테 배웠냐?"

"아니요."

견화 시선이 지수를 향했다.

"오메. 징한 거. 그 핏줄."

견화가 인희에게 시선을 옮겼다.

"인희야."

"잉."

"너도 그림 그리기 좋아하냐?"

452

"아니."

"노래는?"

"별로."

"그럼 니가 좋아하는 것은 뭣이냐?"

인희는 일 초도 머뭇거리지 않았다.

"소꿉놀이."

말을 마친 인희가 콧방울을 발롱거렸다. 지수와 견화의 시선
이 맞부딪쳤다. 지수가 말했다.

"오메. 징한 거. 그 핏줄."

지방 여기저기서 데모가 나더니 4월에는 서울에서 큰 데모가
터졌다. 총에 맞아 숨진 사람이 많다고 했다. 4월 26일에는 결국
이승만 대통령이 물러났다. 며칠 뒤에 해진의 차남 훈상이 거북정
으로 내려왔다. 큰아버지인 봉강에게 큰절을 올린 뒤 꿇어앉았다.

"제가 학교에서 정학을 맞았습니다."

"뭘 잘못해서 벌을 받은 것이냐?"

"독재에 항거하는 시위를 주도했습니다."

사실 4월 혁명은 전국에서 고등학생들이 들고 일어나 이승만
독재를 무너뜨린 고교생 혁명이었다. 서울의 대학생들은 끝 무
렵에 밥상에 숟가락만 얹었다. 광주에서도 여러 고등학교에서

학생들이 거리로 쏟아져 나왔다. 훈상은 광주상고 시위 주동자의 하나였다. 해두가 광주농업학교 재학 중에 독서회 활동을 하며 시위를 주도해 징역살이를 했는데, 오랜만에 영성 정씨 문중에서 학생시위 주동자가 다시 나온 것이다.

"그래. 왜 데모를 했냐?"

"사람들은 이승만 대통령이 독재를 했으니까 물러나야 한다고 합니다. 맞습니다. 그러나 그에 못지않은 이유가 있습니다. 이 대통령은 통일된 민족국가 수립이라는 민족 염원을 팽개치고 남한에 단독정부를 세웠습니다. 많은 사람들이 우려한 대로 전쟁이 터졌고, 이 대통령은 부산까지 밀려갔습니다. 그 지경이 되면 책임지고 물러났어야 합니다. 그런데 미국이 끼어들어 대충 전쟁 이전의 상태로 휴전을 맺자, 입만 열면 북진통일을 외치고 있습니다. 전쟁의 참화를 두 눈으로 보고서도 전쟁을 다시 하자는데, 그런 사람을 어떻게 그대로 둘 수 있겠습니까?"

봉강은 속으로 혀를 내둘렀다. 중학교 때 웅변을 해서 몇 번 상을 타오곤 했지만, 고등학교 1학년 학생으로서 그런 말을 하다니 놀라울 따름이었다. 동생 해진은 날카로웠는데 그 아들 훈상은 힘이 넘쳤다.

"이제 대통령은 하와이로 가셨다. 너는 우리나라 다음 과제가 뭣이라고 생각하냐?"

"남북이 화해하고 통일을 이루는 것이 지상과제가 아니겠습니까? 그러자면 저는 남한에서 분단을 이끈 한민당 잔재들한테도 책임을 물어야 한다고 생각합니다. 그런 바탕 위에서 새로운 정치세력이 새 시대를 이끌어야 하지 않겠습니까?"

봉강은 양반다리를 하고 앉아 두 눈을 감고 한동안 말없이 몸을 앞뒤로 끄덕이다가 화두를 바꾸었다.

"그런디, 학교는 어떻게 할 참이냐?"

"우리 집안 종손인 춘상 형님이 육사에 합격하고도 신원조회를 통과하지 못해 불합격한 것으로 알고 있습니다. 우리 가족은 연좌제 때문에 좋은 데 취직하기가 어렵다고 들었습니다. 그래서 저는 돈이나 벌자고 상고를 갔는데 잘못 간 것 같습니다."

"무슨 말이냐?"

"주판 놓고 부기 쓰는 것이 적성에도 맞지 않고, 그렇게 해서 큰돈을 모을 수 있을 것 같지도 않습니다."

"그럼 대안이라도 있느냐?"

"일 년 동안 쉬면서 생각을 정리할까 합니다."

"그래? 니 인생은 너의 것이다. 니가 생각하고 니가 결정하그라."

며칠 뒤에 뜻밖의 손님이 지프차를 타고 거북정으로 왔다. 장면 부통령의 비서관이었다. 봉강이 보성에서 국회의원 선거에 나서면 돕겠다는 것이었다. 곧 올라가야 한다던 그는 하룻밤을 더 머물며 봉강에게 매달렸다. 봉강은 흔들리지 않았다. 국회의원이 되기 위해 보수정당 울타리로 들어갈 수는 없었다.

며칠 뒤에 운암 김성숙한테서 편지가 왔다. 서울에 올 일이 없느냐는 것이었지만, 그건 서울로 올라오라는 말이었다. 봉강은 곧 서울로 갔다. 이른 아침에 서울역에 도착한 봉강은 운암의 자택으로 갔다. 부부가 아침상을 차려놓고 기다리고 있었다.

상을 물리고 나서 운암과 봉강은 정국 전반에 걸쳐 의견을 나누었다. 운암의 말을 들으면서 봉강은 훈상의 이야기를 다시 듣는 것 같은 착각에 빠졌다. 좀 더 정교하고 세련된 용어를 쓸 뿐이지, 둘이 강조하는 바가 다르지 않았다.

"봉강. 1950년의 선거가 말할 기회를 갖는 것이었다면, 이번 선거는 일할 기회를 잡기 위한 것이라고 할 수 있갔소. 함께 손잡고 나갑시다."

"운암 선생. 항구적인 반도평화를 이룩할 수 있는 체제를 만들어야겠어요. 그건 중립화 통일뿐이어요. 그 운동을 끌어갈 새로운 동력이 필요해요."

"맞아요. 내 생각도 같아요."

"전에는 무소속으로 나갔는디 이제 당을 만들어야겠어요."

"봉강. 바로 그 일로 오시라고 한 것이야요."

운암은 혁신계가 똘똘 뭉쳐 진보정당 결성을 준비하고 있다고 알렸다. 진보당계, 근로인민당계, 민주혁신당계, 민족자주연맹계, 민주사회당계 등이 하나로 결집하고 있다는 것이었다. 운암은 봉강더러 창당준비위원회 위원을 맡으라고 했다. 마다할 일이 아니었다.

사회대중당은 1960년 5월 12일 발기인대회를 연 뒤 17일 서울 삼일당에서 창당준비위원회 결성대회를 열었다. 집단지도체제를 구성하기로 하고 대표총무위원에 서상일, 간사장에 윤길중을 뽑았다. 5대 국회의원 선거를 불과 한 달 앞두고 발족한 사회대중당은 지구당을 속속 결성하고 후보자를 임명했다. 봉강 정해룡은 보성지구 후보로 공천을 받았다. 선거일이 7월 29일이니까 일정이 빠듯했다. 거북정에 돌아온 봉강은 새방에서 아내 최승주와 마주 앉았다.

"나더러 보성에서 싸우라는 당명을 받았소. 이번 선거는 말할 기회가 아니라 일할 기회를 얻기 위한 선거요."

아내 최승주는 뜻밖의 당부를 했다.

"부탁을 하나 드리고 싶어요. 통일문제만 생각하지 마시고, 이 나라가 가난을 극복할 방법이 무엇인지 국민들한테 분명히 밝혀드리세요. 어렸을 때 전라도가 곡창이라고 들었는데, 여기 와서 보니까 농민들 형편이 너무 안타까워요."

봉강은 전기에 닿은 것 같았다. 맞는 말이었다. 폐허 위에 새 나라를 세울 비전을 밝혀야 했다. 그건 산업 부흥이었다. 이승만 대통령은 정부 부처로 부흥부를 만들었지만 부흥은 부진하고 부패만 창궐했다. 이제 부흥을 위한 구체적인 방법을 제시할 필요가 있었다. 그러나 구체적인 대안은 머릿속에 정리되어 있지 않았다.

봉강 자신은 일제강점기에 지주자본에서 산업자본으로 탈바꿈하는 과정을 거쳤다. 광복 이전에 그는 토지에만 의존하던 상태에서 벗어나 양조장과 곡자회사를 인수하고 인쇄소도 운영했다. 부분적으로 성취도 있었다. 그러나 경영문제가 아니라 목표의 이중성 문제로 늘 고민해야 했다. 돈을 벌 것이냐, 민족 해방 투쟁을 뒷받침할 것이냐가 그것이었다. 봉강은 후반으로 갈수록 후자 쪽으로 기울었다. 광복 이후에는 좌우 합작과 남북통일에 온 정신을 쏟았다. 봉강은 산업 부흥에 대해 일가견을 가질 법한 처지였는데, 그 주제에 대해 체계적인 정견을 갖추지 못한 과오를 통감했다.

"좋은 말씀이요. 답을 찾아보겠소."

정치 상황으로 보면, 거대 여당인 자유당이 사라진 상태여서 혁신계가 파고들 수 있는 최적의 여건이 조성된 셈이었다. 그러나 선거 결과는 참담했다. 봉강도, 사회대중당도 참패했다. 봉강은 보성에서 3위에 머물렀다. 총선에서는 민주당이 압승을 거두었다. 자유당이 무너지자 지주정당인 한민당의 후계 정당이 정권을 잡다니 세상이 거꾸로 가는 것이 아니냐고들 했지만, 진보세력은 아무런 준비도 없이 변혁기를 맞이한 사실을 통절하게 반성해야 했다.

제물

　1961년 음력 4월 초이튿날, 거북정에서 잔치가 벌어졌다. 그날이 봉강 정해룡의 할아버지인 동애 정각수의 생일이었다. 해룡이 일곱 살일 때 아버지 종익이 요절한 바람에, 해룡과 해진 형제는 동애 할아버지가 길렀다. 봉강은 은혜를 기리기 위해 할아버지 생신일이면 매년 사람들을 불러 잔치를 베풀었다. 이전 해인 1960년의 7·29 총선 때 도와준 이가 많아 봉강은 다른 때보다 많이 초청했다. 면사무소 직원이나 학교 선생님, 우체국 직원, 지서 경찰 등도 빼놓지 않았다.

　잔칫날 마을 사람들은 목구멍 귓구멍 청소를 제대로 했다. 낮에 돼지고기와 홍어에 곁들여, 득량만 해물과 일림산 산나물로 목구멍을 씻었다면, 저녁에는 판소리 명창 정응민에 더해 그의 제자 조상현까지 와서 사람들 귀를 뚫어놓았다. 더러는 썰렁하게 느껴지던 백구가 집안에 웃음이 넘쳤다.

그 이튿날이었다. 잔치를 위해 수고한 이들을 불러 아침밥을 먹는데 경찰들이 들이닥쳐 봉강을 잡아갔다. 잔칫날인 음력 4월 2일이 양력으로 5월 16일이었고, 그날 새벽에 박정희 소장 등이 쿠데타를 일으켜 일체의 옥외집회를 금하는 포고령을 내렸는데, 생일잔치를 한 것도 포고령 위반이라는 것이었다.

봉강을 연행해간 다음 날 오후에 경찰 둘이 사진관에 들어섰다. 낯이 설었다. 회천 지서에서 온 것이 아니라 보성경찰서에서 왔다고 했다. 잔치에 온 사람들의 사진을 보자는 것이었다. 해중이 퉁명스레 대꾸했다.

"아직 사진 안 뽑았소."

"그럼 빨리 뽑으시오."

명령조였다. 기분이 뒤틀린 해중이 버텼다.

"본인이 아니면 사진을 보여줄 수도 없고 빼줄 수도 없소."

"수사상 필요하니까 우리가 하라는 대로 하시오."

"당신들이 뭣이관디 이래라 저래라 하는 거요?"

"지금은 계엄령 치하요. 협조하시오."

"개엄령이고 돼지엄령이고 간에, 내가 당신들 부하요?"

바로 옆방 화실에서 초상화를 그리다 말고 지수가 나왔다. 전에 해두 초상화를 그리지 않겠다고 했다가 최석철에게 호되게 당한 기억이 생생했다. 해중이 경찰에게 힘으로 당할 사람은 아니지만, 만약 해중이 경찰에게 태견 실력이라도 맛보게 한다면 큰 화를 부를 수도 있었다.

"강제로 명령을 하면 이 사람이 응하지 않을 것이오. 당신들한 테 그럴 권한도 없는 것 아니오? 좋은 말로 협조를 구하시오."

지수는 경찰에게 말해놓고 대답을 듣기 전에 해중에게 일렀다.

"정 사장도 경찰에 협조하시오."

지수가 해중을 정 사장이라고 부르고 말을 올린 건 그때가 처음이자 마지막이었다. 해중이 순순히 응했다.

"쪼깐 기다리시요. 현상은 해뒀는디 인화하는 데 시간이 걸리요."

경찰도 얼굴을 폈다.

"사장님한테 우리가 무례했다면 미안하요."

잔치 사진을 가져간 경찰은 사진에 찍힌 사람들 가운데 혁신계 인사를 가려 열아홉 명을 잡아들였다. 그들은 일 년 뒤에야 무죄 판결을 받고 풀려났다.

포고령 위반으로 잡혀간 봉강은 사흘 뒤에 전혀 다른 사건의 피의자로 서울로 압송되었다. 죄명이 무시무시했다. 반공법 및 국가보안법 위반 혐의였다. 서울의 혁신계 인사들은 5·16 정변이 일어나기 전인 1961년 1월에 통일사회당(통사당) 결당준비위원회를 구성한 바 있었다. 그들은 민혁당계의 서상일, 민사당

462

계의 정화암, 근민당계의 김성숙金星淑, 한국사회당계의 김성숙金成淑 등 원로를 고문으로 추대하고, 이동화 윤길중 송남헌 고정훈 등을 집행부 간부로 뽑아, 창당 작업에 들어갔다. 통사당 준비위원회는 당 이념을 알리고 핵심 관심사인 통일문제에 관한 당의 입장을 밝히기 위해, 지방 순회강연을 열었다.

전남 지역에서도 혁신계 인사들이 중앙당의 강연회를 적극 지원키로 했다. 광주 강연회가 예정된 날은 3월 25일이었다. 그 전날인 24일 정해룡 조중환 임춘호 노응상 박세원 등이 광주에서 모여 강연회 준비사항을 점검했다. 이튿날 광주공원에서 열린 강연회에는 1만여 명의 청중이 모여 성황을 이루었다.

박정희 소장이 이끈 군부는 쿠데타를 일으킨 직후에 통사당 준비위원회 주요 인사들을 잡아들였다. 할아버지 생신잔치를 벌였다가 포고령 위반으로 잡혀간 봉강 정해룡도 통사당 관련자 명단에 이름이 올라 있었다. 군사정부는 피의자들을 구속해놓고, 7월에 소급입법인 국가재건비상조치법을 제정해 이 법에 의거해 혁명재판소를 설치하고, 통사당 관련자들을 혁명재판에 회부했다.

혁명재판소는 '중앙 통사당사건'과 '전남 통사당사건'을 병합하여 심리하다가, 전남 통사당사건은 사안이 경미하다 하여 혁명재판이 아닌 일반재판에 넘겼다. 봉강은 일반법원인 광주지방법원에서 재판을 받게 되자 서대문형무소에서 광주형무소로 이감되었다. 광주형무소는 그해 12월에 광주교도소로 이름이 바뀌었다.

재판을 이어받은 광주지방법원은 이듬해 8월 7일 봉강을 비롯한 다섯 명에게 징역 5년을 선고했다. 혁명재판소가 2월 14일 중앙 통사당사건 피고인 14명 가운데 윤길중에게 징역 15년, 고정훈에게 10년, 이동화에게 7년, 김기철에게 6년을 선고했지만, 당수인 서상일이나 중앙당 간부인 김성숙 등에게는 징역 3년에 집행유예 5년을 선고했는데, 중앙당의 지방 강연회를 지원했을 뿐인 전남 통사당사건 피의자들에게 지방법원이 징역 5년을 선고한 것은 터무니없는 판결이었다. 변호사가 분을 참지 못했다.

"이건 재판이 아니라 개판이오. 지방 판사들이 주눅이 들어서 사법질서를 개판으로 만들었어요."

광주지방법원의 선고가 있던 날, 봉강의 아내 최승주가 방청석을 지켰다. 봉강은 자신에 대한 형량보다 아내 최승주의 처지에 더 마음이 쏠렸다. 머나먼 타향에 내려와 살면서 남편의 재판을 지켜봐야 하는 아내가 안쓰러웠다. 그날은 비까지 추적추적 내렸다. 재판이 끝나자 봉강은 아내에게 제대로 인사조차 건네지 못하고 교도소로 돌아갔다.

봉강 등은 항소를 제기했다. 12월 27일에 광주고등법원은 형을 감경해 징역 3년에 집행유예 5년을 선고했다. 봉강은 1년 7개월 이상 옥살이를 하고 나서야 풀려났다.

그 무렵에 억울하게 당한 사람은 수를 헤아리기 어려웠다. 대표적인 예가 민족일보 사장 조용수였다. 봉강이 서대문형무소에 갇혀 있을 때 같은 감방에 있던 조용수가 어느 날 봉강에게 말했다.

"정 선생님, 제가 얼마나 천진난만한 바보인지 아십니까?"

조용수가 체포된 것은 군사정변 사흘째인 5월 18일이었다. 경찰은 주요 피의자는 종로서 유치장에 구인했지만, 혐의가 가벼운 피의자는 중부서 유치장에 가두었다. 조용수가 갇힌 곳은 중부서 유치장이었다. 며칠 뒤였다. 같은 유치장에 잡혀온 피의자 한 사람이 배가 아프다며 고통스러워했다. 조용수가 경찰을 불러 따졌다.

"이분이 복통이 심하다는데 병원 응급실에 보내야 할 것 아니오?"

경찰이 조용수에게 부탁했다.

"지금 그럴 인력이 없습니다. 죄송한데 조 사장께서 그분을 병원에 모시고 갔다가 같이 돌아오시면 안 될까요?"

조용수는 환자를 부축해 명동의 성모병원으로 갔다. 알고 보니 환자는 자유당 소속으로 국회의원을 지낸 이였다. 병원에 도착하자 그 전직 의원은 화장실에 다녀오겠다고 하고는 자취를 감추고 말았다. 조용수는 혼자서 중부서로 돌아갔다. 경찰이 조용수에게 단단히 화풀이를 할 줄 알았는데 혀를 몇 번 차는 것으로 끝냈다.

조용수는 언론인 일제검속으로 붙들려왔기 때문에 며칠 지나면 풀려날 것으로 알았다. 그러나 한 주일이 지나고 한 달이 지나도 경찰은 그를 풀어주지 않았다. 결국 조용수는 정식재판에 회부되었다. 어느 날 조용수가 봉강에게 말했다.

"전에 일본에서 심심풀이로 사주를 본 적이 있어요. 서른두 살에 죽을지 모른다고 하더군요. 그 고비를 넘기면 장수한다고 했는데, 지금 제 나이가 서른둘이에요."

봉강이 핀잔을 주었다.

"예끼, 뭔 소리요? 재판 절차를 마치는 것 자체가 올 연말까지는 불가능한 일이요."

"혁명정부가 속도전을 편다면…."

"신문사 사장을 무리하게 대하진 않을 것이요. 우린 몰라도 조사장은 곧 풀려날 텡께 걱정 마시요."

그러나 법원은 1심에서 조용수에게 사형을 선고했다. 민족일보가 중립화 통일론을 폄으로써 북괴 노선에 동조했다는 것이었다. 조용수는 10월 31일 열린 상고심에서 사형이 확정되고, 12월 21일 처형당했다. 온화하고 예절 바른 청년 조용수는 사주를 빼놓고는 도무지 납득할 수 없는 '속도전'을 거쳐 저세상으로 갔다.

쿠데타를 통해 권력을 잡은 박정희 군부는 그때 두 가지 필요성을 느끼고 있었다. 하나는 지식인 집단이 주도하는 통일운동을 원천봉쇄하는 것이었고, 다른 하나는 박정희 군부에 대한 미국의 사상적 의구심을 푸는 것이었다. 통사당 사람들이나 조용수는 두 필요성을 해소하기 위한 좋은 제물이었다.

12월 27일 광주교도소에서 나온 봉강은 해질 녘에 거북정에 도착해 어머니에게 큰절을 올리고 무릎을 꿇었다.

"그동안 고생이 많았겠다. 또 생각도 많았을 것이고⋯."

어머니 윤씨는 더 이상 말을 잇지 않았다. 봉강이 형무소에 갇혀 있을 때 집안에 일이 생겼다. 그러나 그 말을 윤씨는 차마 입 밖에 꺼내지 않았다.

"어머니께서 지금 무슨 생각을 하시는지 압니다."

"나도 니가 무슨 생각을 허는지 안다."

어머니 윤씨는 봉강에게 편히 앉으라고 말하는 것도 잊고 우두커니 먼 데를 바라보았다. 봉강도 말없이 앉아 있었다. 한참 뒤에야 어머니가 말했다.

"니 방으로 가서 쉬그라."

봉강은 안방을 나왔다. 새방 쪽으로는 시선 한 번 주지 않고 사랑채로 갔다. 혼자서 방에 앉아 있는데 쑥국새가 울었다. 언제나 득량만 바다의 윤슬이 아침을 올려 보내고, 일림산의 쑥국새 울음이 밤을 내려보냈다. 쑥국새가 울고 있으니까 곧 밤이 내려올 것이고, 내일은 윤슬이 아침을 밀어 올릴 것이었다. 그렇게 자연은 변함이 없지만 사람은 달랐다. 봉강이 감옥에 있는 동안, 그의 아내 최승주는 아이들과 함께 거북정을 떠나고 말았다.

가시울

광주지방법원에서 봉강 등에게 징역 5년형을 선고한 날이었다. 봉강의 아내 최승주는 시당숙 종호와 나란히 앉아 재판을 방청했다. 재판이 끝나자 최승주는 자리에서 일어섰다. 봉강이 고개를 돌려 최승주를 찾아내고는 싱긋 웃었다. 눈길이 마주치는 순간 최승주 눈에 눈물이 솟구쳤다. 저 수려한 얼굴, 천진하리만큼 착한 품성, 아무도 미워할 줄 모르는 덕인. 그런 남편이 도대체 왜 나라하고는 갖은 불화를 겪는 것일까?

최승주는 재판정 바깥으로 나갔다. 장대비가 쏟아지고 있었다. 우두커니 서서 빗줄기를 바라보고 있는데, 택시 하나가 다가와 그 앞에서 섰다. 택시 앞자리에 종호가 앉아 있었다.

"종부, 택시 잡아왔소. 얼렁 타시요."

같이 재판정에 나란히 앉아 있었는데 종호 아재는 언제 바깥으로 나가 택시를 잡아온 것인가? 택시에 들어가 앉자 종호 아재가 질부인 최승주에게 위로의 말을 건넸지만, 어떤 말도 최승주의 귀에 들어오지 않았다. 종호 아재가 하는 말이 아니라 재판장이 읽어 내려가던 판결문이 쿵쿵 귀를 울렸다.

"한국의 정치적 특수성에 비추어 중립화 통일이라는 것이 국가 전복과 공산화될 우려 있는 통일 방안임에도, 한국의 진정하고 유일한 통일 방안인 것처럼 선전하는, 위 강연회의 개최를 위한 필요한 일체의 준비를 제공하여, 북한 괴뢰집단의 활동에 동조하여 그 목적 수행을 위한 행위를 한 것이다."

판사들은 통사당 중앙당 준비위원회가 광주공원에서 개최한 강연회를 지원한 전남 통사당 준비위원들의 행위를 그렇게 단죄하여 5년의 중형을 선고했다. 판결문은 문법에 어긋나는 비문이자 졸문이었지만, 그 강제력은 염라대왕 말씀만큼 절대적이었다.

최승주를 당혹스럽게 만든 것은 5년이라는 형기가 아니었다. 봉강은 늘 중립화 통일이야말로 분단을 끝낼 수 있는 유일한 통일 방안이라고 강조했다. 졸지에 실향민이자 이산가족이 된 최승주 역시 그런 주장에 공감했다. 그러나 재판부는 중립화 통일론이 북괴의 주장에 동조하는 것이라고 단죄했다. 그 판결은 봉강의 아내 최승주로 하여금 '그럼 나도 죄인인가'를 스스로 묻게 했다.

중립화 통일론은 봉강 혼자서만 집착하는 명제가 아니었다.

이른바 혁신계가 공유하는 핵심 노선이었다. 그들은 그 명제를 풀기 위해 함께 모였고 한길을 걸었다. 앞으로도 그럴 것이었다. 그렇다면 혁신계는 끊임없이 권력과 부딪쳐 깨질 것이 아닌가?

종호 아재와 함께 차부로 간 최승주는 시외버스로 보성으로 갔다. 거기서 다시 회천으로 가야 했다. 버스는 이미 끊어진 뒤였다. 둘은 택시를 불러 거북정으로 향했다. 세찬 비가 차창을 때렸다. 봉강이나 봉강의 동지들도 빗방울처럼 국가 권력과 끊임없이 부딪쳤다가 부서질 것이었다.

최승주는 혁신계와 국가 권력과의 갈등이 이미 그들 가족에게 족쇄로 작동하고 있다는 사실을 잘 알고 있었다. 봉강 일족은 연좌제라는 가시울에 갇힌 지 오래였다. 봉강의 큰아들 춘상은 고등학교 졸업을 앞두고 육사 시험을 치렀다. 임진왜란 때 선산부사와 이순신 장군 종사관을 지낸 반곡 정경달의 후예로서 훌륭한 장교가 되고 싶었다. 춘상은 좋은 성적으로 필기시험에 합격했지만, 신원조회 과정에서 부적격 판정을 받아 떨어졌다.

봉강의 아들이 가시울에 갇히는 것은 이해할 수도 있었다. 그러나 면 인민위원회의 말직을 맡은 사람의 자녀들에게도 연좌제가 적용되었다. 마을의 일가 한 청년은 보통고시에 합격했는데도 신원조회를 통과하지 못했다. 다른 청년은 고등학교를 마치고 군 간부후보생 시험을 치렀는데 신원조회의 문턱을 넘지 못했다. 그 청년은 소위로 임관하는 간부후보생을 포기하고 하사관후보 시험을 쳤지만 그마저 같은 이유로 불합격했다. 남편 봉강의 재판을 지켜보며 최승주는 연좌제의 화가 다른 사람이 아닌 그의 딸 은희나 아들 현상에게도 예외 없이 미칠 것임을 새삼 깨닫고 전율했다.

최승주는 지방법원 선고가 내린 뒤 보름쯤이 지나 광주교도소에서 남편 봉강을 면회했다.

"얼굴이 많이 상하셨어요. 여름이라 힘드시죠?"

미소를 지으며 말을 시작했지만, 말이 끝나기도 전에 최승주의 두 눈에서 눈물이 주르르 흘러내렸다.

"미안해요. 울지 않겠다고 다짐하고 왔는데⋯."

말없이 아내를 바라보고 있던 봉강이 입을 열었다.

"당신이 천 리 타향에 내려와 계시는데, 내가 이런 처지가 되어서 면목이 없소."

봉강이 물었다.

"은희하고 현상이가 보고 싶을 때가 많소. 애들은 건강하게 잘 자라고 있소?"

봉강이 딸과 아들 이름을 말하자 아내 최승주는 두 손으로 얼굴을 감쌌다. 평양 출신인 최승주는 서울에 유학해 이화여전을 마치고 고향으로 돌아갈까 하다가 봉강과 결혼하자 보성으로 내려왔다. 남북 왕래가 끊기더니 전쟁이 터졌고, 그 뒤로 최승주에게 고향 평양은 영영 갈 수 없는 곳이 되고 말았다. 친정 부모의 생신날이 되면 최승주는 혼자서 북녘 하늘을 바라보며 눈물을 흘렸다. 엎친 데 덮친 격이었다. 의지하고 살던 언덕인 남편마저 옥에 갇히자 최승주는 외롭고 서러웠다. 어린아이들에게 아빠가 왜 집에 없는지를 설명하기도 곤혹스러웠다. 그런데 두 아이는 뒤에 커서 연좌제라는 족쇄에 묶여 아무것도 할 수 없을 것이었다.

"앞으로 은희와 현상이를 어떻게 길러야 할지 걱정이에요."

"크게 걱정은 마시오. 5년형은 터무니없는 판결이요. 고등법원에서는 다른 판결이 날 것이고…, 나는 곧 나가게 될 것이요."

부부가 교감하고 있는 것 같지만, 그게 아니었다. 봉강은 여전히 아내 최승주의 고민의 깊이를 가늠하지 못한 상태였다. 최승주는 목이 멨다.

"형량이야 물론 줄겠지요. 그러나 그것과 상관없이 애들을…."

최승주는 말을 맺지 못하고 다시 눈물을 흘렸다. 그날 최승주는 울다가, 감정을 다스리지 못해 죄송하다며 억지웃음을 웃고는 다시 울고, 또 억지미소를 짓기를 되풀이했다. 할 말이 있는데 차마 말을 할 수 없었다. 최승주는 한 달쯤 지나 다시 교도소에서 남편 봉강을 면회했다. 아내 최승주가 굳은 표정으로 물었다.

"큰아들 춘상이가 육사 시험에 합격했는데도 신원조회에 걸려 입학하지 못했죠?"

봉강이 대답하지 않자 물음을 이었다.

"건상이나 길상이, 또 국상이나 훈상이도 앞으로 연좌제 때문에 제대로 된 직업을 갖기 어렵지 않겠어요?"

봉강은 말문이 막혔다.

"은희와 현상이도 그 가시울에 갇혀 살아야 할 텐데…."

"…."

"당신과 당신 아우님은 유산 덕분에 그나마 세상과 타협하지 않고 뜻대로 살아오셨지만…."

"…."

"가세는 기울대로 기울었는데…, 우리 아이들은 그 가시울을 어떻게 벗어나죠?"

"…."

"그런데다 보성은 교육환경도 매우 열악해요. 중학교에 입학하면 봇재를 넘어 30리를 걸어 다니게 해야 하잖아요?"

최승주는 결론을 말했다.

"두 아이를 교육환경이 나은 서울로 데려가야겠어요."

아내 최승주는 아예 보성 생활을 접고 서울로 갈 생각을 굳힌 것이었다. 아이들이 실력으로 가시울을 뚫고 나갈 수 있게 하자면, 그 길밖에 없다는 것이었다. 최승주는 음악을 전공했다지만 감성적이기보다 매우 합리적이었다.

봉강은 아무 말 없이 아내를 바라보기만 했다. 말을 아낀 것이 아니었다. 할 말이 없었다. 최승주는 미안하다는 말을 남기고는 조용히 면회실을 나갔다.

아내 최승주는 봉강이 옥에 갇혀 있을 때 보성을 떴다. 선거가 끝난 뒤에 봉강이 양조장을 팔아 선거 빚을 갚고, 남은 돈으로 쌀을 사서 양조장 창고에 맡겨뒀는데, 최승주는 누구와도 상의 한마디 없이 그 쌀을 모두 팔아 두 아이와 함께 서울로 가버린 것이다.

최승주는 두어 달이 지나 감옥에 있는 봉강에게 편지를 보냈다. 손에 쥔 돈으로 서울에 집과 피아노를 샀다고 했다. 아내 최승주는 피아노 교습을 통해 교육비나 생활비를 스스로 해결할 것이었다.

춘상이 육사 시험에 떨어진 것은 최승주가 어깨너머로 지켜본 일이지만, 그 뒤로도 거북정 식구들에게 가시울은 최승주가 예견한 대로였다. 춘상은 지방대 경제학과를 졸업한 뒤에 지방 공무원 시험에 붙었지만 신원조회 과정에서 탈락했다. 다시 몇 군데 시험을 봤지만 마찬가지였다. 몇 년 동안 무직 생활을 한 뒤에 1966년 5월에 수산개발공사(수공)에 취직하여 결혼까지 했으나, 수공의 경영이 어려워지자 일 차로 감원 당했다. 총무과장은 담담하게 말했다.

"회사 사정으로 감원을 해야 한다면, 신원에 문제가 있는 사람부터 추려낼 수밖에 없어."

봉강의 작은아들 건상은 보성중학교를 졸업한 뒤에 광주공고에 들어갔다. 기술계통은 취업이 어렵지 않고 신원조회도 느슨할 것 같아서였다. 고등학교를 마친 다음에 그는 해병대에 입대했다. 1965년 해병 제2여단을 월남에 파병할 때, 자원하여 청룡용사가 되었다. 그는 포항 해병교육대에서 3개월간 특수훈련을 마치고 10월 14일 미군 수송선에 올랐다. 드디어 출항의 뱃고동이 울렸다. 환송 나온 가족들을 바라보며 건상이 연신 두 손을 흔드는데, 갑자기 육상에서 대형 확성기로 그를 불렀다. 정건상일병은 속히 하선하라는 것이었다. 건상은 나라를 사랑하고 싶었지만, 나라는 그의 사랑을 받아들일 생각이 없었다.

해병대를 만기 제대한 뒤에 그는 몇 군데 입사시험을 봤지만 번번이 신원조회에서 결격 판정을 받았다. 철도청 기관사 시험에 붙자 그는 마지막 기회라고 생각하고 모교 담임선생을 찾아갔다. 울지 않겠다고 단단히 다짐하고 갔지만 선생님 앞에 앉자 눈물부터 쏟아졌다. 담임선생은 물론 교장까지 나서서 관련업계의 졸업생을 총동원하고 관계기관과 철도청에 탄원서까지 낸 덕에 건상은 겨우 면접을 통과했다. 철도 기관사가 된 그는 늘 다짐했다. 절대로 고개를 들지 말자. 고개 숙이고 철길만 보고 살자. 그는 그것이 순명하는 길이라고 믿었다.

해진의 큰아들 국상은 친척이 있는 목포로 가서 고등학교를 졸업한 뒤, 장학생 선발 시험에 합격해 한양대 상대에 들어갔다. 학업 성적이 우수했다. 졸업할 무렵에 교수는 국상을 불러 S은행과 H공사 등에 추천서를 써주겠다며 입사원서를 내라고 했다. 그러나 국상은 신원조회라는 태산을 넘을 확신이 서지 않았다. 마침 대학 병원에서 직원 공채를 한다는 공고가 났다. 그는 좌고 우면하지 않고 원서를 냈다. 장학금을 받고 공부한 출신 학교의 부속병원이라서 신원조회의 문턱이 높지 않을 것 같다는 것이 그 이유였다.

해진의 작은아들 훈상은 4·19 혁명이 났을 때 광주상고 시위를 주도해 정학을 맞았다. 그는 상고에 복학하지 않고 이듬해에 목포에 있는 해양고등학교 항해과에 입학했다. 국립 학교라서 학비가 없었다. 그 무렵에 봉강의 가세가 기울어 아들이나 조카들의 학비를 대는 것도 힘겨울 지경이었다. 훈상은 학교를 졸업하면 교가 가사처럼 '창파로 벗을 삼는 바다의 아들' 마도로스가 될 수 있겠거니 생각했다. 그러나 그는 졸업한 뒤에 선원수첩을 받지 못했다. 선원수첩에 여권이 붙어 나오는데, 신원조회 과정에서 발급 불가 판정이 나온 것이다.

훈상은 서울로 갔다. 명동공원을 무대 삼아 리어카에 오징어나 땅콩 등을 싣고 행상을 해가며 돈을 모았다. 이듬해에 중앙대 신방과에 합격해 한때나마 대학 생활의 맛을 만끽했다. 그러나 학비를 벌기 위해 휴학하고, 행상을 해서 돈을 모으면 학업을 잇는 처지에 공부가 제대로 될 리가 없었다. 대학을 나온들 신원조회를 통과할 자신도 없었다.

훈상은 학업을 포기하고 가요학원에 들어갔다. 작곡가 박시춘이 그를 눈여겨보고 곡을 주어 취입도 했고, 드디어 그가 부른 노래가 두 번이나 방송에 나갔다. 음반 제작사에서는 몇 번만 더 방송을 타면 가수의 길이 열릴 것이라며, 방송국 PD에게 돈을 써야 한다고 했다. 그로서는 감당할 수 없는 액수였다. 훈상은 가수의 꿈을 접고 군에 입대했다. 어디서도 길을 찾을 수 없는 좌절감으로 심신이 지칠 대로 지친 상태였다.

봉강의 셋째아들 길상도 사촌 형 훈상이 다닌 해양고등학교에 진학했다. 그는 들어갈 때부터 마도로스가 되겠다는 생각은 하지 않았다. 공짜로 고등학교 졸업장이나 따놓고 보자는 속셈이었다. 학교를 졸업하자 운 좋게도 길이 보였다. 그는 국민학교

준교사 자격시험에 합격했다. 신원조회가 걱정이었는데 교육계에 있는 보성 유지들이 총동원되다시피 하여 힘겹게 산을 넘었다. 그는 광주교육대 부설 초등교원양성소에서 4개월간의 연수교육을 받고 1971년 2월에 벌교북국민학교에 부임했다. 그 학교 운동장 한 구석에 선 길상은 자기 앞에 또 하나의 길상을 세워두고 말했다.

"길상아, 니 인생은 가시울 인생이다. 너는 앞으로 준교사 딱지를 달고, 면 사무소 소재지 학교는 못 가고, 보성군 이 면 저 면의 동국민학교 서국민학교 남국민학교 북국민학교를 빙빙 돌아야 할 것이다. 길상아, 그래도 으짜겄냐? 숙명이다. 준교사나마 천직이라고 생각하고 열심히 살아라, 잉."

보성소리

광주교도소에서 나와 거북정으로 돌아간 봉강은 첫 밤을 꼬박 뜬눈으로 지새웠다. 아내가 있는 것도 아니고 없는 것도 아닌 상태에서 나는 어떻게 살아야 하나? 사람들은 흔히 수壽와 부귀富貴, 다남多男을 행복의 조건으로 꼽았다. 그러나 봉강은 수도 부도 귀도 또 다남도 부부 금실이 전제된 연후라야 제값을 하는 것이라고 믿었다. 부부 금실이 좋지 않은데 오래 산다는 것은 구차한 일이었다. 부부 금실이 좋지 않은데 돈이 있다는 것은 일탈의 조건이 갖춰진 것을 의미할 따름이었다. 부부 금실이 좋지 않은데 출세한다는 것은 공허한 일이었다. 부부 금실이 좋지 않은데 자식이 많다면 집안에 바람 잘 날이 없을 것이었다. 봉강은 그래서 아내와 금실 좋게 깨를 쏟으며 살고 싶었다. 그러나 첫 부인은 세상이 어수선할 때 조현병에 걸렸다. 제수 전예준의 성화에 떠밀리다시피 하여 신여성을 맞아 금실부부의 꿈을 이루었는가 싶었으나, 봉강이 감옥에 있는 동안에 아내는 가시울을 벗어나겠다며 홀홀 털고 서울로 갔다. 아이들 교육을 위해 아내 최승주가 서울로 갈 수밖에 없었다면, 봉강은 남은 식구를 팽개칠 수 없어 보성에 머물러야 했다.

봉강은 외로웠다. 외로움 중에서도 가장 가슴 시린 외로움이 금실이 깨진 상태에서 느끼는 파금지고破琴之孤라는데, 봉강은 바로 그 외로움에 빠져 있었다. 그를 남겨두고 서울로 가버린 아내 최승주를 미워할 수도 없고, 그렇다고 미워하지 않을 수도 없었다. 그날 밤에 그의 외로움을 달래준 것은 늦새벽까지 그를 대신해 울어준 일림산 쑥국새였다.

이튿날 오전이었다. 사랑방에서 문을 열어두고 망연히 바깥을 바라보고 있는데 한 노인이 사랑채에 들어섰다. 그가 봉강을 보더니 싱긋 웃었다. 보성소리를 일궈온 소리꾼 정응민이었다. 얼른 알아볼 수 없을 만큼 얼굴이 초췌했다. 봉강은 맨발로 토방으로 내려갔다.

"아니, 정 선생이 아니시요?"

"돌아오셨다는 말씀을 듣고 반가워서 달려왔구만이라우."

"감옥에서도 가끔 선생의 보성소리가 들리는 것 같아 벌떡 일어나곤 했지라우."

"이렇게 좋은 날 소리 한 토막이라도 불러드려야 하는디, 제가 쇠약해서…."

정웅민은 앉아 있는 것조차 힘들어했다. 정웅민이 일림산 녹차 한 잔을 다 마신 것을 보고 나서 봉강은 일철을 불러 정웅민을 댁까지 모셔드리라고 일렀다. 정웅민은 마을을 벗어나자 곧 밭둑에 주저앉았다. 더 이상 걸을 힘이 없다고 했다. 일철이 정웅민을 업었다. 일철은 흠칫 놀랐다. 몸이 몹시 가벼웠다. 일철은 정웅민이 목숨을 걸고 봉강을 찾아왔다는 것을 알았다.

소리꾼 정웅민은 시난고난 앓다가 이듬해 12월에 숨을 거두었다. 봉강은 상가로 가서 두 번 큰절을 올린 뒤 무릎을 꿇고 앉아 눈을 감았다. 정 선생. 선생은 내가 초청할 때마다 제작 발표회라도 하듯이 거북정으로 오셔서 소리를 부르고 반응을 살피셨지라우. 이제 나는 더 이상 그 호사를 누릴 수가 없게 되었구만이요. 하늘로 가셨지만 그래도 때때로 환청으로라도 선생의 예술을 즐기게 해주시요, 잉!

봉강이 정웅민을 문상했다는 소문이 돌자, 영성 정씨 사평공파 문중의 원로 여럿이서 며칠 뒤에 거북정으로 왔다. 함께 따지기로 작심한 것이었다. 나이도 많고 항렬도 높은 이가 나섰다.

"종손께서 문상을 하신 것은 이해하네. 그렇제만은 큰절을 한 뒤에 무릎까지 꿇고 계셨다는디, 그건 과하셨네. 종손은 우리 집안의 얼굴이 아니신가?"

세상이 달라졌지만 나이 든 종인宗人들은 아직 변화를 받아들이지 못한 것이었다. 봉강은 찾아온 이들의 면면을 둘러보았다. 올곧게 살아온 어른도 있지만, 일제강점기에 면장을 지낸 이, 교사로서 황국신민화 교육에 앞장선 이, 창씨개명을 할 때 성을 정丁에서 압해押海로 바꾸는 데 솔선한 이도 있었다. 봉강은 허리를 곧추세웠지만 목소리는 낮추었다.

"저는 송계松溪 선생을 참으로 존경하구만이라우."

한 종인이 물었다.

"송계 선생이라니요?"

"정응민 선생 아호가 송계여요."

종인들이 어안이 벙벙한 표정을 지었다. 그들에게 아호란 양반이나 쓰는 것이었다. 아랑곳하지 않고 봉강이 이었다.

"송계 선생은 강산제 판소리 예맥을 이어, 더욱 기품 있고 성음이 뚜렷한 우리 소리로 갈고 닦아, 드디어 보성소리를 일구셨지라우. 왜정 치하에서 우리 성씨를 지키는 것조차 쉽지 않았는디, 우리 것을 가꾸고 다듬고, 나아가 우리 고을의 것, 보성의 것을 만들었어요. 같은 시대를 산 보성 사람 가운데 그만한 일을 이룬 이가 또 있는지 모르겠네요."

종인들은 아무 대꾸도 하지 않았다. 봉강이 보탰다.

"송계의 가르침을 받아 문하에서 김연수 박춘성 정권진 김진섭 성우향 성창순 조상현 같은 명창이 나왔어요. 국창인 김소희 여사도 한때 정응민 선생한테 가르침을 받았고요. 모두가 앞으로 우리 민족문화를 융성하게 가꿔나갈 동량들이지라우."

봉강이 이름을 댄 이들 가운데 무당 후예가 많다는 걸 모두 알고 있었다. 나이가 가장 위인 종인이 말없이 일어서자 모두 일어섰다.

정응민이 저세상으로 간 지 보름쯤 지나서였다. 그날도 견화는 아침을 먹고 나서 거북정 안채로 갔다. 안방으로 들어갔으나 함머니 윤씨가 보이지 않았다. 툇마루에 나와서 보니 윤씨의 고무신이 새방 섬돌에 놓여 있었다. 새방 문을 열었다. 함머니 윤씨가 빈방에 혼자 앉아 있었다. 견화는 안으로 들어가 윤씨 맞은편에 앉았다.

"함머니, 왜 이 방에 계셔요?"

"아침에 큰아들이 나한테 문안을 헌 뒤에 새방을 물끄러미 바라보드니 한참만에야 고개를 숙이고 사랑채로 내려가드구나."

"…."

"무슨 천형인지 모르겠다."

"…."

"나는 뭔 죄로 스물여덟부터 혼자서 빈방을 지켜오고…."

"…."

"내 큰아들은 또 뭔 죄로 밤마다 늙은 갑섭이 대부허고 동숙해야 허는지…."

"…."

"큰아들이 정신줄을 놓은 며느리랑 사는 것이 짠하고 짠했는디…."

"…."

"새로 신여성을 맞아 잠깐 금슬지락琴瑟之樂을 누리는가 싶드니 다시…."

"…."

"간밤에 잠이 안 와 마당에 나갔다가 인기척이 나서 봤드니, 내 큰아들이 고개를 떨구고 사랑채 정원을 어슬렁거리고 있드구나."

함머니 얼굴로 주르르 눈물이 흘러내렸다. 견화는 눈을 감았다. 뜬금없이도 그가 거북정에 온 지 얼마 되지 않았을 때의 일이 생각났다. 단잠에 빠져 있는데 함머니가 그를 흔들어 깨우더니 물었다. 양반댁에 소실로 들어갈 생각은 없느냐? 봉강의 첩이 될지도 모른다는 두려움이 와락 현실로 다가온 순간이었다. 견화는 부러 벌떡 윗몸을 일으켰다. 아무리 없이 살아도 나는 첩은 안 할랑마요. 차라리 혼자 살지.

함머니 윤씨는 그다음 날 견화더러 지수의 바깥집에 유자차 단지를 갖다 주라는 심부름을 시켰다. 그 말을 듣는 순간 견화는 마치 운명처럼 지수와 부부의 연을 맺게 될지 모른다는 생각을 했다. 그것이 함머니 윤씨의 뜻일 것이라고도 여겼다. 그러나 지수는 유자차 단지를 받을 뿐, 차 한 잔 같이 마시자는 말도 하지 않았다.

봉강의 첩이 될지도 모른다는 두려움이 견화에게 갈葛 즉 칡 넝쿨 같은 것이었다면, 거북정에 들어와 그가 맛보는 삶의 안온 함은 등藤 즉 등넝쿨 같은 것이었다. 칡넝쿨과 등넝쿨이 서로 얽혀 빚어내는 갈등 속에서 그는 늘 각오를 다졌다. 그래서 거북정 안뒤곁에서 '춘향가'의 사랑가를 부른 뒤에 함머니 윤씨가 '너도 얼른 이 도령 같은 낭군을 만나고 싶지 않느냐'고 물었을 때 머뭇 거리지 않고 저한테는 그런 사람이 필요 없다며, 결혼이란 방방 한 사람하고 당당하게 해야 하는 것이라고 말했다.

봉강의 첩이 될지도 모른다는 두려움은 바로 그 말을 한 뒤에 다시 엄습해왔다. 함머니가 분에 넘치게 마을 사람들에게 견화 자신을 칭찬했다더니, 새방을 새로 단장했고, 마을 아낙들 사이 에 견화 자신이 그 방에 들어갈지 모른다는 말이 돌았다. 그 소 문은 며칠 지나지 않아 안개처럼 걷혔지만, 그때까지도 야속하게 지수는 변죽조차 울리지 않았다.

지수가 함머니를 통해 청혼했을 때, 견화는 한 일 년쯤은 지수 속을 태우고 싶었다. 그러나 그는 보름도 끌지 못하고 스스로 무너졌다. 그것도, 제 발로 바깥집까지 가서 속내를 털어놓고 말았다. 스물을 훌쩍 넘긴 나이에도 머리를 얹지 못하고 댕기머리를 달고 다니는 자신의 처지가 서러워서였다. 다리 저는 것이 마치 큰 흠이라도 되는 양 지레 움츠러드는 지수의 처지가 안쓰러워서였다. 서럽고 안쓰러운 사람끼리 만나 하루라도 빨리 등을 기대고 싶어서였다.

견화는 남편 지수와 저녁을 먹고 나서, 다시 거북정으로 갔다. 함머니 윤씨에게 소리라도 한 대목 불러드릴까 했으나 윤씨는 손을 내젓고는 이불을 펴달라고 했다.

"요새 내가 통 잠을 못 잔다. 지금부터라도 누워서 잠 못 들게 허는 귀신허고 씨름을 해야겄다."

하는 수 없었다. 견화는 안방을 나왔다. 달이 밝았다. 중문 앞을 지나다 보니 사랑채로 들어가는 옆문이 열려 있었다. 토방에 우두커니 서서 득량만을 바라보고 있는 봉강이 눈에 들어왔다. 견화는 얼른 고개를 돌려 중문과 대문을 빠져나왔다. 견화는 걸음을 재촉했다.

바깥집으로 돌아온 견화는 지수 앞에 앉아 목을 가다듬었다.

소리를 코로 부르지 말고 목으로 부르라던 스승 정응민의 호통이 귀를 울렸다. 소리를 목에서 불태우기로 했다. 심청이 인당수에 뛰어드는 대목이었다.

"고사를 다 지낸 후에 '심낭자 물에 들라.' 심청이 죽으란 말을 듣더니마는 '여보시오 선인님네, 도화동이 어디쯤이나 있오.' 도사공이 나서더니 손을 들어 가리키난디 '저기 운내만 자욱한 디가 도화동일세.' 심청이 기가 막혀 사배하고 엎드러지드니 '아이고 아버지, 불효여식은 요만큼도 생각 마옵시고 사는 대로 사시다가 어서 어서 눈을 떠서 대명천지 다시 보고 좋은 데 장가들어 칠십 생남 허옵소서"

눈물이 솟구쳤다. 내가 왜 우는 거지? 어린 시절의 내 처지가 서러워서인가, 아니면 내가 지금 행복에 겨워서인가? 떠난 스승 정응민 선생님이 그리워서인가? 함머니 윤씨와 봉강이 가여워서인가, 그것도 아니면 종년 올라타기는 누운 소 올라타기보다 쉽다는디 추파 한 번 던지지 않은 봉강이 고마워서인가? 그것도 아니면, 마음 깊고 깊은 곳에 숨어 있던 봉강에 대한 알 수 없는 감정 때문인가? 견화는 타는 목으로 소리를 이었다. 다행히 눈물이 목을 적셔주었다. 한 가닥도 나무랄 데 없는 보성소리였다.

"여보시오 선인님네, 억십만금 퇴를 내여 본국으로 돌아가시거든 불쌍헌 우리 부친 위로허여 주옵소서.' '글랑은 염려 말고

어서 급히 물에 들라.' 성화같이 재촉허니, 심청이 거동 봐라. 샛별 같은 눈을 감고 치마폭을 무릎에 쓰고 뱃전으로 우루루루 만경창파 갈매기 격으로 떴다 물에 푸우웅!"

소리를 마친 견화는 '만경창파 갈매기 격으로' 지수 품에 푸우웅 자신을 던졌다. 견화는 목 놓아 울었다. 눈물 콧물로 범벅이 된 얼굴을 지수 품에 비비대며 엉엉 울었다.

이튿날 새벽에 견화는 일찍 일어났다. 지수는 깊은 잠에 빠져 있었다. 왜 아내 견화가 우는지 이유를 알 수 없었을 터였다. 당연했다. 견화 스스로도 자신이 왜 우는지 이유를 몰랐다. 견화는 양면괘지에 또박또박 편지를 써서 지수 머리맡에 놓았다.

"이녁 보시씨요. 전에 내 편지를 받아보고 싶다고 했지라우, 잉! 내 마음을 담아서 지금 이녁한테 편지를 쓰요. 이녁을 만나 참말로 행복했소. 지금도 징하게 행복하요. 생명이 끝나는 그날까지 이녁을 온 마음 다 해서 사랑할라요. 이녁 안사람 진달래 올림."

이름을 진견화로 쓸까 하다가 진달래로 적었다. 견화의 애초 이름이 진달래였다. 국민학교에 입학할 때 비로소 호적에 진견화로 오른 것을 알았다. 학교 선생님이나 학우들은 견화라고 불렀지만 마을 사람들이나 동무들은 여전히 달래라고 불렀다. 함머니 윤씨가 달래라는 이름을 쓰지 못하게 했지만, 지수에게 편지를 쓴 바로 그 순간에는 애초의 진달래가 되고 싶었다.

견화는 부엌으로 나갔다. 또 하나의 새 출발을 마음속으로 다짐하며 정성 들여 미역국을 끓였다. 맛을 돋우기 위해 미역귀도 넣었다. 견화는 부지깽이로 아궁이에 솔가지를 밀어 넣으며 혼잣말을 했다. 새 출발이야 날마다 한들 나쁠 것이 있었어? 그래. 나는 날마다 새 출발을 할 것이여. 내 남편 김지수 화사를 날로날로 새로이 더욱더 사랑할 것이여. 옆 사람들 닭살이 돋도록 사랑하고 살 것이여. 떫은 사람은 저리 비켜불드라고, 잉!

부족설

해가 바뀌었다. 어느 날 봉강의 당숙 종호가 거북정 곳간에 우두커니 서 있었다. 쌀 두 가마 반씩 들어가는 특대형 쌀독 열두 개는 모두 텅 빈 지 오래였다. 6월 춘궁기라지만 큰 쌀독이 다 빈 것은 전에 없던 일이었다. 그럴 수밖에 없었다. 조카들은 물론 외갓집이나 고모 집의 사촌이나 팔촌까지도 학비가 모자라면 속도 모르고 거북정에 와서 손을 벌렸다.

특대형 쌀독 열두 개 옆에 쌀 한 가마가 들어가는 쌀독이 하나 있었다. 쌀이 반쯤 차 있었다. 며칠 전에 비해 오히려 불어난 것이 틀림없었다. 알 수 없는 일이었다.

그날 밤이었다. 칠흑 같은 어둠 속에서 누군가가 머리에 자루를 이고 거북정 안마당에 들어섰다. 곳간을 열더니 자루에 든 것을 독에 부었다. 종호가 따라 들어가 성냥불을 켰다. 견화가 화들짝 놀라 소리쳤다.

"오메메. 누구요?"

"나요."

"워따, 아재. 간 떨어질 뻔했소."

견화가 종호에게 사정했다.

"아재. 내가 이런 짓 한 것을 아무한테도 말씀 마시씨요, 잉."

"입 꽉 다물고 있을 텡께 염려 말고…, 질부도 이제 이런 일 그만두시요."

종호는 말을 놓지 않으면서도 견화를 질부라고 했다. 그가 견화를 도강댁이 아니라 질부라고 부른 것은 그때가 처음이었다.

견화가 거북정 쌀독에 쌀이 얼마 남지 않았다는 것을 안 것은 보름쯤 전이었다. 거북정으로 가서 안채 작은방 문을 열었다가 견화는 깜짝 놀랐다. 식구들이 쑥밥을 먹고 있었다. 독상을 받는 안어른 윤씨와 봉강의 상에는 쌀밥을 올리고, 겸상을 받는 나머지 식구한테는 쌀에 보리쌀을 많이 섞고 거기에 쑥까지 넣은 쑥밥을 준 지 여러 날이 지났다는 것이었다. 곳간에 들어가 보니 쌀은 쑥밥을 짓기에도 넉넉지 않았다. 그래서 지수한테도 알리지 않고 아무도 모르게 한 번에 닷 되씩 쌀을 보충해 놓은 것이었다.

발 없는 말이 천 리를 간 것일까? 한 달가량 지나자 예전에 충노였던 망철이 거북정으로 왔다. 망철은 사랑채로 가지 않고 먼저 안채로 들어섰다.

"큰마님, 저 보름쇠가 왔구만이라우."

안어른 윤씨가 방문을 열더니 반색을 했다.

"아이고, 누구냐? 너, 망철이가 아니냐?"

망철이 마당에서 털썩 무릎을 꿇고 큰절을 올렸다. 윤씨가 버선발로 마당으로 나가, 절을 마치고 일어서는 망철의 두 손을 덥석 쥐었다.

"반갑다. 안으로 들어가자."

"아니어요. 지가 으찌께 안으로⋯."

"아니다. 세상이 변했다. 그러고, 너는 내 친자식이나 다름없다."

그 말을 듣자 망철의 눈에 금방 눈물이 돌았다. 망철을 낳고 한 달이 지나지 않아 그의 어미는 산후증을 이기지 못해 숨졌다. 마침 윤씨가 큰아들 해룡에게 젖을 뗄 참이었다. 윤씨가 먼저 청해 아이를 품었다. 망철은 윤씨 젖가슴을 만지작거리며 자랐다.

"이제야 큰마님을 찾아뵈서 면목이 없습니다요."

"잊지 않고 이렇게 왔은께 다 됐다."

말을 이었다.

"너도 노인 문턱에 들어섰구나. 내가 다른 이에게는 말을 올리기도 헌다만은 너헌테는 그리 못허겄다."

"아이고. 그러고말고라우."

윤씨가 다시 망철의 손을 잡고 이끌었다.

"안으로 들어가잔 말이다."

"아니어라우. 지는 봉강 서방님 뵈러 사랑으로 가겄습니다요."

"그래? 그렇게 해야 편헐 것 같으면 그리 허그라."

못내 아쉬워하는 윤씨를 뒤로하고 망철은 사랑으로 갔다.

"서방님, 저 보름쇠가 왔구만이라우."

봉강이 문을 열고 반겼다.

"아니, 이거 얼마만인가? 얼른 방으로 들어오소."

"서방님, 저는 툇마루에 있겄구만이라우."

"어허. 이 사람아. 내가 또 자네 앞에서 무릎을 꿇어야 내 말을
듣겄는가?"

망철은 사랑으로 들어와 무릎을 꿇었다.

"편좌하소. 안 그러면 나도 무릎을 꿇어야 하네."

망철이 고쳐 앉았다.

"서방님, 이제야 찾아뵙다니, 지가 큰 죄를 졌습니다."

"어야, 동생. 서방님이 뭣인가? 이제 성님이라고 하소."

망철은 그렇게 할 수는 없다고 버텼지만, 봉강의 고집을 꺾을
수는 없었다. 큰성님이라고 하기로 타협했다.

"큰성님. 큰성님 말씀대로 지가 거북정을 나가서 독립을 했는
디, 고생은 했어도 힘은 쪼깐 잡았구만이라우."

"알고 있네. 자네가 도매상을 해서 짱짱한 자산가가 되었다는 소문은 익히 들었네. 얼마나 장한 일인가?"

"자산가랄 거야 있었습니까만은…, 으쨌든 지가 은혜를 갚고 싶어서 찾아뵈었은께 큰성님께서 제 뜻을 받아들여주시면 고맙겠습니다."

망철은 쌀 백 가마를 보내겠다고 했다. 봉강의 대답이 뜻밖이었다.

"고맙네. 그렇잖아도 쓸 데가 있었는디 내가 기쁘게 받겠네."

봉강이 말머리를 돌렸다.

"그런디 어야, 동생. 예전에 우리 집 낫이며 호미, 쇠스랑, 곡괭이, 세발괭이, 쟁기…, 온갖 헌 농기구를 풀무질을 해서 말끔하게 새것으로 바꿔놓던 대장장이 박대수 영감은 요새 으찌께 지내고 있당가?"

"그 영감은 자식이 버리다시피 해서, 형편이 아주 어렵다고 들었는디요."

"어허. 저런. 안타깝구만. 홍판수 사정은 어떤가?"

봉강은 두 사람 말고도 이대걸 김막동 김칠만 최동철 추성구 조철근 등 이전에 노속이었다가 해방 이후에 거북정을 떠난 이들의 이름을 하나하나 대며 근황을 물었다. 듣고 보니 그것도 나이 순이었다. 봉강은 벌교에서 꼬막 장사를 해서 성공한 황만수와 부산에 건어물전을 크게 차린 전부귀에 대해서는 묻지 않았다. 망철은 봉강이 이전의 노속들 사정을 훤히 꿰고 있다는 것을 알아차렸다. 망철은 고개를 떨어뜨렸다.

"다들 나하고는 형제나 마찬가지인디, 지가 그동안에 서방님한테도 그렇지만, 그 형제들한테도 너무 무심했구만이라우."

"어허. 나는 서방님이 아니여. 큰성님이라고 하기로 했음시로…."

봉강이었다.

"어야, 동생. 자네한테 부탁이 있네. 나한테 준 쌀 백 가마를 홍판수 이대걸 김막동 김칠만 최동철 추성구 조철근한테 자네가 적절하게 나눠서 전해주소. 그리고 박대수 영감은 건강도 좋지 않다는디 자네가 잘 설득해서 우리 집에 다시 들어와 만년을 보내라고 하소."

망철이 거북정을 떠난 뒤에 종호가 봉강을 타박했다.

"곳간 쌀독이 비어가는디, 백 가마를 눈 딱 감고 받지 그러셨는가?"

이미 쌀독이 비었을 텐데 견화가 몰래 채웠다는 사실은 말하지 않았다. 봉강이 너털웃음을 터트렸다.

"아재. 제가 망철이한테 쌀 백 가마를 다 받았는디요."

봉강이 종호에게 물었다.

"아재도 전에 반곡盤谷 할아버지께서 쓰신 '부족설不足說'을 읽으셨지라우?"

반곡 할아버지는 선산부사로 있을 때 왜란이 나자 선산 외곽에 성채 넷을 만들어 군사를 매복시켰다가 많은 왜군을 붙잡아 수급首級을 베었다. 갑오년(1594년)에는 이순신 장군이 반곡을 종사관으로 삼아, 연해의 고을을 순찰하며 군량을 조달하는 책무를 맡겼다. 한때 충무공이 투옥되자, 반곡 할아버지는 서슴없이 임금 앞에 나아갔다.

"이순신 장군의 충성과 적을 물리치는 재주는 일찍이 그 예를 찾을 수가 없사옵니다. 전쟁에 나가 싸움을 미룬 것을 탓하시오나, 싸움을 미루고 당기는 것은 병가의 술책인데 어찌 죄로 다스린단 말입니까? 장군을 죽이면 나라가 위태로울 것이니, 어찌 석방을 망설이시나이까?"

반곡 할아버지는 임금을 호종扈從 하는 오위장을 맡기도 하고, 명나라 장수를 맞는 영위사나 접반사로도 활약하다가 청주목사로 부임했다. 다산 정약용에 따르면, 반곡 할아버지는 충성심이 두터운 데다 청빈해 서애 류성룡이나 오리 이원익, 백사 이항복, 한음 이덕형 등으로부터 두터운 신임을 얻었다. 그러나 서애 등이 밀려나자 반곡 할아버지도 청주목사에서 파직되었다.

고향 장흥에 내려온 할아버지는 옥봉 백광훈, 백호 임제, 제봉

고경명 등과 자주 어울렸다. 생활은 여전히 청빈했다. 만년에 쓴 '부족설不足說'은 문사나 후예들이 두고두고 사랑했다.

추위에 떨면서 거북이처럼 움츠렸다가 창을 열고 멀리 청산을 바라보고는 아이를 불러서 술을 가져오라고 하였다. 집사람이 손수 한 잔 술을 가져와 말하였다.

"양식이 계속 쓰기에 모자라고, 의복이 추위를 막기에 모자라며, 노비가 부리기에 모자랍니다. 어찌 부귀한 사람처럼 계속해서 술만 마십니까?"

내가 대답하였다.

"나의 모자람은 그 세 가지만이 아니오. 충성이 군주를 섬기기에 모자라고, 효성이 부모를 모시기에 모자라며, 안으로 우애와 사랑이 모자라고, 밖으로 신의와 우정이 모자라오. 게다가 공경이 윗사람을 섬기기에 모자라고, 자애가 아랫사람을 어루만지기에 모자라며, 성의가 학문하기에 모자라고, 재주가 정치하기에 모자라지요. 그러니 어느 겨를에 당신이 말한 그 세 가지 모자람을 근심하겠소?"(하략)

반곡 할아버지는 선조 35년(1602년) 섣달에 조용히 숨을 거두었다. 장례를 치른 날, 함경도 관찰사에 임명한다는 교지가 내려왔다. 이미 압록강 두만강까지 세력을 확장한 후금後金을 경계하기 위해 임금이 할아버지를 부른 것이다. 한시가 출중한 문관으로, 외교에 능한 데다 육전陸戰에도 강한 점을 높이 샀을 것이었다. 후금은 뒤에 국호를 청으로 바꾸고 병자호란을 일으켰다. 반곡 할아버지는 후금을 막을 기회를 얻지는 못했으나, 생전의 공적을 인정받아 서거한 지 2년이 지나 선무원종공신宣武原從功臣 1등에 녹훈錄勳되었다.

이별

신작로

1960년대 중반을 지나며 혁신계는 두 갈래로 나뉘었다. 이동화 박기출 등은 사회주의정당 건설을 포기하고 윤보선이 주도하는 보수 야당인 신한민주당에 들어갔다. 이념을 고집하기보다는 먼저 정권 교체에 힘을 보태야 한다는 것이 그들의 변이었다.

그들과 달리 서민호는 혁신계 인사를 끌어들여 신당 창당을 추진했다. 보수정객이 진보정당 건설에 나선 것이다. 이건 이전에 없던 신작로였다.

어느 날 서민호가 거북정으로 봉강을 찾아왔다. 서민호는 1903년생으로 봉강보다 열 살이 위였다. 자주 만나 교분을 쌓은 사이는 아니지만, 서로 상대의 됨됨이에 대해서는 알 만큼 알았다.

"봉강. 나는 줄곧 보수 쪽에 몸을 담아왔소. 그래서 전남지사도 했고 민의원도 했고 민의원 부의장까지 지냈소만, 오래전부

502

터 왠지 마음이 허전합디다."

"…."

"봉강은 한민당에 갔으면 국회의원을 두 번 세 번도 할 수 있는 분인데 마다하고 한길을 걸어오셨소. 민족통일이야말로 나라의 최대 현안이 아니겠소? 봉강이 걸어오신 그 길을 나도 걷고 싶소. 봉강께서 길잡이가 되어주시오."

봉강이 웃으며 물었다.

"그런디, 선생은 왜 물결 파波 자가 아니라 언덕 파坡 자를 쓰시지요?"

서민호가 아호를 월파月波로 하지 않고 월파月坡로 지은 것을 두고 던진 물음이었다. 월파가 웃었다.

"내가 물결 따라 살아온 것을 책하시는 거요? 본심이야 물결이 아니라 언덕이 되고 싶었소. 앞으로 봉강께서 나를 단단히 언덕에 붙들어 매주시오."

봉강이 지켜본 바로, 서민호는 보수정객이긴 하나 결코 누구도 꺾을 수 없는 기개와 뚝심을 지닌 정치인이었다. 그런 그가 이제 민족통일을 위해 진보정치를 펴겠다며, 물결이 아니라 언덕이 되고 싶다는데 뿌리칠 일이 아니었다. 봉강은 칩거를 깨고 다시 현실정치에 뛰어들었지만, 마음은 비운 상태였다. 자신의 영예에 관한 한 그는 미련을 접었다. 그 대신에 서민호를 굳건히 세워 진보정당의 새 길을 열도록 돕기로 했다.

봉강은 보성지구당 조직에 나섰다. 1966년 가을이었다. 법이 정한 날까지 지구당 결성을 마치기 위해 서둘러 당원을 모집해 그 명단을 가방에 넣고 보성역에서 서울행 새벽기차에 올랐다. 의자에 앉자마자 경찰서장이 봉강의 가방을 빼앗고는 기차에서 내리라고 했다. 봉강이 호통쳤다.

"서장이 백주에 날강도 짓을 하다니 이런 무례가 어디 있소?"

기차가 화순역에 도착하자 이번에는 화순경찰서 서장이 봉강을 끌어내리려 했다.

"난 절대로 내릴 수가 없소. 당신들이 하는 짓거리는 내일 동아일보 1면에 대서특필될 것이오. 그리 아시오."

경찰서장을 고소하겠다고 으름장을 놓은들 경찰이 두려워할 일이 아니었다. 그래서 동아일보를 들먹인 것이었다. 그 무렵에 권력이 눈치를 보는 것은 동아일보뿐이었다. 차가 광주역에 닿자 전남도경 간부가 기차에 올랐다. 그가 보성경찰서장이 빼앗은 가방을 돌려주며 사과했다.

"오해가 있었던 모양입니다. 봉강 선생은 덕인으로 소문난 분이 아닙니까? 일을 키우지 마시고 너그럽게 용서하시기 바랍니다."

1967년 3월 9일 대성빌딩에서 드디어 창당대회가 열렸다. 이날 대회에서는 가칭으로 써온 민주사회당 대신에 당명을 대중당大衆黨으로 정하고, 대표최고위원에 서민호, 최고위원에 김재호, 중앙위원회 의장에 이청천, 상무위원회 의장에 김윤식, 전당대회 의장에 김재훈을 선임했다. 봉강 정해룡은 방만수와 함께 전당대회 부의장을 맡았다. 이날 대회에서 서민호는 당의 대통령 후보로 선출되었다.

대중당 대표최고위원이자 대통령 후보인 서민호는 대통령 선거에 끝까지 뛰겠다는 생각은 하지 않았다. 정당의 대표로서 정강정책을 널리 알리되, 정권 교체를 위해 야권 후보 단일화에 나서겠다는 것이 그의 소신이었다. 서민호는 대통령 선거 투표일을 닷새 앞두고 후보를 사퇴했다. 다른 당 후보를 지지하는 것을 법이 금했기 때문에 민주당 윤보선 후보를 지지한다고 공개적으로 밝히지는 않았다.

대통령 선거가 끝난 뒤, 서민호는 반공법 위반 혐의로 구속되었다. 선거운동 기간인 4월 13일에 기자회견을 하며, 북한을 현실 국가로 인정하지 않을 수 없다고 말하고, 남북한의 군축을 제의한 것을 문제 삼은 것이었다. 반공법 못지않게 무서운 것이 괘씸죄였다. 감히 박정희 대통령에 맞섰을 뿐만 아니라 유력 주자인 윤보선을 사실상 지지한 것이어서 서민호는 이미 각오한 바였다.

서민호는 한 달 뒤인 6월 8일에 실시하는 7대 국회의원 선거에 고흥지구 대중당 후보로 옥중 출마했다. 공화당 후보인 신형식은 만만한 상대가 아니었다. 경기고와 서울대 정치학과 출신의 현직 의원인 데다, 박정희 대통령의 신임이 두터워 선거 기간에 대통령이 고흥을 다녀가기까지 하였다. 신 후보의 부친과 외삼촌은 둘 다 고흥군수를 지낸 지방 명망가였고, 신 후보의 씨족인 고령 신씨와 외족인 경주 이씨는 고흥의 명문이었다.

서민호는 봉강더러 보성에서 출마하라고 권했지만, 봉강은 고사했다. 그는 고흥 선거의 지원에 온 힘을 쏟기로 했다. 서민호 측은 선거대책본부를 2원화했다. 육지는 월파 서민호의 조카 서철이, 섬 지역은 봉강 정해룡의 큰아들 정춘상이 본부장을 맡았다.

고흥지구는 섬이 많은데 투표일을 며칠 앞두고 정보과 형사들이 포구마다 진을 치고 사람들의 출입을 통제했다. 봉강의 밀명을 받은 선거운동원들은 미역 장사나 생선 장사 등으로 위장해 여러 섬으로 파고들었다. 영성 정씨 일가들도 있었지만 거의가 전에 보성에서 봉강의 선거를 돕던 이들이었다.

개표가 시작되었다. 섬 지역에서는 항상 여당 몰표가 쏟아졌기 때문에 육지에서 표차를 많이 벌려야 이길 수 있었다. 육지 투표구의 개표 결과 서민호 후보가 여당 신형식 후보를 앞서긴 했으나 표차는 적었다. 육지 선거본부 사람들은 졌다고 예단하고 어깨가 축 늘어졌다.

섬지구 개표는 예정보다 늦어졌다. 비바람이 불어 투표함 수송이 더뎠기 때문이다. 함을 열자 섬 투표구에서 서민호 지지표가 만만치 않게 쏟아졌다. 승자는 서민호였다. 당선의 영예를 차지한 서민호는 보석으로 석방되자 봉강을 찾아가 어린아이처럼 엉엉 울었다.

"꿈같은 일이 벌어졌소. 봉강이 나를 살리고, 대중당을 살리고, 한국 민주주의를 살렸소."

봉강은 1969년에 대중당 중앙당의 훈련원장이 되었다. 그해 7월에 봉강은 당 간부들을 대상으로 특강을 했다. 중국 손문 선생이 주창한 삼민주의를 본받아, 민족주의 민주주의 민생주의의 셋을 축으로 삼는 삼민운동을 펴는 것이 진보세력의 당면과제라고 역설했다. 그런 과제를 풀어가는 데 적합한 정당은 어떤 정당일까?

"우리나라는 서구 선진국가와는 여건이 달라요. 서구 선진국가는 공업이 발달해 일찍이 노동계급이 형성되었어요. 그러나 우리나라는 농업국가로서 노동계급이 미약해요. 이런 상황에서 노동계급을 대변하는 계급정당에 집착하는 한, 우리는 관념의 늪에서 빠져나올 수가 없어요. 현 단계에서 우리에게는 양심적인 지주와 도시 소시민 지식층 노동자와 농민을 아우르는 대중정당이 필요합니다."

마르크스나 레닌이 아닌 손문을 인용한 것도, 노동자 농민을 앞세우지 않고 양심적인 지주를 맨 앞에 든 것도, 그가 작심하고 한 말이었다. 봉강은 관념을 붙들고 싸울 것이 아니라, 현실을 붙들고 싸워야 한다고 믿었다. 그는 대중당이 대중이 사랑하는 대중적 진보정당, 대중을 위해 일하는 진보적 대중정당이 되기를 바랐다.

탈출

1969년에도 4월은 잔인했다. 야당인 신민당이 임시국회 본회의에서 권오병 문교부 장관 해임안을 냈다. 4월 8일, 여당 의원 40여 명이 당명을 어기고 찬표를 던져 권 장관의 해임안이 통과되었다. 박정희 대통령이 3선 개헌을 계속 밀어붙이면 여당에서도 반발할 수 있다는 엄중한 경고였다.

그러나 박정희 대통령은 그런 저항에 뜻을 굽힐 사람이 아니었다. 격노한 박 대통령은 항명 의원들을 제명하라고 지시했다. 양순직 예춘호 박종태 김달수 정태성 등 친김종필계 의원 다섯 명이 당에서 쫓겨났다. 그것으로 여당 안의 개헌 반대 움직임은 찻잔 속의 태풍으로 막을 내렸다.

4월은 봉강에게는 개인적으로도 매우 잔인한 달이었다. 12일에 봉강은 비보를 들었다. 줄곧 의지해온 선배인 운암 김성숙이 타계한 것이다. 박정희 군사정변 직후 옥살이를 할 때 주고받은 한시가 기억에 생생했다.

囚人移渡漢陽洲

죄수가 되어 서울로 이송되니

落葉風蕭屬晚秋

잎 지고 바람 찬 늦가을이네요

山河幾劫滄桑變

산하는 또 얼마나 변할지

客子空長今古愁

나그네 부질없이 근심만 깊어져요

治平判國籌難得

태평한 나라 만들 계책 얻기 어려워

憂歎男兒淚自流

한숨짓는 남아, 눈물이 절로 나네요

何日我看天下定

어느 날에 천하가 안정되어

槿花灼灼滿靑丘

온 나라에 무궁화 가득 핀 걸 볼 수 있을까요

봉강이 칠언시를 보내자 운암이 화답했다.

510

妖雲起伏亞東洲

요사한 구름 나라에 피고지고 하여

大義男兒按劍秋

대의를 좇아 남아가 칼을 매만지는 이때

怨獄禁身何足嘆

원통하게 옥에 갇혔으나 뭐 그리 한탄하리

逆奸窃國是堪愁

역적들이 나라 훔친 것이 걱정이지만

刑場同苦心同結

옥에서 함께 고생하며 마음을 맺고

亂世共悲淚共流

난세에 같이 슬퍼하며 함께 눈물 흘리오

但願掃除南北寇

다만 남과 북의 도둑을 쓸어버려

昇平日月照青丘

태평일월이 온 나라 비추기를 바랄 뿐이오

1961년 군사정변이 일어난 직후 운암 김성숙과 봉강 정해룡은 통사당 사건으로 서대문형무소에 갇혔다. 김성숙은 이른바 중앙 통사당사건으로, 중앙당의 광주 강연회를 지원한 봉강은 지방 통사당사건으로 구속된 것이다. 김성숙은 혁명재판소에서 징역 3년에 집행유예를 선고받아 풀려났다. 그러나 정해룡 등이 연루된 전남 통사당사건은 사안이 경미하다 하여 혁명재판소에서 일반법원으로 넘겨졌는데도 불구하고, 법원에서 봉강 등에게 징역 5년의 중형을 선고했다.

한시는 봉강이 아직 서대문형무소에 있을 때 교도관 도움을 받아 같은 형무소 다른 감방에 있던 운암과 주고받은 것이었다. 운암의 답시 각 구의 끝 글자 여덟 자 가운데 다섯 자가 봉강이 보낸 시의 끝 글자와 같았다. 시를 써 보내면 그렇게 글자와 운을 맞추어 답시를 보내는 동지를 또 어디서 만난단 말인가?

운암 김성숙과 봉강 정해룡은 1957년에도 근로인민당 재건 기도사건으로 함께 옥살이를 한 적이 있었다. 옥에서 풀려난 날 봉강은 운암의 손에 이끌려 운암의 집으로 가서 하룻밤을 지냈다. 추운 방에서 서로 유담프를 밀어 넣던 일이 생각났다. 이제 운암이 타계함으로써 봉강의 정치 인생에서 유담프가 사라진 셈이었다. 감옥살이가 고통스러웠지만 막상 운암이 저세상으로 떠나자 봉강은 오히려 고통을 함께하던 그 시절이 그립기까지 했다.

4월이 가고 5월이 왔다. 7일, 집권당인 공화당의 당의장 서리 윤치영이 박정희 대통령의 3선 출마를 허용하는 헌법 개정을 추진하겠다고 밝혔다. 박 대통령은 경제개발을 통해 한강의 기적을 일구었으니까 물러나면 영웅으로 남을 법했다. 그런데 헌법을 고쳐서까지 한 번 더 하겠다는 것이었다. 야당에서는 만약 개헌을 하게 되면 그 뒤에 바로 총통제를 추진할 것이라고 주장했다.

야권에서는 개헌을 막기 위해 투쟁 기구를 결성했다. 혁신계 인사들도 대거 참여했다. 봉강은 3선개헌반대 범국민투쟁위원회 발기인 329명 중 한 사람이 되었다. 그는 동지들과 더불어 전남 지역 운동에 매달렸다.

9월 7일이었다. 광주에서 집회가 예정되어 있어 봉강은 광주로 가야 했다. 그 무렵에 보성경찰서 형사 임성직이 매일 아침 9시면 거북정으로 이른바 '아침문안'을 왔다. 봉강을 감시하고 사찰하는 것이 그의 일과였다. 임 형사를 피하려면 그가 거북정에 오기 전에 버스를 타야 했다. 봉강은 이른 아침에 거북정을 나섰다.

"봉강 선생님, 안녕하십니까?"

대문 밖에 임 형사가 서 있었다.

"으디 가실라고요?"

"내가 으딜 가든 자네가 알 바 아니네."

"광주에 가실라고 나오신 것을 다 압니다."

"맞네. 대통령이 헌법을 고치겠다는디, 이쯤에서 권좌에서 내려와야 본인도 살고 나라도 사네. 날 막지 말고 비키소."

"아이고, 못 가신당께요."

"자네는 나를 막고 있는 것이 아니라, 역사를 막고 있네."

"저는 선생님을 막고 있는 것이 아니라, 선생님한테 닥칠 화를 막고 있는 것인디라우. 저는 선생님을 보호해야 한당께요."

"자네한테 보호받을 생각이 없네."

임 형사가 얼굴을 찡그렸다.

"선생님, 요즘 선생님 조카 문제로 저도 죽을 지경이구만이요."

봉강은 조카 이야기만 나오면 할 말을 잃었다. 임 형사가 봉강의 오른팔을 붙들었다.

"제발 사랑으로 들어가십시다요."

임 형사에게 끌려 봉강은 사랑채로 돌아갔다. 그것으로 탈출 작전은 끝이 났다.

조카 문제란 동생 해진의 둘째 아들 훈상이 일본 고베에 밀항한 사건을 말했다. 군에 입대한 훈상이 휴가를 얻었다며 군복을 입고 거북정에 들른 것은 7월 1일이었다. 봉강은 부산에 살고 있는 일가한테서 훈상에 대해 들은 바가 있었다. 훈상이 큰절을 마치자 봉강이 물었다.

"듣자 하니 부산에 여자친구가 있다는디 사실이냐?"

"사귀는 애가 있는 것은 맞습니다."

"여자 집이 큰 당구장을 경영하는 부자라고 들었다."

"결혼을 전제로 사귀는 것은 아닙니다. 친구일 뿐입니다."

"…."

"저에게는 다른 꿈이 있습니다."

"다른 꿈? 무슨 꿈이냐?"

"이 시점에서 구체적으로 말씀드릴 수 없어 죄송합니다."

훈상은 이튿날 거북정을 떠났다. 부산으로 간다고 했다. 그의 형 국상이 부산에서 군 생활을 하고 있고, 거기에 여자친구도 있다니까 붙들 수는 없었다.

그 뒤 한 달 보름쯤이 지나서였다. 봉강이 아침을 먹고 나서 사랑채 정원을 거니는데 형사 임성직이 들어섰다.

"조카가 여길 다녀갔지요?"

"맞네. 7월 초에 왔었네."

"일본으로 밀항하겠다고 말하던가요?"

"밀항이라니? 거 뭔 소린가?"

"아따, 시치미 딱 떼어부시면 안 되지라우."

"아니여. 찬찬히 말해봐. 뭔 소리여?"

"정훈상이가 고베에 밀항을 했당께요. 지금 수용소 안에서, 평양으로 가겠다고 단식투쟁을 하고 있다는 것이어요."

1968년 12월에 입대한 정훈상은 이듬해 2월에 홍천 소재 수

송부대에 배속되었다. 어느 날 보안대 상사가 그를 불렀다.

"니 아버지가 북한에서 고위급 인사라며?"

"아뇨. 우리 아버지는 6·25 때 돌아가셨다고 들었는데요."

"쌔꺄. 거짓말 마. 장교한테 다 들었어."

부모가 북한에 살아계실 것이라는 말은 종종 들은 바 있었다. 종희 할아버지도 언젠가 그런 말을 했다. 훈상은 짐작으로 하는 말이겠거니 했다. 그런데 보안대 사람이 아버지가 북한 고위급 인사라고 하다니, 이건 믿을 만한 정보였다. 훈상은 휴가 갈 날을 기다렸다.

6월 말에 휴가를 얻자 훈상은 회천에 내려가 큰아버지 봉강에게 인사를 드리고 이튿날 부산으로 갔다. 친형인 국상이 부산 미군부대에서 카투사로 복무하고 있었다. 훈상은 주말 휴가를 얻어 밖으로 나온 형 국상을 다방에서 만났다.

"형은 영어 잘하겠네?"

"알아듣고 말하는 데는 큰 불편이 없어."

"언제 제대해?"

"두 달 뒤에."

"형은 대학 졸업하면 취직하기가 쉽겠구마."

"글쎄. 우리는 신원조회라는 걸 거쳐야 하잖아?"

"취직이 된 뒤에도 신원문제는 계속 따라다니는 거지?"

"물론이지."

훈상은 준비해둔 질문을 던졌다.

"모든 걸 다 뛰어넘을 수 있는 길이 있다는 생각은 안 해?"

"어떤 길?"

훈상이 목소리를 낮추었다.

"형, 아버지가 북한 고위급 인사래."

"뭐? 어디서 들었니?"

"보안대 상사가 그랬어."

훈상이 이었다.

"형, 나하고 함께 아버지한테 가자."

국상이 황급히 손을 저었다.

"무슨 뚱딴지같은 소리냐?"

훈상이 형을 쏘아보았다.

"형, 우리도 아버지 어머니 앞에 서서 '아버지' '어머니'라고 불러보며 살자."

전에 형 국상이 동생 훈상에게 '우리도 아버지 어머니 앞에 서서 아버지 어머니, 하고 부르며 살 날이 왔으면 좋겠다'고 말한 적이 있었다. 형이 동생에게 한 말을 동생이 형한테 되돌린 셈이었다.

"형. 불가능한 일이 아니야. 외항선 타는 친구가 부산에 많아.

친구한테 부탁할 거야. 일본으로 밀항시켜달라고."

훈상은 형을 설득하는 것은 큰 문제가 아니라고 여겼다. 형 국상은 이튿날 미군부대로 돌아갔지만 훈상은 휴가가 끝난 뒤에도 귀대하지 않았다. 한 친구가 타는 배가 두어 달 뒤에 일본에 간다는 사실을 알아냈다. 훈상은 형이 제대하기를 기다렸다가 친구 배를 타고 일본으로 함께 가고 싶었다.

그는 8월 초에 외항선 2등항해사인 이동복을 만났다. 고등학교 항해과 동기로, 의리라면 목숨을 걸 수도 있는 친구였다. 식당에서 저녁을 사먹고 밖으로 나가 함께 부두를 걸었다. 띄엄띄엄 가로등이 졸고 있었다.

"야, 나 일본으로 가야겠다. 니 배 좀 타고 가자."

훈상은 형과 함께 가고 싶다는 말은 하지 않았다. 이동복이 퉁명스레 받았다.

"일본 가서 뭐하게? 넌 일본말도 못하잖아?"

"어쨌든 나를 일본에 떨어트려주기만 하면 돼."

"나도 세상 살기 탁탁해서 일본이나 미국에 내려버릴 생각을 한 게 한두 번이 아니야. 그렇지만 맨 불알 두 쪽뿐인데 거기 간들 뭐하나?"

"일본에서 살 생각은 없어. 난 갈 데가 따로 있어."

"어디?"

"북한."

"뭐?"

"아버지가 북한 고위급 인사야."

동복이 걸음을 멈추었다.

"너 뒈질라고 환장했냐? 일본 가면 수용소에 가뒀다가 우리나라로 다시 돌려보낸다. 돌아오면 감옥에서 몇 년 썩겠지. 빤하고 빤한 일이다. 관둬라."

"야, 나는 아버지가 보고 싶다. 아버지 앞에서 '아버지' 하고 단한 번만 불러보고 죽어도 한이 없겠다. 내 소원 좀 풀어주라."

"그게 가능하다면 왜 내가 못 도와주겠냐?"

"야 새끼야. 너 내 친구 맞아?"

"친구니까 말리는 거다."

"야, 나 미치겠다. 여기서는 숨도 쉴 수가 없단 말이야. 나 좀 살려주라."

"그러지 말고, 당구장 집 딸 있잖냐? 걔 예쁘더라. 너 빨리 제대해라. 부산에서 같이 어울려 살자."

"뭐? 당구장 집 딸이 어쩌고?"

훈상이가 휙 주먹을 날렸다. 동복이 쓰러졌다가 일어섰다.

"이 새끼가 날 치네."

훈상이가 동복의 멱살을 거머쥐었다.

"나보고 당구장에서 썩으란 말이야?"

훈상이 다시 주먹을 날렸다. 주먹을 피하고 동복이 주먹을 뻗었다. 동복은 고등학교 3년을 복싱장에서 보냈다고 해도 과언이 아니었다. 훈상은 타고난 싸움꾼이었다. 동복과 훈상은 부두에서 맞붙었다. 말은 없었다. 있는 힘을 다해 치고받았다. 넘어지고 덮치고 뒤집고 일어서서 치고받고 또 뒹굴었다. 혈투였다. 어디선가 호루라기 소리가 들려왔다. 둘은 싸우다 말고 도망쳤다.

훈상은 동복이 자신을 경찰에 신고하지는 않을 것이라고 믿었다. 그러나 동복이 누구 한 사람에게라도 입을 열면 그의 인생은 그것으로 끝장날 것이었다. 어떻게 할까? 서두르는 수밖에 없었다. 미군부대에 있는 형과 함께 움직이는 것은 포기했다.

훈상은 8월 5일에 고등학교 선배가 기관장으로 있는 배에 몰래 들어갔다. 엔진룸 뒤에 빌지웰bilge well이 있었다. 폐수나 폐유를 모아두는 웅덩이였다. 통로에서는 눈에 띄지 않았다. 웅덩이에 물이 40cm 정도가 차면 물이 줄었다가 시간이 지나면 다시 불어났다. 훈상은 웅덩이에 들어갔다. 배가 정확하게 언제 출항할지 모르지만 하루 이틀 뒤면 일본으로 갈 것이라는 사실은 알고 있었다.

하루가 지났다. 아침 9시가 되자 드디어 기관이 움직이기 시작했다. 뱃고동이 울리고 배가 출항했다. 다시 어두운 밤이 되었다. 훈상은 웅덩이에서 나와 밖을 내다보았다. 짙은 어둠을 뚫고 배가 물살을 가르고 있었다. 배가 낡아 속도가 빠르지는 않았다. 다시 웅덩이에 숨었다. 다음 날이었다. 밤이 되자 훈상은 밖으로 나갔다. 항구 불빛이 그를 반겼다. 틀림없는 일본 항구였다. 자, 탈출이다. 훈상은 웃옷을 벗고 바다에 뛰어내렸다. 8월 7일 밤 10시께였다. 일본 선박 신와마루親和丸의 조타수가 구명대를 던져 훈상을 끌어올렸다. 조타수는 훈상을 고베 해상보안청에 넘겼다.

훈상은 수용소에 갇혔다. 그는 곧바로 단식투쟁에 들어갔다. 배에서 사흘을 굶었는데 음식을 거부하기란 쉽지 않은 일이었다. 그러나 밥은 물론 물 한 모금 마시지 않았다. 그는 16일 '조선민주주의인민공화국으로의 귀국 요구서'를 써서 수용소에 제출했다.

"나는 일본에서 살기 위해 온 것이 아닙니다. 부모가 있는 조선민주주의인민공화국에 가고 싶습니다. 인도주의에 입각해서 하루라도 빨리 공화국으로 보내주실 것을 요청합니다."

서울생일

딸 은희한테서 봉강에게 편지가 왔다. 봉강은 실소를 터트렸다. 편지 맨 위에 '아버지께' 정도로 쓰면 될 텐데 '父親任前上書'라고 한자로 적혀 있었다. 편지 글에도 한자가 꽤 많았다. 여고를 졸업하고 은행에 취직이 되었다면서 보낸 편지에 한자가 한 자도 없어 앞으로 한자 공부도 하라고 답장을 썼더니, 은희가 열심히 한자 공부를 하는 모양이었다.

편지 내용은 8월 3일에 서울에 와서 생일상을 받으라는 것이었다. 도서관에 취직한 친구가 알아봐줬다며 봉강의 생일인 1913년 음력 7월 초이튿날이 양력으로는 8월 3일이었다고 했다. 조카 훈상이 일본에 밀항한 뒤에, 형사나 기관원은 물론 그들의 끄나풀이 된 일가들까지 거북정을 기웃거리는 판이어서 어디론가 숨어버리고 싶던 차였다. 봉강은 8월 2일 오후나 3일 이른 아침에 생일상을 받으러 가겠노라고 답장을 보냈다. 아직은 스무 날 이상 남아 있었다.

우체국에 가서 은희에게 편지를 부치고 오다가 골목에서 봉강은 당숙 종호를 만났다.

"좋은 일이 있는가? 얼굴에 웃음꽃이 피었구마."

"아재한테 보여드릴 것이 있어요."

봉강은 은희가 보낸 편지를 종호 아재에게 보여주었다. 종호가 은희의 편지를 다 읽고 나자 봉강이 말했다.

"그 아그가 요즘 한자 공부를 하는 모양이어요."

종호는 살림꾼이지만 한학에도 깊이가 있었다. 종호는 은희가 쓴 편지를 보고 웃을 법한데 외레 시무룩했다.

"갈랑가?"

"딸이 오라는디 가야지라우."

"…."

"가서 부친임父親任의 임任은 순수한 우리말인 '님'으로 써야 한다는 것도 일러줘겠어요."

종호는 물끄러미 봉강을 바라보다가 혼잣말처럼 한마디 보탰다.

"용돈이라도 좀 주고 와야 할 텐디…."

하기야 그랬다. 은희에게 상경하겠다고 답장을 보냈지만 빈손으로 가자니 마음 한 구석이 허전한 것이 사실이었다. 봉강은 전에는 돈이 필요하면 양조장에 가서 금고를 털었다. 종호는 땅에서 나온 돈에 대해서는 까다로웠지만, 양조장 돈에 대해서는 너그러웠다. 그러나 양조장은 팔아 치운 지 오래고, 땅에서 돈이 나오는 것은 추수철까지 한참을 기다려야 했다.

사흘 뒤에 종호가 밝은 표정으로 거북정 사랑으로 왔다.

"어야, 산판을 조금 해야겠네."

일림산의 소나무를 팔겠다는 것이었다.

"웅치에 큰 산이 있는 친구가 어떤 이를 추천했네. 산판을 많이 한 사람이라는디 아주 똑부러지고 정직하다고 하데. 그 사람이 모레 산 구경을 하겠다고 기별을 보내왔네."

모레 오겠다던 산판쟁이는 닷새째가 되는 날에야 그것도 한밤중에 혼자서 마치 도둑처럼 몰래 거북정으로 왔다.

"주인 계시요?"

봉강이 자다가 깨어 방문을 열자 산판쟁이가 불쑥 방으로 들어왔다. 그가 자리에 누워 있는 갑섭 어른에게 말했다.

"어르신, 바깥에 나가서 담배 한 대만 피우고 들어오시씨요."

봉강을 한 번 힐끗 바라본 뒤 갑섭 대부가 방을 나가자 산판쟁이가 툭 던졌다.

"정해두 대장하고 육촌간이시요?"

봉강은 허리를 곧추 세웠다.

"그렇소만….."

"정해두 대장 동생 댁인 걸 알고 오지 않겠다고 작심했다가, 정해두 대장 동생 댁인께 꼭 와야겄다고 마음을 바꾸었소."

"해두 형님하고는 아는 사이시요?"

"나도 야산대를 했소. 백아산으로 들어가다가 토벌대한테 당했소. 대장이 쓰러지길래 내가 들쳐 업고 뛰었는디, 내려놓고 본께 이미 숨이 끊어졌습디다. 산 중턱에 떨이 있길래 거기 모셨소. 땅속에 묻을까 했는디 답답해하실 것 같아서 떨 장을 한 것이요."

떨이란, 돌이라기에는 크고 바위라기에는 적은 크기의 것들이 무더기로 널린 너덜을 말했다. 봉강이 물었다.

"혹시 우리 해두 형님이 멘 것은 없었소?"

"가께 모양으로 끈이 달린 바랑이 있었지라우. 걸리적거려서 내가 숲속에 버렸소."

산판쟁이가 숨을 길게 들이마시고는 후우 내뱉었다.

"그날 참말로 되게 당해부렀소."

산판쟁이는 한동안 천장을 멀거니 바라보고 있다가 말을 이었다.

"내가 길을 안내했는디 그런 일이 나서…. 내가 그분을 돌아가시게 한 것만 같고…."

"…."

"죽는다는 것이 겁도 나고…. 그 길로 나는 남원 운봉으로 내빼부렀소. 그 뒤로 김장수에서 최운봉으로 성명을 바꾸고 산판일만 하고 있소."

그가 물었다.

"요새 이 집에 무슨 일이 있지라우?"

아무 대꾸도 하지 않자 그가 이었다.

"경찰 말고도 콧구녁 벌름대는 끄나풀들이 많이 풀린 것 같습디다. 나는 야산대 따라 댕긴 죄 땀세 요즘도 그것들 보면 가슴이 벌렁 거리요."

"내 조카가 일본으로 밀항을 했소."

"이런 판에 내가 여그 와서 산판을 할 수는 없소. 돈은 얼마나 필요하시요?"

봉강이 입을 열지 않자 최운봉이 점퍼 주머니에서 봉투를 꺼내 봉강 앞에 놓았다.

"돈만큼 나무를 가져가겄소. 나무가 많으면 돈을 더 드릴 것이요."

"…."

"한 달 뒤에 올지 일 년 뒤에 올지 모르겄소."

김장수가 벌떡 자리에서 일어섰다. 그는 그렇게 와서 그렇게 떠났다. 봉강은 마치 귀신한테 홀린 것만 같았다. 놓고 간 돈은 넉넉했다.

봉강은 자리에 누웠지만 잠이 오지 않았다. 곁에서 잠든 갑섭 대부의 코고는 소리 때문이 아니었다. 봉강은 옷장 밑바닥에서 해두의 바랑을 꺼냈다. 전에 윤 지서장한테서 받아둔 것이었다. 해두 산소로 갔다. 그가 돌아오지 않자 문중 사람들이 나서서 빈 관에 책과 옷가지를 넣고 묻은 가묘假墓였다. 봉강은 두 번 절한 뒤에 무릎을 꿇었다.

"형님. 조금 전에 형님 부하 김장수가 다녀갔소. 형님 부하답 습디다. 그런디, 형님. 형수는 아직도 형님이 살아계시다고 믿고 있소. 이 자루를 차마 형수한테 드릴 수가 없소. 형님이 도로 가 져가시요."

봉강은 성냥을 켜 자루를 태웠다. 성님이 걱정하던 농촌은 지 금 말이 아니요. 사람들이 많이들 떠나고 있소. 그래도 으짜겄 소. 다 잊으시요. 숙제는 남은 사람들이 풀어야겄지라우. 그러나 봉강은 입을 열지 않았다.

이튿날이었다. 봉강은 서랍에서 수첩을 꺼냈다. 다행히 안영 창의 서울 주소가 적혀 있었다. 그에게 편지를 보냈다. 안영창은 회천 건준과 인민위원회의 부위원장을 맡았던 안주찬의 막내아들이었다. 안주찬은 용케 실형을 살지 않았지만 그의 아들들은 연좌제에 막혀 아무 데도 취직할 수 없었다. 대학 영문과를 다니다 입대한 그의 아들 영창은 카투사로 뽑혔다. 그는 제대하자 미군 중령의 배려로 미군 군속으로 자리 잡았다.

3일 이른 아침에 서울역에 내린 봉강은 택시를 타고 아내가 사는 홍은동으로 갔다. 초행이었다. 초인종을 누르자 은희가 뛰어나왔다. 현관에서 아내 최승주와 아들 현상이 봉강을 맞았다. 모시한복이 아내 최승주의 기품을 돋보이게 했다. 눈가에 눈물이 어려 있었다. 봉강이 최승주의 손을 쥐었다.

"오랜만이요."

방 두 칸에 마룻방과 부엌이 있는 집이었다. 마룻방에 피아노가 놓여 있었다. 음대에 진학하고자 하는 학생들에게 피아노를 가르친다고 했다.

생일상 한가운데 케이크가 있었다. 은희가 굵은 초 다섯 개와 가는 초 일곱 개를 꽂았다. 양식 생일상은 난생처음이었다. 은희가 초에 불을 켜고 나서 말했다.

"엄마 아빠가 함께 입바람으로 불을 끄세요."

둘이서 불을 끄고 나자 다시 은희가 나섰다.

"그동안 음력 칠월 초이튿날이면 한 번도 거르지 않고 엄마가 아빠 생일상을 차렸어요."

봉강이 아내 최승주에게 말했다.

"고맙소."

은희가 이었다.

"생일상 앞에서 늘 엄마가 말씀하셨어요. 이 세상에서 아빠처럼 훌륭한 분은 안 계실 거라고…."

"…."

"언젠가는 엄마가 하두 아빠 자랑을 하기에 제일 존경스러운 일 한 가지만 말씀해달라고 했어요. 그랬더니 아빠가 똥물 마신 걸 이야기해주셨어요."

네 식구는 소리 내어 함께 웃었다.

생일상을 물리고 나자 마치 안을 들여다보고 있었던 것처럼 안영창이 왔다. 손에 사각 보자기를 들고 있었다. 봉강이 넘겨받아 아내 최승주에게 건넸다.

"이게 뭐죠?"

"음반이요. 당신한테 필요할 것 같아서 구했소. 안 군이 미군 부대에 있소."

클래식 음반은 미군부대 PX에서나 구할 수 있었다. 영창이 말했다.

"부탁하신 대로 모차르트판 다섯 장, 하이든판 다섯 장, 베토벤판 열 장입니다. 다 피아노 연주 음반입니다."

어렵게 오디오세트를 갖춰놓고 클래식 음반을 구할 궁리를 하고 있던 차인데, 남편 봉강이 알고나 있었듯이 음반을 가져오다니 꿈만 같은 일이었다.

"정말로 저한테 필요한 것들이에요."

최승주의 눈시울이 붉어졌다. 영창이 말했다.

"제 친구 중에 피아노 조율사가 있습니다. 8군 피아노는 거의 그 친구 손을 거칩니다. 두어 달에 한 번씩은 여기 들러서 피아노를 살펴달라고 해두었습니다."

그날 저녁에 봉강은 최승주와 마주 보고 앉았다. 건넌방에 은희와 현상이 있어 소리를 낮추어야 했다.

"내가 너무 늦게 왔소."

"아니에요. 제가 죄를 많이 지었어요. 당신한테도 그렇지만 시오마님께…."

"…."

"시오마님께 말씀드렸다면 '네 뜻대로 하라'고 하셨을 거예요. 물론 시오마님 내심은 그게 아니었을 거구요."

"…."

"그래서 차라리 말씀드리지 않고, 제가 나쁜 사람이 되기로 했던 거예요."

아내 최승주 얼굴로 눈물이 흘러내렸다. 봉강이 손수건으로 눈물을 닦아주었다.

"피아노 가르치랴 아이들 뒷바라지하랴, 고생이 많소."

"은희하고 현상이가 다 공부를 잘해 다행이에요."

"…."

"이제 양력 생일은 서울에서 쇠세요. 서울 생일은 매년 양력 8월 3일이에요."

"그럽시다. 3월 20일 당신 생일도 여기 와서 쇠겠소."

이튿날 봉강이 떠난 뒤에야 최승주는 경대 서랍에서 하얀 봉투를 발견했다. 봉투에 메모지가 들어 있었다. 축음기를 사드릴까 했는데 집에 있구려. 필요한 데다 쓰시오. 최승주 눈에 눈물이 핑 돌았다. 여보, 당신이 내 품에 몰래 유담프를 넣어두셨네요. 고마워요.

초상화

　4월이 잔인했다면, 9월은 허탈했다. 3선 개헌안이 상정되자 야당 의원들은 개헌안 통과를 몸으로 막기 위해 국회 본회의장에서 철야농성을 벌였다. 그러나 그 시간에 공화당 의원들은 기자나 야당 의원들 몰래 어둠 속에서 줄을 지어 국회 제3별관으로 갔다. 9월 14일 일요일 새벽 2시에 공화당 의원 122명이 참석한 가운데 개헌안 표결에 들어갔다. 전원이 찬표를 던졌다.

　국회의장 이효상은 가결을 선포하려 했으나 의사봉이 보이지 않았다. 장소를 바꾸는 바람에 직원이 의사봉을 챙겨오지 않은 것이다. 이 의장은 물주전자 뚜껑을 벗겨 탕탕탕 세 번 내려쳤다. 주전자 뚜껑으로 박정희 대통령의 3선 출마를 막고 있던 둑을 무너트린 셈이다.

　개헌안이 통과된 다음 날이었다. 봉강은 허탈했다. 몸에서 기력이 다 빠져버린 것 같았다. 사랑채 툇마루에 걸터앉아 있는데,

오전 10시가 조금 지나 임성직 형사가 어깨를 축 늘어뜨리고 거북정으로 왔다. 봉강은 임 형사더러 곁에 앉으라고 했다.

"그동안 자네도 수고 많았네."

"좋은 일로 수고하면 끝난 뒤에 마음이 개운한디, 그렇지가 못하구만이요."

"개헌이 돼야 근대화가 완성될 수 있다고 말하지 않았는가?"

"형사로 밥 빌어먹지만 속까지 형사겠습니까?"

"그래?"

"생각하는 대로 말씀하시고 행동하시는 선생님이 부러울 때가 많았지라우."

"그렇다면 자네도 힘들었겠네. 자네 심사를 헤아리지 못해 미안하네."

봉강은 임 형사가 안쓰러웠다.

"자네, 바둑이나 한 수 배울랑가?"

"그럴 기분이 아니구만이요."

임 형사가 말머리를 돌렸다.

"밀항한 조카는 으찌께 될 것 같습니까?"

"금메…."

"결국은 조카가 선생님 품으로 돌아오지 않겠습니까?"

일본은 그동안 밀입국자에 대해 출입국관리령의 불법 입국죄로 형사상의 책임을 묻고, 형사 처벌이 끝나면 일정 기간 수용소에 가둬둔 다음에 자비 출국이나 강제 송환을 시켜왔다며, 그런 전례에 비추어 한국으로 강제 송환될 개연성이 높다는 것이었다. 조카가 큰아비인 내 품으로 돌아오는 것이 좋은 일일까, 아니면 제 부모가 있는 북으로 가는 것이 좋은 일일까? 봉강의 얼굴이 굳어졌다. 괜한 말을 했다고 뉘우친 임 형사가 툇마루로 올라앉았다.

"좋습니다. 바둑 한 수 배우겠습니다."

봉강이 고개를 저었다.

"그럴 기분이 아니네."

며칠 뒤에는 임 형사가 끙끙거리며 뭔가를 메고 거북정으로 왔다. 비자나무 바둑판이었다.

"그동안 바둑을 많이 배웠는디 밀린 월사금 대신에 이걸 드리겠습니다."

"졸업하겄단 말로 들리네. 자넨 낙제네."

"졸업 기념대국으로 한 수만…."

"분명히 해두세. 낙제 기념대국이네. 앞으로도 종종 오소."

바둑을 두다가 임 형사가 물었다.

"옛날부터 궁금한 것이 있었는디, 여쭤봐도 되겠습니까?"

"나는 경찰이 묻는 것은 언제나 성실하게 사실대로 답변했네.

궁금한 것이 뭣인가?"

"해방 직후에 좌와 중도와 우로 쪼개졌는디, 서로 으찌께 다른 것이었습니까?"

"왜 예전 일을 묻는가?"

"아따, 그 시절에는 묻는 것조차 무섭습디다. 이제 그 시절 이야기 정도는 해도 될 것 같구만이요."

"그건 월사금 내고 공부해야 되네."

"전에 양정원 하실 때도 돈 안 받고 사람들 가르쳤음시로, 왜 저한테는 월사금을 받겠다고 하십니까?"

둘은 크게 웃었다.

"자네도 알다시피 마르크스주의를 따르는 사람들이 공산당 아닌가?"

"그렇지요."

"마르크스주의는 변증법 사적유물론 무산자혁명론, 이 세 가지가 핵심인디, 차근차근 설명할 텡게 들어보소."

"세 가지가 뭣이라고 했습니까?"

"변증법 사적유물론 무산자혁명론."

"아이구야. 뭔 말인지…."

"하기야, 우리나라에서 그걸 알고 공산당 한 사람은 백 명도 안 될 것이네. 그럼 달리 이야기하겠네. 그 시절 현안이 뭣이었는가?

남북한 통일정부를 만드는 것이 제일 큰 과제였지 않는가?"

"그렇지요. 그 말은 금방 귀에 쏙 들어오는구만이라우."

"어떻게 해야 당시에 남북이 통일정부를 구성할 수 있었겠는 가? 북쪽은 소련이 점령하고 있었는디 소련은 공산국가네. 남쪽은 미국이 점령하고 있었는디 미국은 자본주의 국가여."

"맞지요."

"공산당은 소련이 하고 있는 공산주의로 통일하면 된다, 그것이었네. 우익은 미국을 본받아 자본주의로 통일하자는 것이었고…."

"그랬지요."

"차례로 따져보세. 남북한 인민이 뜻을 합쳐서 남북을 통틀어 공산주의로 통일하겠다고 하면, 미국이 '좋다. 느그들 좋을 대로 통일해라' 하고 한반도에서 조용히 나가주겠는가?"

"택도 없지라우."

"반대로, 우익이 주장한 대로 미국식 자본주의로 남북한을 통일하겠다고 하면, 소련이 '내가 빠져줄게' 하고 순순히 물러가겠는가?"

"그것도 택도 없지라우."

"통일된 나라를 만들고 싶다면, 미국도 마다하지 않고 소련도 꺼리지 않는 절충점을 찾아야겠지 않겠는가? 세계에는 그런 지점을 찾으려고 노력하는 나라도 있은께, 여러 사례를 비교해봄 시로 어쨌거나 간에 통일된 독립국가를 이룰 길을 찾아보자. 이 런 것이 중도였네."

"그 절충하자는 이야그가 그럴듯한디요."

"그러고, 국내문제로 제일 큰 것이 뭣이었는가? 토지문제가 아니었는가?"

"그렇지요. 땅 문제였지요."

"땅을 어떻게 할 것이냐? 공산당은 지주한테 땅을 몽땅 뺏어 서 농민에게 공짜로 나눠주자고 했네."

"그랬지요. 무상몰수 무상분배하자고 했지라우."

"우파는 지주들이 쪼깐은 양보해야겄지만 내심으로는 종전대 로 했으면 좋겠다는 쪽이었고, 중도는 핵심이 소작료니께 지주 3, 소작인 7 정도로 소작료를 대폭 내려주자, 그것이었다고 보면 되네."

"땅을 지주한테서 그냥 뺏어분다? 그러면 지주 눈이 뒤집힐 것이고, 그대로 두자면 소작인들이 들고 일어날 것이고…. 소작 료는 많이 내리는 것이 옳았지요."

"고맙네. 자네는 이제 여운형 선생의 근로인민당 당원이 되었 네. 면접은 통과했은께 입당원서 내소. 추천서는 내가 쏨세."

임성직이 화들짝 놀랐다.

"아따, 뭔 말씀이시요? 사람 잡지 마시씨요."

"사람 잡지 말라고? 사람이야 그동안에 자네들이 많이 잡았네. 이 사람아."

봉강이 보챘다.

"남북이 적대적인 체제로 분단이 되면 전쟁이 날 수밖에 없었네. 결국은 전쟁이 터졌지 않는가? 그것으로 분단 노선은 잘못이었다는 것이 판정이 난 것이네. 그 과오 땜시 앞으로도 반세기 또는 한 세기를 남북이 갈등을 겪어야 할 것이네. 분단체제가 지속되는 한, 우리는 언제 터질지 모르는 불발탄을 품에 안고 살아가야 하네. 남북이 다 못살면 작은 불발탄을 안고 살아야 하고, 남북이 다 잘살게 되면 큰 불발탄을 안고 살아가야 하네."

임성직은 봉강 목소리에서 생기를 느꼈다. 아무래도 봉강은 정치를 해야 힘이 나는 분이구만.

"선생님, 심기일전해서 다시 정치를 하시씨요."

봉강 얼굴에 어둠이 스쳤다.

"두고 보소. 이제 3선 개헌도 끝났겄다, 독재와 폭압이 도를 넘을 것이네. 그런디, 나더러 섶을 지고 그 불속으로 뛰어들라는 말인가?"

"…."

"덕은 덕을 부르고 악은 악을 부른다는디…, 독재가 극으로 가면 반독재도 극으로 가기 마련이네. 나 같은 사람은 설 자리가 없어져."

"…."

"사회 상황도 절망적이지만, 나한테도 문제가 없는 것이 아니네."

"선생님한테 무슨…."

"나는 사서삼경을 읽었고, 자치통감도 통독했네. 서른이 되기 전에 보성향교 전교를 맡았고, 호남 제일의 서원이자 사액서원인 정읍의 무성서원武城書院에서 유림 도총회를 할 때 장의掌議를 맡는 영광도 누렸네. 새 학문도 알아야 한다고 해서 서너 해를 끙끙 앓음시로 일본 와세다대학의 통신강의 과정도 정식으로 이수했고, 딴에는 새로 나온 책도 꽤 읽었네."

"…."

"그런디, 어느 신문에서 나를 소개하면서 무학無學이라고 쓴 것을 봤네. 배움이 없다는 말인디…, 항변할 수도 있지만, 시대가 바뀌었다는 걸 새삼 깨달았네."

"…."

"나한테 문제가 어디 그것뿐이겠는가?"

"…."

"큰길을 내며 나를 이끌어주신 몽양이나 운암도 가셨고…."

봉강이 싱긋 웃고는 말머리를 돌렸다.

"나는 요즘 옛날 중국 한적을 읽고 있네. 노자 장자도 읽고, 시도 읽고…. 어제는 굴원屈原의 초사楚辭를 읽었네. 그 이가 쓴 어부사漁父辭의 한 문장은 천하 명문이네. 창랑지수청혜滄浪之水清兮면 가이탁오영可以濯吾纓이요, 창랑지수탁혜滄浪之水濁兮면 가이탁오족可以濯吾足이라, 창랑의 물이 맑으면 내 갓끈을 씻고, 창랑의 물이 흐리면 내 발을 씻으리. 햐, 참 기가 막히지 않는가?"

"…."

"그런디 이제 나는 갓끈을 씻을 생각도, 발을 씻을 생각도 없네. 물 대신에 하늘만 쳐다보고 있네."

"하늘이라니요?"

"굴원의 이소離騷라는 글을 보면, 굴원은 연잎과 연꽃으로 만든 옷을 입고, 네 마리 옥룡玉龍이 끄는 봉황 수레를 타고 바람을 일으키며 하늘로 올라가네. 신선이 된 것이네. 부럽지 않는가? 나도 신선이나 됐으면 좋겠네."

"저는 부럽지가 않은디요? 저 같은 사람이 신선이 되어불면 식구들은 다 굶어죽겠지요."

"이소의 마지막 문장이 폐부를 찌르네. 이제 다 그만두리. 알아주는 이 없고 함께할 사람도 없으니…."

봉강은 더 이상 말을 잇지 않았다. 이소의 다음 구절은 '팽함彭

咸이 있는 곳으로 가리'이다. 팽함은 임금에게 직간해도 들어주지 않자 미련 없이 목숨을 끊은 은나라 선비였다.

그달 26일이 추석이었다. 봉강 집에서는 올벼쌀로 메를 지어 사당에서 차례를 올렸다. 봉강의 큰아들인 춘상 내외와 미혼인 건상 길상 등 봉강의 아들은 물론 해진의 큰아들인 국상도 왔다.

거북정에 모인 가족들에게는 입에 올려서는 안 되는 화두가 두 개 있었다. 하나가 정훈상 문제였다. 훈상은 고베재판소에서 어떤 형을 받을까? 이북으로 보낼까, 아니면 한국으로 돌려보낼까? 가장 궁금한 일이지만 또한 절대로 입 밖에 꺼내서는 안 되는 일이었다.

다른 하나는 봉강의 아내 최승주 문제였다. 거북정 식구들은 봉강이 서울에 가서 양력 생일을 쇠고 온 사실을 알았다. 그러나 서로 무슨 말을 했는지, 앞으로 어떻게 할 것인지는 아무도 몰랐다. 봉강이 입을 열지 않았고, 누구도 아무것도 물을 수 없었다.

추석을 쇠러 온 가족들은 며칠 뒤에 다 떠났다. 다시 텅 비다시피 한 거북정은 쓸쓸했다. 견화가 늘 거북정 안채로 가서 윤씨의 말동무가 되었고, 밤이면 정갑섭 대부가 사랑으로 가서 봉강의 잠동무가 되었지만, 낮에 사랑채는 봉강 혼자서 지킬 때가 많았다.

며칠 지나서였다. 봉강은 이웃 마을로 동갑내기 친구인 김상백을 찾아갔다. 삼의를 지키지 못했으려니와, 친구들과 우정을 다지는 일에도 소홀했음을 깨달아서였다.

"정치를 한답시고 밖으로만 나돌다가 동갑계를 할 때나 겨우 자네 얼굴을 보곤 했네. 미안하네."

"이 사람아, 무슨 말씀이신가? 우리가 자네 마음을 다 아네. 자네가 큰 뜻을 펼 수 있도록 더 열심히 도왔어야 하는디…. 우리 힘이 부족해 미안할 뿐이네."

그 뒤로 봉강은 일삼아 이 마을 저 마을을 돌며 이봉석 등을 비롯한 여러 죽마고우를 두루 만났다.

10월 11일이었다. 그날은 음력으로 9월 초하루로 할아버지인 동애 정각수의 기일이었다. 봉강은 오후에 할아버지의 산소를 찾아 무릎을 꿇었다. 할아버지, 삼의를 지키지 못한 죄인이 왔구만이요. 바깥으로 나돌다가 상처만 입었고, 가산을 다 허물어 자식이나 조카들을 돌볼 여력조차 없어졌으려니와, 그동안에 조상 섬기는 일에도 소홀함이 많았지요. 할아버지가 강조하신 삼의를 뒤로 밀어두고, 이인里仁에 힘써 화합하는 고을, 통합된 나라를 만드는 데 보탬이 되고자 했으나 역량이 따르지 않았어요. 이제 저도 지칠 대로 지쳐부렀구만이라우.

회한이 밀물처럼 밀려왔다. 봉강은 늦게까지 산소 앞에 앉아 있다가 해가 져서야 거북정으로 돌아왔다. 사당에서 제사를 지내는 동안 제주인 봉강은 줄곧 말이 없었다.

이튿날이었다. 이른 점심을 먹은 뒤에 봉강은 혼자서 일림산으로 올라갔다. 며칠 전에 비가 내려선지 계곡 물이 콸콸 흘러내렸다. 문집에 나와 있지만, 청주목사를 마치고 낙향한 반곡 정경달 할아버지도 늘 일림산을 찾았다.

그 할아버지는 한 칠언시의 첫 구에서 '잣나무가 숲을 이루고, 바위가 긴 시내 만들었네'라고 하고는, 셋째 구에서 '공성반 잡수성거筇聲半雜水聲去라, 지팡이 소리의 반은 물소리에 섞여가네'라고 읊었다. 잣나무 숲 사이로 흐르는 긴 계곡 물소리가 반곡 할아버지의 가슴에 맺힌 울화를 반쯤은 덜어준 것이다.

무엇이 반곡 할아버지를 울화의 늪에 빠트렸을까? 나라의 이익보다 당파를 좇아 찢길 대로 찢긴 세태에 화가 났을 것이었다. 권력자들은 패거리를 짓는 데 혈안이었다. 제 패거리가 아니면 따돌리고 내쳤다. 패거리를 내세워 대궐 앞에서 떠들게 하고, 상소 올리게 하고, 다른 쪽 패거리에 욕설을 퍼붓게 했다. 삼고초려도 탕평도 그저 말로만 했다.

저녁 종소리가 울렸다. 산을 걸어 내려오다 보니 일림사 부근에 이른 것이다. 회천 사람들은 흔히 양만자하糧灣紫霞, 즉 득량만의 붉은 노을을 회천팔경會泉八景의 첫째로 치지만, 어떤 이들은 임사모종林寺暮鐘 즉 일림산 산사에서 울리는 저녁 종소리를 제일경으로 꼽았다. 반곡 할아버지는 '일림사에서 놀다'라는 오언시에서 '잔경도계음殘磬渡溪陰이라, 잦아드는 경쇠소리 개울그늘 건너네'라는 명구를 남겼다. 경쇠소리와 함께 할아버지의 울화도 또한 반쯤은 개울을 건넜을까?

23일은 서리가 내린다는 상강이었다. 봉강은 날씨가 싸늘한데도 아침 일찍 율포로 갔다. 맨 먼저 그가 간 곳은 율포해수욕장 동쪽 끝에 있는 백사정白沙亭 옛터였다. 반곡 할아버지는 회천에 오시면 꼭 그곳에 들렀다고 했다. 할아버지는 거기서 이순신 장군을 직접 뵌 기쁨을 두고두고 되새겼다.

봉강은 이미 오래전에 흔적도 없이 사라진 백사정 옛터를 물끄러미 바라보다가 돌아섰다. 아침 햇살이 옛터 앞의 하얀 모래톱 위에 내려앉아 있었다. '한일유유재소주寒日悠悠在小洲라, 추운 해가 한가로이 작은 모래톱에 있구나.' 반곡 할아버지의 칠언시 한 구절이었다. 오늘의 아침 햇살은 반곡 할아버지 시절 아침 햇살의 몇 세 손자일까? 오늘 봉강의 아침 햇살도 옛날 반곡 할아버지의 아침 햇살처럼 모래톱에 앉아 찬 바다로 나가기를 주저하고 있었다. 봉강은 인기척을 느껴 고개를 돌렸다. 등 뒤로 반곡 할아버지가 다가오시는 것 같았는데, 소용돌이 바닷바람에 모래만 흩날렸다.

봉강은 솔밭 옆에 있는 빈터로 갔다. 1945년 추석 다음 날 난장을 튼 기억이 새로웠다. 행사를 거뜬하게 해치운 종철의 얼굴이 떠올랐다. 나이 어린 삼촌은 패기가 넘치면서도 마음이 넉넉했다. 그는 이름 모를 둑길에서 죽었다. 양정원 교장으로 영입한 윤승원은 건준 시절에 보성인쇄를 놔두고 회천으로 내려와 건준 문화부장을 맡았다. 학교 교육을 정상화했을 뿐만 아니라 성인의 문맹 퇴치를 위해서도 헌신했다. 전쟁이 나자 경찰이 보성인쇄에서 끌고나가 사살했다.

그들과 함께 회천 건준을 이끌 때 회천에서만큼은 무고한 살상이 나지 않았다. 억울하게 생명을 잃은 사람도 없었고 이유 없이 매질을 당한 사람도 없었다. 좌우를 아우른 건준이 아무 탈 없이 해방 공간을 관리하고 있는데, 느닷없이 보성에 독촉이 들어서고 이런 청년단 저런 청년단이 유세를 부리기 시작하더니 친일파 군수와 경찰서장이 나오고, 드디어 이인里仁의 실타래가 뒤죽박죽 꼬였다.

노자는 유약柔弱이 강강剛强을 이긴다고 했다. 부드럽고 약함이 굳셈과 강함을 이긴다는 것이다. 갈대가 바람에 꺾이지 않고, 물이 바위를 뚫듯이, 사람도 부드러워야 하고 다스림도 부드러워야 한다고 했다. 그러나 소련과 미국이 들어오고, 그들의 좌파 우파 전위대가 앞잡이를 하면서부터, 들판에서 유약은 사라지고 강강이 맞붙는 힘의 시대가 되고 말았다. 우파 강강과 좌파 강강의 싸움은 끝없이 이어졌다. 중간은 약했다. 그 약한 중간마저 가만두지 못해 우파는 용공으로 몰고 좌파는 기회주의자로 몰았다. 끝내는 중간파 지도자 여운형을 암살했다. 좌우의 두 강강은 서로 적대하여 싸운다는 점에서 적이지만, 상황을 싸움판으로 만들어 점잖은 사람은 모두 판을 떠나게 한다는 점에서 한패나 마찬가지였다. 그들은 말이 좋아 좌파 우파지 실제로는 패거리 지어 설치는 좌패 우패에 지나지 않았다.

봉강은 이튿날 이른 아침에 거북정을 나서 바닷가로 갔다. 바람이 세찼다. 난생처음으로 보성과 장흥 경계에 있는 돗지기까지 갔다. 언덕을 내려가 바위 위에 섰다. 파도가 밀려와 바위에 부딪쳤다. 동생 해진의 얼굴이 떠올랐다. 파도야, 너희는 꼭 우리 형제를 닮았구나. 부딪치고 부딪치고 또 부딪치는구나. 부서지고 부서지고 또 부서지면서도 끊임없이 부딪쳐서 부서지는구나.

바람이 더 세차게 불었다. 봉강은 발길을 돌려 율포로 갔다. 지수와 해중, 달미와 우희가 어울려 일하는 사진관 건물이 눈에 들어왔다. 봉강은 1층 식당으로 들어갔다. 식당 안에 사람들이 북적거렸다. 여기저기서 마치 다투듯이 봉강에게 이리 오시라고 손짓하고 소리쳤다. 백여 명이 한데 어울려 밥을 먹던 백구가百口家 옛 풍경이 눈앞에 어른거렸다. 그래. 우리 집 풍경이 이렇게 이어지고 있으니 좋은 일이지.

봉강은 2층으로 올라갔다. 사진관을 지키고 있던 해중이 봉강을 반갑게 맞았다. 지수의 화실은 사진관 안쪽에 있었다. 봉강이 화실 문을 열었다. 지수가 왼손에 붓을 들고 초상화를 손질하다가 벌떡 일어섰다. 봉강의 시선이 초상화에 꽂혔다. 봉강 자신의 얼굴이었다. 초상화 옆에 봉강의 명함판 사진이 놓여 있었다. 사진관을 열었을 때 찍은 사진이었다.

"어야, 동생. 왜 허락도 없이 내 얼굴을 그리는가?"

지수가 비밀을 들킨 듯 어찌할 바를 몰라 했다.

"사진은 죽었는디, 그림은 살아 숨을 쉬는구만. 역시 자네는 명인이여."

"…."

"초상화가 있으니, 이제 나는 죽을 준비가 다 되었구마."

그날 밤에 봉강은 꿈을 꾸었다. 지수의 식당 같기도 하고 아닌 것 같기도 했다. 벽에 황학 그림이 붙어 있었다. 사람들이 노래를 부르자 황학이 움쭉움쭉 어깨춤을 추었다. 봉강이 그림 앞으로 다가가 피리를 불었다. 황학이 반색을 하더니 봉강에게로 날아왔다. 봉강은 황학의 등에 올라 훨훨 하늘로 날아갔다.

꿈을 깬 봉강은 자리에서 일어나 먹을 갈았다. 며칠 전에 읽은 최호崔顥의 시 '황학루'를 썼다.

昔人已乘黃鶴去

옛사람 이미 황학 타고 떠나고

此地空餘黃鶴樓

이곳엔 빈 황학루만 남았네

黃鶴一去不復返

한번 간 황학은 돌아오지 않는데

白雲千載空悠悠

흰 구름 천년을 빈 하늘에 떠있네

晴天歷歷漢陽樹

하늘은 맑고 한수에는 나무숲 또렷하고

芳草萋萋鸚鵡洲

싱그러운 풀 앵무주를 덮었네

日暮鄉關何處是

날은 저무는데 고향 땅은 어디인가

煙波江上使人愁

안개 낀 강 바라보며 시름에 잠기네

장강과 한수를 한눈에 굽어보며 무창 언덕에 우뚝 서 있는 황학루에 올라 시선 이백이 시를 지으려다, 벽에 걸린 최호의 시를 보고 그만두었다고 했다. 황학루에 얽힌 설화가 그럴싸했다.

옛날에 술장수 신씨가 있었다. 어느 날 시골 선비가 와서 술을 달라고 했다. 신씨는 큰 잔에 술을 따라 건넸다. 선비가 술값 대신에 벽에 귤껍질로 학을 그렸다. 그림이 귤 물에 배어 황학이 되었다. 사람들이 손뼉을 치며 노래하면 황학이 가락에 맞추어 춤을 추었다. 춤추는 황학을 보기 위해 손님이 몰려들었다. 뒤에 선비가 다시 찾아왔다. 선비가 피리를 불자 벽에서 황학이 내려왔다. 선비가 황학을 타고 멀리 날아갔다.

시를 써놓고 봉강은 빙긋 웃었다. 황학의 등에 올라 하늘로 올라간 꿈이 생각나서였다. 굴원은 네 마리 옥룡이 끄는 봉황 수레를 탔다는데 나는 황학을 타는구면. 굴원에 비한다면, 내 격에야 황학도 과분하지.

진달래

기복이 안채로 뛰어왔다.

"큰마님. 서방님이, 서방님이…."

윤씨가 문을 열었다.

"웬 호들갑인가?"

"서방님이 쓰러지셨어요."

기복은 봉강 앞에서는 봉강을 큰성님이라고 불렀지만 윤씨 앞에서는 늘 서방님이라고 했다. 윤씨는 기복을 따라 버선발로 뛰어갔다. 견화도 뒤따랐다. 종호가 소리쳤다.

"젓가락 하나 가져와! 젓가락."

견화가 젓가락을 들고 사랑채로 달려갔다. 종호가 봉강 입을 벌리고 젓가락으로 뭔가를 헤집었다.

"혓바닥이 꼬여부렀어. 혀를 풀어야 숨을 쉴 텐디 말이여."

봉강은 아무 반응이 없었다. 종호가 소리 질렀다.

"누가 얼른 경운기 끌고 와."

사람들이 봉강을 경운기로 옮겼다. 봉강을 태운 경운기가 신작로로 나가자, 얼결에 대문 밖까지 나갔던 윤씨가 곁에 서 있는 견화를 붙잡았다. 얼굴이 창백했다.

"함머니, 기운 차려."

견화가 윤씨를 부축했다.

"함머니, 안채로 들어가."

견화가 윤씨를 붙들고 안채로 갔다.

종호 일행이 마을 앞 전일교 앞에 다다랐을 때 빈 택시 하나가 지나갔다. 종호가 손을 흔들어 택시를 세워 봉강을 태우고 읍으로 갔다. 역전에 있는 길의원에 도착했을 때는 봉강이 이미 숨을 거둔 뒤였다. 1969년 10월 25일이었다. 그날 이른 아침에 일철과 기복에게 야생 녹차 잎을 따서 발효차를 만들어보자고 말한 뒤에 사랑채로 들어가 혼자서 아침을 먹었는데, 종호가 가서 보니 입에 거품을 물고 쓰러져 있더라고 했다.

사진관에서 소식을 들은 지수는 현기증을 느꼈다. 봉강이 초상화를 보고 한 말이 목에 걸렸다. 초상화가 있으니, 이제 나는 죽을 준비가 다 되었구마.

봉강의 삼우제를 마친 날 저녁이었다. 견화는 혼자 있을 함머니 윤씨가 걱정이 되어 거북정으로 갔다. 날씨가 꽤 찬데도 윤씨가 툇마루에 우두커니 앉아 있었다. 견화는 꼭 묻고 싶은 것이 있었다.

"함머니, 곡도 하지 않고 입을 꾹 다문 채 눈물 몇 방울만 흘리던 평양성님이 왜 함머니 앞에서는 그렇게 펑펑 울었다요?"

봉강의 아내 최승주를 사람들은 평양댁 또는 평양마님이라고 불렀다. 최승주를 평양성님이라고 부르는 것은 견화가 누리는 기쁨이었다. 봉강이 타계한 다음다음 날 그 평양성님 최승주가 은희와 현상을 앞세우고 거북정에 들어섰다. 시당숙 종호가 최승주를 상청으로 안내했다. 종호는 최승주더러 예법대로 지팡이를 짚고 아이고 아이고, 곡을 하라고 했지만 최승주는 입을 꾹 다물고 허리를 구부린 채 굵은 눈물만 뚝뚝 흘렸다. 최승주는 상청에서 나와 안방으로 들어가더니 시어머니 윤씨에게 큰절을 올렸다. 윤씨는 방에 있던 사람들을 다 내보냈다. 뭐라곤가 시어머니 윤씨가 말하자 최승주는 윤씨 앞에 엎드려 오열했다.

윤씨는 한동안 먼 하늘만 바라보다가 견화의 물음에 답했다.

"니가 말없이 서울로 가부러서 서운했니라. 그런디, 곰곰이 생각해본께 니가 말없이 간 것이 차라리 고맙드라. 내가 니 속을 다 안다…. 내가 내 며느리헌테 그렇게 말했니라."

알 것도 같고 모를 것도 같은 말이었다. 댓잎 갈리는 소리와 함께 찬바람이 휘익 불었다.

"함머니, 안으로 들어가. 여기 그냥 계시면 감기 드셔."

그러나 윤씨는 꿈쩍도 하지 않았다. 견화는 아무 말도 보탤 수 없었다. 윤씨 눈에서 눈물이 주르르 흘러내렸다.

"아직도 내 눈에 눈물이 남아 있구나."

윤씨가 견화에게 물었다.

"아가, 너 서하지통이란 말을 아냐?"

대답을 듣지도 않고 윤씨가 말을 이었다.

"공자 제자에 자하子夏라는 이가 계셨니라. 스승인 공자가 돌아가시자 자하는 서하西河에 머뭄시로 제자를 모아 가르침을 베풀었드란다. 그런디 돌연 아들이 죽자, 자하는 서하를 바라봄시로 하염없이 울드란다. 울고 나서 그만 눈이 멀었다는구나."

"…."

"그래서 자식을 먼저 보낸 슬픔을 서하지통西河之痛이라고 헌다."

"…."

"나도 그동안에 참 많이 울었다. 그래도 아직 눈이 멀지 않았으니 내가 참 무정허고 독헌 사람인갑다."

정훈상이 재판에 회부되자 일본에서 '정훈상을 구출하기 위한 변호인단'이 구성되었다. 참가한 변호사가 129명이었다. 물론 무료 변론이었다. 변호사 외에 별도로 '정훈상 정치 망명을 돕는 모임'이 결성되었다. 1970년 1월 18일에 고베지방재판소에서 공판이 열렸다. 훈상은 재판장에게 말했다.

"저는 마도로스를 양성하는 해양고등학교 항해과에 들어갔습니다. 소정의 과정을 마치고 졸업장을 받았지만 선원수첩을 받을 수 없었습니다. 아버지와 큰아버지 좌익 경력 때문에, 여권이 붙어 있는 선원수첩을 줄 수 없다는 것이었습니다. 연좌제로 인해 저는 남한에서 정상적으로 살아갈 수가 없습니다."

재판 과정에서 변호인들은 정훈상이 정치적 난민이고 한국으로 강제 송환할 경우 정치적 박해가 예상되기 때문에 일본 망명을 허용하고 본인의 희망대로 조선민주주의인민공화국으로 보내야 한다고 주장했다. 그들은 변론과는 별도로 성명을 발표해 세계인권선언과 일본의 헌법정신에 따라 정훈상의 정치적 망명을 허용하고 본인이 희망하는 공화국으로 출국시키라고 촉구했다.

한국 정부가 맞대응에 나섰다. 정훈상은 정치범이 아니라 군형법과 출입국관리법을 어긴 자로, 그동안의 판례를 따르자면 최고 4년 6개월 정도의 실형을 살면 된다고 전제하고, 정훈상을 대한민국에 돌려보낼 것을 요구했다. 한국 정부는 일본이 정훈상의 일본 망명이나 북한 송환을 허용하면 앞으로 비슷한 일이 뒤따를 것이며, 한일관계와 안보환경에 나쁜 영향을 끼칠 것이라고 경고했다.

　12월에야 정훈상 사건의 결말이 났다. 고베지방재판소 제5형사부는 정훈상에게 출입국관리령 위반죄를 적용해 금고 6개월에 집행유예 1년을 선고했다. 일본 정부는 정훈상에게 강제 출국령을 내렸으나 어디로 가라고는 적시하지 않았다. 망명은 부정하되, 정훈상 본인의 희망은 실현할 수 있도록 절충한 셈이었다.

　훈상은 1970년 12월 26일, 조총련과 일조협회 관계자의 환송을 받으며 하네다발 모스크바행 일본항공편에 올랐다. 그는 모스크바에서 북경을 거쳐 평양에 도착했다. 그의 나이 스물여덟이었다. 그는 곧 정훈상丁勳相이 아니라 정훈산丁勳山이 되었다. 북의 원수가 그에게 새 이름을 준 것이다.

　1971년 여름이었다. 견화는 아침을 먹고 거북정으로 갔다. 윤씨가 방문을 열어두고 우두커니 앉아 있었다. 모시옷이 잘 어울렸다.

　"함머니, 참말로 고우시다."

　윤씨는 대꾸하지 않았다. 툇마루에 올라섰다가 견화는 움찔섰다. 윤씨 눈가에 눈물이 어려 있었다.

　"함머니, 울었어?"

　"가슴이 미어진다."

견화는 이유를 알고 있었다. 그러나 시치미를 뗐다.

"함머니, 뭔 일로?"

"어젯밤 이북 방송에 내 손자 훈상이가 나왔다는구나."

전남 해안지방에서는 라디오를 켜면 남한 방송보다 이북 방송이 더 잘 들렸다. 그동안에 가족이나 이웃들이 훈상의 월북 사실을 알면서도 쉬쉬 하면서 윤씨 귀에 들어갈까 봐 마음 조렸는데, 훈상이가 방송을 통해 할머니에게 월북한 사실을 알린 셈이 되었다.

"마을 사람들이 당산나무 아래서 그 방송을 들었다는디…."

"…."

"나는 못 들었구나."

"…."

"그놈, 목소리 참 좋은디…."

"…."

"잘생기고."

"…."

"똑똑허고."

"…."

"지 애비 판백인디…."

"…."

"지는 그리 갔응께 좋겄고…, 지 어미 애비도 좋겄다만은."

"…."

"나는 내 손자를 잃고 말았구나."

봉강이 서거하고 훈상이 북으로 갔지만, 세월은 여전히 잘도 흘러갔다. 거북정을 떠난 봉강의 처 최승주가 낳은 아들 현상이 1972년에 서울대에 들어갔다. 신원조회가 필요 없는 미국계 회사에 들어가기 위해 영어 공부를 열심히 한다고 했다. 최승주의 꿈이 착실하게 영글어가고 있었다. 그 뒤로 거북정에 경사가 잇따랐다.

그해 가을에 해진의 아들 국상이 결혼했다. 국상은 대학을 나와 대학병원에서 경리 업무를 맡고 있었다. 예복을 차려입은 국상의 모습이 작은아들 해진을 빼닮아 윤씨는 옷고름으로 연신 눈물을 찍었다.

1973년에 봉강의 둘째 아들 건상이 장가를 들었다. 신부는 보성 명문인 순흥 안씨로, 서로 알 만한 집안 출신이었다. 신부가 착하고 얌전해 윤씨가 마음에 들어 했다.

이듬해인 1974년에는 봉강의 셋째 아들 길상이 결혼했다. 준교사 자격증을 따 국민학교 교사가 된 길상은 벌교북국민학교에 부임했다가 회천서국민학교로 전근했다. 길상의 신부는 회천면 모원리 출신으로, 윗대부터 집안끼리 세교가 두터웠다. 신부 아버지는 여순사건에 연루되어 충남으로 피신했다가 거기서 딸을 얻자 이름을 충남으로 지었다고 했다.

길상에 이어 해두의 외아들인 윤상도 장가를 들었다. 윤상은 봉강리 자택에서 신부를 맞았다. 윤씨는 거동이 불편했지만 예식을 치르는 전 과정을 지켜보았다. 혼례가 끝난 다음 날 연천댁은 거북정을 찾아 윤씨에 안겨 눈물을 쏟았다.

그러나 기쁜 일은 일단 거기서 멈추었다. 1975년 2월이었다. 다시 행랑채에 들어와 거북정 식구가 된 예전의 대장장이 박대수가 밤에 아무도 몰래 숨을 거두었다. 그는 마치 죽을 날을 안 사람 같았다. 죽기 사흘 전에 안마당에 들어가 큰마님 윤씨를 불러 방문을 열게 하고는 엎드려 큰절을 올렸다.

"자네, 왜 맨땅에서 난데없이 큰절을 허는가?"

해소를 앓는 박대수는 한참 기침을 하고 나서 읊조리듯이 대답했다.

"큰마님, 여그서 잘 지내고 염라국으로 떠나겄구만이라우."

몇 달이 더 지난 5월 12일이었다. 견화가 점심을 먹고 나서 거북정 안마당에 들어서는데 부엌일을 하는 유모가 안방에서 뛰쳐나오며 소리쳤다.

"큰마님이 이상해. 빨리 와봐. 빨리."

558

견화가 안방으로 들어갔다. 윤씨가 잠든 듯이 반듯이 누워 있었다. 중병이 있는 것도 아니고, 그 무렵에 잔병을 치른 것도 아니었다.

"함머니, 견화 왔어."

윤씨는 반응이 없었다. 견화가 소리쳤다.

"함머니, 나 견화 왔당께."

견화가 윤씨 팔을 흔들었다. 윤씨가 실눈을 떴다.

"아가."

"함머니, 기운 차려."

윤씨는 눈을 감았다.

"함머니, 눈 감지 마. 눈 떠."

윤씨는 눈을 뜨지 않았다. 윤씨가 입을 달싹거렸다. 견화가 귀를 윤씨 입에 갖다 댔다.

"해룡아."

윤씨 입이 다시 움직거렸다.

"해진아."

아, 지금 함머니는 큰아들과 작은아들을 만나고 계시구나. 큰아들은 저세상에 있고 작은아들은 북에 있다는데, 두 아들을 한꾼에 만나고 계시구나. 견화 눈에서 눈물이 솟았다.

사람들이 거북정으로 몰려왔다. 영성 정씨 문중 사람들은 물론이고 전에 거북정 노속이었던 사람들도 왔고, 타성바지도 왔다. 가까운 친척 몇은 방 안으로 들어갔다. 해두의 처 연천댁도 방 안으로 들어가 무릎을 꿇었다. 견화가 윤씨 손목에 손을 올려 맥을 짚었다.

"함머니가 돌아가셨어요."

아무도 아무 말도 하지 않았다. 윤씨만이 아니라 모두가 숨이 멎은 것만 같았다. 이윽고 연천댁이 숨진 윤씨에게 물었다.

"아짐, 올벼쌀은 인자 누가 준다요?"

대답이 없었다. 다시 물었다.

"대답 좀 해보란 말이요. 인자 해마다 올벼쌀은 누가 준다요?"

그가 흐느끼자 모두가 흐느꼈다. 그가 오열하자 모두가 오열했다. 스물여덟에 청상이 되어 온갖 풍상을 보고 겪으며 거북정 안채를 지켜온 종익의 처 해남 윤씨가 서하지통 끝에 두 아들을 부른 뒤 조용히 저세상으로 떠난 것이다. 서울과 광주 보성 등지에서 직장생활을 하는 손자들은 아무도 윤씨를 임종하지 못했다. 할머니가 운명한 다음 날에야 내려온 큰손자 춘상이 주먹손으로 가슴을 쳤다.

"함머니, 고작 입에 풀칠이나 하는 그 물짠 직장생활 때문에 함머니 배웅도 못해드렸구만요."

발인하기 전날에는 평양댁 최승주가 은희와 현상을 데리고 왔다. 최승주는 상청에 엎드려 오마니, 오마니, 하고 윤씨를 부르며 서럽게 울었고, 그의 딸 은희는 그런 어머니를 붙들고 엄마, 엄마, 하며 울었고, 그의 아들 현상은 모녀 뒤에 우두커니 서서 입을 꾹 다문 채 굵은 눈물을 뚝뚝 흘렸다. 서울대를 나온 현상은 신원조회가 필요 없는 미국계 회사에 들어갔다고 했다.

삼우제를 지낸 다음 날이었다. 거북정 후손들은 모두 떠나고 거북정은 도로 텅 비었다. 혼자서 윤씨 묘소를 찾은 견화는 산소를 둘러보다가 깜짝 놀랐다. 저녁에 지수와 해중이 집으로 오자 둘을 이끌고 윤씨 산소로 갔다. 산소 앞 왼편에 진달래가 피어 있었다.

"저 진달래를 파서 산소 정면으로 옮겨주시요."

"아니, 왜요?"

"함머니가 날 볼라고 맨날 저쪽으로 고개를 돌리고 계시면 얼마나 고개가 아프시겠소?"

견화는 그 뒤로 늘 윤씨 산소로 가서 진달래 옆에 앉아 '심청가'도 부르고 '춘향가'도 부르고, 콧방울 발롱거리며 해조곡도 불렀다.

윤슬

＊죽 잃 난 또
＊세 번째 비

죽잃난또

지수는 몸살 기운이 있어 율포로 가지 않고 하루를 푹 쉬기로
했다. 그러나 점심을 먹고 나자 몸이 가벼워졌다. 그렇다고 율포
까지 걸어가는 건 내키지 않았다. 부엌에서 방으로 들어오는 견
화에게 지수가 말했다.

"나하고 거북정에나 가봅시다."

"오메오메. 나도 이녁한테 거북정에 가보자고 할 참이었는
디⋯."

둘은 골목을 지나 거북정으로 들어섰다. 안방 문이 빼꼼히 열
려 있었다. 견화가 툇마루에 올라가 방문을 열었다. 방에 걸린
벽시계가 두 팔을 늘어트린 채 쉬고 있었다.

"함머니, 나 왔어. 진달래, 견화, 아니 김실 왔어."

문을 닫고 마당으로 내려섰다. 잡초가 무성했다. 봉강의 아들
이나 조카들은 모두 타지에서 직장생활을 하고 있었다. 추석이

564

나 설에는 가족들이 돌아와 부산을 떨지만, 보통 때는 집이 텅비어 있었다. 견화가 마당에 쭈그려 앉았다.

"밥 벌어먹고 아그들 가르친다고 다들 이 아름다운 거북정을 비워두다니…."

"거북정 사람들을 탓하면 안 돼요. 농촌을 밥 먹기도 어렵고 아그들 가르칠 수도 없게 팽개쳐놓은 높은 것들을 탓해야제요."

"내가 날마다 와서 조금씩이라도 풀을 매야 쓰겄소."

"그러시요. 함머니가 좋아하실 것이요."

견화가 풀을 뽑다 말고 일어섰다.

"이제 거북정 일은 다 끝났을께라우?"

"거북정 무슨 일?"

"거북정에서는 무슨 일이 끝나나 싶으면 새 일이 터지고 또 새 일이 터지고 그랬은께요."

"봉강이 돌아가셔부렀는디 이제 더 이상 뭔 일이 있겄소?"

둘이서 풀을 뽑는데 일림산 너머에서 느닷없이 번개가 번쩍였다. 한두 번이 아니었다. 네댓 번은 연달아 마른번개가 쳤다. 휘익 높바람이 불었다. 댓잎 갈리는 소리가 스산했다.

마른번개가 치던 그날 아침에, 정해진의 큰아들 국상이 천안에서 잡혀갔다. 그 무렵에 그는 대학병원에서 직장의료보험

전문가로 손꼽혔다. 1977년부터 근로자 500인 이상의 사업장을 대상으로 직장의료보험을 실시해 병원 업무가 많이 늘었는데, 국상은 의료보험 수급 업무에 매달려 전문성을 인정받았다. 1979년 말에 천안에 있는 한 병원에서 국상에게 자문을 요청했다. 그때부터 국상은 주말이면 천안의 외과병원으로 가서 관련 업무를 지휘하며 경리직원들을 가르쳤다. 그 부수입이 대학병원에서 받는 월급 못지않게 쏠쏠했다.

1980년 11월 10일 월요일 이른 아침이었다. 일요일을 천안 외과병원에서 지냈기 때문에 서울의 대학병원으로 출근하기 위해 서둘러야 했다. 국상이 막 자리에서 일어났는데 경비실에서 전화가 왔다. 손님이 찾는다는 것이었다. 병원 현관으로 갔다. 모르는 30대 청년 둘이 서 있었다.

"당신이 정국상 씨요?"

"그런데요. 누구시죠?"

묻는 말에 대답은 하지 않고 청년이 다시 물었다.

"사무실이 어디요?"

"2층인데요."

청년들은 국상을 앞세워 2층 사무실로 갔다. 다짜고짜 서류 등을 가방에 챙겨 넣었다.

"침실이 따로 있소?"

"4층에 있는데요."

청년들은 4층으로 올라가 손에 잡히는 대로 가방에 쓸어 담았다.

"그런데, 당신들 누구세요?"

"기관에서 왔소."

두 청년이 양쪽에서 국상의 팔을 꼈다.

"갑시다."

영장은 보여주지 않았다. 그들은 국상을 지프차에 태웠다. 청년들은 아무것도 묻지 않았다. 국상도 입을 열지 않았다. 기관이라고? 왜 나를 잡아가는 거지? 동생 훈상의 월북사건에 관해 조사를 하려나? 그건 꽤 오래전 일인데…. 다른 일은 짚이는 게 없었다.

차가 한남대교를 건너자 국상에게 고개를 숙이라고 했다. 몇 분이 지나지 않아 차는 어느 건물로 들어갔다. 국상은 지하실에 갇혔다. 기관원 둘이 들어오더니 옷을 벗으라고 했다. 속옷까지 다 벗었더니 군 작업복을 주었다. 의사가 들어와 간이 신체검사를 했다.

그들이 나가자 다른 기관원 셋이 함께 들어왔다. 하나는 중키, 다른 하나는 뚱보, 또 다른 하나는 키가 컸다. 키다리가 물었다.

"당신 아버지가 정해진이지?"

"예?"

뜻밖의 질문이었다.

"아버지 이름이 정해진 맞잖아?"

"아, 그렇습니다."

나이는 얼추 비슷할 것 같았다. 반말로 물었지만 국상은 존댓말로 대답했다.

"월북했지?"

"예."

"동생이 정훈상이지?"

"예."

"월북했지?"

"예."

"큰아버지 정해룡도 부역을 했지?"

큰아버지는 뼛속까지 근민당이었다. 그것도 부역인가?

"왜 대답이 없어? 정해룡이도 부역을 했잖아?"

"아, 예."

"그 밖에도 그 집안에 부역한 사람이 많지?"

"예."

"그 집안은 왜 그래?"

국상은 할 말이 없었다. 키다리가 이었다.

"모두 북쪽에 충성한 건데, 당신만이라도 남쪽에 충성해야 하지 않나?"

"예. 알겠습니다."

"이 나라에 충성하는 의미에서 내가 묻는 말에 절대로 거짓말을 하지 않겠다고 약속할 수 있나?"

"예. 약속드립니다."

키다리가 불쑥 물었다.

"아버지 정해진을 언제 만났어?"

"6·25 전에 뵙고…, 그다음에는 뵌 적이 없는데요."

키다리가 손에 쥐고 있던 매로 국상의 어깨를 툭 쳤다.

"최근에도 만났잖아!"

"최근에요? 아닙니다. 뵌 적이 없습니다."

"사실대로 불어."

"사실입니다. 뵌 적 없습니다."

옆에 서 있던 뚱보가 일어섰다.

"너, 엎드려!"

국상은 바닥에 엎드렸다. 뚱보가 각목으로 엉덩이를 마구 쳤다. 매가 아팠지만 그보다는 머리가 먹먹했다. 아니, 난데없이 아버지라니? 왜 아버지를 만난 것으로 밀어붙이는 거지? 그날 오전, 오후, 저녁, 그리고 밤에 국상은 발길로 차이고 각목으로 맞기를 거듭하면서도 스스로에게 같은 의문을 던졌다. 도대체 왜 만나지도 않은 아버지를 만난 것으로 모는 걸까? 이튿날도 마찬가지였다. 키다리는 똑같은 질문을 했고, 뚱보는 매를 때렸고, 국상은 스스로에게 같은 질문을 던졌다.

그다음 날에는 중키 혼자서 왔다. 아버지를 언제 어디서 만났는지 최근 순으로 쓰라며 양면괘지 한 권을 주고 나갔다. 국상은 기억을 더듬었다. 할머니와 큰아버지가 인천으로 오셔서 어머니와 함께 동생 훈상을 데리고 형무소로 아버지 면회를 간 적이 있었다. 국상이 국민학교 3학년으로 올라가 급장으로 뽑힌 지 며칠 지나지 않았을 때였다. 그때 동생 훈상은 국민학교에 갓 입학한 햇병아리였다. 국상은 급장으로서 결석하기가 싫어 아버지 면회를 가지 않은 것을 두고두고 후회했다. 그때가 1950년 4월쯤이었다. 그 이전에 아버지는 집에 들어오지 않는 날이 많아 정확하게 언제 마지막으로 아버지를 보았는지는 기억나지 않았다. 어머니는 아버지를 면회하고 난 뒤 며칠이 지나 그와 동생 훈상을 데리고 보성으로 갔고, 형제를 거북정에 남겨두고 혼자서 인천으로 돌아갔다. 그 뒤로 국상은 아버지도 어머니도 만난 적이 없었다. 국상은 그런 사실을 자세히 썼다. 최근 순으로 써야 한다면 그때가 최근이었다.

이튿날 중키가 소리 질렀다.

"당신, 나를 놀리는 거야? 최근 걸 쓰라고 했지, 국민학교 시절

옛날이야기를 쓰라고 했어?"

"그때가 최근이라서…."

"닥쳐! 좋은 말로 할 때 순순히 불어."

그날부터 고문이 시작되었다. 첫날은 얼굴에 수건을 덮고 주전자로 물을 끼얹는 물고문을 하고 나서 아버지를 언제 만났는지 물었다. 60년대 이후에 만난 것만을 실토하라고 했다. 국민학교 3학년 이후에는 아버지는 물론 어머니조차 뵌 적이 없다는 대답 이외에는 할 말이 없었다.

이튿날에는 물에 고춧가루를 탔다. 질문은 같았다. 대답도 같았다. 그다음 날에는 전기를 썼다. 발가락에 전선을 감아놓고 전기를 넣었다 뺐다 하는 전기고문의 고통은 몽둥이고문이나 물고문이나 고춧물고문의 고통과는 급이 달랐다. 인간이 견딜 수 있는 한계를 넘는 것이었다. 60년대 이후에 아버지를 뵙지 못한 게 한이었다. 아버지 뒷모습이라도 봤다면 얼굴을 봤다고 말할 수 있을 텐데 그림자조차 뵌 적이 없다는 사실이 한탄스러웠다.

전기고문을 당하고 나서 그야말로 녹초가 되어 있는 국상에게 이번에는 뚱보가 다시 찾아왔다. 그가 굵고 나직한 목소리로 다그쳤다.

"최근에 아버지를 만났잖아? 언제 만났어? 죽기 싫으면 바른대로 말해. 계속 잡아떼면 당신 여기서 죽어."

국상이 애원했다.

"선생님, 저 좀 살려주세요. 국민학교 3학년 이후에는 어머니조차 뵌 적이 없어요. 가끔 부모 없는 설움에 북받쳐 동생하고 부둥켜안고 울었는데 69년도에는 그 동생마저 없어졌어요. 그뒤로 이 세상에 저 혼자 남아 제가 얼마나 외롭고 서럽게 살아온지 아세요? 저 좀 살려주세요."

국상은 어린아이처럼 목 놓아 울었다. 울음을 그치고 보니 방에 아무도 없었다. 혀를 깨물어 죽고 싶었지만 그의 어린 아들에게까지 아비 없는 설움을 안겨서는 안 될 일이었다.

하루가 지났을까, 아니면 이틀이 지났을까? 지금이 오전인가, 오후인가? 다시 키다리가 들어왔다. 국상이 물었다.

"오늘이 며칠인가요?"

"몰라."

"지금이 오전인가요, 오후인가요?"

"몰라."

키다리는 양면괘지 한 권을 국상 앞에 툭 던졌다.

"여기다 당신 자서전을 써."

"자서전이오?"

"아버지 정해진하고 관련된 사항을 중심으로 써."

사실이지 국상은 아버지에 관해서는 별로 쓸 것이 없었다. 국상은 자신의 성장 과정을 쓰고 나서 부모의 사랑을 받으며 자라지 못한 한을 덧붙였다. 오후 늦게 들어온 키다리는 국상이 쓴 자서전을 보고 화를 냈다. 쓸데없는 말만 늘어놓았다는 것이었다. 키다리는 양면괘지 한 권을 주며 자서전을 다시 쓰라고 했다.

"근대사를 쓰지 말고 현대사를 써. 알았어?"

그에게 아버지와 어머니는 국민학교 3학년 때까지만 실존했다. 키다리 말을 따르자면 그때까지가 그의 가족사의 근대사에 속하고, 그 이후의 가족사가 현대사에 속할 것이었다. 현대사는 2부로 나눌 수 있었다. 1부가 동생인 훈상과 함께 지낸 세월이었다면, 2부는 1972년에 결혼해 새로 가정을 꾸리고 살아온 세월이었다. 국상은 그의 가족사의 현대사를 1부와 2부로 나누어 자세히 썼다. 양도 많았다. 양면괘지 한 권에서 두 장이 백지로 남았을 뿐이었다.

자서전을 본 키다리는 몹시 화를 냈다. 내용이 하나도 없다는 것이 그의 독후감이었다. 그가 고함을 지르며 매질을 했다. 국상은 그런 키다리가 고마웠다. 매만 때리고 전기를 넣지 않았기 때문이었다. 키다리가 다시 양면괘지 한 권을 내밀었다. 이번에는 주제가 달랐다.

"자서전을 다시 써. 살아오면서 아버지에 대해 이런저런 말을 들었을 거 아냐? 아버지에 관해서 어떤 내용을 언제 어디서 누

구한테 들었는지 자세히 써. 이번에는 한 권을 다 채워야 해. 60
년대 이전 이야기는 필요 없어. 현대사만 써."

국상은 60년대 이후에 들은 아버지 관련 이야기를 사실대로
성실하게 정리하기로 했다. 키다리의 성에 차지 않으면 매질이
아니라 다시 전기를 넣을 것이었다.

부산에 있는 미군부대에 카투사병으로 근무할 때였다. 시내
다방에서 만난 동생 훈상이 보안대 상사로부터 아버지가 북한
고위층 인사라는 말을 들었다고 했다. 아버지의 실존에 대해 처
음 접한 믿을 만한 정보였다.

국상이 결혼한 뒤에 아내를 데리고 친척들에게 차례로 신행
인사를 다닐 때였다. 큰어머니, 그러니까 큰아버지인 봉강의 재
취 부인으로 보성을 떠나 서울로 온 최승주에게 인사를 갔는데,
그가 느닷없이 아버지가 북한의 고위직에 있다는 말을 했다. 어
디서 들었느냐고 캐묻자, 전쟁 통에 조선노동당 서울시당의 간
부였으니까 당연하지 않겠느냐고 얼버무렸다.

거북정 농사를 관리해준 종호 할아버지의 친형인 종석 대부
의 아들이 서울대를 나와 경제기획원에 근무했는데, 그가 국상
의 아버지 때문에 불이익을 받는다는 말을 들은 적이 있었다. 물
론 종호를 통해 간접적으로 들은 사실이었다.

국상은 머리를 쥐어짰다. 그러나 그 세 가지 사실 외에는 더

이상 생각이 나지 않았다. 사례가 적을 뿐만 아니라 그 사실로 양면괘지 한 권을 다 채울 수는 없었다. 그렇다고 거짓말을 쓸 수도 없었다.

키다리가 들어오더니 양도 모자라고 질도 빈약하다고 뺨을 쳤다. 전기고문이 아니고 매질도 아니고 뺨을 쳤을 뿐이어서 고마웠다. 키다리는 다시 쓰라며 또 양면괘지 한 권을 주고 나갔다. 까맣게 잊고 있었던 일 몇 가지가 되살아났다. 자신의 기억력에 스스로 고마워하며 아버지 관련 이야기의 충실도를 높였다. 그러나 키다리는 역정을 냈다.

"자서전을 다시 써."

키다리는 또 양면괘지 한 권을 주고 나갔다. 정확하게 말하자면 그가 쓴 것은 자서전이 아니라 자술서에 가까웠다. 자서전이라는 이름의 자술서를 국상은 쓰고 또 썼다. 국상은 60여 일 동안에 자서전 아닌 자술서를 서른 번 가까이 써냈다.

뒤에 안 일이지만 해진의 큰아들 정국상만 붙잡혀온 것이 아니었다. 사촌 형인 춘상도 오고 사촌 동생인 건상과 길상도 오고, 할아버지뻘인 종호와 종희도 지하실에 끌려왔다. 사촌 누나 송숙도 마찬가지였다. 뒤에는 백모인 최승주도 붙잡혀 오고 종석의 아들인 경제기획원 관리도 들어왔다. 그들도 자서전을 쓰고 또 썼다. 고문당하고 자서전을 쓴 친인척이 서른일곱 명에 이르렀다.

그 지독한 고문은 60여 일이 지나 드디어 끝이 났다. 사안에 대해 가장 자세히 아는 봉강의 삼촌 정종희가 그때 비로소 입을 열었다. 기관에 붙들려온 그는 고문의 첫 단계에서 놀림감이 되었다. 그는 앞을 보지 못하는 소경이라서 기관원이 어디를 때릴지 알 수 없었다. 뺨을 맞다가 그가 애원했다.

"여보시오. 나는 눈이 없어 어디서 손이 날아올지 알 수가 없소. 방향이라도 알려주고 때리시오."

기관원은 그를 속였다. 오른쪽, 하고 말하고는 왼쪽 뺨을 때렸고 왼쪽, 하고 외치고는 오른쪽 뺨을 때렸다. 종희가 허둥대는 것을 보며 기관원은 키득키득 웃었다. 다음 기관원도 이야기를 전해 들었는지 왼쪽, 하고 오른쪽을 때리고, 오른쪽, 하고는 왼쪽을 때렸다. 키득키득 웃는 것도 마찬가지였다. 그렇게 그를 실컷 놀려놓고 온갖 고문을 이었다. 물고문 고춧물고문은 가벼웠다. 매달아놓고 패는 통닭구이고문, 의자에 묶어두고 몽둥이 두 개를 다리에 끼워 조이는 주리틀기고문도 했다. 마지막은 전기고문이었다.

악착같이 버티던 종희는 어느 날 맥없이 무너졌다. 고문 때문이 아니었다. 교육대학에 다니는 아들을 걸고 들어왔기 때문이었다. 종희는 방성대곡放聲大哭을 하고 나서 사실을 술술 털어놓았다. 기관원들은 서른일곱 명으로부터 받은 자서전을 대조하며 사실을 짜 맞추려 했으나 세부 사실이 엇갈려 애를 먹고 있었는데, 종희가 모든 것을 깔끔하게 정리해주었다.

　1965년 8월 30일 자정이 조금 지나서였다. 장대비가 쏟아지는데 한 사내가 거북정에서 100여m 떨어진 정종호의 집으로 들어갔다. 사내가 방문을 흔들었다. 깊은 잠에 빠져 있던 종호가 몸을 일으켰다.

　"뉘시요?"

　방문을 열었다. 종호는 눈을 의심했다. 문밖에 작은조카 해진이 서 있었다. 박헌영의 조선공산당과 여운형의 조선인민당, 백남운의 조선신민당의 3당 합당 문제가 불거진 무렵에 보성에 내려와 신병을 치료하다가 서울로 올라간 조카 해진이 실로 오랜만에 그 앞에 나타난 것이다.

　"형님을 뵙게 해주세요."

　해진이 봉강의 사랑방으로 직접 갈 수 없는 이유가 있었다. 거북정 사랑으로 들어가자면 대문과 중문, 사랑문을 차례로 거쳐야 했다. 또한 봉강은 사랑에서 혼자 자지 않았다. 늘 정갑섭 대부와 함께 잤다. 종호는 해진에게 말했다.

　"삼의당에 가 있으소. 봉강보고 그리 가라고 함세."

　종호는 뒤도 돌아보지 않고 거북정 사랑채로 갔다. 봉강은 역시 정갑섭 대부와 나란히 누워 있었다. 봉강을 흔들어 밖으로 데리고 나왔다.

"삼의당으로 가보소."

"아니, 왜요? 비도 오고, 밤도 깊은디…."

"거기서 기다리는 사람이 있네."

"누군디요?"

"가보면 알 것이네."

종호는 말없이 돌아섰다. 봉강은 삼의당으로 갔다. 동생 해진이 그를 기다리고 있었다. 해진에게는 시간적 여유가 없었다. 물때에 맞춰 타고 온 공작선에 올라 돌아가야 했다. 거두절미하고 말했다.

"형님, 김일성 주석님께서 형님을 뵙고자 하십니다."

김일성을 만나라고? 일신의 안녕을 위해 북으로 가 호강하고 살라는 것은 아닐 터였다. 봉강은 고개를 저었다.

"나는 못 간다."

말을 이었다.

"니가 알듯이 나는 조선공산당도, 남로당도, 조선노동당도 아니었다."

맞았다. 그는 처음부터 여운형의 근로인민당 당원이었고 그 울타리를 벗어난 적이 없었다. 해진은 물러서지 않았다. 그는 북한의 대남사업부 부부장이었다.

"형님을 모시고 가야 합니다."

"나더러 북에 가서 같이 살자는 것은 아닐 테고…, 다시 내려와서 특별한 임무를 해야 할 것이 아니냐?"

"그렇습니다."

"나는 노선이 다르다. 그리고…, 감시가 심해 경찰의 눈을 피할 수도 없다. 탄로 나는 건 시간문제다."

근민당 재건 기도사건으로 재판을 받고 무죄로 나온 뒤에 운암 김성숙의 집에서 운암과 나눈 대화가 기억에 생생했다. 그때 운암이 말했다. 아무리 궁하더라도 부정한 돈을 받아선 안 되지요. 북쪽에서 우리한테 손을 뻗칠 리도 없지만, 우리로서도 아무리 필요한 사업이라 할지라도 북쪽 첩자의 지령을 받아가며 일을 해서도 안 되고요. 우리는 우리 뜻을 모아 우리가 해야 할 일을 우리 힘으로 해야 하는 것이 아니갔소? 그것이 군자의 길이야요. 그 말에 봉강이 답했다. 바로 그겁니다. 이번 일은 그 기본 원칙을 재확인하는 기회였어요. 그런 점에서 이번에 우리가 함께 예방주사를 맞았다고 할 수 있겠습니다. 해진이 봉강에게 기대하는 바는 운암의 표현을 빌리자면 군자의 길이 아니었다. 그래서 봉강은 일언지하에 동생 해진의 부탁을 거절한 것이었다.

"형님, 제 말씀을 따르셔야 합니다."

동생의 어조가 단호했다. 봉강은 동생을 바라보았다. 봉강을 쏘아보는 해진의 눈매가 섬뜩하리만큼 날카로웠다. 해진과 눈이 마주친 바로 그 순간에 봉강의 머리를 스치는 것이 있었다. 머리가 출중한 동생 해진이 위험을 무릅쓰고 고향에 내려왔다면, 그리고 봉강에게 밀입북을 권하는 데는, 그럴 만한 사정이 있을 터였다. 동생은 맡은 임무를 해내지 못하면 곤경에 처할 것이었다. 봉강은 어렸을 적에도 그랬지만 이번에도 결국 눈싸움에서 졌다. 봉강은 시선을 거두고, 생각지도 못한 말을 동생 해진에게 하고 말았다.

"춘상이가 집에 내려와 있다. 나 대신에 춘상이를 데려가그라."

형 봉강을 쏘아보다가 해진이 말했다.

"서둘러야 합니다."

봉강은 돌아서서 거북정으로 갔다. 다리가 후들거렸다. 이건 아닌데. 이건 아니여. 이건 온당치도 않으려니와, 자식을 사지로 내모는 일이여. 생각은 그렇게 하면서도 봉강은 사랑채 갓방에 들어가서 자는 아들 춘상을 흔들었다.

"따라오느라."

춘상은 일어나 말없이 아버지를 뒤따랐다. 삼의당 앞에서 봉강이 걸음을 멈추었다. 까맣게 잊고 있었던 작은아버지 해진이 마당에 서 있었다. 번쩍 번개가 치더니 꽈르릉 천둥이 울렸다.

빗발이 세찼다.

"오랜만이다."

"아, 예."

"시간이 없다. 나하고 같이 가자."

해진이 앞장서자, 춘상이 흘낏 아버지를 돌아보고는 머뭇거리다가 작은아버지 해진의 뒤를 따랐다. 두 사람은 장대비를 뚫고 어둠 속으로 사라졌다. 봉강은 돌아서려다 다리에 힘이 풀려 힘없이 주저앉았다. 아, 내가 두고두고 자탄할 일을 저질렀어. 다시 번개가 치더니 콰르르릉 천둥이 울렸다. 봉강은 고개를 쳐들었다. 세찬 비가 뺨을 쳤다. 다시 번쩍번쩍 번개가 치고 콰르릉 콰르르릉 천둥이 울렸다.

해진과 춘상은 보성군과 장흥군의 경계에 있는 득량만 바닷가 돗지기로 갔다. 삼십 톤쯤 되어 보이는 목선에 올랐다. 배는 공해로 나가더니 꼬박 이틀을 달려 진남포에 도착했다. 춘상은 북에 머무는 동안 주체사상, 김일성 항일투쟁기, 변증법적 유물론과 유물사관, 국제 및 국내 정세 등에 대해 집중적인 정치사상 교육을 받았다. 무전 치는 법, 난수표 사용법, 암호 해독방법 등도 배웠다. 대남사업부 이효순 부장은 아버지에게 드리라며 김일성의 친서를 주었다. 춘상은 9월 10일 오후 2시께에 진남포 인근 해안에 대기하고 있던 공작선에 올랐다. 이틀 뒤 자정 무렵에 보성군 군학리 동산 앞바다에 도착했다.

춘상은 거북정 사랑채로 갔다. 다행히도 섬돌에 아버지 고무신만 놓여 있었다. 춘상은 방으로 들어가 아버지 앞에 꿇어앉았다. 춘상은 아버지 봉강에게 김일성 주석의 친서를 드렸다. '정해룡 선생께서 남조선의 카스트로 역할을 해 주십시오'라고 적혀 있었다.

춘상은 주체사상 등에 관한 책 여러 권을 넣은 배낭을 내밀었다. 무전기, 공작금 봉투, 난수표와 기본암호표, 암호해문요령서 등을 넣은 비닐봉지도 내놓았다. 봉강은 난수표와 공작금 봉투를 빼놓고 다른 것은 다 불태우라고 했다. 봉강은 봉투를 열었다. 한화 백만 원이 들어 있었다. 쌀 한 가마니 가격이 삼천 원대였다.

춘상은 어느 날 일련의 사실을 눈먼 종희 할아버지에게 알리고 아버지 봉강이 미동도 하지 않는 상황에서 어떻게 해야 할지 물었다. 종희는 모든 일을 아버지 뜻에 맡기라고 했다. 춘상은 그 후 점차 공작사업에 대해 잊었다. 아버지가 아무 말도 하지 않는 데다, 새 직장이 생겼기 때문이었다. 춘상은 1966년 5월에 수산개발공사(수공)에 취직이 되었다. 그는 곧 결혼도 했다. 춘상은 가정과 직장에 충실하고 싶었다. 그러나 그는 일 년 뒤에 다시 무직자가 되었다. 수공이 경영난에 봉착하자 감원당한 것이다. 춘상은 다시 보성으로 내려갔다. 때때로 공작 업무가 생각났지만 아버지는 아무 말이 없었고, 그에게는 무전기도 난수표도 없었다.

1967년 5월 중순 어느 날이었다. 밤 10시께에 해진이 다시 북에서 내려왔다. 건장한 무장 경호원이 해진을 따랐다. 해진은 먼저 골치 아픈 사실부터 알리고 봉강의 의견을 물었다. 마을로 오는 도중에 어렸을 적의 동무인 김수현이 논에 물을 대다가 그를 봤다는 것이었다. 먼발치에서 그가 '자네, 해진이 아닌가?' 하고 묻기에 '아니요. 잘못 봤소' 하고 지나쳐 왔다고 했다.

"내가 데려온 사람이 감쪽같이 김수현이나 그 가족을 없앨 수도 있어요."

봉강은 고개를 흔들었다.

"내버려둬라. 김수현이한테 무슨 죄가 있단 말이냐?"

해진은 그날 밤에 봉강과 춘상을 뒷산의 큰골 정자나무 아래로 데려갔다. 해진은 무장 경호원이 보는 앞에서 춘상에게 왜 사업 보고를 하지 않았는지 추궁했다.

"무전기와 암호문건을 다 없애버렸어요."

봉강이 나섰다.

"내가 태우라고 했다."

춘상이 서둘러 마무리했다.

"앞으로는 그런 일이 없도록 하겠습니다."

봉강은 밤에 해진을 설득해볼 생각이었다. 그러나 그날 밤에 해진은 함께 온 경호원과 산에서 잤다.

해진은 이튿날 이른 아침부터 춘상을 서재골 새끼꿈 바위 밑으로 불러 통신 교육을 시킨 뒤에 소련제 기관단총 등을 건넸다. 해진은 형 봉강에게 인사도 차리지 않고 경호원과 함께 돌아갔다. 춘상은 무기류를 서재골 동백나무 밑에 파묻었다.

해진이 다녀간 뒤에도 봉강은 공작 활동에 관심을 두지 않았다. 그의 아들 춘상도 1968년 12월 서울시에 취직이 되어 공무원 생활에 전념했다. 지방공무원 조건부 5급을의 말단 직급이어서 고졸 출신에게나 맞는 자리였으나 춘상은 개의치 않고 열심히 일했다.

바로 그런 상황에서 거북정 가족사에 충격적인 일 두 가지가 잇따라 일어났다. 하나는 해진의 아들 훈상이 1969년 8월 일본에 밀항한 것이었고, 다른 하나는 집안의 기둥인 봉강이 같은 해 10월에 유명을 달리한 것이었다.

두 사건 이후 거북정 사람들에게 정해진의 이름은 잊혀져갔지만 그렇다고 소멸한 것은 아니었다. 1976년 1월 어느 날 정종희가 길상을 만나 길상의 작은아버지 해진이 보성에 두 번 내려온 사실을 털어놓았다. 며칠 뒤 그들은 함께 서울 석관동에 있는 춘상의 집으로 갔다. 종희가 말했다.

"내가 길상이한테 다 털어놓았네. 우리하고 해진이 조카하고 관계가 끊어져부렀는디, 으찌께 해야 쓸지 의논을 해야겄네."

춘상이가 받았다.

"결과적으로 해진 숙부 지시를 묵살한 셈이 되었는데, 아무래도 숙부한테 좋지 않은 영향을 끼쳤을 것 같아 부담스럽긴 해요."

그들은 두 가지 사항에 합의했다. 하나는 해진이 주고 간 기관단총이 녹슬었을지 모르니까 깨끗이 닦아 습기가 없는 곳으로 옮겨두자는 것이었다. 춘상이 틈을 내어 보성에 내려가는 대로 그 일을 하기로 했다.

다른 하나는 해진과의 재접선 방법을 모색하자는 것이었다. 춘상이 북에서 가져온 것 중에서 불태운 기억이 없는 것이 난수표였다. 재접선을 위해서는 먼저 난수표를 찾아야 했다. 춘상은 동생 길상에게 집 안을 샅샅이 뒤져 난수표를 찾아보라고 일렀다.

5월에 춘상이 보성으로 내려갔다. 춘상은 종희 길상과 함께 일림산 서재골로 가서 동백나무 밑에 묻어둔 기관단총을 파내 깨끗이 닦은 뒤에, 150여m 떨어진 바위 밑에 묻었다. 남은 일은 재접선 방법을 모색하는 것이었다. 길상은 난수표를 찾지 못했다. 춘상은 해진 숙부가 두 번째 내려왔을 때 무인 포스트를 지정한 사실을 밝혔다. 접선이 끊길 경우 봉강리 큰실에 있는 열녀문 비석 밑에 난수표를 이용해 전문傳文을 써서 페니실린 병에 넣어두면 북측 공작원이 가져가기로 했다는 것이었다. 그러나 난수표가 없어 전문을 쓸 수 없었다. 종희가 아이디어를 냈다. '아버지가 죽어 잃어버렸으니 난수표를 또 보내 달라'는 문장 가운데서 '죽 잃 난 또' 넉 자를 써서 넣어두면 북측에서 해독할 수 있지 않겠느냐는 것이었다. 셋은 그렇게 하기로 결론을 내렸다. 길상은 백지에 '죽 잃 난 또' 넉 자를 써서 페니실린 병에 넣은 뒤 큰실 열녀문 비석 밑에 밀어 넣었다. 그러나 길상은 두어 주일이 지난 뒤에 페니실린 병을 꺼내 없애버렸다. 돌아가신 아버지 봉강의 뜻과 어긋나는 것 같아서였다. 접선 기도는 그것으로 끝이 났다.

몇 사람 말고는 쥐도 새도 모르는 그런 일들이 엉뚱한 사건으로 만천하에 드러나게 되었다. 1979년 10·26사건으로 박정희 대통령이 사살 당하자, 북한은 남한 사회가 권력 공백으로 크게 흔들릴 것으로 보고 공작에 나섰다. 북한 대남사업부의 고위직에 있던 자가 남측 요인에게 접근했다. 정보당국은 첩보를 포착해 그 자를 체포했다. 그는 그가 파악하고 있는 대남 간첩망을 불었다. 그가 알려준 간첩망의 하나가 보성의 정춘상 가족이었다.

1981년 1월 20일 관계당국은 '정춘상 가족 간첩단 사건'을 발표했다. 몇 신문은 그 사건을 '죽잃난또 간첩단 사건'이라고 이름 붙였다. 지수는 TV를 통해 발표를 들었다. 종일 가슴이 벌렁거렸다. 봉강이 죽기 전날, 지수의 화실로 와서 한 말이 귀를 울렸다. 초상화가 있으니 이제 나는 죽을 준비가 다 되었구마. 혹시 봉강이 스스로 목숨을 끊은 것은 아닐까? 부질없는 상상이 꼬리에 꼬리를 이었다.

정춘상 등은 재판에 회부되었다. 서울지방법원은 그해 4월 8일 정춘상에게 사형을, 정종희에게 징역 15년에 자격정지 15년을, 정길상에게 징역 12년과 자격정지 12년을 선고했다. 고등법원은 종희의 형을 징역 12년과 자격정지 12년으로, 길상의 형을 징역 7년과 자격정지 7년으로 줄였다. 대법원은 이 형량을 이듬해 7월 9일 확정했다.

정춘상은 1985년 9월 18일 사형대에 섰다. 유해는 수의囚衣 차림이었다. 사촌 동생인, 순하디순한 국상은 형의 수의를 보고 표변했다. 정춘상은 잡범이 아니라 사상범인데 왜 수의壽衣가 아닌 수의囚衣를 입혔느냐고 교도소 측에 격렬하게 항의했다. 대기하고 있던 두 수녀도 거들었다. 교도관들은 부랴부랴 춘상의 죄수복을 벗기고 비단수의로 갈아입혔다.

삼일장으로 장례를 치르는 날이었다. 거북정 앞에 사람들이 모여들었다. 들어온 만장이 스무 장이 넘었다. 보성에서 상여소리를 제일 잘한다는 선소리꾼도 왔다. 사형수라고 하지만 춘상은 영성 정씨 사평공파의 종손이었고, 호인이어서 친구도 많았다.

그러나 장례는 뜻대로 치를 수 없었다. 형사가 만장을 다 치우라고 했다. 선소리꾼에게 만가의 사설도 늘어놓지 못하게 했다. 선소리꾼이 사설 없이 '어어화 어어화' 하고 매기면 상두꾼들도 '어어화 어어화' 하고 받을 뿐이었다.

그래도 춘상의 초상화는 얼굴에 은은한 미소를 머금고 상여를 따랐다. 지수의 아들 인환이 그린 것이었다. 미대를 나와 인물화로 미술대전에서 큰 상을 받은 그는 인물화에 관한 한 이미 명인 소리를 듣고 있었다. 인환은 춘상을 면회 가서 직접 얼굴을 보고 초상화를 그리고 싶었다. 그러나 사상범 사형수는 직계 존비속이 아니면 면회가 허락되지 않았다. 늘 아버지가 그에게 한 말이 목에 걸렸다. 사진을 보고 초상화를 그려서는 안 돼. 초상화는 실물을 앞에 두고 그려야 하는 거여. 인환은 아버지의 양해를 청했다.

"아버지, 춘상 형님 초상화는 사진을 보고 그릴 수밖에 없어요."

지수의 대답이 뜻밖이었다.

"나도 이미 봉강 초상화를 사진을 보면서 그렸니라."

"아니, 왜요?"

"사진관을 열었을 때 봉강이 첫 손님으로 오셨다. 바로 그때의 봉강 얼굴을 그리고 싶드라."

세 번째 비

지수는 회천서국민학교 왼편 국도변으로 갔다. 식이 시작되기까지는 한 시간가량 남았는데 식장 주변에 모인 이가 꽤 많았다. 비는 하얀 광목천에 덮여 있었다. 비를 세우기까지는 우여곡절이 따랐다.

오래전의 일이었다. 봉강이 갑자기 세상을 떠나자 회천 친구들이 이름이 긴 모임을 만들었다. '우국지사 봉강 정해룡 선생 추모비 건립추진위원회'가 그것이었다. 고문으로는 봉강보다 삼십년 연상인 장건상을 비롯하여 십수 년 연상인 정화암과 조헌식 같은 혁신계 선배들이 이름을 올렸다. 위원으로는 김달호 윤길중 이명하 김기철 조규희 송남헌 등 혁신계 인사들과, 홍남순 이기홍 등 광주의 명사들이 들어갔다.

추진위원회 위원장은 회천면 동갑계 계원인 김상백이, 부위원장은 이웃 마을 죽마고우인 이봉석이 맡았다. 추진위원들은 단 한 명의 영성 정씨도 위원회에 참여시키지 않았다. 기금도 내지 못하게 했다. 건립기금은 회천면의 타성바지 사람들이 다 냈다. 몇 사람이 많이 낸 것도 아니었다. 십시일반으로 조금씩 냈는데, 낸 사람 수가 많아 비를 만드는 데 부족함이 없었다.

위원회는 1971년 11월 2일에 비를 세우기로 했다. 그날이 음력으로 9월 15일이어서 봉강이 타계한 지 2년이 되는 날이었다. 그러나 위원회는 비를 세울 수 없었다. 추모비 앞면 맨 위에 가로로 '憂國志士'라고 쓰고 세로로 '鳳岡 丁海龍 先生 追慕碑'라고 새겼는데, 공안당국에서 펄쩍 뛰었다. 부역한 사람을 '우국지사'라고 해서는 안 된다는 것이었다. 당국은 비를 깨트려 없애라고 했다. 위원회는 비 세우기를 포기하고 보성읍 변두리의 채석장 뒤편 땅 속에 묻었다.

그 뒤 십여 년이 흘렀다. 그동안에 동갑인 김상백과 추진위원 몇 사람이 세상을 떠났다. 1차 추진위원회 부위원장이던 이봉석이 2차 추진위원장을 맡아 위원회를 다시 꾸렸다. 그러나 광주 민주화운동 직후의 엄혹한 정세 때문에 추모비 건립은 또 좌절되었다.

1994년 1월에 3차 추모비건립위원회가 구성되었다. '죽잃난 또 간첩단 사건'의 확정 판결이 난 지 11년 반이 지나고, 2차 위원장을 맡았던 이봉석도 저세상으로 떠난 뒤였다. 영성 정씨들도 동갑계 계원들도 봉강을 잊어 가는데 뜻밖에도 보성 우익들이 나섰다. 그들은 봉강의 추모비를 땅에서 꺼내 바로 세우지 못하는 것이야말로 보성 우익의 수치라고 입을 모았다. 그들은 봉강의 인척이 되는 박형준을 위원장으로 내세웠다. 박 위원장은 봉강의 사촌 처남이자 한민당 초대 군당위원장을 지낸 보성 우익의 거목 박용주의 아들이었다. 봉강을 사찰하던 전직 형사 임성직이 팔을 걷어붙이고 거들었다.

지수는 절룩거리며 천천히 비 주위를 돌았다. 임성직이 지수를 보더니 핀잔을 주었다.

"아따, 가만히 좀 계시씨요. 수선스럽게 자꾸 돌지 말고."

지수는 무안했다. 누가 형사 출신이 아니랄까 봐 여기서도 사찰을 하네. 지수는 곧 고개를 저었다. 아녀, 아녀. 이 이가 이참에 힘을 많이 썼다는디, 미워해서는 안 돼. 지수는 사람들 뒤쪽으로 가서 섰다. 누군가가 임성직에게 다가갔다.

"봉강은 인품이야 훌륭하지만, 시대를 거스른 분이 아니여?"

"천만에. 순진하디순진하게, 그야말로 순리대로 사신 분이여."

다른 이가 끼어들었다.

"순즉역順則逆이요 역즉순逆則順이라, 순리를 따른 것이 거스른 것이 되기도 하고, 거스른 것이 순리가 되기도 하제."

592

지수는 없고 싶은 말이 있었다. 봉강은 보듬고자 했어. 서로 편을 짜서 싸우기를 좋아하는 사람들이, 보듬는 것을 역逆이라고, 역천逆天이라고 몰았지만, 봉강은 그런 사람까지도 보듬을라고 했어. 지수는 그러나 나서지 않았다. 한참을 우두커니 서 있던 임성직이 맺었다.

"큰 새는 바람을 거슬러 난다고 하잖든가? 이 어른은 순리를 위한 일이라면 역풍도 뚫고 날아가는, 그런 분이셨어."

오후 2시가 가까워오자 사람들이 몰려들었다. 식장은 물론 한길까지 사람들이 늘어섰다. 제막식은 정각 2시에 시작되었다. 경과 보고도 하고 축사도 하고 답사도 했지만, 지수 귀에 들어오는 말은 없었다. 임성직이 한 마지막 말이 이미 귀를 꽉 채우고 있었다.

말잔치가 끝나자 비를 씌우고 있던 천이 벗겨졌다. 1995년 3월 16일, 정해룡의 추모비가 제 모습을 드러낸 것이다. 1987년에 이미 저세상으로 간 송곡松谷 안규동安圭東의 예서隸書가 사람들의 눈길을 붙들었다. 임성직은 세 번째 비라고 했지만, 24년 전에 땅에 묻은 바로 그 비였다. 아, 묻혀 있던 봉강이 드디어 바로 섰구나. 지수의 두 눈에 눈물이 핑 돌았다.

식이 끝나자 사람들은 긴 탁자에 둘러앉아 음식을 들었으나 지수는 혼자서 율포 바닷가로 갔다. 고개를 숙이고 절룩거리며

윤슬

백사장을 걷다가 지수는 눈을 들었다. 물새 한 마리가 홀로 바람을 거슬러 하늘을 날고 있었다. 지수는 걸음을 멈추었다. 물새가 날아 까마득한 곳에서 하나의 점이 되었다가 끝내는 노을 속에 묻혔다. 이윽고 노을이 바다로 내려앉았다. 득량만 봄바다에서 붉은 윤슬이 일렁였다. (*)

큰 새는 바람을 거슬러 난다

초판 1쇄 | 2021년 4월 21일
   4쇄 | 2022년 5월 20일

지은이 | 김민환

대표이사 겸 발행인 | 박장희
제작 총괄 | 이정아

디자인 | 변바희, 김미연

발행처 | 중앙일보에스(주)
주소 | (04513) 서울시 중구 서소문로 100
등록 | 2008년 1월 25일 제2014-000178호
문의 | jbooks@joongang.co.kr
홈페이지 | jbooks.joins.com
네이버포스트 | post.naver.com/joongangbooks
인스타그램 | @j__books

ⓒ 김민환, 2021

ISBN 978-89-278-1215-9 03810

문예중앙은 중앙일보에스(주)의 단행본 출판 브랜드입니다.